KNAUR

Über den Autor:
Mystery und Historie, Action und Abenteuer plus eine Prise Finsternis – Markus Heitz steht für ungewöhnliche Mischungen. Millionen von Leserinnen und Lesern begeistern sich für seine Romane, die abwechslungsreicher kaum sein könnten. Ob lebendige Schatten, geheimnisvolle Spiegelbilder oder andere Kreaturen der Dunkelheit – der Saarländer hat sie alle. Und vieles mehr. Mit DOORS öffnet er buchstäblich neue Türen und mit ihnen unendliche Möglichkeiten. Wagen Sie es, über die Schwelle zu treten und unbekannte Welten zu besuchen?

MARKUS HEITZ

DOORS

KOLONIE

ROMAN

Tür auf, Tür zu!

KNAUR

Besuchen Sie uns im Internet:
www.knaur.de

Facebook:
https://www.facebook.com/KnaurFantasy/

Instagram:
@KnaurFantasy

FSC
www.fsc.org
MIX
Papier aus verantwortungsvollen Quellen
FSC® C014496

Deutsche Erstausgabe Oktober 2018
Knaur Taschenbuch

Ein Imprint der Verlagsgruppe
Droemer Knaur GmbH & Co. KG, München

Redaktion: Hanka Jobke
Covergestaltung: Isabella Materne
Coverabbildung: Ad Oculos / Shutterstock;
Gluiki / Shutterstock; Zimniy / Shutterstock
Satz: Adobe InDesign im Verlag
Druck und Bindung: GGP Media GmbH, Pößneck
Printed in Germany
ISBN 978-3-426-52388-9

2 4 5 3

Wenn Sie wissen möchten, wie das Geo-Expertenteam um Viktor von Troneg den Auftrag erhält, die verschwundene Anna-Lena van Dam zu suchen, und so in das Höhlensystem unter dem Anwesen der van Dams gerät, lesen Sie von Beginn an.

Wenn Sie direkt die Tür mit dem ? öffnen wollen, beginnen Sie auf Seite 84.

AUF ABWEGEN 1

Beklemmung.
Beklemmung und zunehmende Hoffnungslosigkeit war, was die junge Frau in der Dunkelheit am meisten verspürte. Abgesehen von der Angst, die nicht von ihr wich, während sie durch das steinerne Labyrinth irrte. Unentwegt.

Es roch nach kaltem Stein, feuchtem Staub und vergangenen Jahrtausenden wie in altehrwürdigen Gebäuden. Die Ledersohlen ihrer Absatzschuhe scharrten über Felsboden, rutschten auf losen Steinchen und machten das Gehen gelegentlich zur Schlitterpartie.

Aufgeben kam jedoch nicht infrage.

Sie kannte diesen Ort, hatte von ihm gehört, und jetzt musste sie eine Möglichkeit finden, ihn zu verlassen – oder für immer bleiben. Bis zu ihrem Tod, der rascher kommen mochte als gedacht. Das hatte sie verstanden.

Sie versuchte, so leise wie möglich zu atmen, während das LED-Licht ihres Smartphones versprechend aufleuchtete und gehässig erlosch, aufleuchtete und erlosch, hektisch und kaltweiß wie ein Stroboskop.

Immer wieder drückte und wischte die junge Frau mit dreckigen Fingern auf dem flackernden Display herum, das ihr gleichmütig verkündete: Kein Dienst.

Hätte sie weniger Furcht gehabt, wäre ihr vielleicht die Energie aufgefallen, die um sie herum war, so selbstverständlich wie die Luft. Keine Energie im elektrischen oder nuklearen oder thermischen Sinn, sondern jene, wie sie sich ansammelte, wenn ein Ort eine bestimmte spirituelle Nutzung erfuhr oder erfahren hatte. Kirchen, Klöster, heilige Plätze inmitten eines Waldes waren erfüllt von einer solchen Energie.

Das Smartphone blinkte mehrmals hektisch hintereinander, die junge Frau fluchte leise. »Bleib schon an!«, raunte sie ärgerlich.

Dann flammte das Lämpchen auf und beschien ihr Gesicht, riss es aus der Finsternis: die markanten Züge einer angehenden Schönheit von gerade mal zwanzig Jahren, reine, helle, glänzende Haut mit Sommersprossen, auf denen Schmutz haftete, kupferrote Haare in einer ramponierten Hochsteckfrisur, ein dezentes Nasenpiercing und ein Paar teure Brillantohrringe, die im Licht aufblitzten, als wollten sie Eindruck auf die versammelten Gäste einer feinen Gesellschaft machen.

Aber es gab niemanden, der sich durch ihr apartes Erscheinungsbild beeindrucken ließ.

Die junge Frau kniff geblendet die Augen zusammen, und das Smartphone rutschte aus ihren gepflegten Fingern, die jedoch deutlich unter der Beanspruchung der letzten Stunden gelitten hatten.

Auf dem Weg zum Boden glitt der Strahl an ihr hinab und zeigte ihr dunkelgrünes Abendkleid, das Risse und dunkle Flecken aufwies, ihre blanken Unterarme mit Dreck und blutigen Kratzern, die sündhaft teure Luxusarmbanduhr, deren Glas zersplittert war, eine zierliche Handtasche in ihrer rechten Armbeuge und schließlich die schwarzen Abendschuhe, deren niedrige Absätze reichlich zerkratzt waren. Alles an diesem Outfit war unpraktisch für eine Umgebung wie diese. Ihr Aufenthalt hier war auch nicht geplant gewesen.

Das Telefon holperte über den Grund, der weißkalte LED-Strahl riss einen steinernen, verstaubten Boden aus der Dunkelheit, auf dem mehrere verschossene Patronenhülsen lagen, die aus einem modernen Militärgewehr stammten. Die Aufschlaggeräusche produzierten ein Echo in dem hohen Raum, dessen Ausmaß durch das wenige Licht nicht ersichtlich wurde.

Nach einem letzten Klappern lag das Smartphone still, das Birnchen nach unten. Die Schwärze kehrte zurück.

»Eßiehcs.« Die junge Frau bückte sich hastig und hob das Gerät auf. »Eßiehcs, etmmadrev!«

Sie kannte das Phänomen bereits, dass die Worte gelegentlich rückwärts aus ihrem Mund drangen. Nur eine Merkwürdigkeit von vielen. Hatte sie anfangs an ihrem Verstand gezweifelt, verdrängte sie solche Kleinigkeiten mittlerweile. Es gab Schlimmeres.

Sie leuchtete umher und illuminierte Wände aus fleckigem grauem Beton und rötlich braunem Backstein, die sich in der Weite verloren; aufgewirbelte Staubkörnchen tanzten durch die künstliche Helligkeit wie winzige Motten, die sich angezogen fühlten.

Dann streifte der Strahl über verschiedene, betagte Türen aus Stein und beschlagenem Holz, von denen drei mit und zwei ohne schmiedeeiserne Klopfer ausgestattet waren; bei der zweiten fehlte der Ring im Maul des meisterlich gefertigten Fabelwesens. Die Türen waren in der Felswand eingelassen, als wäre ihre Existenz an diesem verlorenen Ort eine Selbstverständlichkeit.

»Thcin nohcs redeiw«, flüsterte sie frustriert. »Bitte, nicht schon wieder die Türen!« Es war ein rhetorischer Wunsch.

Langsam ging sie vorwärts und leuchtete die fünf Türen ab. Sie war nicht die erste Besucherin, die mit dem Rätsel des Ortes kämpfte, das hatte sie ebenfalls längst begriffen. Die Geschichten hatten mehr als einen wahren Kern.

Nur brachte ihr diese Erkenntnis nichts.

Alte und neue Markierungen prangten auf den steinernen und hölzernen Oberflächen, eingekratzt oder mit unterschiedlichen Stiften geschrieben, überwiegend in Sprachen, welche die junge Frau nicht kannte. Manche Schriftzeichen hätten allenfalls Archäologen oder Kenner der Vor- und Frühgeschichte entziffern können, auch Orientalisten, Kryptologen und Etymologen hätten ihre Freude gehabt.

Auffällig und brandneu waren die dicken roten Fragezeichen auf den drei ersten Türen, gemalt mit Lippenstift.

»Reiß dich zusammen«, raunte sie und wischte sich schmutzige Haarsträhnen aus den grünen Augen. Ihre hohe Stirn glänzte verschwitzt, ihr Deo hatte längst versagt. Es war in dem Irrgarten nicht kalt, die Lauferei wurde mit jedem vergeblichen

Versuch des Entkommens anstrengender. Hunger und vor allem Durst machten ihr zu schaffen, ihre blasengezierten Füße schmerzten grauenhaft, aber ohne Schuhe wollte sie nicht umhergehen. »Los!«

Sie atmete bewusst langsamer, während sie die Front abschritt, wie sie es schon mehrfach getan hatte, und kramte aus ihrer Handtasche einen roten Lippenstift.

Da veränderte sich die Schwerkraft, und die junge Frau hob vom Boden ab. Sie ruderte behutsam mit den Armen, um die aufrechte Position zu halten. Beim ersten Mal hatte sie sich in ihrer Panik gedreht, war gegen die Wand gekracht und hatte sich Blessuren eingefangen. Beim zweiten Mal hatte sich der Raum um seine eigene Achse gedreht, sodass sie halb driftend, halb an den Wänden laufend versucht hatte, beim erneuten Einsetzen der Schwerkraft nicht zu tief zu fallen.

Schwebend wartete sie, dass sie auf den Steinboden zurückkehrte.

Alles Lose löste sich klickend und klirrend und schabend vom Untergrund. Durch das Lampenlicht flogen Staub und kleine Steinchen, Knöchlein, Metallsplitter und Stofffetzen, die einst ein Besucher am Leib getragen hatte.

Nach zehn Sekunden stürzte alles abwärts.

Sie rappelte sich auf und ging einige Schritte, dann blieb sie vor der hintersten der fünf Türen stehen, die aus beschlagenem Eichenholz gemacht war und keinen Klopfer, sondern einen Schieberiegel und ein Kastenschloss aufwies. Ihre Großmutter hatte ihr einst eine Geschichte über diese Tür erzählt, aber sie erinnerte sich an keine Details. Das dünn getriebene Metall war Gold, angelaufenes Silber und eine kupferfarbene Legierung. Im Schein des LED-Lämpchens malte sie ein großes Ausrufezeichen darauf.

Unvermittelt ertönte ein Geräusch aus der Dunkelheit um sie herum, das Trappeln von schweren Pfoten und das Schleifen von Klauen.

Die junge Frau deckte sofort das Lämpchen mit einer Hand

ab. Die Strahlen fielen diffus durch ihre Finger und setzten ihr markantes Gesicht und die Augenpartie wie in einem Stummfilm in Szene. Ohne es zu bemerken, schmierte sie sich dabei etwas Lippenstift an die Hand. Ausschalten wollte sie das Licht nicht, weil sie fürchtete, es könnte nicht mehr anspringen.

Lauschen. Den Atem anhalten. Einmal mehr.

Sie hatte ihren Verfolger bislang nicht gesehen, aber sie wusste, dass diese Kreatur es auf sie abgesehen hatte. Der Wächter dieses Ortes vielleicht, oder einfach nur ein Wesen, das es wie sie hierherverschlagen hatte und das nun nicht mehr zurückfand.

Langsam bewegte sie sich auf die vierte Tür zu – die einzige noch unmarkierte. Sie bestand aus Stein und war mit einem Klopfer versehen. Dabei blieb die junge Frau mit dem Rücken an der Wand, um nicht hinterrücks aus der Dunkelheit attackiert zu werden.

Das leise Trippeln endete abrupt.

Gleich ist es geschafft, dachte sie, legte behutsam eine Hand auf die Klinke und versuchte, sie herabzudrücken. Es tat sich nichts.

Sie rüttelte daran und sah sich immer wieder um, hielt inne und horchte.

Noch blieb es ruhig.

»Kned hcan«, murmelte sie und beleuchtete den Türklopfer. »Denk nach!«

In dem Wolfsmaul aus kunstvoll geschnitztem Ebenholz steckte ein angelaufener schwerer Silberring mit einer Verdickung am unteren Ende, das auf einer Metallplatte an der Tür auflag. Der Stein der Tür war dunkelgrau mit schwarzen Maserungen, Intarsien aus weißem Marmor und Onyx formten unergründliche symmetrische Symbole.

Zögernd streckte sie eine Hand aus, packte den Ring und ließ ihn niedersausen; dabei hinterließ sie etwas Rot vom Lippenstift daran, das an ihrer Hand gehaftet hatte.

Es krachte viel zu laut, sowohl metallisch als auch hohl. Der ganze Raum dröhnte, wurde von dem Ton erfüllt wie ein Dom nach einem Orgelanschlag mit sämtlichen Registern, Tasten und Pedalen. Ein irisierendes Flirren huschte parallel zum rufenden, weckenden und verkündenden Klang über die Tür. Sämtliche Welten und Planeten und Geschöpfe des bekannten und unbekannten Universums schienen nun von ihrem Kommen zu erfahren.

Das Flirren sprang über auf die anderen Türen und ließ sie aufleuchten, die Schriften an den Wänden glommen wie mit glühendem Gold geschrieben und verbreiteten ein warmes Licht, und jede noch so feine Ader im Gestein erstrahlte für die Dauer eines Herzschlags. Ein Knacken und Knistern flog durch den Raum, mutierte zu einem Wispern und Rascheln.

Die junge Frau hatte das Gefühl, ein Gigant presse sie an ihren Schultern nach unten. Die plötzlich erhöhte Schwerkraft zwang sie in die Knie, stauchte ihre Wirbel, ihre Gelenke, sodass sie vor Schmerzen aufschrie.

Sogleich endete das Phänomen. Die Dunkelheit kehrte zurück, das Gewicht wich.

»Was war denn …?«, murmelte die junge Frau und erhob sich.

Sie legte eine Hand behutsam auf die Klinke, die sich dieses Mal herabdrücken ließ.

Langsam und voller Erleichterung zog sie die Tür auf.

Sanftsilbernes Licht fiel lockend hindurch. Der Ruf eines Käuzchens und das Bellen eines Fuchses erklangen, das friedliche Rauschen von Laub mischte sich darunter, und im nächsten Moment spielte ein frischer, reiner Wind mit ihren kupferfarbenen Haaren. Ihr bot sich die Freiheit an, auf die sie gefühlt ein ganzes Menschenleben gehofft hatte, während sie durch das Labyrinth gestolpert war.

Sie wollte einen Schritt über die rettende Schwelle machen, als durch die Idylle das Grollen eines Raubtieres ertönte, gefolgt von einem anhaltenden, düsteren Wolfsheulen. Das Rudel wurde zur Jagd gerufen. Den erhobenen Fuß zog sie vorsichtig zurück. Diese Freiheit bezahlte sie anscheinend mit dem Leben. Eine Hatz gegen versierte Jäger stand sie nicht durch.

Das einfallende Silberlicht beleuchtete die Umgebung hinter ihr. Sie befand sich in einem kargen, sehr, sehr hohen Raum mit lediglich einem Eingang, durch den sie ein weiteres Mal zu den Türen gekommen war. Auch die Backstein- und Betonwände waren vollgekritzelt mit Aufschriften, Hinweisen und Memos der früheren Besucher, aber auch verziert mit rostbraunen Spritzern und Flecken von uraltem, vergossenem Blut. Einige hatten es genutzt, um einen letzten Gruß oder einen Fluch im Sterben zu schreiben, wovon die junge Frau nichts wusste.

Auf dem Boden lag der durchgebrochene Ring des zerstörten Türklopfers sowie etliche geborstene graue Knochen und verstreute Skelettreste.

Das Licht zeigte noch etwas anderes.

Schemenhaft und am Rand der einfallenden Helligkeit, wo das Silber in schwaches Geistergrau überging, kauerte ein Toter in unnatürlicher Haltung. Er trug eine moderne grau-weiße Stadttarnuniform, darüber eine schwarze Kevlarweste, und in seiner rechten Hand hielt der Mann eine Maschinenpistole. Vier leere Magazine und Dutzende Hülsen breiteten sich um ihn herum aus. Aus einem klaffenden Schnitt quer durch den Hals war sein Blut geschwappt, das getrocknet und geronnen auf ihm haftete.

Die junge Frau drückte die Tür hastig zu und markierte sie keuchend mit einem großen roten X im Schein der LED, welche erneut die einzige Lichtquelle war. »Das geht nicht«, raunte sie. »Ich kann nicht …«

Hinter ihr erklang wieder das Trappeln schwerer Pfoten, das ihr dieses Mal rasch nahe kam. Ein Scharren mischte sich darunter, als wäre dort mehr als ein Wesen. Sehr unterschiedliche Wesen, die in ihrer Vorstellungskraft grausige Dinge mit ihr tun würden, sollte sie in deren Fängen oder Klauen landen.

»Geht weg!« Die junge Frau leuchtete umher, als würde das funzelige Licht die tödliche Schneidkraft eines Industrielasers besitzen. »Tssal hcim! Ich habe eine Pistole!«, log sie. »Bleibt weg nov rim!«

Ein gewaltiger Schatten wurde für einen Herzschlag in dem zitternden Lichtkegel sichtbar – und das Lämpchen erlosch.

»Fuck!« Hektisch betätigte sie den Türklopfer, und das einsetzende flirrende Schimmern auf dem Holz beleuchtete den Raum. Mit einem Schrei riss sie die Tür wieder auf.

Erneut fiel silbernes Licht auf sie, der duftende Wind umwehte sie begrüßend und freundlich.

Hastig trat die junge Frau über die Schwelle und begab sich in die Welt dahinter, von der sie wusste, dass sie dort nicht die ersehnte Freiheit finden würde. Womöglich tauschte sie lediglich einen schnellen gegen einen langsamen Tod.

Doch aufgeben kam für sie nicht infrage.

Das lang gezogene Wolfsheulen aus dem Dickicht des Waldes vor ihr dröhnte in der gleichen Sekunde. Vorfreudig. Hungrig.

Die junge Frau hob einen Ast vom Boden auf, um sich wehren zu können. Dann rannte sie los, ohne zu wissen, was sie dieses Mal erwartete.

KAPITEL I

DEUTSCHLAND, FRANKFURT AM MAIN

Viktor trat durch den Ausgang für Flugpassagiere, die nichts zu verzollen hatten. Den schlichten weißen Seesack über der rechten Schulter und die legersportliche Kleidung machten ihn zu einem unauffälligen Mann inmitten vieler Menschen in der Ankunftshalle.

Die Maschine hatte aufgrund eines schweren Gewitters einen Umweg nehmen müssen, sodass aus knappen vierzig Minuten Flugzeit mit Kreisen und Warten auf eine freie Landebahn zwei Stunden geworden waren. Viktors Laune bewegte sich daher auf unterdurchschnittlichem Niveau. Hunger hatte er auch.

Er sah auf sein Smartphone und las noch mal die Nachricht von seinem künftigen Auftraggeber:

SEHR GEEHRTER HERR VON TRONEG,
FREUE MICH AUF IHRE BEKANNTSCHAFT UND DASS SIE GEWILLT SIND, DEN AUFTRAG KURZFRISTIG ANZUNEHMEN. SIE WERDEN VON MEINEM CHAUFFEUR MATTHIAS IN DER ANKUNFTSHALLE ABGEHOLT. HALTEN SIE BITTE NACH IHM AUSSCHAU.
GRÜSSE
WALTER VAN DAM

Viktor schaute sich um.

Es gab nicht wenige Wartende, die Schilder oder Tabletcomputer in der Hand hatten, auf denen Firmenbezeichnungen oder Personennamen geschrieben standen. Seiner war nicht dabei.

Daher setzte er den Weg durch die Halle fort und ließ seine Blicke schweifen. Seine blauen Augen lagen hinter einer Sonnenbrille, auf dem Kopf trug er ein weißes Basecap. Das Gewicht des wasserdichten Seesacks spürte er kaum, der Mittzwanziger war gut im Training, weswegen er es binnen kürzester Zeit nach dem Ausscheiden aus seinem alten Beruf unter die besten Höhlenkletterer geschafft hatte.

»Wo ist denn der Chauffeur?«, murmelte Viktor und hob das Telefon, um seinen Auftraggeber zwecks Nachfrage zu kontaktieren, als er einen Mann in dunkelblauem Anzug mit Kappe und schwarzen Lederhandschuhen entdeckte. Er hielt einen Ausdruck mit Reisegruppe Höhlen vor sich und machte mit Haltung und Miene den Eindruck eines britischen Butlers.

Van Dam hätte ihn Charles nennen sollen, dachte Viktor. *Als Arbeitspseudonym.*

Viktor schwenkte herum und bewegte sich durch die Menge auf Matthias zu; dabei dachte er über Walter van Dam nach, über den er im Internet wenig gefunden hatte.

Der gebürtige Niederländer stand an der Spitze eines weltweit agierenden Export- und Importunternehmens, dessen Grundstock seine Vorfahren bereits im 18. Jahrhundert mit Überseehandel gelegt hatten. Über ihn selbst war wenig bekannt, er hielt sich aus der Öffentlichkeit heraus und sandte meistens Delegierte zu offiziellen Anlässen. Angeblich war die Van-Dam-Familie weitverzweigt, aber auch darüber hatte Viktor nichts Näheres gefunden. Das war verständlich. Sehr reiche Menschen wurden gerne entführt. Je weniger die Öffentlichkeit über sie wusste, desto besser.

Letztlich spielte es für Viktor keine allzu große Rolle, solange der Niederländer keine kriminellen Geschäfte machte, in die er Viktor hineinzog. Die erste Anzahlung war bereits auf seinem Konto. Und diese war weitaus höher als das, was ihm einst der deutsche Staat für weitaus gefährlichere Aufträge gezahlt hatte.

Neben dem Chauffeur stand ein hagerer Mann von geschätzt fünfzig Jahren, der in seinem karierten Anzug an einen Oxford-Professor erinnerte. Einen Fuß hatte er auf seinen liegenden, sehr teuren Alu-Koffer gesetzt, als wollte er ihn an der Flucht hindern, und er las in einer Zeitung. Sakko und Hose waren Maßanfertigungen, die braunen Schuhe auf Hochglanz poliert. Vor seinen Augen saß eine Designerbrille, die ihn arrogant wirken ließ.

»Guten Tag, die Herren.« Viktor setzte die getönten Gläser ab, in denen sich für eine Sekunde sein Dreitagebart spiegelte. »Herr van Dam erwartet mich. Mein Name ist Viktor Troneg.«

»Willkommen in Frankfurt.« Der Chauffeur deutete eine Verbeugung an. »Ich bin Matthias. Wir warten noch auf die anderen.« Er zeigte auf den Lesenden, der nicht reagierte und sich weiterhin seiner Lektüre widmete. »Darf ich die Herrschaften bekannt machen: Professor Friedemann, seines Zeichens anerkannter Höhlenforscher und Geologe.«

Viktor nickte ihm zu. Friedemann, das schüttere lange graue Haar in einem Zopf zusammengefasst, nickte zurück, ohne den Blick zu heben; das kantige Gesicht hatte etwas Totenschädelhaftes.

»Das ist Herr von Troneg, Höhlenkletterer und Freeclimber«, stellte Matthias Viktor vor. »Soweit ich weiß, von beachtlichem internationalem Ruf.«

»Schön, schön.« Friedemann blätterte um und vertiefte sich in den nächsten Artikel.

Viktor wusste jetzt schon, wen er am wenigsten mochte, egal wer noch zum Trupp gehören würde. »Waren wir alle im gleichen Flugzeug?«, fragte er.

»Exakt, Herr von Troneg.«

»Bitte lassen Sie das *von* weg. Ich stehe nicht so auf verblichene Adelstitel.« Dann grinste er. »Und wenn es abgestürzt wäre?«

»Das Flugzeug? Unwahrscheinlich«, erwiderte Matthias. »Und zumindest die Hellseherin wäre wohl nicht an Bord gegangen.« Er lachte trocken.

»Hellseherin? Na, das ist doch mal was.« Viktor lupfte das Basecap und strich die längeren schwarzen Haare obenauf glatt nach hinten, bevor die Kopfbedeckung an ihren Platz zurückkehrte. »Und wenn sie *doch* eingestiegen wäre?«

»Wäre sie schlecht und zu Recht gestorben«, kommentierte Friedemann, ohne aufzuschauen. Mit einer exakten Bewegung richtete er seine Designerbrille.

Viktor grinste und wollte etwas erwidern, als eine Frau seine Aufmerksamkeit auf sich zog. Und nicht nur seine Aufmerksamkeit, sondern die so ziemlich aller Passagiere, die sich in der Halle befanden.

Gekleidet in ein auffälliges cremefarbenes enges Designerkleid, schob sie einen großen, sündhaft teuren Designerkoffer vor sich her, eine schicke Handtasche baumelte am rechten Arm und gab ihr die Aura eines aufgetakelten Models, inklusive der kaschierenden Sonnenbrille. In der Linken hielt sie ein Behältnis, das vage an ein Beautycase erinnerte. Ihre langen blonden Locken schmückte eine theatralisch schwarze Strähne.

Viktor musterte sie. »Beeindruckende Erscheinung.«

»Ich hoffe, das war Ironie.« Friedemann sah nun doch von der Zeitung auf und verdrehte die Augen. »Schreckliche Person. Saß im Flugzeug hinter mir und verlangte die ganze Zeit Sekt. Man hätte sie mit der Flasche ersticken wollen.«

»Das ist Mme: Coco Fendi«, stellte der Chauffeur klar und hob den Arm, um auf sich aufmerksam zu machen. »Die Hellseherin, Gentlemen.«

»Wirklich? *Coco Fendi?*« Viktor musste lachen. »Toller Künstlerinnenname.«

»Und wieder hoffe ich, dass Sie ein Freund der Ironie sind, junger Mann. Coco Fendi – eine Mischung aus Handtasche und Modemarke. Ich nehme an, dass sie in Wahrheit Sabine Müller heißt«, steuerte Friedemann bei. »Ein doppeltes Imitat, wenn Sie mich fragen. Nur Imitate haben es nötig, derart klischeehaft aufzutreten, ohne Wirkung zu entfalten.«

Fendi ging suchend ein paar Schritte durch die Halle, dann löste sich der Verschluss am Case; und der Inhalt verteilte sich auf den Hallenboden. Pendel, Kristalle, Tarotkarten, Knochenwürfel und Runensteine kullerten und hopsten umher, als wäre der Zauberkasten eines Magiers explodiert. Es fehlten nur die weißen Kaninchen, eine schwarze Kerze sowie ein bemalter Totenschädel.

»Das hat sie nicht kommen sehen.« Friedemann blickte wieder auf die Zeitung. »Kein gutes Zeichen, Herrschaften.« Das Brillenglas blitzte wie zum Unterstreichen seiner Aussage auf.

Fendi fluchte derart laut und derb, dass es bis zu den Wartenden drang, was im Kontrast zu ihrer Erscheinung stand. Sie ließ den Koffer los und bückte sich aufgrund des engen Kleides ungelenk, um den verstreuten Inhalt zusammenzusammeln.

Viktor wollte sich gerade in Bewegung setzen, um ihr zu helfen, da näherte sich ihr ein breit gebauter Mann in einem engen Sakko, ausgebeulter Jeans und verknittertem Hemd vom Zeitschriftenstand. Nach einem raschen Gruß stellte er sein Gepäck ab und ging in die Hocke, um sich am Aufklauben zu beteiligen.

»Der weiße Ritter für das holde Medium in Not«, befand Friedemann gleich einem sarkastischen Kommentator.

»Mit Verlaub: Das ist Doktor Ingo Theobald«, erklärte Matthias. »Er gehört ebenfalls zum Team.«

»Ah, ein Arzt? Gut.« Viktor kreuzte die Arme vor der Brust. Das Eingreifen konnte er sich sparen, Fendi und Theobald kamen mit dem Aufklauben gut voran. »Trotzdem schade. Ich hatte gehofft, wir hätten noch eine junge Dame im Team.«

»Ich wette, dass Sie den Wunsch bald bereuen würden«, warf Friedemann mit der Grandezza eines versnobten Fünfzigjährigen ein. »Es geht selten etwas über die Weisheit des Alters. Wissen ist Macht. Und diese Dame besitzt weder Alter noch Wissen.«

Viktor wunderte sich, wie der Mann seine Umgebung wahrnahm, ohne die Augen darauf zu richten. Ein Meister des peripheren Sehens, dachte er.

Coco Fendi war so sehr mit dem Zusammenwischen ihrer Utensilien beschäftigt, dass sie ihren Helfer erst bemerkte, als er neben ihr kniete.

»Danke, das ist sehr freundlich von Ihnen.« Ihr enges Designerkleid zwickte und behinderte sie bei den Bewegungen. Aber das war der Preis von schöner, teurer Kleidung, die sie sich leistete; auch ihre ungebändigten hellen Locken raubten ihr die Sicht, hingen wie ein Vorhang vor ihren Augen. »Ein wahrer Gentleman.«

Ihren riesigen Luxus-Reisekoffer setzte sie wie einen Schild ein, damit niemand sonst ihr Eigentum aufsammelte. Dahinter verschwand die kleine Gruppe um den Chauffeur, der sie zu van Dam bringen sollte.

Coco wandte sich ihrem Retter zu, strich die Haare aus dem Gesicht und erkannte Ingo Theobald, einen Mann Anfang vierzig, der seine graugelben Haare nackenlang trug. In seinem unrasierten Gesicht saß eine jugendlichnerdige Nickelbrille.

»Du?«, lachte sie mehr, als zu sprechen – und gab ihm einen Kuss auf den Mund.

Ingo ließ es sich gefallen, wenn auch aus Überraschung. »Was machst du hier?«, fragte er verblüfft.

»Arbeiten«, gab sie schnippisch zurück, weil sie hörte, dass es ihm nicht passte, auf sie zu treffen. Sie hob die Tarot-Karten auf. »Und du? Ein Fall, den es zu untersuchen gibt?«

»Arbeiten.« Er musterte sie, dann sah er an ihrem Koffer vorbei zum winkenden Chauffeur in Uniform. »Sag nicht …«

Coco hob den Blick und begriff. »Nein! Du auch?«

Ingo seufzte und nahm ihre freie Hand. »Tu das nicht, Beate. Es wird sicherlich gefährlich!«

»Es ist sehr gut bezahlter Job«, entgegnete sie. »Und nenn mich nicht so. Ich bin Coco Fendi, Medium und berühmte Hellseherin. Bekannt aus Funk, Fernsehen und Internet. Weißt du, wie viele Follower ich habe?«

Sie hatten die verstreuten Sachen eingesammelt und wüst durcheinander in dem Case verstaut. Zum Sortieren war später noch Zeit.

Ingo fasste es nicht, Beate wiederzusehen, und dann noch zu erfahren, dass sie für das gleiche Unternehmen angeheuert worden waren. Er blickte sie vorwurfsvoll an und wollte etwas erwidern. Etwas Gemeines. Dass sie doch hätte wissen müssen, dass sie sich am Flughafen begegnen würden, als Hellseherin. Er ließ es. »Glaubst du nicht, dass dein Outfit ein bisschen too much ist? Du bestätigst jedes Vorurteil, das man gegenüber medial begabten Menschen nur haben kann.«

»Das ist Teil meiner Vermarktung. Ich bin wie Elvira, Mistress of the Dark. Nur eben die stilvollere Version.«

»Du weißt, dass Elvira das Horror- und Gothic-Genre persiflierte?«

»Mir egal. Ich gebe den Menschen, was sie erwarten. Das macht sie glücklich. Die Leute lieben Klischees. Du weißt, dass ich es anders versuchte und scheiterte. Also kriegen sie die überkandidelte extravagante Hellseherin.« Coco küsste ihn noch mal hinter dem Koffer und berührte seine Wange. »Spiel mit. Bitte. Wir haben heißen Sex, sobald wir wieder oben sind, das verspreche ich dir!« Eindringlich sah sie ihn an. »Bitte, Ingo! Du hast es doch erst mit deinen Expertisen ermöglicht, dass ich diesen Job bekommen habe!«

»Wir reden aber nicht von einer deiner Unterhaltungsshows, bei denen du deine Follower bespaßt«, gab er besorgt zurück.

»Lass mich einfach meine Sache machen, okay?«, bat sie merklich kühler. Die beiden Küsse hatten ihre bezirzende Wirkung verfehlt, und das ärgerte sie. Sie schloss das Case, klackend rasteten die Schnallen ein. »Dieses eine Mal noch. Dann habe ich genug Geld zusammen.«

Ingo verzog den Mund und schwieg, während sie sich erhoben. Beate war immer in finanziellen Nöten, was an ihrer Vorliebe für ein kostspieliges Leben lag. Sie sah sich in der Tradition der Diven aus den Goldenen Zwanzigern, nur dass sich heutzutage keine edlen Spender mehr unter den Männern fanden, die einer Spiritistin aus Achtung den Unterhalt finanzierten. Dass sie wie ein übergrelles Abziehbild wirkte, störte sie nicht. Ihre Erklärung dazu fand er einleuchtend, teilte sie aber nicht. Beate war alt genug, um zu entscheiden, wie sie wahrgenommen werden wollte.

»Im Gepäck geirrt?«, sagte eine strenge Frauenstimme hinter ihnen.

Ingo und Coco wandten sich um.

Keine zwei Meter entfernt stand eine Mittdreißigerin in Stadttarnhose und einem engen Feinripp-Unterhemd, darüber trug sie eine abgewetzte braune Lederjacke im Militärlook; in der rechten Hand hielt sie einen Kaffeebecher, aus dem heißer Dampf aufstieg.

Der Satz hatte nicht ihnen gegolten, sondern einem jungen Mann mit rundem Anglerhütchen, der ertappt dreinblickte. Mit ihrem rechten Stiefel hatte sie seinen Koffer angehalten – der eigentlich Ingo gehörte.

»Hey! Das ist meiner«, protestierte Ingo.

»Passiert ja leicht, an einem Flughafen, dass man sich den falschen Koffer nimmt«, sagte die trainierte Unbekannte, die ihre halblangen blonden Haare in einem Zopf trug. Sie bildete den absoluten den Gegenentwurf von Coco, was das Erscheinungsbild einer Frau anging. Mit der einen konnte man Kriege gewinnen, mit der anderen Soldaten an der Front unterhalten.

»Lassen Sie mich!« Der Dieb wollte tatsächlich mit seiner Beute an ihr vorbei. Die Gier schlug die Vernunft.

Die Mittdreißigerin machte einen Ausweichschritt und sandte ihn mit einem Schlag gegen seinen Solarplexus zu Boden. Keuchend blieb der Mann liegen und hielt sich die Brust.

Sie grinste auf ihn nieder und trank schlürfend von ihrem Kaffee. Es war nicht ein Tröpfchen aus dem Becher verschüttet worden. »Ist glatt hier. Da kann man sich ratzfatz auf die Fresse legen. Gut, dass du dir nichts gebrochen hast.« Sie hob ihre Hand. »Meine Manus ist härter als dein Sternum. Finde raus, was das heißt.«

Zwei aufmerksam gewordene Sicherheitskräfte näherten sich. »Kann man Ihnen helfen?«, erkundigte sich einer und hob sein Funkgerät, um die Zentrale zu benachrichtigen.

Die Unbekannte wandte sich mit einem bösen Grinsen an Ingo. »Sicherheitshinweis: Lassen Sie Ihr Gepäck nicht unbeaufsichtigt.«

Er lächelte und reichte ihr die Hand. »Danke! Ohne Sie wäre ich aufgeschmissen gewesen.«

»Gut, dass Sie da sind.« Coco erklärte den Security-Mitarbeitern, was sich zugetragen hatte. Der Dieb wurde aufgehoben und mit Kabelbinder gefesselt.

»Ah, die Herrschaften der Reisegruppe Höhlen haben zueinandergefunden«, sagte der Chauffeur, der mit den beiden Männern unbemerkt zu ihnen getreten war. »Matthias ist mein Name. Herr van Dam schickt mich, um Sie alle zu ihm zu bringen.« Er deutete in der Runde umher und stellte sie einander vor. Auch die militante Kaffeetrinkerin gehörte dazu.

»Die aufmerksame Dame ist Frau Dana Rentski, ihres Zeichens Freeclimberin«, schloss Matthias die Vorstellungsrunde. Allgemeines Händeschütteln setzte ein.

»Aber noch sind wir nicht vollzählig«, sagte Matthias. »Eine Person fehlt uns noch. Dann können wir aufbrechen. Alle weiteren Erklärungen erhalten Sie von Herrn van Dam.« Matthias wandte sich den beiden Flughafenmitarbeitern zu und reichte ihnen eine Visitenkarte – falls es noch weitere Fragen gäbe, welche die Aussage und die Sicherheitskameras nicht abdeckten –, dann führten die Männer den ertappten Dieb ab.

»Schöne Show«, sagte Viktor zu Dana. Ihm waren weder der feste Händedruck noch die sportliche Figur entgangen.

»Danke.« Sie trank ihren Kaffee aus und warf den Becher zielsicher in den Papiermülleimer. »Ich helfe, wo ich kann.«

Über die konträre Gruppe bereitete sich Schweigen aus, keiner wollte ein Gespräch beginnen. Friedemann las wieder in der Zeitung.

Währenddessen eilte ein übergewichtiger Mann in verknitterter heller Stoffhose und einem geschmacklosen bunten Hemd aus der Abfertigung. Offenbar hatte er versucht, Bart und Frisur des Comichelden Tony Stark zu kopieren, aber der restliche Look und die Physis wollten nicht dazu passen, und so wirkte er mehr wie eine Karikatur von Magnum.

Viktor ahnte, dass es sich um die erwartete letzte Person handelte, die van Dam angeheuert hatte. Der Mann war ihm auf den ersten Blick unsympathisch. Noch unsympathischer als Friedemann.

Die billige Magnum-Kopie sah die Gruppe, hob den Arm zum Gruß und stampfte auf sie zu.

»Pass doch auf«, schnarrte er einen kleinen Jungen an, der an der Hand seiner Mutter ging, und bahnte sich rücksichtslos seinen Weg zu den Wartenden. »Sorry. Da war eine lahme Oma, die ihren Koffer nicht vom Band bekam. Ich musste ewig warten, bis ich an meinen kam. Die wollte ihren Rollator nicht loslassen und humpelte ihrem antiken Schrottkoffer in Zeitlupe nach.« Er nickte in die Runde. »Freut mich. Carsten Spanger mein Name, aber ihr könnt mich Tony nennen.«

»Helfen hätte geholfen«, kommentierte Dana kühl.

Carsten kratzte sich am Kopf. »Wer hätte mir denn helfen sollen?« Dann lachte er, um klarzumachen, dass er sie absichtlich falsch verstanden hatte. »Und? Bin ich der Letzte?«

»Solange Sie nicht das Letzte sind«, erwiderte Dana.

Viktor lächelte gewollt halbherzig.

»Du meine Güte. Ich hab's ja verstanden«, gab Spanger zurück. »Machen Sie keinen Aufstand. Das nächste Mal bin ich ein netter Pfadfinder und helfe älteren Damen.«

»Wir sind vollzählig.« Matthias übernahm die Führung, bevor der Schlagabtausch der beiden in eine neue Runde ging. »Wenn Sie mir folgen möchten?«

Gemeinsam verließen sie die Halle und standen alsbald vor einem schwarzen Mercedestransporter. Nacheinander stiegen sie ein, Viktor und Dana halfen dem Chauffeur rasch beim Verstauen der Koffer im Laderaum.

»Danke, sehr freundlich. Das waren die anderen nicht«, sagte Matthias und reckte die Arme nach der Heckklappe, um sie nach unten zu ziehen.

»Die anderen?«

Matthias merkte, dass er sich verplappert hatte. »Die anderen, Herr Troneg.« Er schloss den Kofferraum, lächelte verhuscht und deutete auf den Einstieg, bevor er auf den Fahrersitz flüchtete.

»Bitte sehr, nach Ihnen, Frau Fendi.« Carsten ließ ihr den Vortritt und musterte ihren Hintern, als sie sich zum Einsteigen nach vorne beugte, und wackelte mit den Augenbrauen wie eine lüsterne Bauchrednerpuppe. »Ich bin jetzt schon Ihr Fan.«

Viktor dachte über Matthias' Worte nach. »Die anderen«, wiederholte er leise. Sie waren wohl nicht die Ersten, die van Dam angeheuert hatte.

Was sowohl ihm als auch dem Rest der sogenannten Reisegruppe Höhlen entging, war ein unauffällig gekleideter Mann Mitte vierzig, der ganz in der Nähe des Zwischenfalls mit dem Beautycase auf einer Wartebank saß und einen Minilaptop auf den Knien hatte. Es gab auch keinerlei Grund, ihn zu bemerken, denn nichts unterschied ihn von anderen Wartenden, abgesehen von dem ungewöhnlich besorgten Gesichtsausdruck – als habe er soeben von einem Ereignis erfahren, das den Verlauf der Menschheitsgeschichte für immer verändern würde.

Gelegentlich sah der Mann über das aufgeklappte Display zur Anzeigetafel, wo die Ankunftszeiten der Maschinen aufleuchteten, als interessiere er sich dafür. Dann wandte er den durchdringenden Blick wieder nach rechts und schaute zu den Leuten, die eben einander vorgestellt wurden.

Sorgenfalten bildeten sich auf seiner Stirn.

Im geöffneten Chatfenster stand von ihm geschrieben:

MIT TRONEG IN FFM ANGEKOMMEN.
WIRD IN EMPFANG GENOMMEN.
GEHÖRT ZU EINEM EINSATZTEAM. SENDE GLEICH FOTOS DER BETEILIGTEN.
INSTRUKTIONEN?

Der Mittvierziger langte nach seinem Pappbecher und kostete von dem Gebräu, das sie ihm als Espresso verkauft hatten. Er hielt es für braune Plörre, vergessener und von der Wärmeplatte einreduzierter Kaffee von gestern, den man nicht hatte wegschütten wollen.

Mit einem Piepsen kam die Antwort im geöffneten Fenster:

VERFOLGEN.
BEI GELEGENHEIT TRONEG AUSSCHALTEN.
KOLLATERALSCHÄDEN AKZEPTABEL.

Neben dem Chatfenster hatte der Mann ein Foto geöffnet, auf dem Viktor mit einem hochgerüsteten G36 im Anschlag vor einer heruntergekommenen Hütte zu sehen war. Wo und wann es aufgenommen wurde, war nicht ersichtlich, die beigefarbene Tarnuniform sprach für Irak. Oder Afghanistan. Oder ein anderes Sandland. Er war dort zusammen mit einer deutschen Spezialeinheit gewesen, die offiziell gar nichts an diesem Ort zu suchen hatte.

Das war nicht der Grund, weswegen Viktor von Troneg auf der Abschussliste stand. Deutsche Spezialeinheiten bewegten sich unentwegt durch verbotenes Gelände, ohne dass der Bundestag oder andere Kontrollgremien jemals davon erfuhren.

Darunter zeigte sich auf einem weiteren Foto, das deutlich vergrößert und gröber erschien, eine antik wirkende Steintür mit Türklopfer aus schwarzem Metall in Form eines Löwenmauls, das einen goldenen Ring zwischen den weißfleckigen Zähnen trug. Die Zeichen und Symbole darauf waren zu grob gepixelt und nicht entzifferbar. Die Tür gehörte zu der Hütte, vor der Viktor von Troneg auf dem ersten Foto kniete und nach Feinden Ausschau hielt, ohne einen Blick hinter sich zu werfen. Was bei dieser Art von Tür ein tödlicher Fehler sein konnte.

Der Mann tippte Verstanden und hob sein Smartphone, um Fotos von der Gruppe zu schießen und sie gleich abzusenden, während das Sextett und der Chauffeur die Halle durchquerten.

In aller Ruhe machte sich der Mittvierziger an die Verfolgung, den Minilaptop zusammengeklappt unter dem Arm tragend sowie einen Sportrucksack auf dem Rücken. Er war damit einer von unzähligen Geschäftsreisenden, die sich tagtäglich durch das Terminal bewegten. Niemand erahnte seinen wahren Auftrag oder für welche Organisation er arbeitete.

Der Mann verließ das Gebäude, lehnte sich etliche Meter entfernt vom schwarzen Mercedestransporter gegen eine Säule und blickte sich nach einem Taxi um. Nur ein Wagen stand an der dafür vorgesehenen Haltebucht.

Die Gruppe hatte fertig eingeladen, der Transporter setzte vorschriftsmäßig den Blinker und fuhr los.

Der Mann ging zielstrebig zum letzten Taxi. »Hallo. Fahren Sie bitte –«

»Tut mir leid. Hab gerade eine Fahrt über Funk bekommen«, wehrte der Fahrer durch das Fenster ab und machte eine bedauernde Geste. »Die Kollegen sind bestimmt gleich da.« Er startete und fuhr davon.

Gleich war zu lange. Weit und breit gab es kein anderes Taxi.

Fluchend wandte sich der Mittvierziger ab und zückte sein Smartphone, während er dem verschwindenden Mercedes nachblickte. »Ich bin's«, sagte er, nachdem sein Anruf mit einem gegrummelten Gruß entgegengenommen worden war. »Ich brauche den Halter eines schwarzen Transporters.« Er gab den Wagentypus und das Nummernschild durch.

Sekunden darauf wusste er, wohin er fahren musste, um Viktor von Troneg zu finden.

Anstatt auf das nächste Taxi zu warten, ging der Mann zur nächstgelegenen Autovermietung. Sein Auftrag war klar und musste erfüllt werden.

AUF ABWEGEN 2

Die junge Frau in dem schicken dunkelgrünen Abendkleid stand nach ihrem beherzten Schritt über die Schwelle und einigen Metern vorwärts in einem nächtlichen Wald, der ihr vorgaukelte, ein friedlicher und ruhiger Ort zu sein.

Farn und silbriges Mondlicht, das durch die Zweige der riesigen Bäume fiel, umgaben sie. Der heimelige Käuzchenruf erklang, auch der Fuchs hatte das Bellen wieder aufgenommen. Der Wind spielte mit den Ästen und dem Laub, erzeugte ein allgegenwärtiges Rascheln.

Die junge Frau ließ sich längst nicht mehr täuschen. Dafür hatte sie in den letzten Stunden zu viel von dem erlebt, wovor sie die Geschichten gewarnt hatten. Sie lauschte und blickte sich unentwegt um, aber rührte sich vorerst nicht; den Ast hielt sie schlagbereit in ihrer Rechten.

Das Grollen der Raubtiere, die irgendwo in dieser Welt lebten, war verklungen. Sie hoffte, dass die Wesen andere Beute gefunden hatten, am besten diese unsichtbare Kreatur aus dem Labyrinth.

Erst als sie sicher war, dass sich nichts um sie herum bewegte, ging sie langsam vorwärts. Ihr Blick richtete sich auf das Smartphone und die Empfangsanzeige: Kein Dienst.

»So eine Scheiße«, murmelte sie und wandte den Blick zurück zur spaltbreit geöffneten Tür, durch die sie gekommen war.

Auf dieser Seite gehörte der Durchgang zu einem alten, zerstörten Bunker, der gesprengt in der Landschaft lag, die Reste überwuchert von Grün. Die Beschriftungen auf der Tür waren nicht zu lesen, auch die Zeichen sagten ihr nichts. Aber für sie stand fest, dass es sich um keinen Ort handelte, der in ihrer bekannten Welt lag. Nichts erinnerte an die hohe Halle mit den fünf rätselhaften Türen.

Aber auch das kannte sie.

Unvermittelt erklang ein elektronisches Piepsen, und die junge Frau schaute aufs Display.

Der Signalbalken sprang an und wieder aus, ein und zwei dicke Striche wurden in raschem Wechsel angezeigt.

»Ja, bitte! Bitte!«, rief sie erlöst. »Das muss doch …« Sie reckte den Arm, suchte Empfang und pirschte behutsam voran.

Sie hatte sich geirrt. *Zum Glück!* Dieser Wald lag doch auf der guten alten Erde mit Mobilfunkmasten und -verstärkern, die ihre Rettung ermöglichten. Vielleicht hatte die Tür sie in ein Wildtierreservat gebracht oder in ein Wolfsgehege. Das würde das Geheule erklären.

Die junge Frau schlüpfte durch ein dichtes, üppig grünes Farnfeld, unentwegt auf der Suche nach besserem Signal. Einige Male strauchelte sie mit den Absatzschuhen im weichen Boden, wich abgebrochenen Stämmen aus und trat schließlich auf eine Lichtung, die im vollen Mondlicht lag. Der Himmelskörper schien deutlich größer und näher als sonst.

Behutsam schlich sie bis zur Mitte und hielt das Handy, so hoch sie vermochte. »Komm schon«, raunte sie beschwörend. »Bring mich nach Hause.«

Plötzlich ein leises Knistern, und der Farn wogte um sie herum.

Die junge Frau regte sich nicht und schaute umher, lauschte aufmerksam. Den Ast reckte sie nach vorne, um mögliche Attacken abzuwehren. Ihr Nasenpiercing und ein Ohrring funkelten eisig im Licht der Gestirne auf. Den anderen hatte sie irgendwann verloren. Sie würde ihn nicht suchen.

In diesem Moment zeigten die Signalbalken wie zur Belohnung den vollen Ausschlag.

»Gott, ja!«, schrie sie vor Freude auf.

Die zerkratzten Finger huschten befehlend über das Gerät, artig wählte das Smartphone.

Derweil blickte sie sich wieder um. Unmittelbar vor ihrer Rettung wollte sie nicht gefressen werden. Argwöhnisch betrachtete sie den sich wiegenden und biegenden Farn. Ein entferntes Heulen erklang. Weit genug weg, um keine Furcht in ihr zu erzeugen, aber nahe genug, um zu wissen, dass die Tiere nicht verschwunden waren.

In einem Reflex duckte sie sich, um nicht entdeckt zu werden, und wäre am liebsten von der exponierten Lichtung gekrochen, um sich auf einen Baum zu begeben und auf den Parkwächter oder sonst einen Zuständigen zu warten, der sie aus dem Gehege befreite.

Wie zur Strafe gingen die Balken sofort zurück.

Also stellte sich die junge Frau erneut aufrecht hin und presste sich das leuchtende Handy an die Wange.

Nach einer gefühlten Ewigkeit läutete es.

Dreimal, viermal.

Dann klickte es. Der Anruf war entgegengenommen worden.

»Papa! Papa, hörst du mich?«, rief sie freudig. »Hör mir zu! Ich war in dem Haus von Urgroßvater …«

Aus dem Lautsprecher erklang eine verzerrte Stimme, die keinem Menschen gehörte. Unverständliches Gebrabbel drückte sich in ihr Ohr.

Sie sah auf das Display. Die Nummer stimmte. »Scheiße, was …?«

Sie legte auf und betätigte den Notruf.

Erneut versuchte das Smartphone, Kontakt herzustellen.

Das Heulen ertönte wieder, deutlich näher als vor wenigen Sekunden, und der Farn bewegte sich plötzlich gegen die Windrichtung. Etwas raste im Schutz des dichten Grüns frontal auf sie zu.

»Fuck!« Die junge Frau rannte los, zurück zur Tür, durch welche sie gekommen war. Ihr erschien die Aussicht auf Überleben jenseits dieses Waldes größer, auch wenn in der Kammer etwas anderes auf sie lauerte. Aber immerhin hatte sie nun einen Ast, mit dem sie sich wehren konnte.

Die Balken fielen sofort auf null Empfang zurück. Kein Dienst.

Der zerstörte Bunker tauchte zwischen den Stämmen auf, die Tür war nun sperrangelweit geöffnet.

Das Mondlicht schien in den Raum, der ihr kurzfristige Sicherheit versprach, und riss die vollgeschriebenen Wände aus Beton und Backstein aus der Dunkelheit. Sie sah den zerbrochenen Türklopfer auf dem Boden, die zerstörten Gebeine sowie den Toten in der Tarnuniform. Die Maschinenpistole in seiner Hand wirkte verlockend, auch wenn sie nicht wusste, wie man mit so etwas umging. Doch damit wäre mehr auszurichten als mit dem Ast, den sie umklammerte.

Die junge Frau keuchte vor Anstrengung, behielt aber ihre hohe Geschwindigkeit bei. Sie stolperte auf dem weichen Untergrund, fiel aber nicht.

Das Grollen der Monster rückte näher.

Ich schaffe es, dachte sie unentwegt. Weniger als zehn Meter trennten sie noch. *Ich schaffe es!*

Da schob sich ein Mann in einem Nadelstreifenanzug aus dem Inneren des Bunkers in den Eingang; das weiße Hemd und die schwarze Krawatte saßen makellos. Sein abruptes Erscheinen hatte etwas Surreales. Neugierde zeigte sich auf seinem glatt rasierten Gesicht, während er der jungen Frau dabei zusah, wie sie um ihr Leben spurtete.

Dann hob er seinen rechten Arm. Ein Ring schimmerte im Mondlicht an seinem Finger auf, die er auf die Tür legte und sie zuschob, bevor sie den Durchgang erreicht hatte.

»Nein!«, schrie die junge Frau wütend. »Nein! Ich muss rein! Hören Sie! Ich muss …« Aus vollem Lauf warf sie sich gegen die Tür, die noch einen Spaltbreit geöffnet war. Beim Versuch, den Ast in die Lücke zu rammen, brach er entzwei, das Holz splitterte. »Nein! Nein, machen Sie auf!« Sie rammte mit ihrer Schulter mehrmals dagegen, helle Haut und grünes Kleid rissen auf. »Hey, du Wichser!« Warm sickerte das Blut aus den frischen Kratzern.

Von der anderen Seite erklang ein tiefes Lachen. Der Unbekannte schob mit viel Kraft.

Und die Tür fiel zu. Klickend rastete das Schloss ein, und im gleichen Augenblick huschte das gefürchtete Flirren über die Tür.

Erbost trat die junge Frau dagegen. Sie wusste, was das bedeutete: Jetzt gab es kein Zurück mehr.

Jetzt gab es nur noch sie, den Wald – und die Monster.

KAPITEL II

DEUTSCHLAND, BEI FRANKFURT

Die Fahrt in dem schwarzen Transporter der Reisegruppe Höhlen verlief zunächst schweigend.

Der Mercedes mit den abgetönten Scheiben rollte über die Autobahn, die sie weg vom Flughafen brachte. Matthias fuhr sicher und mitunter mutig, nutzte sämtliche Spuren, um rasch vorwärtszukommen.

Coco Fendi wühlte in ihrer Box mit den Gegenständen, die sie als Medium und Hellseherin benötigte, und begann mit dem Ordnen der durcheinandergeworfenen Steine, Runen und anderem Krimskrams. Dafür klappte sie das Case komplett auseinander und breitete sich weit aus, was die übrigen Mitfahrer zum Zusammenrücken und Ausweichen zwang. Aber es beschwerte sich keiner.

Viktor betrachtete das Gesicht von Dana Rentski in der Reflexion der Scheibe. Sie kam ihm bekannt vor, doch er wusste nicht, woher. Er hatte in der Vergangenheit an diversen Climbing-Wettbewerben teilgenommen, und es war nicht auszuschließen, dass sie sich da über den Weg gelaufen waren. Doch sobald er Anlauf nahm, sie darauf anzusprechen, gab sie mit ihrer Haltung zu verstehen, dass sie keinerlei Interesse an einer Unterhaltung hatte. Sie las auf ihrem Smartphone ein Buch und wollte nicht gestört werden.

Sollte sein Gefühl, ihr schon einmal begegnet zu sein, mit seinem alten Beruf zu tun haben, konnte es unschön werden. Es würde bedeuten, dass sie nicht auf der gleichen Seite gestanden hatten.

Spanger döste schmatzend vor sich hin und brummte bei jeder Bodenwelle.

»Nun gut.« Rüdiger Friedemann ergriff als Erster das Wort.

Resolut faltete der dürre Mann die Zeitung zusammen, die er soeben ausgelesen hatte, und ließ seinen mokanten Blick durch die Designerbrille durch den Fond schweifen. »Was haben wir hier also?« Er zeigte auf sich. »Einen Geologen und Höhlenforscher.« Dann deutete er auf Dana und Viktor. »Zwei Freeclimber.« Fingerzeig auf die kramende Coco. »Und ein Medium.« Seine braunen Augen richteten sich auf Ingo. »Sie sind unser Doktor, und Sie« – er wandte sich zu Spanger, der die Augen beim Klang der Stimme geöffnet hatte – »stellen bei der Mission unseren Techniksupport dar, wenn ich raten müsste.« Süffisant lächelnd blickte er an dem Mann mit dem auffälligen Bart herab. »Sie sind ein bisschen zu korpulent für schmale Höhlen.«

Spanger rieb sich die Lider und setzte mit einem Räuspern zu einer Erwiderung an.

»Kein Arzt«, kam ihm Ingo zuvor. »Sondern Doktor der Physik und Parapsychologe. Vom parapsychologischen Institut aus Freiburg.«

Friedemann lachte auf. »Ein Geisterjäger? Herr im Himmel! Was für ein Team!«

»Ich bin nicht nur Climberin«, warf Dana ein. »Nebenbei mache ich noch ein bisschen Kampfsport. Es reicht, um Dieben in den Arsch zu treten. Oder arroganten Typen. Das Alter spielt für mich dabei keine Rolle.«

»Touché«, erwiderte Friedemann amüsiert. »Da hat jemand Courage. Sehr erfrischend.«

»Seien Sie ein bisschen netter, Friedemann. Nur weil Sie Professor sind, müssen Sie sich auf Ihren Titel nichts einbilden«, warf Spanger säuerlich ein. »Ich sage ja auch nicht, dass man Ihnen beim Sturm eine Leine an den Zeh binden und Sie als Drachen benutzen kann. Oder als Klappergestell in der Geisterbahn. Oder …«

»Bei allem Respekt: *Das* ist die merkwürdigste Truppe, die ich jemals bei einer Erkundung zu führen hatte.« Friedemann sah sich im Innenraum um.

»*Sie?*«, kam es ungläubig aus Danas Mund. Ihr Blick machte

deutlich, dass sie ihm nicht zutraute, auch nur eine Stunde im Klettergeschirr zu überstehen. »*Sie* führen unsere Truppe an?«

Friedemann lächelte. Er hatte seinen Spaß. »So steht es in meinem Vertrag.«

Die Umgebung, die draußen vorbeizog, hatte sich auffallend geändert. Der Mercedes fuhr durch eine noble Vorstadt mit alten Villen und riesigen Gärten.

Viktor war sich mittlerweile sicher, dass er Danas Gesicht nicht mit dem einer Climberin verband. »Helfen Sie mir«, sagte er zu ihr. »Wir kennen uns doch von irgendwoher. Aber es hatte weniger mit Höhlen oder dem Klettern zu tun, oder?«

Sie zuckte mit den Schultern und blickte auf ihr Smartphone und in ihr Buch.

Danas Verhalten war Viktor unerklärlich. Umso mehr forschte er in seinem Gedächtnis, aber die Begebenheit, bei der sich ihre Wege gekreuzt hatten, lag verborgen im Nebel. Oder wurde er Opfer seiner eigenen Einbildungskraft, weil sie jemandem ähnelte, den er kannte?

»Fragen Sie doch unsere Hellseherin, Herr von Troneg.« Friedemann lächelte die sortierende Coco an, während der Transporter langsamer wurde und mit einem sanften Schaukeln anhielt. »Sie wird Ihnen gewiss sagen können, wo Sie sich begegnet sind. Oder in welchem Leben.« Er rollte die Zeitung zu einem dicken Zeigestock zusammen und pochte gegen ihr aufgeklapptes Case. »Mme. Fendi. Gehen Sie doch dem Herrn geistig zur Hand. Beeindrucken Sie uns.«

»Für solche Auskünfte und das Beeindrucken nehme ich Geld«, sagte sie und beendete das Sortieren. Sorgsam schloss sie das Behältnis. »Wir haben alle Rechnungen zu zahlen.« Demonstrativ laut klackte sie die Schnallen zu und warf ihre blonde Lockenmähne mit der schwarzen Strähne nach hinten, eine melodramatische und einstudierte Geste.

Spanger lachte bitter. »Da sagen Sie was. Ich bin übrigens nicht der IT-Nerd, Professor Friedemann. Ich bin Personenschützer.«

Das Lächeln des älteren Geologen wurde bösartig. Ihm lagen eine Million Erwiderungen auf der Zunge, die sich um die Korpulenz des Mannes drehten, aber er behielt die Späße über Kugelfang, Schutzschild und dergleichen für sich. »Sie waren sicher der Beste.«

Das Team stieg aus, Friedemann vorneweg.

Der Mercedes stand in der Auffahrt vor einer imposanten Jugendstilvilla inmitten eines gepflegten Parks. Die Sonne schien warm und freundlich auf die Bäume, es roch nach letzten Sommertagen, obwohl der Herbst sich bereits über das Land legte.

Matthias ging um das Sextett herum und öffnete die Heckklappe. »Bemühen Sie sich nicht. Ich kümmere mich ums Gepäck.«

»Wie bei den anderen?«, entgegnete Dana. Sie hatte sich den Versprecher auch gemerkt.

»Achten Sie bitte darauf, dass sich nichts öffnet«, ermahnte ihn Coco. »Und keine Kratzer! Auch Koffer können Schmerzen spüren. Vor allem, wenn sie so teuer sind.« Das Case mit ihren Utensilien behielt sie in der Hand. Sie zog ein goldenes Pendel an einer silbernen Kette unter ihrem Mantel hervor und richtete es auf die Villa. »Viele Sorgen sind in diesem Haus«, murmelte sie mystischdunkel.

Ingo bedachte sie mit einem warnenden Blick, aber sie lächelte ihn abschmetternd an. Sie wollte das lebende Klischee sein.

»Sorgen. Und noch mehr Geld«, fügte Spanger hinzu. »Gut für uns. Dann ist es sicher, dass wir unsere Kohle kriegen.«

»Gehen Sie nur«, forderte Matthias sie freundlich auf. »Sie werden von Herrn van Dam sehnsüchtig erwartet.«

Sogleich öffnete sich die Eingangstür, und eine Bedienstete in einem ähnlichen Anzug, wie ihn der Chauffeur trug, bat sie herein. »Folgen Sie mir bitte, Herrschaften. Es ist alles für Sie vorbereitet.«

Die Gruppe ging die Treppe hinauf, durch ein imposantes Entree und quer durch üppig eingerichtete Zimmer und Salons des Untergeschosses. Viktor kam sich vor wie in einem Museum und sah sich staunend um. Er hatte keine Ahnung von Kunst, aber die Bilder, die er auf das 18. Jahrhundert schätzte, hatten sicher ein kleines Vermögen gekostet, ebenso wie der Rest der Kostbarkeiten in den Räumen.

Spanger imitierte die forsche Gangart der Bediensteten und schwenkte seinen großen Hintern nach rechts und links. Coco pendelte unentwegt und machte ein gravitätisches Gesicht, während Ingo, die Hände auf den Rücken gelegt, dahinschritt wie ein nachdenklicher Philosoph.

»Wir sind da.« Die Bedienstete führte sie nach einem knappen Pochen und einer vernehmbaren Aufforderung von der anderen Seite durch eine eindrucksvolle doppelflügelige Tür in das Büro ihres Auftraggebers. »Sollten Sie bestimmte Erfrischungen wünschen oder Allergien haben, lassen Sie es mich wissen. Ich kümmere mich um Ihr Wohl.« Niemand äußerte Sonderwünsche, und sie deutete in den Innenraum. »Ich kehre sofort zu Ihnen zurück, meine Damen und Herren.«

Es roch nach frischem Aftershave, das gut zu dem Raum passte. Die dunkel gehaltene Einrichtung war ein wüster Mix aus Altem und Modernem, Bauhaus und Barock, alles mit Stahl, Leder und etwas Holz angefertigt wie aus der Laune eines progressiven Designers heraus. Dicke, alte Bücher sowie nahezu antike Ordner standen in den funktionalnüchternen Regalen, in einer Ecke stand ein großer, mit aufwendigem Schnitzwerk versehener Schrank, der geradewegs nach Narnia führen mochte.

Walter van Dam thronte in einem feinen, dunkelbraunen Anzug hinter seinem Schreibtisch und arbeitete konzentriert an einem Klapprechner. Er war wie Friedemann jenseits der fünfzig, hatte grau melierte Haare sowie einen gleichfarbigen Schnauzbart und Koteletten. Er blickte auf und deutete auf die sechs Stühle vor seinem Schreibtisch. »Meine Damen. Meine Herren.«

Sie grüßten und setzten sich. Die Bedienstete schob einen Wagen mit Kaffee, Mineralwasser sowie Gebäck herein. Danach zog sich die Angestellte zurück. »Ich muss mich vorab für die

Eile entschuldigen, mit der ich Sie zum Aufbruch drängen werde. Mir läuft die Zeit davon. Bitte nehmen Sie es nicht persönlich, sollte ich Ihnen unhöflich erscheinen«, eröffnete van Dam. »Darf ich Sie einander vorstellen, oder haben Sie das auf der Fahrt erledigt?«

»Ist bereits geschehen«, verkündete Friedemann. »Sie wissen, dass ich die Leitung innehabe.«

»Dann haben Sie verstanden, dass Sie ein besonderes Team sind«, sagte van Dam geschäftsmäßig. »Mit einem Medium.«

»Allerdings.« Viktor legte den Kopf ein wenig schief. Auf ihn machte van Dam nicht den Eindruck eines esoterischen Spinners, sondern eines geerdeten Businessmannes. »Das wird einen gewichtigen Grund haben?«

»Verzweiflung, nehme ich an«, murmelte Spanger.

Das Geschäftsmäßige an van Dam bröckelte, und er sackte ein wenig hinter dem Rechner zusammen. »Richtig, Herr Spanger. Ich *bin* verzweifelt«, räumte er leise ein. »Unendlich verzweifelt.«

Die Gruppe tauschte kurze Blicke.

Coco wollte was sagen und richtete das Pendel auf ihn, aber Ingo berührte sie sacht am Arm, damit sie es ließ. Es war für diesen Augenblick wahrlich zu viel des Guten. Sie fügte sich.

Van Dam räusperte sich und nahm einen Schluck Wasser aus dem Glas neben ihm. Einige Tropfen verfingen sich am Bart und ließen ihn glitzern. »Meine Tochter ist seit einer Woche verschwunden.« Er drehte einen Bilderrahmen um, sodass das Gesicht einer rothaarigen jungen Frau sichtbar wurde, höchstens zwanzig Jahre alt, mit Sommersprossen und einem kecken Lächeln. »Ich vermute sie in einem unerforschten Höhlensystem. Allein.«

»Das tut mir leid«, erwiderte Viktor spontan. Er wusste zu gut, wie es war, sich große Sorgen um einen geliebten Menschen zu machen. Als er nachfragen wollte, wo die Tochter abhandengekommen war, wurde er rüde abgewürgt.

»Polizei und Feuerwehr wären dann wohl eine gute Idee«,

sagte Spanger und machte aus seiner Enttäuschung keinen Hehl. Er hatte mit etwas Aufregendem gerechnet. »Oder das Technische Hilfswerk.«

Van Dam bekam seinen geschäftsmäßigen Gesichtsausdruck zurück. »Ich habe nichts gegen Behörden, aber manche Dinge gehen den Staat nichts an. Eine Hundertschaft neugieriger Feuerwehrleute oder Polizisten sind das Letzte, was ich auf meinem Grund und Boden haben möchte.«

»Ich werde Ihre Tochter aufspüren. Egal, wo sie ist«, versicherte Coco in einem Bühnentonfall, als müsste sie das Publikum unterhalten. Sie konnte es nicht ablegen, sosehr sie es versuchte. »Das verspreche ich Ihnen, Herr van Dam.«

»Genau darauf vertraue ich, Mme. Fendi. Da Sie Doktor Theobalds parapsychologischen Prüfungen standgehalten haben, sind Sie prädestiniert dafür!« Er presste die Hände zusammen. »Wie ich sagte: Mir läuft die Zeit davon. Meine Tochter …« Er unterbrach sich, atmete tief ein und rang um Fassung.

»Wie konnte sie denn auf Ihrem Grundstück verloren gehen?«, wagte Viktor das Nachhaken.

»Und was soll unser Ghostbuster?«, erkundigte sich Dana nüchtern. »Rechnen Sie allen Ernstes mit Geistern?«

»Es gibt keine Geister«, fügte Ingo hinzu. »Nach zweihundert Einsätzen und Untersuchungen wüsste ich das.«

»Ich habe Doktor Theobald zu dieser Unternehmung eingeladen, weil … er naturwissenschaftlich umfassend gebildet ist. Ich möchte Sie sechs bei der Expedition auf alles vorbereitet wissen, um mit jeder Situation klarzukommen«, sprach van Dam nun rasch. »Das Wie ihres Verschwindens sollen Sie herausfinden, Herr von Troneg. Sie erhalten modernste Höhlenforscherausrüstung, genug Proviant, Helmkameras und Senderverstärker, die Sie unterwegs platzieren, damit das Bild bis nach oben zu mir reicht. Meine Klaustrophobie verhindert, dass ich Sie begleite, sonst würde ich meine Tochter persönlich befreien. Wenn ich schon nicht dabei sein kann, möchte ich wissen, was da unten vor sich geht.« Er zögerte kurz. »Verschiedene Schusswaffen und leichte Panzerung gehören ebenso dazu.«

Spanger lachte auf. Seine Laune stieg. »Hoppla! Weil?«

»Wie Sie vielleicht wissen, bin ich ein wohlhabender Mann. Normalerweise sichern Leibwächter meine Tochter, sobald sie sich aus dem Haus bewegt. Aber bei ihrem letzten Ausflug hat sie darauf verzichtet.« Er sah kurz auf seinen Rechner. »Es besteht die Möglichkeit, dass Verbrecher die Gelegenheit nutzten und meine Tochter dort unten festhalten. Deswegen haben Sie unter anderem Herrn Spanger dabei. Als Experte im Umgang mit Feuerwaffen.« Er erhob sich und strich die Weste sowie die Krawatte glatt. »Wie ich sagte: Auf alles vorbereitet sein.«

»Gab es eine Lösegeldforderung?« Viktor kamen die Erläuterungen merkwürdig vor.

»Nein. Die Entführung ist nur eine Vermutung.« Van Dam deutete auf die Tür. »Entschuldigen Sie bitte meine Unhöflichkeit. Und halten Sie mich nicht für unprofessionell, weil ich Sie im Vorfeld nicht einweihte, aber die Prominenz meiner Tochter und die Art der Angelegenheit erfordern höchste Diskretion. Ihre Verträge sind unterzeichnet, die ersten Raten bereits überwiesen. Bitte prüfen Sie gerne Ihre Konten.« Er umrundete den Schreibtisch, den Arm weiterhin auf den Ausgang gerichtet. »Die Zeit drängt, meine Damen und Herren! Zeit, von der meine Tochter womöglich nicht mehr viel hat. Alles, was Sie über die Höhle und Ihre Teammitglieder wissen müssen, steht in den Dossiers, die Ihnen Matthias aushändigt. Sie werden sofort aufbrechen. Professor Friedemann als erfahrenster Höhlenforscher und Geologe leitet das Team, wie er mich darum gebeten hatte. Wenn Sie jetzt bitte …«

Viktor hob die Hand, was van Dam geflissentlich übersah. Trotzdem sprach er: »Entschuldigung, eine Frage zum Abschied: Haben Sie schon mal ein Team ausgeschickt?«

»Nein.«

Die Erwiderung kam rasch und resolut. Nach der Andeutung des Chauffeurs war nun allen klar, dass sie wirklich Team Nummer zwei waren, das aufbrach, und Nummer eins vermutlich nicht zurückgekehrt war. Das gelogene, sehr sichere Nein unterband jedes weitere Nachfragen.

Die Gruppe erhob sich.

Friedemann betrachtete im Aufstehen eingehend den Schrank hinter van Dams Schreibtisch. »Diese Schnitzarbeiten sind spektakulär.« Sein Gesicht bekam einen Glanz, der Experten beim Anblick einer Anomalie oder einer spektakulären Entdeckung eigen war. »Ich habe so ein Exemplar schon einmal gesehen. Und es ist unermesslich wertvoll.«

»Dieses nicht. Es stammt von einem Flohmarkt. Darin befindet sich meine Hausbar.« Van Dam zeigte mit Nachdruck auf den Ausgang. »Bringen Sie mir mein Kind zurück. Lebendig. Und ich mache Sie zu reichen Leuten. Zu sehr reichen Leuten. Die hunderttausend Euro, die jeder und jede von Ihnen bekommen hat, werde ich verzehnfachen, sobald ich meine Anna-Lena wohlbehalten zurückhabe.«

Das Team wurde im gleichen schwarzen Transporter, mit dem sie vom Flughafen abgeholt worden waren, durch eine zunehmend abgeschiedene Gegend kutschiert. Es gab viel Wald und wenige Häuser. Matthias verkündete, dass sie innerhalb weniger Minuten ankommen würden. »Stören Sie sich nicht an der Verlassenheit. Es wird Ihre Arbeit nur erleichtern.«

Schweigend las sich das ungewöhnliche Team die Ausdrucke durch.

Sie trugen einheitliche dunkle Militärkleidung, Klettergeschirr, leichte Kevlarwesten sowie Pistolen an Oberschenkelhalterungen oder im Achselholster. Die Halbautomatik sah an Coco aus wie ein Fremdkörper, aber Friedemann hatte darauf bestanden, dass sie nicht nur esoterische Gegenstände zur Verteidigung mit sich führte. Zwei leichte Rucksäcke standen vor ihm und Spanger.

Viktor fand es gewagt, Menschen ohne gesetzliche Erlaubnis und Erfahrung im Umgang mit Feuerwaffen mit Pistolen auszurüsten, Privatbesitz hin oder her. Und dass Laien mit Waffengewalt etwas gegen mögliche Entführer ausrichten konnten, bezweifelte er ernsthaft.

Friedemann legte den Ausdruck zur Seite und tastete an sich herum, als suche er etwas, dann zog er ein abgegriffenes Notizbuch aus der rechten Beintasche. Der Einband sah alt aus, sowohl von der Machart als auch dem Grad der Abnutzung her. Erleichtert warf Friedemann einen Blick hinein und verstaute es unter seiner Kevlarweste, was Viktor nicht entging.

»Viele Infos sind das nicht«, murrte Spanger über seiner Lektüre. »Hier steht nur was zu van Dams Tochter.«

»Was erwarten Sie?« Dana steckte sich einen Kaugummi in den Mund. »Van Dam sagte doch, es geht in ein unerforschtes Höhlensystem.«

Viktor und Coco lachten leise.

Er fand, dass sie ohne diesen überkandidelten Designerklamottenkram viel hübscher und natürlicher erschien. Das stärkte auf wundersame Weise seine Zuversicht, dass das Medium mehr vermochte, als das Offensichtliche zu verkünden. Viktor hatte sie auf die offizielle Untersuchung durch das parapsychologische Institut ansprechen wollen, weil er noch nie von einer echten, geprüften Hellseherin gehört hatte, aber sie blockte ab. Sie müsse sich konzentrieren und mischte ihren Kartensatz neu. Nach dem Auftrag werde sie mit ihm darüber reden, lautete ihr charmantes Vertrösten.

»Ich bin auf die Höhle sehr gespannt.« Ingo legte die Blätter zur Seite. »Ich kenne sonst niemanden, der eine Kaverne sein Privateigentum nennt.«

Spanger fluchte. »Ich mag keine Höhlen.«

»Wundert mich nicht, mein Lieber. Sie sehen eher nach jemandem aus, der viel Platz benötigt. Schmale Gänge sind nicht Ihre Sache.« Friedemann schaute aufmerksam in die Runde. »Ich gehe nicht von einer Entführung der jungen Dame aus.«

»Ich auch nicht«, pflichtete Viktor bei, der das Dossier bereits auswendig kannte. »Sonst hätte van Dam Leute angeheuert, die sich auf Geiselbefreiung verstehen. Alles andere bringt seine Tochter in Gefahr. Kann sein, dass das erste Team genau so etwas war und mit den Umständen nicht zurechtkam.«

»Danke für Ihre Zustimmung«, sagte Friedemann mit spöttischem Unterton. »Ich rechne mit keinen Problemen. Wir folgen dem Sicherungsseil, von dem im Handout die Rede ist. Ich denke, Anna-Lena van Dam liegt irgendwo verletzt herum und wartet auf Hilfe.«

»Was macht Sie als Geologe eigentlich so besonders, dass Sie unser Anführer sind?« Dana lächelte kühl. Sie stellte Friedemanns Führungsqualitäten infrage, die sie von Anfang an bezweifelt hatte. »Nur aus Neugier.«

Friedemann blieb gelassen. »Sie denken, weil Sie wie ein kleines Gibraltar-Äffchen einen senkrechten Stein hinaufkommen, sollten Sie uns führen?« Er rieb den Daumen über die Kuppen von Zeige- und Mittelfinger. »Ich sehe, wo das Gestein brüchig ist, wo es gefährlich wird, wo Bruchstellen sind, wo die Besonderheiten liegen. Und welche Wege man besser nicht nimmt. Ich leitete schon Dutzende Expeditionen an den entlegensten Orten dieser Erde. Alle kehrten heil zurück.« Er erwiderte die kalte Freundlichkeit. »Nur zur Information.«

Danas Lächeln erlosch. Sie war dennoch nicht überzeugt.

»Was ist mit dem ersten Team?«, warf Spanger ein. »Was könnte denen geschehen sein, dass van Dam es uns nicht sagen will?«

Coco beendete das Mischen der Karten. »Sie können abgestürzt sein oder haben sich aus dem Staub gemacht oder …« Sie zog das Pikass. »Oh.«

»Oh?«, echote Spanger.

»Das ist die Todeskarte«, hauchte sie und warf dem Personenschützer einen langen Blick zu.

Dana schnaubte verächtlich und band den Pferdeschwanz enger. »Wie gut, dass ich sie nicht gezogen habe.« Sie blickte aus dem Fenster. »Na, was ist *das* denn? Sieht aber nicht aus wie eine Höhle.«

Der Mercedes-Transporter hielt vor einem heruntergekommenen, monumentalen Sandsteinhaus, das vom Stil her um 1900 errichtet worden war. Eine Prise Klassizismus war an der Fassade noch zu sehen, die sonstigen Verzierungen traten zugunsten von prächtig ausgestalteten Türmchen und Erkern zurück. Farbiges Bleiglas war verbaut worden, es gab Rosetten und kirchengleiche Fenster, deren bunte Scheiben tagsüber für faszinierendes Licht im Inneren sorgten. Für ein verspuktes Geisterhaus sah es trotz seines verlotterten Zustands zu schön aus.

Unmittelbar daneben erhoben sich die Reste einer kleinen Fabrik, die einem Brand zum Opfer gefallen sein musste, wie die Spuren an dem eingestürzten Gebäude verrieten.

Viktor nahm das Dossier und überflog, ob er überlesen hatte, was es damit auf sich hatte. Er fand nichts. Seine Sorge galt der unbekannten Anna-Lena, knappe zwanzig Jahre alt. Eine Woche reichte aus, um zu verhungern, und zweimal, um zu verdursten. Van Dam hatte recht gehabt: Es gab keine Zeit zu verlieren.

Schräg vor den Gebäuden parkte ein schwarzer Rolls-Royce Wraith Black Badge, den Staubspuren nach nicht erst seit gestern. Das Auto gehörte Anna-Lena van Dam und war der sichere Indikator, dass sie sich an diesen Ort begeben hatte. So stand es auch in den Unterlagen.

Viktor prüfte auf seinem Smartphone rasch nach, was er über Friedemann im Netz finden konnte, weil ihn Danas Skepsis angesteckt hatte. Aber die Aussagen stimmten. Der hagere Professor war wirklich eine Koryphäe, nur ähnelte er sich auf den Bildern nicht, sondern wirkte wie ein entfernter Verwandter. *Wahrscheinlich sind die Fotos uralt*, dachte Viktor.

»Wir sind da«, verkündete Matthias und stieg aus, dabei hielt er einen Tabletcomputer in der Linken. »Wenn die Herrschaften ihre Vorkehrungen treffen möchten?«

Das Team kletterte aus dem Transporter. Viktor und Spanger warfen sich die Rucksäcke mit einem Riemen über die Schulter.

»Dann wollen wir mal.« Dana prüfte ihre Pistole routiniert, nahm das Magazin heraus und ließ den Schlitten mehrmals vor-

und zurückgleiten, danach sicherte sie den Abzug und lud die Halbautomatik.

Coco beobachtete sie dabei ganz genau. »Das sah … versiert aus.«

»Schützenverein«, erwiderte die blonde Frau grinsend.

»Ich bringe Sie zum Eingang.« Matthias ging auf die Tür des Gebäudes zu; dabei zückte er einen Schlüsselbund.

»Im Keller liegt also der Eingang zur Höhle.« Ingo zeigte auf den Rolls-Royce. »Warum ist der noch hier?«

»Herr van Dam wollte ihn stehen lassen, falls seine Tochter aus eigener Kraft aus der Höhle findet. Damit sie gleich losfahren oder um Hilfe rufen kann. Es ist ein Notsystem eingebaut.« Matthias ging die Stufen zur Tür hinauf. »Ah, und vergessen Sie die Gewehre nicht. Sie sind unter der Abdeckung im Kofferraum.«

Spanger eilte zum Heck des Transporters, entfernte den Sichtschutz und blickte auf G36-Schnellfeuergewehre mit etlichen Ersatzmagazinen und einklappbarer Schulterstütze. »Das wünscht man sich doch!« Er nahm sich eins und steckte zwei Ersatzmagazine ein. »Das können wir gut brauchen.« Unkundig fummelte er daran herum und suchte den Magazinauswurfknopf, dann zog er am Verschluss, ohne dass sich was rührte. Nicht ein Handgriff ließ den Eindruck entstehen, dass er sich damit auskannte.

Coco und Ingo verständigten sich mit Blicken, keins zu nehmen. Sie konnten ohnehin nicht damit umgehen.

Viktor und Dana betrachteten die vollautomatischen Waffen, als wären es Andenken in einem Touristenladen oder Waren in einer Auslage.

»Gebrauchen kann man die, um sich mit Terroristen anzulegen, ja. Aber nicht in einem Höhlensystem.« Viktor klopfte auf die Pistole in seinem Achselholster. »Die reichen vollkommen auf kurze Entfernung.«

Zu seiner Verblüffung nahm Dana ein G36 aus der Halterung. Sie musterte es knapp, legte an und schwenkte umher, justierte das Fernrohr leicht nach. Dann klinkte sie ein volles Magazin ein, lud durch und sicherte, um sich das Gewehr umzuhängen. Danach steckte sie zwei Patronenfächer in die Halterungen an der Weste. Ohne etwas zu sagen, drehte sie sich um und folgte Friedemann, Ingo und Coco.

Spanger und Viktor sahen ihr verblüfft nach.

»In Höhlen kann es alle möglichen gefährlichen Tiere geben«, rief sie über die Schulter. Sie wusste genau, dass die Männer ihr hinterherblickten. »Höhlenbären, zum Beispiel.«

Viktor zögerte. Niemand ging von einer Entführung, sondern von einer Notlage aus, in die Anna-Lena van Dam geraten war. Er fand es zwar nicht gut, Opfer eines kleinen Anfalls von Paranoia zu sein, aber er griff sich ebenfalls eine vollautomatische Waffe. Die Prüf- und Ladebewegungen fielen ihm ebenso leicht wie Dana. »Da hat sie recht.« Dann ging er los.

Spanger schaute noch verwirrter und lief dann los, was ihn wie einen ungeschickten Bären wirken ließ. »Hey, Rentski! Können Sie mir zeigen, was ich mit der Waffe machen muss?«

»Am besten nicht benutzen«, kam ihre karge Antwort.

Die übrige Gruppe lachte. Sie legten Headset-Funkgeräte an, setzten ihre Helme auf und befestigten sie mit dem Kinnriemen. In speziellen Halterungen befanden sich Kameras, die ihre Bilder via Verstärker aus der Höhle bis zu ihrem Auftraggeber sendeten. In den Rucksäcken befand sich das nötige elektronische Equipment, das es zu platzieren galt.

»Können Sie uns sagen, was das für eine Zaubervilla ist?«, bat Coco Matthias und pendelte unaufhörlich. In einer Gürteltasche verwahrte sie jene Utensilien, die sie zum Aufspüren nutzen wollte. »Das ist sehr, sehr starke Energie, die ich empfange. Hier ist etwas Schreckliches geschehen.« Tatsächlich wirkte ihr Gebaren weniger aufgesetzt als am Flughafen und im Büro.

»Wir sehen die abgebrannte Bude daneben auch«, murrte Spanger. »Aber nur zu. Ich höre mir die Geschichte an.«

»Der Brand des Holzwerkes ist schon ewig her.« Matthias öffnete die Verriegelungen an der bronzebeschlagenen Doppeltür, deren Sturz sowie Einfassung von einem exzellenten Steinmetz mit floralen Elementen verziert worden war. »Das ist ein altes Anwesen, das der Familie van Dam schon lange gehört. Seit das Feuer die Fabrik vernichtet und der Großvater von Herrn van Dam sich von dem Sitz zurückgezogen hat, findet sich keine Verwendung dafür. Das dazugehörige Waldstück ist an eine Jagdgenossenschaft verpachtet«, erklärte er und drückte die schwere Tür auf. »Schalten Sie nun die Helmlampen bitte ein. Es gibt keinen Strom.« Er nutzte sein Pad, um sich Licht zu verschaffen.

Die Gruppe wurde vom Chauffeur durchs verlassene Haus geführt.

Die Möbel lagerten unter weißen Tüchern, dicke Spinnweben spannten sich in den Ecken, und das fellverzierte Skelett eines Hundes lag in einer Ecke.

»Das ist nicht das, was ich spüre.« Coco zog einen Flakon heraus, mit dem sie duftendes Wasser versprühte. »Es hat nichts mit dem Feuer zu tun. Es … es ist etwas Schlimmeres.«

»Uuuh«, machte Spanger und lachte meckernd wie ein kleiner Junge, der »Pimmel« gesagt hatte.

»Reißen Sie sich zusammen, Mann«, schnauzte Friedemann ihn an. »Wer weiß, zu was es gut ist, was unsere talentierte Mme. Fendi erspürt. Achten wir ein wenig auf das Ungewöhnliche um uns herum. Es wird nicht schaden.«

Lediglich die einsamen Spuren von Damenabendschuhen führten durch den Staub und Schmutz. Coco machte Ingo darauf aufmerksam. Er wunderte sich wie der Rest der Truppe.

»Sagen Sie, ist das erste Team nicht durch das Haus gekommen, um nach Frau van Dam zu suchen?«, erkundigte sich Viktor, als wüsste er mit Sicherheit, dass bereits eine Suchmannschaft ausgeschickt worden war. »Außer den Abdrücken in Größe 36, die zu Schuhen gehören, mit denen eine Dame auf einen Ball oder in die Oper gehen würde, kann ich nichts entdecken.«

»Verzeihen Sie, aber das entzieht sich meiner Kenntnis«, gab Matthias zurück. Er öffnete eine weitere Tür, hinter der Sandsteinstufen steil nach unten führten. »Weiter werde ich Sie nicht begleiten, Herrschaften.«

Er aktivierte das Display, ein Internetchatprogramm wurde geöffnet. Auf dem Monitor erschien van Dams angespanntes Schnauzbartgesicht. Er wirkte erschöpft und aufgeregt zugleich. »Dort unten beginnt Ihre Mission«, schepperte seine Stimme aus dem Tablet. »Bitte, beeilen Sie sich! Folgen Sie dem Seil! Es ist die beste Spur. Und denken Sie an die Signalverstärker für die Helmkameras, damit ich sehen kann, was Sie sehen.«

»Denken wir, Herr van Dam. Keine Sorge«, beteuerte Friedemann.

Coco nahm eine Kristallkette aus der Gürteltasche und hängte sie sich um. »Wir finden Anna-Lena! Die kosmischen Kräfte sind mit uns.«

»Klar sind sie das. Und die Feuerkräfte auch.« Spanger hantierte am G36, bis Dana es ihm ruppig wegnahm und schussbereit machte.

»Für einen Personenschützer wissen Sie erstaunlich wenig.« Sie deutete auf die Sicherung und hob den Zeigefinger, um deutlich zu machen, dass er auf die Hebelstellung achten musste.

»Ich wünsche Ihnen viel Erfolg. Finden Sie meine Tochter.« Van Dam nickte, das Signal wechselte auf Stand-by.

»Dann los.« Friedemann deutete auf Spanger, der sich in Bewegung setzte. Dana und Friedemann folgten, danach gingen Viktor und Coco; den Schluss bildete Ingo.

Ausgetretene Stufe um ausgetretene Stufe ging es abwärts. Die Lichtlanzen der Helmstrahler zuckten im Raum herum und huschten über alte Backsteinwände wie die verwirrten Strahlen von winzigen Leuchttürmen. Es roch weder muffig noch abgestanden, nur nach kaltem Fels und Staub. Stützstreben aus behauenem Sandstein hielten die gemauerte Gewölbedecke.

Spanger hielt das G36 schief im Anschlag, der Zeigefinger lag nervös am Abzug, als fürchtete er, bereits an diesem Punkt ihres

Einsatzes angegriffen zu werden. Sein Helmlicht fiel abrupt auf ein waagrecht gespanntes, rostbesetztes Stahlkabel. »Ich habe das Seil gefunden!«

Er schaute daran entlang zurück: Das Ende des Stahlseils war mehrmals um eine Säule gewickelt und mit einem Karabiner verankert, der alt aussah.

Spanger drehte den Kopf in die andere Richtung, das Licht folgte. Das fingerdicke Kabel führte waagrecht durch eine nach innen geöffnete Tür in die Dunkelheit. Der Strahl seiner Lampe verlor sich in der Finsternis, ab und zu blinkte das gespannte Stahlseil in der Ferne auf. Keine Wände, kein Boden, keine Decke waren jenseits der Tür zu sehen.

»Scheiße, was …?«, entfuhr es Spanger ungläubig. »Das müsst ihr euch ansehen!«

Die anderen erreichten nacheinander den Sandsteinboden. Alle blickten erstaunt auf die offene Tür und näherten sich langsam. Coco hob dabei den Kristallanhänger, aber Ingo drückte ihre Hand nach unten.

»Das nenne ich Höhle, Herrschaften!« Friedemann schob sich nach vorne und leuchtete in das Schwarz. Auch sein Strahl traf nicht auf Widerstand, abgesehen von dem Seil. Mit einer Hand fuhr er am Türrahmen entlang und lächelte, als habe er etwas unsagbar Wertvolles, Herausragendes gefunden.

»Ich höre kein Echo.« Ingo hob einen Steinsplitter vom Boden und warf ihn in die Finsternis. »Mal sehen, wie tief es ist.«

Auch nach etlichen Sekunden des Wartens erklang kein Aufschlaggeräusch.

»Das … ist nicht gut«, raunte Coco.

»Nein, ist es nicht«, stimmte Viktor zu. Seine Nackenhärchen richteten sich auf. »So was habe ich noch nie gesehen. Diese Höhle muss … riesig sein.« Er blickte zu Friedemann. »Was sagen Sie dazu? Kennen Sie so etwas?«

»Nein. Ich schließe mich Ihrer Einschätzung an.« Friedemann sah unschlüssig in die Schwärze.

Dana machte einen Schritt an den Männern vorbei. Sie klinkte einen Sicherungskarabiner sowie eine Leichtlaufrolle in das alte Stahlseil ein und ließ sich in ihr Klettergeschirr fallen. »Hält«, stellte sie fest. »Folgt dem Seil, sagte van Dam.« Sie nahm Anlauf und sprang durch die Tür, schoss am Stahlseil entlang in die Dunkelheit.

»Los, Spanger! Hinterher«, befahl Friedemann.

Spanger fluchte und hakte sich ein. Mit einem Sprung folgte er Dana, während Friedemann umständlich an seinem Klettergeschirr herumnestelte. Es gelang ihm nicht, die Karabiner am Kabel zu befestigen. Ingo assistierte Coco derweil, die letzten Gurte um den Körper festzuzurren, wobei sie ein wenig jammerte.

Viktor betrachtete Friedemann bei seinem linkischen Versuch. Auch das fand er seltsam. Ein Höhlenforscher dieser Güte sollte solche Bewegungen im Schlaf beherrschen. »Ist es das erste Mal, dass Sie so was benutzen?«

»Ja. Bei meinen sonstigen Expeditionen brauchte ich kein Geschirr«, erklärte der dürre Geologe fahrig und fluchte. »Nicht solches jedenfalls. Ich konnte das mal, Herr Troneg.«

Viktor half ihm, aber seine Blicke machten seine Zweifel an der Aussage deutlich. »Kann passieren, Professor«, sagte er.

»Dann los. Retten wir das Mädchen. Sie bilden den Schluss.« Friedemann hetzte Dana und Spanger hinterher; es folgten der Parapsychologe und das Medium.

Viktor hörte das Surren der Leichtlaufrollen aus der Dunkelheit und sah die fünf Lichtlanzen verloren durch die Schwärze huschen. Anstatt sich auf den Weg zu machen, prüfte er die Befestigung des Seils an der Säule. Obwohl fünf Erwachsene daran hingen, zeigte sich das korrodierte Kabel unbeeindruckt von der Last.

»Hier stimmt gar nichts«, sagte er zu sich selbst und verzog den Mund. Eine junge Frau, die in einer Nobelkarosse zu einem abgelegenen Haus fuhr und mit Abendschuhen an den Füßen an einem Stahlseil auf Erkundung ging? In eine Höhle ohne Boden und Decke? Ein Suchtrupp, der keine Spuren hinterließ?

Niemals. Die Dossiers zur Einführung taugten nichts, es gab keine Karte, und ihr Auftraggeber verschwieg, dass es ein erstes Team gegeben hatte.

Aber Auftrag blieb Auftrag. Und hunderttausend Euro mit Aussicht auf eine Million waren nicht zu verachten. Die konnte er sehr gut gebrauchen. Das G36 an sich zu spüren, war ihm vertraut, auch wenn er gehofft hatte, so etwas nie wieder fühlen zu müssen, geschweige denn einzusetzen. Sein altes Leben ließ sich nicht abschütteln.

Viktor betrachtete den geschnitzten Türrahmen. Sein Helmlicht huschte über die Zargen. Ein eingelassenes Steinchen, das ein wenig an Katzengold erinnerte, reflektierte die Helligkeit.

Eine Tür in ein Höhlensystem, dachte er. *Wer baut solchen Unfug?* Er klappte die Tür leicht zu, bis die Kante auf das Kabel traf, und entdeckte auf der Innenseite einen rätselhaft geformten Türklopfer: Ein Fratzenkopf hielt einen korrodierten Metallring zwischen den Fängen.

Was ist denn das? Viktor berührte den Schädel des Fantasiewesens und fuhr über die grob gestalteten Zähne. Etwas Ähnliches hatte er schon mal gesehen. In seinem alten Beruf. Die Bilder poppten in seinem Verstand auf: das Rattern der Waffen, der heiße Wind, das Blut und die Schreie.

Schnell suchte er nach etwas, worauf er sich konzentrieren konnte, um nicht gänzlich in die Vergangenheit zu kippen. In das Trauma, das man nie besiegte. *Wie es wohl klingt, wenn man klopft?* Seine Finger hoben den Ring behutsam an.

Erneut kribbelte es in seinem Nacken, die Härchen richteten sich auf. Durch die Handschuhe glaubte er, unsichtbare Energie in dem Metall fließen zu spüren. *Keine gute Idee?*

»Troneg! Wo stecken Sie?«, kam Friedemanns Stimme aus weiter Entfernung und ohne Echo. »Alles in Ordnung?«

Viktor senkte den schweren Ring langsam ab, was ein unheimliches Quietschen erzeugte. Es fühlte sich nicht richtig an, ihn mit Wucht herabsausen zu lassen. Auch ohne ein Medium zu sein, warnte ihn ein leises Stimmchen im Hinterkopf, dass etwas Unvorhersehbares geschehen könnte, sollte er es ausprobieren.

»Ich komme. Habe nur die Verankerung geprüft.« Viktor klinkte sich ein und nahm Anlauf bis zur Säule, um möglichst viel Geschwindigkeit zu erreichen. Tief atmete er durch. »Was immer das ist: Es ist keine einfache Höhle«, murmelte er und rannte los.

Mit einem Satz warf er sich am Seil durch die Tür.

Gleichzeitig erklang Spangers Schrei aus großer Entfernung. »Scheiße, nein! Nein!« Ein G36 röhrte auf, und weit vor Viktor schnitt grelles Mündungsfeuer durch die Dunkelheit.

Und das Licht reflektierte auf Fels.

KAPITEL III

DEUTSCHLAND, BEI FRANKFURT

Der Mann aus der Ankunftshalle, der Viktor von Troneg heimlich gefolgt war und die Truppe fotografiert hatte, saß auf dem Fahrersitz des X5. Der gemietete Wagen parkte knapp hundert Meter von dem heruntergekommenen Haus entfernt, vor dem der eckige schwarze Mercedestransporter und der angeberische Rolls-Royce standen.

Auf seinem Schoß ruhte der Minilaptop, gelegentlich sah er durch ein Fernglas mit Nachtsichtfunktion zum Anwesen. Noch war keiner der Truppe wiederaufgetaucht, sie bewegten sich innerhalb des Hauses oder im Gewölbe darunter. Leise dudelte Frank Sinatras *Strangers in the Night* aus den Boxen und untermalte die Szenerie mit gepflegter Melancholie.

Neue Bilder der Gruppenmitglieder rauschten durch das integrierte WLAN des Wagens aus dem Internet herein, geliefert von der Zentrale. Heutzutage war es schwer, Dinge zu verheimlichen oder nicht mehr auffindbar zu sein. Mit den Möglichkeiten des Netzwerkes wurde das Sextett aufgespürt und ihre Hintergründe durchleuchtet. Und etliche Dinge stimmten nicht mit dem überein, was sie gegenüber van Dam angegeben hatten.

»Diese kleinen Lügner.« Der Mann las die aktuellen Meldungen zu Coco Fendi, die auf den bürgerlichen Namen Beate Schüpfer hörte. Sein Mund verzog sich vor Amüsement. Van Dam hatte sich von der tragischen Vergangenheit seines Mediums nicht beeindrucken lassen, die eine katastrophal verlaufende Bühnenshow einschloss.

Dann tippte er in das offene Chatfenster:

NEUE INSTRUKTIONEN?

Nach kurzer Verzögerung erschien als Antwort:

ABWARTEN.

Er gab einen Brummlaut von sich und richtete die Augen wieder auf das Anwesen. Dann wartete er eben.

Der Strahl seiner Helmlampe verlor sich in der Dunkelheit. Viktor zog sich mit den Händen am Seil voran, die Leichtlaufrolle machte es zu einem fast anstrengungsfreien Unterfangen; ab und zu bekam er Rostplättchen ab, die sich vom Draht lösten.

In der Ferne sah er vier Lichtkegel.

Ein langes Mündungsfeuer stand vor dem Lauf eines G36, die vielen Schuss jagten im Stakkato aus dem Magazin. Dann endete das Schießen.

»Spanger? Spanger, was ist?«, funkte Viktor aufgeregt und machte sich zum Eingreifen bereit.

»Scheiße, ich bin …«, kam es von Spanger.

Viktor rutschte am Kabel vorwärts, auf die Gruppe zu, die sich auf einem mehrere Meter großen Absatz versammelt hatte; ringsherum ragten Steinwände in die Höhe, auch darunter war Fels zu erkennen. Er landete, Munitionshülsen klingelten unter seinen Füßen. »Was habe ich verpasst?«

Coco hielt ihr Pendel in der Hand, Dana das Gewehr im Anschlag, und Ingo leuchtete in den dunklen Gang, der sich unmittelbar neben dem Vorsprung öffnete.

Friedemann, der sich mit zwei Karabinerhaken am Seil gesichert hatte, und Spanger standen am Rand des Vorsprungs, ihre Helmlampen strahlten in die Tiefe.

»Das bekommen Sie nicht wieder«, erklärte der hagere Geologe gehässig.

»Scheiße«, war das Einzige, was Spanger dazu sagte.

Viktor machte sich los und gesellte sich zu den beiden. »Was war denn los?« Dabei warf er einen Blick auf das gedrehte, gealterte Stahlseil, das an der Felswand endete und an einer rostbraunen Gesteinsschraube festgemacht war.

Spanger seufzte. »Reine Unachtsamkeit.«

»Reine Blödheit«, warf Dana ein. »Ich hatte ihm gesagt, dass er auf *sichern* stellen soll. Hat er nicht. Es ist losgegangen, er hat es fallen lassen.«

»Es ist beim Hangeln passiert, okay?«, maulte Spanger. »Es machte *klick*, das Ding verstellte sich. Ich rutschte über den Abzug und …«

Friedemann zog ihn an der Schulter von der Kante zurück. »Dann werden Sie nur Ihre Pistole haben, um uns zu beschützen.«

»Hier geht es weiter«, rief Ingo und leuchtete in den Gang.

»Wer sagt uns, dass die kleine van Dam nicht abgestürzt ist?« Dana sah zu Viktor. »Die Leiche würden wir nicht finden. Wir brauchen ein gefühlt unendlich langes Seil, um auf den Boden dieser Höhle zu gelangen.«

Coco hielt das Pendel auf den finsteren Korridor und nickte vielsagend. »Nein, sie lebt! Sie ist dort!«

»Suchen wir sie.« Ingo ging vor.

»Hey! Halt! Nicht ohne mich.« Spanger eilte an seine Seite, als hätte er keinen Unfug mit dem G36 angestellt. Coco folgte ihnen.

Währenddessen kämpfte Friedemann mit seinem Klettergeschirr und bekam die Karabiner nicht vom Seil gelöst.

Viktor trat zu ihm und löste die Halterung. »So geht das, Professor.«

»Ich weiß. Mir fehlt nur die Übung, Herr Troneg. Zu lange am Schreibtisch. Da rostet man ein.« Friedemann wich dem misstrauischen Blick aus und folgte Ingo. »Kommen Sie. Wenn unsere Hellseherin sagt, dass die junge Dame noch lebt, sollten wir sie schleunigst aus ihrer Notlage befreien.«

»Die übrigen Herrschaften haben es eilig und sind sehr optimistisch. Das muss an der Sicherheit liegen, die ihnen Fendi verleiht. Mit ihren Superkräften.« Dana wollte Viktor den Vortritt lassen, aber er lehnte ab. »Na schön.« Sie machte einige Schritte zur Seite und leuchtete noch einmal über den weitläufigen Vorsprung. »Haben Sie auch nichts vergessen?«

Der Strahl ihrer Lampe fiel auf einen schwarzen Militärstiefel, der hinter einem Felsvorsprung hervorlugte. Der Fuß zitterte leicht.

»Was ist denn …?« Dana nahm das G36 augenblicklich in den Anschlag. »Troneg. Sehen Sie das?«

»Sehe ich. Schauen wir nach.« Viktor bewegte sich schräg versetzt mit ihr vorwärts, ließ sein Gewehr jedoch gesenkt. Die Lichtkegel ihrer Helmlampen blieben starr nach vorne gerichtet.

Neben einer Auskragung auf einem schmalen Sims lag jemand, der außer den Stiefeln nichts trug als eine schlichte graue Unterhose; neben ihm ging es senkrecht nach unten. Mehrfach war er von Kugeln getroffen worden, der zerfetzte Brustkorb ließ wenig Hoffnung, dass er überlebte. Dazu bedeckten seinen Körper etliche Kratzer und aufgeschlagene Stellen, die von Stürzen herrührten, und in seiner rechten Schulter steckte ein Stiefelkampfmesser. Sein Blut umgab ihn in einer riesigen Lache und rann über den Stein, tropfte über den Rand in die schwarze Tiefe.

»Heilige Scheiße«, stieß Dana aus.

Geblendet starrte der tödlich Verletzte ins Licht, sein Gesicht war gezeichnet von Schmerz und Grauen. Ächzend versuchte er, etwas zu sagen, und spuckte bloß rote Tröpfchen aus.

»Van Dam, sehen Sie das?«, funkte Viktor.

»Ich sehe es«, kam es aufgeregt über den Ohrstecker.

Dana näherte sich behutsam, kniete sich neben den Sterbenden und betrachtete die Wunden. »Da ist nichts mehr zu machen. Neun Millimeter, schätze ich. Vermutlich eine Maschinenpistole.«

Der Verletzte entspannte sich, als hätte er auf das Licht gewartet, in das er gehen konnte. Klirrend löste sich ein längliches Werkzeug aus der erschlaffenden rechten Hand, die außerhalb des Lichts lag.

»Kennen Sie ihn, van Dam?«, erkundigte sich Viktor.

Dana balancierte furchtlos auf dem Sims. Sie zog dem Toten die Schuhe aus, fand darin aber nichts, was ihnen Aufschluss geben konnte. Sie trat in das Blut und hob den Gegenstand an, den der Tote bei sich getragen hatte, damit die Helmkamera es einfing: einen Bolzenschneider.

»Nie gesehen, den Mann«, erfolgte die karge Antwort.

Dana und Viktor tauschten Blicke.

»Was hat er mit dem Werkzeug gewollt?« Die blonde Frau stand auf und betrachtete das Stahlseil im Schein ihrer Lampe genauer. Prüfend fuhr sie mit den Fingern daran entlang und deutete auf Furchen, die sie erspürte. Dort waren die Backen des Schneidgeräts angesetzt worden. »Verhindern, dass der Kontakt zur Außenwelt bestehen bleibt? Warum?«

»Und ein bewaffneter Unbekannter verhinderte, dass es gelang.« Viktor sah sich um. Vielleicht irrte sich Dana mit ihrer Einschätzung, was die neun Millimeter anging, und der Mann hatte Spangers versehentliche Salve abbekommen. »Oder hat er den Bolzenschneider jemandem abgenommen, damit das Seil nicht gekappt wird?« Seine Sorge um Anna-Lena stieg. »Was geht denn hier vor?«

»Doch eine Entführung?« Dana zeigte auf die gewickelten Kabelstränge. »These: Sie haben die Kleine schon eine Weile verfolgt oder sogar mit einem Trick hier runtergelockt. Dann haben sie Anna-Lena eingesackt und wollten durch einen anderen Ausgang verschwinden. Seil ab, Verfolgung unmöglich.«

»Und von wem wurde der Typ erschossen, falls er nicht gar in Spangers Salve lief? Und warum?«

Dana hielt eine Hand vor ihr Mikro und bedeutete Viktor, dies ebenso zu tun. »Von einem aus van Dams erstem Team, das er uns verheimlicht«, sagte sie leise. »Aus welchem Grund auch immer. Und es war eine Neun-Millimeter.«

Spangers Kopf erschien im Gang, sein Licht blendete die zwei. »Wo bleiben Sie denn?«

»Wir kommen«, rief Viktor. »Wir haben uns noch umgeschaut.«

»Los. Die kleine van Dam will gerettet werden und ich nach oben.« Spanger verschwand wieder.

Die beiden setzten sich in Bewegung.

»Sie wollen es Friedemann nicht sagen?«, vermutete Dana.

»Nein. Erst, wenn wir etwas entdecken, was einen gesicherten Schluss zulässt.«

»Finde ich gewagt. Wir haben es mit mindestens einem bewaffneten Unbekannten zu tun.«

»Der schon längst weg sein kann. Und dann machen wir die anderen mit der Nachricht unseres Fundes sinnlos nervös.« Viktor musterte sie. »Übrigens, Sie haben ein gutes Auge für Munition und Einschusslöcher.«

»Schützenverein, sagte ich doch.« Dana schwenkte auffordernd die Mündung des G36, als wäre Viktor ihr Gefangener, und ließ ihn vorgehen. »Was halten Sie von Friedemann?«

»Nicht allzu viel. Aber er ist nun mal der Anführer.« Viktor trabte los. Das leise Klicken hinter ihm verriet, dass Dana den Feuermodushebel des Gewehrs behutsam veränderte. Zu *entsichert*.

»Dann sind wir schon zwei.«

Bald hatten sie aufgeschlossen und ihre Formation eingenommen. Ingo und Spanger übernahmen die Führung, es folgten Coco und Friedemann, dann Viktor und zum Schluss Dana.

Der Gang, durch den sie eilten, war von Menschenhand in den Fels geschlagen worden, an manchen Stellen mit Backsteinen gestützt oder mit Beton versehen, aus dem an abgeplatztzten Stellen verrostete Eisendrähte ragten. Der Stahlbeton sprach dafür, dass der Ausbau bis mindestens Ende des 19. Jahrhunderts stattgefunden hatte.

»Ein Bergwerk wird das nicht gewesen sein.« Gelegentlich stellte Viktor einen Senderverstärker auf den Boden, die Dioden blinkten gehorsam. Zwischendurch prüfte er, ob er van Dam immer noch hörte. »Irgendwelche Vorschläge, Professor?«

»Es hat keinerlei Bergwerkstruktur, nicht mal eine mittelalterliche, auf der aufgebaut wurde. Zudem wüsste ich nicht, was es hier zu holen gäbe. Ich nehme an, dass es sich um ein altes Schmugglerversteck handelt«, erklärte Friedemann. »Oder den Versuch, sich ein eigenes Bunkersystem zu errichten, für den Fall, dass ein Krieg ausufert und der Feind Deutschland überrennt. Vorläufer der Prepper-Bewegung, wenn man so möchte.«

Der Marsch ging weiter, tiefer in das System hinein. Gelegentlich passierten sie Abzweigungen, an denen sie die Entscheidung Coco überließen, wohin sie zu gehen hatten. Solange es keine deutlichen Abdrücke auf dem Boden oder Zeichen an der Wand gab, konnten sie ebenso gut der Expertise des Mediums folgen. »Ich empfange Anna-Lenas Signal deutlich!«, wisperte sie und lief zielstrebig voran, mit ihrem Pendel am ausgestreckten Arm. »Sie lebt noch. Ja, ich kann es genau fühlen.«

Ingo warf ihr gelegentlich skeptische Blicke zu, die sie ignorierte. Er brachte es nicht übers Herz, sie auffliegen zu lassen.

Viktor entging nicht, dass Friedemann kurz die Helmkamera abschaltete und verstohlen sein abgegriffenes Notizbüchlein unter der Kevlarweste hervorzog. Er wollte darin blättern, als Ingo plötzlich stehen blieb. Hastig steckte Friedemann es wieder ein. »Was gibt es denn?«

»Moment. Ich will ein paar Utensilien aus dem Rucksack suchen.« Der Parapsychologe trat an Viktor heran, wühlte im Rucksack und holte einige handliche physikalische Messgeräte heraus. Er schloss mehrere Kabel an, koppelte sie zusammen und verband sie mit einem Tabletcomputer, um sie sofort auslesen zu können. Mit einem Knopfdruck aktivierte er alles. »Nur für den Fall, dass Wissenschaft gebraucht wird.« Er betrachtete die Anzeige.

Spanger schaute ihm dabei zu und hielt seine Pistole in der Rechten. »Ich bin gespannt, was Sie messen.«

»Sie sollen nach vorne sichern, Spanger!«, zischte Dana.

Da erklang ein lautes Krachen wie von einer schweren, zufallenden Tür oder einem Stahlschott. Das bedrohliche Rumpeln rollte durch den Gang und umspielte sie, gefolgt von einem Luftzug.

Dana ließ sich sofort auf ein Knie nieder und sicherte nach hinten, Viktor nahm das G36 ebenfalls in Anschlag.

Die Messgeräte stießen fiepende Warnlaute aus und verstummten in der nächsten Sekunde. Ingo starrte auf die Anzeige, brabbelte fasziniert etwas von »Anomalie« und »physikalisch unmöglich«, was Viktor gar nicht behagte. Unmöglichkeiten, die Tatsache wurden, versprachen Ärger. Sehr viel Ärger.

»Ein Felsabbruch?« Spanger machte ein ratloses Gesicht.

»Nein. Klang für mich eher wie ein … Tor, das zufällt«, sagte Friedemann aufgeregt. »Ein großes Portal, wie man es bei Stadteingängen findet. Ungewöhnlich!«

»So was von ungewöhnlich«, steuerte Ingo abwesend bei, den Blick auf die Messergebnisse gerichtet.

»Da!«, wisperte Coco. »Da! Schaut euch das an!« Sie verfiel vor Staunen ins Duzen, sah auf ihre Hand: Das Pendel stand waagrecht an der gespannten Silberkette in der Luft und wollte offenbar die Frau in den Gang ziehen.

»Wie machst du das?« Ingo senkte die Stimme, damit nur sie ihn hörte. »Ist das ein neuer Trick?«

Coco schüttelte den Kopf, die Augen riesig vor Staunen und Unglaube, als vertraute sie zum ersten Mal auf ihre eigenen medialen Kräfte.

Friedemann lächelte sehr zufrieden. Eine Hand legte sich auf die Kevlarweste, unter der das Büchlein steckte. »Wir sind genau richtig«, wisperte er glücklich. »Weiter!«

Walter van Dam saß vor einem Monitor-Triptychon und schaute über die verschiedenen Helmkameraanzeigen. Das dröhnende Krachen, als seien die Pforten der Unterwelt zugeschlagen worden, hatte ihn aufhorchen lassen. »Professor Friedemann, was war das?«, fragte er aufgebracht. »Was geht da vor?«

»Wir wissen es nicht«, antwortete der hagere Mann, die Stimme klang verzerrt. »Aber wir haben eine sichere Spur auf den Verbleib Ihrer Tochter. Dank Mme. Fendi.«

»Ein Tor oder so was«, rief Spanger aus dem Hintergrund. »Es muss riesig sein. Warum gibt es hier unten ein Tor?«

»Ingo, hast du das gesehen? Das Pendel! Es stand … waagrecht!«, plapperte Coco von etwas weiter weg und benahm sich, als habe ihre Gabe zum ersten Mal in ihrem Leben funktioniert.

Van Dam goss sich etwas zu trinken ein. »Na, dann gehen Sie weiter!«, verlangte er. »Stehen Sie da nicht im Gang herum. Finden Sie meine Tochter.«

»Wir rücken weiter vor«, verkündete Viktor.

»Sehr gut. Beeilen Sie sich!« Van Dam war alles andere als beruhigt.

Viktor ging mit dem Gewehr im Anschlag vorneweg, neben ihm pirschte Dana, ihre Lampenstrahlen tanzten hin und her. Im Gang hatte sich nichts Gefährliches blicken lassen, und so hatte sich die Aufregung um das laute Rumpeln alsbald gelegt.

Vergessen war es allerdings nicht.

Ihnen folgten Ingo, Coco und Friedemann, den Schluss bildete Spanger. Der Doktor trug seine Messgeräte, gelegentlich warf er einen raschen Blick darauf. Das Tempo der Gruppe hatte sich erhöht. Sie schwiegen angespannt, während sie Meter um Meter zurücklegten. Das Scharren der Stiefel, das Klimpern und Klirren der Ausrüstung machten sie weithin hörbar.

»Freeclimberin, ja?«, raunte Viktor zu Dana, die sich wie eine perfekt ausgebildete Soldatin vorwärtsbewegte. Als er sie neben sich vorrücken sah, überkam ihn ein Bild, das er vor langer Zeit gesehen hatte – und in dem Moment fiel ihm ein, wo sie sich begegnet waren. »Und Kampfsport zum Ausgleich. Und Schützenverein. Was für ein Schützenverein war das, bei dem man –«

»Falscher Zeitpunkt«, knurrte sie, ohne den Blick zu ihm zu wenden.

»Finde ich nicht.«

Sie betrachtete ihn knapp. »Was sollen die Fragen?«

»Ich sagte doch: Ich habe Sie schon mal gesehen.« Viktor beobachtete sie ganz genau. »In Darfur. Ein Bericht über militärische Erkundung. Das hatte weniger mit Freeclimbing zu tun. Oder täusche ich mich?«

Dana machte schmale Augen. »Was haben Sie in Darfur gemacht?«

»Ich sagte nicht, dass ich dort war.«

»Was Sie so alles an Berichten anschauen – Sie sind auch nicht eben der einfache Freeclimber, was?« Es gefiel Dana nicht, wohin die Konversation führte. »Ich habe eine Zwillingsschwester, die Söldnerin ist. Nicht, dass Sie mich am Ende verwechseln.«

Viktor hatte nicht vor, sich abwimmeln zu lassen. »Ich weiß nicht, welches Spiel Sie –«

Beide blieben abrupt stehen. Große Verwunderung zeigte sich auf ihren Gesichtern angesichts dessen, was das Licht vor ihnen aus der Dunkelheit holte.

»Was ist?«, fragte Friedemann von hinten.

»Halt! Ich mache erst mehr Licht.« Viktor nahm eine bengalische Fackel vom Gürtel, zündete sie und warf sie in die Kammer, die sich am Ende des Ganges öffnete. Die Dimensionen ließen sich nicht abschätzen. »Das will ich genauer sehen, bevor wir reingehen.«

Dana schleuderte eine zweite Fackel hinterher.

Ein karger, hallengroßer Raum mit vollgekritzelten Wänden wurde von den fauchenden, rauchenden Leuchtmitteln in tiefem Rot illuminiert. Verschiedenste Aufschriften, gekritzelte Hinweise, Pfeile, Zeichen und eingekratzte Memos wurden undeutlich erkennbar, aber auch zerstörte Skelettreste und zerschlagene Eisenstückchen.

Viktor sah einen Toten auf dem Boden, der im Gegensatz zu dem Mann auf dem Sims Tarnkleidung, Panzerung und eine Maschinenpistole bei sich hatte.

Hinter ihm befanden sich fünf sehr unterschiedliche Türen, eingelassen in die Felswand zur Linken. Gemacht waren sie aus Holz und Stein, darauf prangten alte und neue Markierungen.

Die drei mittig liegenden Türen waren mit Klopfringen ausgestattet, der an der zweiten war zerbrochen. Die beiden äußeren waren mit Kastenschlössern versehen. Auf den ersten drei Türen leuchtete jeweils ein dickes Fragezeichen, auf der vierten ein X und auf der fünften ein Ausrufezeichen, gemalt mit einem roten Lippenstift. Die Linien schimmerten frisch und feucht.

»Was ist *das* denn?«, rief Spanger ungläubig. »Türen?«

»Sieht so aus«, gab Viktor zurück. »Was machen wir, Professor?«

»Das sollten wir unser Medium fragen.« Friedemann schloss zu ihnen auf. »Wunderschön, nicht wahr? Echte Prachtexemplare!« Dann richtete sich sein Blick durch die Designerbrille auf die Tür in der Mitte, auf der ein rotes Fragezeichen prangte. »Da haben die Vandalen gehaust.« Er zeigte auf die Tür links daneben. »Wie bedauerlich. Der Ring zum Pochen wurde abgerissen. Damit ist sie leider unbrauchbar.«

Dana und Viktor wechselten einen Blick. Dass sich ein Geologe über den Anblick von Türen freute, als hätte er außerirdische Stalagmiten entdeckt, kam ihnen mehr als merkwürdig vor.

»Türen? In einer Höhle?« Ingo drängte sich zwischen ihnen in den Eingang und plapperte los, als gäbe es den Toten gar nicht. »Das ist … fantastisch! Ein Rätsel! Ich liebe Rätsel! Schauen wir uns das aus der Nähe an.«

»Sollten wir unbedingt«, sagte Coco aufgekratzt und hielt das Kettchen mit dem ziehenden Pendel fest zwischen den Fingern. »Anna-Lena ist ganz nahe!« Sie setzte zu einem Schritt hinein an.

Ingo hielt sie am Klettergurt fest.

Da erst entdeckte Coco den Toten mit der zerfetzten Kehle und stieß einen leisen Schrei aus. »Bei den Geistern des Jenseits!« Beinahe hätte sie das Kettchen losgelassen. »Wieso hat mich keiner gewarnt?« Sie konnte den Blick nicht von der Leiche lösen. Ihre Begeisterung für den Auftrag und den Ort schwand mit jedem Herzschlag. »Ich … ich glaube, ich möchte doch lieber nach oben.«

Die Bengalfackeln erhoben sich plötzlich in die Luft, zusammen mit den anderen umherliegenden Dingen in dem Raum. Die Schwerkraft darin setzte aus, während das Sextett schweigend zuschaute. Erneut stießen Ingos Messgeräte laute Töne aus.

Hinter dem aufwärtsschwebenden gepanzerten Toten kam eine junge Frau zum Vorschein, die im Schatten des Mannes an der Wand gelegen hatte.

Ihre langen roten Haare umgaben sie wie behäbig lodernde Flammen, das Nasenpiercing sowie ein Ohrring glitzerten im roten Licht auf. Sie trug ein arg in Mitleidenschaft gezogenes grünes Ballkleid sowie Schuhe mit Absätzen. Die Augen blieben geschlossen, die Arme und Beine entspannt, als sei sie unter Wasser.

»Da!«, rief Dana. »Das ist sie doch! Anna-Lena!«

»Sollen wir rein und die Kleine holen?« Viktor blickte zu Friedemann. »Was meinen Sie, Professor?«

Da fielen die Fackeln, Leichnam, Anna-Lena und sonstigen Gegenstände auf den Boden zurück.

»Was … was war das?« Viktor sah erstaunt zum Parapsychologen.

»Keine Geister. Denke ich.« Ingo wischte auf dem Display herum. »Das war … eine …«

»Es hat aufgehört, also sehen wir nach«, beschloss Friedemann, als sähe er derlei bei seinen Exkursionen regelmäßig. »Sollten Ihre Geräte etwas messen, was uns gefährlich wird, sagen Sie Bescheid, Doktor. Vorwärts. Retten wir Fräulein van Dam.«

Die Gruppe rückte langsam vor und tauchte in das flackernde Bengalrot und den schwachen Rauch ein. Friedemann gab Viktor und Dana Anweisungen, sich um die junge Frau zu kümmern, die neben dem toten Gepanzerten lag, die Gliedmaßen nach dem Sturz leicht verdreht. »Doktor, behalten Sie alles andere im Auge. Dokumentieren Sie, was wir hier vorfinden. Restlos. Ich will mir das an der Oberfläche in Ruhe ansehen.«

»Echt? Warum?« Spanger sicherte in den Gang.

»Weil ich es spannend finde.« Der Professor begab sich neben Dana und Viktor, welche Anna-Lena rasch untersuchten. »Das verstehen Sie ohnehin nicht.«

»Auf den ersten Blick keine Brüche oder anderen äußeren Verletzungen«, verkündete Dana und tastete an der Bewusstlosen herum, zog die Lider in die Höhe und leuchtete hinein. »Puls normal, aber keine Pupillenreaktion.«

»Gott, Anna-Lena!«, hörten sie van Dams erleichterte Stimme. »Los! Schaffen Sie sie nach oben! Sofort!«

»Einen Moment. Wir müssen sicher sein, dass sie körperlich in der Lage ist, den Transport zu überstehen«, gab Dana resolut zurück und setzte ihre Untersuchung fort.

Ingo stellte seine Messgeräte ab und zückte eine Kamera. »So was habe ich noch nie gesehen. Bei keiner meiner parapsychologischen Untersuchungen. Weder gesehen noch aufgezeichnet! Die Umkehrung der Gravitation! Das geht normalerweise gar nicht.« Unaufhörlich schoss er Fotos von den Türen, den Aufschriften und den Symbolen. »Deutlich sind unter den Graffiti magische Formeln zu lesen, teils scheinen sie jahrhundertealt zu sein«, redete er begeistert weiter. »Keilschrift, Hieroglyphen. Altgriechisch, Persisch.« Er bekam sich vor Faszination kaum mehr ein. »Gut möglich, dass die Anomalie damit zu tun hatte.«

Viktor beobachtete, wie Friedemann sein Notizbüchlein zückte, und erhaschte einen Blick auf den ersten Eintrag: *Arc Project // Arkus // Arcus.*

Der Professor blätterte und verglich die Aufzeichnungen auf den Seiten mit den Beschriftungen an den Türen. Es gab Übereinstimmungen.

»Falls mich jemand sucht, ich bin hier.« Spanger blieb in der Nähe des Eingangs und sicherte.

Viktor entschied, Friedemann später auf das Büchlein anzusprechen, und sah sich um. »Wer zum Teufel baut denn Türen an so einen Ort?«

»Was mich viel mehr beeindruckt, ist die Beschaffenheit, die

Unterschiedlichkeit«, steuerte Ingo erfreut bei. »Diese Türen stammen aus verschiedenen Jahrhunderten. Die Symbole darauf ... sind ... Bei manchen weiß ich nicht mal, was es sein soll. Ich rede nicht von dem nachträglichen Geschreibsel, sondern von dem, was die Erschaffer der Türen angebracht haben.«

Spanger hatte es sich anders überlegt. Er ging zum Toten in der Panzerung und nahm ihm die Waffe ab, anschließend durchsuchte er ihn. »Maschinenpistole. H&K, MP5, neun Millimeter«, rief er zur Gruppe. »Von wegen, ich kenne mich damit nicht aus.«

»Das lernt man in jedem Ego-Shooter.« Dana blickte zu Viktor und hob triumphierend eine Augenbraue. Mit dieser Waffe war der Mann in Unterhose und mit Bolzenschneider höchstwahrscheinlich erlegt worden. Die Stiefel der beiden Toten waren von Machart und Profilmuster identisch.

»Aber er hat nichts dabei. Keine Abzeichen, keine Papiere. Sieht aus wie eine geheime Spezialeinheit.« Eingehend betrachtete Spanger die Wunde am Hals. »Aufgeschlitzt. Und sein Messer fehlt.« Er zeigte auf die leere Hülle an der Kevlarpanzerung.

»Van Dam: Ihre Leute?«, funkte Dana, die ihre Untersuchung der Ohnmächtigen abgeschlossen hatte.

»Nochmals: Nein, ich habe kein anderes Team geschickt. Und jetzt bringen Sie meine Kleine heraus!« Vernehmlich stellte er ein Glas ab. »Sagen Sie, Herr von Troneg, haben Sie alle Verstärker platziert? Ich bekomme plötzlich ein sehr zerhacktes Bild. Der Ton dringt kaum noch bis zu mir.«

»Habe ich, Herr van Dam«, antwortete Viktor.

»Kann durch magnetische Felder und Abstrahlung ausgelöst sein«, warf Ingo ein, der neben seinen aufgebauten Apparaturen stand und auf das Display des Tablets blickte. »Du meine Güte! Ich habe da neuerliche Ausschläge auf meinen Geräten. Hier sind ... messbare Veränderungen des Magnetfelds und Ähnliches festzustellen. Die Gravitation verringert sich leicht. Noch etwas mehr, und wir können es spüren.«

»Oder ein Störsender«, sagte Dana. »Oder man hat einen

Verstärker gefunden und ausgeschaltet. Wir sollten uns beeilen. Van Dam, Ihre Tochter ist so weit transportfähig.« Sie nickte Viktor zu. »Sie können sie anheben.«

Viktor gab seinen Rucksack an Coco, die ihn an Ingo weiterreichte, und hob die junge Frau auf. Er wunderte sich, wie leicht sie war. Mehr als fünfzig Kilo wog sie nicht. Behutsam legte er sie sich über die Schulter.

»Zusammenpacken, Doktor«, befahl Friedemann. »Wir verschwinden.«

Coco sah auf ihr goldenes Pendel, das keinerlei Anstalten machte, auf die junge van Dam zu zeigen. Das konisch geformte Metall wies stattdessen auf die Türen. »Das ist … seltsam.«

»Dein Pendel wird sich täuschen«, sagte Ingo und gab ihr mit seinem Blick zu verstehen, die Show sein zu lassen, während er seine Messgeräte in den Rucksack schob.

»Eigentlich nicht.« Coco betrachtete die Türen. »Da gibt es noch mehr Geheimnisse.« Sie blickte schaudernd auf den Leichnam. »Ist wohl besser, wenn wir sie nicht lüften müssen.« Sie steckte das Pendel ein.

»Abmarsch.« Friedemann scheuchte Spanger mit einer Handbewegung vorwärts. »Wir haben, was wir suchten.« Er warf den Türen einen eigentümlichen Blick zu, als meinte er sie damit und nicht die junge Frau.

Die Gruppe bewegte sich im Schein der Lampen durch die Gänge zurück. Stille herrschte in dem Labyrinth, was es umso bedrückender machte.

Wohin wollt ihr?, hörte Coco plötzlich in ihrem Kopf. *Bleibt ein wenig.*

Sie wurde langsamer, bekam einen Schubs von Ingo. Ein Frösteln breitete sich in ihr aus. »Hörst du das auch?«

Er hört mich nicht. Ich dachte, ich rede mit dir. Du bist etwas Besonderes, sagte die düstere Stimme. *Soll ich die anderen töten? Bleibst du dann?*

Coco fühlte, wie sich ihre Kehle zuschnürte. »Nein«, wisperte sie.

»Was nein?« Ingo sah sie verwundert an.

Wir könnten sehr viel Spaß haben, Beate. So ist doch dein Name. Oder soll ich dich lieber Coco nennen?

Sie wusste nicht, was sie antworten sollte, um das Unbekannte nicht herauszufordern.

Und plötzlich brachen Bilder über sie herein: von einer hundeähnlichen Bestie, die über die Truppe herfiel und sie abschlachtete; von einer gepanzerten Einheit, die sie attackierte und umbringen wollte; von einem Wesen wie aus Rauch, das mit brennenden Klingen auf sie einstach. Eine berittene Einheit, die in eine mittelalterliche Schlacht zog, gefolgt von Drohnen, die ihre Gruppe durch eine unbekannte Stadt jagten, und letztlich ein Mann in einer amerikanischen Uniform, wie sie in den Vierzigerjahren getragen worden war, der seine Waffe hob und die Mündung auf ihr Gesicht richtete. Abdrückte.

Cocos Mund öffnete sich zu einem Schrei – und die Umgebung verschwand.

Stattdessen standen die fünf Türen vor ihr.

Sie klappten hektisch auf und zu, auf und zu, auf und zu, ohne Unterlass. Sie dröhnten und schepperten und erzeugten ein lautes Grollen, das die Wände zum Beben brachte. Geröll und Steine fielen nieder und zerschellten auf dem Boden. Dann schoss dampfendes Blut aus einer Tür, aus einer anderen rauschte flüssiges Feuer, aus der daneben strömte Säure und mischte sich mit herauspurzelnden Gebeinen aus einer weiteren und stinkenden Gedärmen aus der letzten Tür. Das schwappende Konglomerat erfasste Coco und drückte sie unter die Oberfläche.

Die verwesenden Leichen von Ingo, Friedemann, Spanger, Viktor und Dana umtanzten sie und schlugen ihre Krallenhände in sie. Das gellende, kreischende Lachen ging ihr bis ins Mark.

»Wir sterben in dieser Höhle«, sangen sie. »Wir sterben! Und du hast uns nicht gewarnt. Deswegen töten wir dich! Töten wir dich!« Dann warfen sich die fünf auf das Medium und rissen die Kiefer weit auf.

Verbrennend und von Säure aufgelöst, erstickte Coco, wurde

von den treibenden Knochen zerstochen und zermahlen, während sich die Truppe an ihr labte und sie in Stücke riss – bis es ihr gelang, einen lauten Schrei der Verzweiflung auszustoßen, der in ihrer Lunge stecken geblieben war.

Sogleich zerstob die Illusion.

Sie stolperte vor Ingo durch den Gang, keuchte und konnte sich kaum auf den zitternden Beinen halten. Angst presste ihr Herz zusammen, die Strahlen der Helm- und Waffenlampen tanzten doppelt vor ihren Augen.

»Alles in Ordnung?« Ingo merkte, dass mit ihr etwas nicht stimmte. »Ist was? Kreislauf?«

Coco vermochte nichts zu sagen.

Das Grauen lähmte ihre Stimme. Sie war sich sicher, dass der Tod über sie herfiel, sobald sie einen Pieps von sich gab. Weswegen war sie plötzlich in der Lage, solche Visionen zu empfangen? Sollte sie diesem Ort entkommen, würde sie nie wieder einen Fuß hineinsetzen.

»Das war ja einfach.« Spanger fühlte sich mit der MP heldenhaft, wie er es sich immer gewünscht hatte. Nicht unbedingt wie Tony Stark, aber doch schon wie ein Mann, der etwas Gutes vollbracht hatte. Es störte ihn nicht, dass der Auftrag so leicht gewesen war oder dass sie einen Toten gefunden hatten. Sollten sich ruhig einige Feinde blicken lassen – er war bereit. Bereit abzudrücken und noch mehr Held zu werden. »Was den anderen Typen wohl umgebracht hat?«

»Hoffen wir, dass wir es nicht herausfinden müssen.« Dana behielt die Umgebung im Auge. Die Kegel der Helmlampen machten sie zu perfekten Zielen, und das passte ihr nicht. Ein guter Schütze musste lediglich knapp unter das Leuchten zielen, und ihr Leben war vorbei.

»Ach, das kriegen wir schon hin.« Spanger spielte an der Sicherung herum. »Wir sind doch Profis.«

»Ganz gewiss sind Sie das«, kommentierte Friedemann.

»Hatten wir nicht gesagt, dass Sie ein bisschen netter zu mir sind?«

»Ruhe«, verlangte Viktor. »Auch wenn uns jeder sieht, muss man uns nicht ewig weit hören.«

Die Mahnung wirkte, Stille senkte sich auf das Team.

Ingo sah immer wieder auf seine physikalischen Messaufzeichnungen und verließ sich darauf, dass man ihn richtig leitete. Was könnte er in der Halle mit den Türen noch an Experimenten durchführen? Woher rührte die volatile Schwerkraft? Der Tote sorgte bei ihm für Unbehagen, doch der wissenschaftliche Drang schob die Bedenken beiseite. Für ihn stand bereits fest, dass er mit einem entsprechenden Team und der Erlaubnis von van Dam zurückkehrten und die Menschheit mit seinen gewonnenen Ergebnissen verblüffen würde.

Ingo ahnte nicht, dass jemand anderes in der Truppe ähnliche Gedanken hegte.

»Nicht trödeln«, zischte ihn Dana an. »Bewundern können Sie die Ergebnisse oben.«

Sie erreichten nach einer Weile das Plateau.

»Gut«, erklang Friedemanns Stimme. »Setzen wir über. Wir haben es gleich geschafft.«

Mit einigen Tricks sicherten sie die ohnmächtige Anna-Lena am Seil und traten den Rückweg durch die Dunkelheit an. Das waagerechte verrostete Kabel hielt sie sicher. Sie zogen sich schweigend vorwärts, bis der Eingang im Schein der Helmlampen erschien. Einer nach dem anderen kam im Keller an.

So einfach es ging und sosehr er sich freute, die Verschwundene so bald gefunden zu haben, so unwirklich erschien Viktor diese Mission. Wenn man von den Abnormitäten einmal absah, wie die veränderte Schwerkraft und die beiden Toten, war es ein Spaziergang gewesen. *Es ging viel zu glatt*, dachte er. Nicht, dass er sich eine Schießerei gewünscht hätte, doch dass nicht ein ernsthaftes Problem aufgetreten war, verwunderte ihn. Eine Pfadfindergruppe hätte die junge Frau retten können, ganz zu schweigen von der militärisch ausgerüsteten ersten Truppe. Oder war es ein Test?

Viktor trug die Bewusstlose die Sandsteintreppe hinauf ins

Erdgeschoss der Villa, wo sie vom Chauffeur Matthias erwartet wurden. Van Dam hatte ihm Bescheid gegeben.

»Ich habe den Van bereits umgebaut«, erklärte Matthias und rückte die Kappe zurecht. »Der Transport kann losgehen.« Sie eilten durch die Zimmer auf den Ausgang zu. Der Chauffeur drückte Spanger den Ersatzschlüssel für den Rolls-Royce in die Hand. »Wenn ich Sie bitten dürfte, diesen Wagen zu nehmen?«

»So was von!« Spanger grinste. Es wäre das erste Mal, dass er solch einen Luxusboliden fahren durfte.

»Sie wollen keinen Krankenwagen rufen?« Dana hatte ihre Frage bis zu ihrem Auftraggeber gefunkt. »Ich weiß nicht, ob sie innere Verletzungen hat, die …«

»Keine Öffentlichkeit«, unterbrach sie van Dam. »Ich habe veranlasst, dass bei Ihrem Eintreffen ein Spezialistenteam in meinem Haus sein wird, das meine Tochter gründlich untersucht und entscheidet, was zu tun ist.«

Sie gelangten zum Ausgang, und Coco hätte am liebsten geheult vor Glück. Der schwarze Mercedes parkte mit offener Seitentür, die Sitze waren zu einer großen Fläche zusammengefügt worden.

»Nehmen Sie nochmals meinen Dank«, sprach van Dam über den Kopfhörer zu ihnen. »Sie werden all Ihre Prämien erhalten, wie ich es versprochen habe. Frau Rentski und Herr von Troneg, Sie begleiten Matthias, die anderen nehmen bitte den Rolls.«

Doch kein Test, zuckte es durch Viktors Gedanken, und seine Stimmung stieg. Er bettete die Ohnmächtige behutsam auf die Polster und wich zurück, um Matthias das Anschnallen der jungen Dame zu überlassen. Erleichterung überfiel ihn. »Gut, dass wir sie schnell fanden.« Es war ein herrliches Gefühl, ein Menschenleben gerettet zu haben. Er konnte sich nicht dagegen wehren, jedem aus der Gruppe die Hand zu reichen und sich gegenseitig zum Gelingen des Auftrags zu gratulieren. »Ich finde, das haben wir gut gemacht.«

Die Gesichter seiner Mitstreiterinnen und Mitstreiter zeigten Freude.

»Leicht verdientes Geld.« Spanger spielte mit dem Schlüssel des Rolls-Royce und tat abgebrüht. »Eine Million, richtig? Und das für ein bisschen weniger als drei Stunden Arbeit.«

Coco stand neben Ingo, der gerade seine Messwerte auf den Displays prüfte. Das beschäftigte ihn nachhaltig. »Und? Wie lässt es sich erklären?« Sie klang erlöst; das Beben ihrer Hände hatte nachgelassen.

»Eigentlich gar nicht.« Ingo war begeistert. »Herr van Dam, darf ich noch mal runter und mich umsehen? Diese physikalischen Phänomene schreien geradezu nach einer eingehenden Erforschung.«

»Niemals. Nichts bringt mich mehr in dieses Loch«, entfuhr es Coco, und sie legte die Ausrüstung ab. »Keine gute Aura. Was immer diesen Ort errichtet hat und die Türen aufstellte – es steckt keine gute Absicht dahinter.« Sie verschwieg die Stimme, ihre Vision, ihre Angst.

»Ich würde mich Doktor Theobald gern anschließen«, warf Friedemann ein. »Diese geologischen Strukturen sind einmalig. Wie mein Kollege schon sagte: Das muss ergründet werden.«

»Das kann ich Ihnen leider nicht erlauben«, beschied der Auftraggeber. »Sind wir lieber froh, dass Sie unbeschadet an die Oberfläche zurückkehrten.«

Dana hatte sich ebenfalls vom Geschirr befreit. Sie wich Viktors Blicken aus. Sie wollte sein Gedächtnis nicht reizen. »Wir sollten in Ihrer Villa über ein paar Dinge reden, Herr van Dam«, sagte sie. »Über das, was wir da unten gesehen haben.«

»Das entscheiden wir, sobald Sie bei mir sind«, gab er zurück. »Was in den Höhlen geschieht und geschah, bleibt in den Höhlen. Das wäre mein Vorschlag. Überlassen Sie alles Weitere mir, und belasten Sie sich nicht damit.«

Friedemann warf einen Blick zur Eingangstür. Wer wollte ihn aufhalten, wenn er hinabstieg? Der Chauffeur? Den anderen fünf konnte er Geld bieten, damit sie ihn in Ruhe ließen oder begleiteten. Mit ein bisschen Geschick ließ sich Theobald nicht von einem zweiten Abstieg abhalten. Bis van Dam eine dritte Truppe gefunden hatte, um sie rauszuholen, hätte er erkundet, was er erkunden wollte. Musste. Er wagte einen ersten, unauffälligen Schritt auf die Veranda zu.

»Was meinen Sie denn?« Spanger kratzte sich am Rücken. »Was haben wir denn gesehen? Sie meinen aber nicht die Türen, oder?«

»Herr van Dam!« Matthias nahm fahrig seinen Tabletcomputer. »Ich glaube, das … das ist nicht Ihre Tochter.«

Die Gruppe wandte sich zum Chauffeur um, der neben der Liegenden saß.

»Was reden Sie da für einen Unsinn?«, herrschte der Geschäftsmann ihn an.

»Die Augen, Herr van Dam.« Matthias drehte das Pad, sodass die Kamera das Gesicht der Schlafenden filmte. Vorsichtig öffnete er ihr ein Lid mit Daumen und Zeigefinger. »Sehen Sie das?«

Das Team drängte sich um den Transporter.

»Ich sagte es doch«, murmelte Coco. »Das Pendel. Es hatte gewusst, dass wir Anna-Lena noch nicht gefunden haben.« Die Konsequenz dieser Erkenntnis ließ ihren Magen zu einem schweren Stein werden: ein zweiter Abstieg.

»Unsinn«, raunte Ingo ihr zu.

»Was ist mit den Augen?«, erkundigte sich Dana.

»Sie sind blau«, erwiderte Matthias mit blassem Gesicht. »Die Augenfarbe von Frau van Dam ist aber …«

»Grün. Ihre Augen sind grün.« Van Dam klang erschrocken und besorgt zugleich. »Haben Sie geprüft, ob es Kontaktlinsen sind?«

»Ja, das habe ich. Keine Linsen.« Der Chauffeur filmte weiter. »Auch wenn ansonsten alles identisch ist, Herr van Dam, Figur, Haare, Schmuck – die Augen sind alles andere als das.«

»Kann etwas die Augenfarbe verändern?« Spanger warf den Rolls-Schlüssel hoch und fing ihn. »Starkes Licht oder so?«

»Sie reden aber auch einen Unsinn daher«, kanzelte ihn Friedemann ab. »Die Augenfarbe ist nicht zu ändern, es sei denn, man tätowiert die Glaskörper, aber danach sieht es nicht aus.« Er schob sich nach vorne und öffnete das Lid der Schlafenden, um sich zu vergewissern. »Matthias, sehen Sie das?«

Der Chauffeur neigte sich nach vorn und fluchte erschrocken. Er prüfte das andere Auge ebenfalls. »Grün. Sie sind wieder grün! Ich schwöre, sie waren vorhin blau.«

»Das ist ja irre.« Dana schüttelte den Kopf.

»Mehr als das.« Coco lehnte sich gegen Ingo. Sie brauchte die Wärme und Nähe eines Menschen gegen das schlechte Gefühl im Innern. Eines vertrauten Menschen.

»Es gibt nur eins«, funkte van Dam aufgeregt. »Sie müssen noch mal hinabsteigen. Und suchen. Ihr Auftrag ist nicht beendet. Ich brauche Gewissheit.«

»Was machen wir mit … der Person?« Dana betrachtete die Schlafende. Es konnte die gesuchte Tochter sein. Oder etwas anderes.

»Matthias wird sie zu mir bringen«, entschied der Geschäftsmann. »Ich lasse sie untersuchen und kümmere mich um sie. Unterdessen finden Sie bitte Anna-Lena. *Meine* Anna-Lena, nicht diese Kopie. Oder was immer das ist.«

»Eine DNS-Analyse könnte Klarheit bringen.« Viktor kannte das Gefühl, das in ihn kroch. Binnen einer Sekunde hatte sich das Sichere ins Gegenteil verkehrt. »Es kann immer noch sein, dass es Ihre Tochter ist«, gab er zu bedenken. »Wer weiß, was ihr in dem Höhlensystem zugestoßen ist? Darin gehen merkwürdige Dinge vor. Das meine ich nicht esoterisch.«

»Verstanden, Herr van Dam.« Matthias verlangte den Rolls-Schlüssel zurück. »Ich schaffe die Frau mit dem *Phantom* zu Ihnen. Der Mercedes muss ja wegen der Internetverbindung zu Ihnen stehen bleiben.«

»Ich hätte eine Frage.« Spanger reichte ihm die Schlüssel. »Bekommen wir dennoch die Million? Ich meine, eine zusätzliche? Wir haben Ihnen doch Ihre Toch–«

»Los, gehen Sie vor«, fiel ihm der Professor ins Wort. »Es ist peinlich, dass Sie so etwas fragen.« Insgeheim jubelte Friedemann. Die zweite Chance, offiziell hinabsteigen zu können.

»Ist es«, bestätigte Dana und legte ihre Ausrüstung an.

»Ich will da nicht wieder runter.« Coco blickte Ingo an. »Das meine ich ernst. Da lauert etwas auf uns.«

»Nein, es ist nur verrückt gewordene Physik.« Er tätschelte die Instrumente. »Und wir finden die Vermisste im Handumdrehen. Wie eben. Dein Pendel weiß doch, wo sie steckt.«

Coco hörte, dass er sie nicht verspottete. »Da unten ist dieser Tote. Mit der zerfetzten Kehle. Und das, was ihn umbrachte.« Sie stieg wie in Zeitlupe in das Klettergeschirr. Sie brachte es nicht über sich, über ihre Vision zu sprechen. »Es wartet auf uns.«

»Uns geschieht nichts.« Ingo freute sich auf die weitere Gelegenheit, Messungen vornehmen zu können. »Da bin ich absolut sicher. Wir müssen vorsichtig sein. Das ist alles.«

»Aufbruch, zum Zweiten.« Auch Friedemann war gut gelaunt. »Einmal waren wir bereits erfolgreich. Retten wir nun die echte Anna-Lena van Dam. Grüne Augen, Herrschaften. Denken Sie dran.«

Viktor und Dana prüften ihre Waffen, sprachen sich mit Blicken ab. Noch immer verschwiegen sie den halb nackten Toten mit dem Bolzenschneider und den Schusswunden, den sie entdeckt hatten. Das sollte vorerst so bleiben, um die Stimmung nicht kippen zu lassen.

Gleich darauf setzte sich die Truppe ein neuerliches Mal in Bewegung und begab sich durch das Anwesen in den Keller, um am Stahlseil entlang zur Plattform zu gleiten.

Coco war den Tränen nahe.

In aller Ruhe hatte der unbekannte Mann aus dem X5 heraus beobachtet, was sich vor der Villa abspielte, und jedes Detail zusammen mit geschossenen Fotos an die Zentrale gemeldet. Sogar das Gespräch hatte er durch Lippenlesen halbwegs verfolgen können.

Die Gruppe um den Professor verschwand im Haus, der Chauffeur öffnete noch einmal die Seitentür des Transporters und hob die ohnmächtige Doppelgängerin heraus, um sie zum Rolls-Royce zu tragen und sie auf die Rückbank zu legen.

Dieses Mal kam zusammen mit der Eingangsbestätigung seines Berichts eine Anweisung an:

SOFORTIGE ELIMINIERUNG ALLER BETEILIGTEN.
AUCH DER OHNMÄCHTIGEN.

Der Mann klappte den Laptop zu und legte ihn auf den Beifahrersitz. Er startete den BMW, bog auf den Zubringer, der ihn zu dem verlassenen Haus brachte, und würgte den X5 absichtlich ab. Seine Ankunft sollte erkennbar sein.

Prompt trat der Chauffeur vom Rolls weg und schloss die Tür. Neugierig blickte er auf den BMW, der mit leisem Knirschen auf dem feinen Kies ausrollte.

Der Mann nahm ein schlankes Ausbeinmesser aus dem Handschuhfach, auf dem noch das Preisschild klebte. Er hatte es unterwegs gekauft, da er seine eigenen Waffen nicht durch die Sicherheitskontrolle bekommen hätte. Mit einer raschen Bewegung schob er es in den Ärmelaufschlag, dann verließ er den Wagen und ging auf das heruntergekommene Anwesen zu.

»Das ist Privatbesitz«, rief ihm Matthias entgegen und deutete den Weg hinab. »Sie müssten bitte gleich wieder fahren.«

»Entschuldigen Sie. Ich habe gerade einen perfekten Technik-GAU. Erst hat mich mein Navi falsch geschickt, und jetzt ließ mich mein Mietauto im Stich. Gut, dass überhaupt jemand hier ist.« Der Mann näherte sich lächelnd. »Hätten Sie leihweise ein Handy für mich, bitte? Dann rufe ich den Pannendienst.«

»Ah, verstehe.« Matthias seufzte und sah kurz in den Rolls, was die Ohnmächtige machte. Dann zog er eine Packung Zigaretten aus seiner dunkelblauen Uniformjacke hervor. »Was hat

Ihr Wagen denn? Vielleicht kann ich Ihnen helfen? Das geht schneller.« Er steckte sich eine Zigarette an und hielt die Packung anbietend hin. »Ich kenne mich ganz gut aus.«

Der Mann schritt näher. »Ich fürchte, bei dieser Schüssel kommen Sie nur mit Diagnosegerät weiter. Der Fluch der Moderne.« Er lehnte die Zigaretten ab. »Ihr Fuhrpark kann sich sehen lassen. Bisschen ungewöhnlich für so einen verlassenen Ort. Das ist doch hier nichts Illegales, oder?« Er grinste, um zu zeigen, dass er einen Scherz gemacht hatte.

»Das Haus soll verkauft werden. Drinnen findet eine Besichtigung statt.«

»Zu meinem Glück.«

»Kann man so sagen.« Matthias suchte sein Smartphone aus der Innentasche. »Hier. Bitte. Aber ich kann dennoch mal einen Blick unter die Haube werfen.«

»Gerne.« Bei der Übergabe stellte sich der Mann absichtlich ungeschickt an. Das Gerät entglitt seinen Fingern und landete auf den Steinchen. »Oh! Verzeihen Sie! Das tut mir leid. Ich hoffe, das Handy ist nicht kaputt.«

Matthias ließ sich seinen Ärger nicht anmerken, schnippte die Kippe weg und bückte sich nach dem Smartphone.

Der Mann zog das Messer aus dem Ärmel und hielt es über den schutzlosen Nacken des Mannes.

Matthias sah den Schatten des Angreifers mit der Klinge in der Hand neben sich. Rasch drehte er sich um und hob den Arm zur Abwehr.

Entgegen Cocos Befürchtungen gelangte die Truppe unbehelligt auf dem gleichen Weg durch das Labyrinth bis in die hallenhohe Kammer mit den fünf Türen. Ihr Puls raste unentwegt, sie schwitzte vor Angst.

Erneut zündeten Dana und Viktor zwei Bengalfackeln, um ausreichend Licht zu haben, dann begannen sie und Friedemann mit ihren Überlegungen.

»Ich Idiot. Ich hätte mir ein neues G36 mitnehmen sollen.«

Spanger sah auf die Maschinenpistole des Toten. »Jetzt habe ich dieses Kinderspielzeug.«

Ingo hatte seine Instrumente erneut ausgepackt und achtete auf die Anzeigen. »Da ist es wieder«, sagte er fasziniert. »Erste sachte Ausschläge.«

Coco schritt langsam an den Türen entlang, das goldene Pendel in der Hand. Sie fühlte sich unwohl. Dieser Ort strahlte Bedrohung ab. Nicht eine Sekunde länger als nötig würde sie bleiben, das stand fest. Sekündlich rechnete sie damit, die Stimme zu hören. Visionen zu empfangen. Der geistigen Marter erneut ausgesetzt zu werden.

Und nicht zu vergessen: die Doppelgängerin, die Anna-Lena mit den falschen Augen. Nur die Hölle wusste, was für ein Wesen sie an die Oberfläche gebracht hatten.

»Es wird stärker«, verkündete Coco ehrfürchtig und ängstlich zugleich. Sie hielt es kaum mehr aus, ihre Haut prickelte und juckte. »Den Rest schafft ihr alleine. Ich muss raus. Raus aus diesem Loch!«

»Bitte?« Friedemann warf ihr einen konsternierten Blick zu. »Wie stellen Sie sich das vor?« Er hatte das Büchlein wieder in der Hand, um es zu studieren und die Türrahmen zu betrachten.

»Frau Fendi«, erklang van Dams Stimme in ihrem Ohr. »Nur Sie können mich jetzt hören. Ich bitte Sie inständig: Bleiben Sie bei der Gruppe. Ich vertraue Ihren Kräften. Es kann sein, dass die Truppe in eine Lage gerät, bei der nur Ihre Fähigkeiten helfen! Sie haben doch gesehen, was mit den Fackeln geschah.«

Coco legte eine Hand vor das Mikro, sodass die Tonübertragung alleine über die Helmkamera geschah. »Hier ist ein Toter, Herr van Dam. Ein Toter und etwas, das … uns umbringen will. Das war so nicht abgemacht.«

»Ich zahle Ihnen zweihunderttausend Euro extra«, entgegnete er. »Die anderen passen auf Sie auf, Frau Fendi.«

Coco räusperte sich. »Herr van Dam. Ich …«

»Es wird Ihnen nichts geschehen. Denken Sie an meine Tochter!«

Dieses inständige Bitten machte sie mürbe. Fast war sie bereit zuzustimmen, als ihr diese grausame Stimme einfiel, von vorhin, im Gang. »Sie verstehen das nicht. Sie müssten fühlen, was ich fühle.«

»Ich flehe Sie an: Ohne Sie ist meine Tochter vermutlich verloren!«

Ihr Verantwortungsgefühl übertönte die lärmenden Vorbehalte und beschwichtigte die Ängste. »Einverstanden.« Sie drehte sich zu den Türen um, damit sie den aufgeschlitzten Mann nicht sehen musste. »Ich nehme Sie beim Wort, Herr van Dam.«

»Wir sind durch die Bank angespannt. Wir schaffen das. Also, was sagen die Schwingungen, Frau Fendi?« Viktor wandte sich dem Medium zu. »Wo ist unsere Vermisste?«

Coco blieb vor der vierten Tür stehen, auf der das unübersehbare rote Kreuz mit Lippenstift gemalt war. Das Pendel stand an der Kette wie ein Zeiger nach vorne. »Dahinter.« Sie legte eine Hand auf die massive Klinke und wollte sie drücken, aber es tat sich nichts. Auch Rütteln brachte keinen Erfolg, und schließlich lehnte sie sich mit ihrem ganzen Gewicht darauf, ohne dass der Öffner sich bewegte. Sie atmete einmal durch. »Bei den Großgeistern der vier Elemente ...«, setzte sie zu einer Beschwörung an.

»Mal langsam!«, rief Spanger alarmiert. »Wer weiß, was es dahinter –«

»Dahinter. Ist. Sie!« Cocos Gesicht bekam einen seltsamen Ausdruck. »Bei den Großgeistern der vier Elemente ...«, begann sie erneut und verfiel in eine leise Anrufung.

Friedemann packte das Büchlein weg, steckte es diesmal in die Beintasche, damit er rascher darankam. »Nein. Ist sie nicht.« Zielstrebig ging er auf die Tür links daneben zu, die ebenfalls über eine intakte Klopfvorrichtung verfügte. »Da finden wir sie. Denn ich erkenne einen Pfeil auf dem Boden –«

»Moment.« Spanger leuchtete auf eine Stelle am Boden, von der das Licht der Lampe glänzend und blinkend reflektiert wurde. »Da! Ein Brillantohrring.« Das Schmuckstück lag vor der hintersten Tür, die einen schweren, mittelalterlichen Zugriegel sowie ein dickes Kastenschloss aufwies. Darauf war das Ausrufezeichen gemalt. »So einen trug die kleine van Dam auf dem Foto, das im Dossier war.« Er sah zwischen Friedemann und Coco hin und her. »Was wäre, wenn sie dort durch ist? Dann lägen Sie beide falsch.«

Walter van Dam saß gebannt vor dem Monitor-Triptychon und verfolgte mit zunehmender Aufregung, was unter der Erde passierte.

Dann sah er auf dem rechten Display mit den Splitscreens, dass einer davon schwarz war, und runzelte die Stirn. Die Anzeige gehörte nicht zu den Helmkameras des Teams, sondern zum Tabletcomputer von Matthias.

Er hob den Hörer des Telefons ab und wählte die Nummer seines Chauffeurs, der längst mit der doppelten Anna-Lena auf dem Weg zu ihm sein sollte.

Es klingelte.

Klingelte.

Und klingelte.

Dass Matthias sich nicht meldete, machte ihn nervös. Er goss sich einen weiteren Drink ein. Längst hatte er das Wasser gegen Whiskey getauscht. Das Auf und Ab zerrte an seinen Nerven. Schon einmal hatte er sich zu früh gefreut, und die Sorge wuchs nun bei jedem Atemzug. »Herrschaften, wo ist meine Tochter?«

»Wir müssen erst die Lage klären, Herr van Dam«, meldete sich Viktor. Die Worte kamen zerhackt an.

»Wir haben leider drei Möglichkeiten, wo Ihre Anna-Lena sein könnte«, funkte Friedemann, der nicht minder verzerrt klang. Die Übertragung aus dem Höhlensystem gelang kaum mehr. »Jede Entscheidung kann die falsche sein. Oder die einzig wahre.«

»Und die restlichen zwei?« Van Dam wischte sich wiederholt über den Schnauzbart.

»Würden wir erst prüfen, wenn wir die anderen ausgeschlossen haben«, sagte der Professor.

»Zeigen Sie mir diese Türen, Herr von Troneg«, bat van Dam. Zu gerne hätte er Matthias losgeschickt, um das WLAN und das eingebaute Modem des Mercedes zu prüfen.

Viktor filmte die Türen, die van Dam sich auf dem zweiten Bildschirm in Vergrößerung wiedergeben ließ, der Reihe nach ab und erklärte die drei Hinweise. »Haben Sie das schon mal gesehen?«, erkundigte er sich, wobei die Verbindung mit jedem Wort schlechter wurde. »Irgendwas, was uns helfen könnte?«

Van Dam gab keine Antwort. Er klickte und zoomte, fertigte Standbilder von den Details an, um sie auf dem dritten Monitor zur besseren Übersicht aufzufächern.

Dann stierte er die Symbole an.

Erinnerungen erhoben sich bei deren Anblick, auf die er gerne verzichtet hätte. Die Worte seiner Mutter fielen ihm ein und worum sie ihn in den letzten Jahren ihres Lebens gebeten hatte, nein, regelrecht angefleht hatte. Es hatte sich nie die Gelegenheit ergeben, ihrem dringenden Wunsch zu entsprechen, und mit ihrem Tod hatte van Dam es vergessen.

Bis zu diesem Moment. Er hatte der Gruppe Theobald mitgegeben, ohne wirklich zu glauben, dass dessen parapsychologisches Wissen nötig sein könnte. Wie ein Sicherheitsfallschirm, von dem man hoffte, ihn niemals nutzen zu müssen. Aus einem Gefühl heraus, dessen Ursprung in der Vergangenheit lag, undefinierbar und doch zwingend.

»Van Dam?« Viktors Stimme wurde von einem Summen überlagert. »Professor, der Empfang ist weg. Er hört mich nicht mehr«, sagte er zu Friedemann. »Was machen wir? Welche Tür nehmen wir?«

Van Dam erhob sich ruckartig und eilte zu seinem Bücherregal. Suchend schritt er davor auf und ab, bis er das alte Buch zusammen mit der Loseblattsammlung fand, das angeblich bereits seinem Großvater gehört hatte. Er nahm es heraus und kehrte an den Schreibtisch zurück, legte es ab und schlug es auf.

Auf den fleckigen Seiten kamen Dutzende Zeichnungen von Türen zum Vorschein; daneben waren kryptische Aufzeichnungen und Daten gemalt. Er wühlte sich hastig durch die Seiten, bis er exakt jene fünf Türen gefunden hatte, die er in Vergrößerung auf dem dritten Bildschirm vor sich sah. Die Jahreszahl 1921 stand daneben

»Das gibt es doch nicht!«, entfuhr es ihm.

»Herr van Dam? Was haben Sie gesagt?«, hörte er Viktors Stimme. »Wenn Sie etwas wissen, sagen Sie es uns. Wir müssen uns entscheiden, welche der Türen wir zuerst öffnen, um nach Ihrer Tochter zu suchen. Wir sind uns nicht einig, verstehen Sie? Jeder Hinweis rettet Ihre Tochter schneller.«

»Einen Moment, Herr von Troneg.« Van Dam wollte sichergehen. In Windeseile verglich er die Symbole auf dem Monitor mit den Skizzen und Risszeichnungen im Buch. Es gab kaum einen Zweifel, dass er die richtigen Beschreibungen herausgesucht hatte. Dann sah er, dass an einer abgefilmten Tür ein Klopfring fehlte. Sollte das geschehen sein, nachdem seine Tochter hindurchgegangen war, wäre es verheerend.

Mit einem leisen Signal erreichte ihn eine Mail, die Eingangsanzeige poppte auf. Absender war Professor Friedemann. In der Betreffzeile wurde nach dem genauen Zeitpunkt der Abholung vom Flughafen in Frankfurt gefragt. Zunächst hielt van Dam dies für eine verspätet eingegangene Nachricht des Geologen, der mittlerweile durch den Untergrund streifte und nach Anna-Lena suchte, doch dann sah er, wann der elektronische Brief versendet worden war: vor zwei Minuten.

Das war unmöglich. Doch es gab Dringlicheres.

»Hören Sie mir zu, Herr von Troneg«, begann van Dam nachdenklich und stützte seinen Kopf in die Hände, die Augen auf die niedergeschriebenen Beschreibungen der Türen gerichtet. »Ich –«

Mit einem Knacken erstarb die Verbindung. Die Monitore erloschen, und der Ton verstummte.

»Nein!« Van Dam starrte auf die schwarzen Displays.

Viktor blickte auf die dritte, vierte und fünfte Tür und den damit verbundenen wahrscheinlichsten drei Möglichkeiten, Anna-Lena van Dam zu finden. Die Zeit drängte.

Ingo kalibrierte die Geräte, um weitere Messungen vorzunehmen. Seine Augenbrauen hoben sich, als er die neuen Ergebnisse sah. »Unfassbar. Das … schlägt alles, was ich bisher erlebt habe! Jetzt gerade wandern die Gravitationswerte in die Höhe. Sie liegen bereits leicht über der Norm. Wir haben physikalische Anomalien für ein ganzes Institut!«

»Wir könnten uns aufteilen«, schlug Viktor vor. »Zwei Teams.«

»Nein«, sagte Dana und deutete zum Toten mit der aufgeschlitzten Kehle. »Das ist zu gefährlich. Wir müssen zusammenbleiben.« Sie sah zu Friedemann. »Sie sind der Chef der Mission. Entscheiden Sie.«

Friedemann war plötzlich verunsichert. Er stand stocksteif vor seiner ausgewählten Tür, vor der sich im Staub ein kaum erkennbarer gemalter Pfeil befand, während Spanger den Brillantohrring aufhob und die unentwegt raunende Coco das zerrende Pendel an der Kette im Zaum hielt.

»Professor?« Viktors Anspannung stieg. Durch die Tür mit dem X oder die Tür mit dem Klopfer und dem Fragezeichen oder durch die Tür mit dem Ausrufezeichen und dem antik-mittelalterlichen Kastenschloss? »Sagen Sie, wohin wir gehen, Professor.«

KAPITEL IV

»Ich bin mir mit meiner Wahl absolut sicher, Professor.« Coco blickte auf das schwebende, ziehende Pendel, das leicht vibrierte.

»Nur weil die Tür die einzige mit einem X darauf ist? Ist das nicht ein wenig zu offensichtlich?« Friedemann zeigte auf die mittlere der fünf Türen mit dem roten Fragezeichen, vor der er stand und die noch über eine intakte Pochvorrichtung verfügte. »Da müssen wir hin.«

Das Türblatt war aus dreierlei Materialien zusammengefügt, bestand aus geschwärztem Eisen, weißem Holz und Kupfer, die in dünnen Bändern wechselweise verbunden worden waren, sodass sich ein Farbenspiel ergab. Der Klopfer war einem grotesken Löwenmaul nachempfunden, gemacht aus Bronze. Über Stirn, Wangen und Zähne des gegossenen Tierkopfes zogen sich Ornamente, die Aufschlagplatte hingegen war schlicht und aus weißem Metall.

Ingo ergriff für Coco Partei. »Wie kommen Sie auf die Idee? Und seit wann kennen sich Geologen mit Mystik aus?« Er hatte seine Messgeräte zu einem einigermaßen handlichen Block zusammengesteckt, damit er sie nicht ständig neu aufbauen musste.

Friedemann lachte auf. »Oh, Sie wären überrascht.«

»Wie meinen Sie das?« Cocos geschwungene und exakt gezupfte Brauen zogen sich zusammen.

»Überrascht, wie viele Kultstätten unterirdisch liegen. Es sind nicht immer Nekropolen, die man findet.« Er deutete im hohen Raum umher, das rötliche Licht ließ ihn wie einen selbstgefälligen Dämon wirken, der sie in eine Falle gelockt hatte. »Was glauben Sie beide, was wir hier haben? Es ist bestimmt nicht die heimliche Türsammlung eines Frührentners, der sein Hobby vor seiner Frau verbarg. Jemand wusste sehr genau, was er tat.«

Ingo lockerte den Kinnriemen seines Kopfschutzes. »Und Sie sehen so etwas nicht zum ersten Mal.«

Friedemann lächelte und legte eine Hand auf den defekten Klopfer. »Nein. Sehe ich nicht. Ich stolperte bei einer Höhlenerkundung schon mal über eine Tür, deren Sinn wir nicht verstanden.« Er zeigte auf die Symbole des mittleren Eingangs. »Die Zeichen waren die gleichen.«

Coco starrte gebannt auf das ziehende Pendel. »Aber … ich sehe doch, dass es auf die Tür mit dem X reagiert. Sobald ich an die vermisste Frau denke, meine ich.« Sie sah verunsichert zu Ingo.

»Was ist mit der Tür geschehen, die Sie damals fanden?«, fragte der den Professor.

»Sie brachte uns an die Oberfläche.«

»Na, Überraschung«, kommentierte Spanger aus dem Hintergrund, der vor der hinteren Tür mit dem Ausrufezeichen ausharrte. Hier hatte er Anna-Lenas Ohrring gefunden, daher war er sich sicher, dass sich die Vermisste dahinter verbarg. Egal, wie schlau sich der Professor aufspielte.

Viktor folgte der Unterredung aufmerksam. Er hatte nicht damit gerechnet, in dem Geologen einen Kenner der Lage vor sich zu haben, aber dies erklärte, warum der Professor zum Anführer gemacht worden war.

Dana hielt sich aus der Entscheidung raus. Sie hatte sich an der Gangmündung der Halle positioniert und sicherte in die Dunkelheit gegen Überraschungen, die in der Finsternis lauern mochten.

Friedemann fuhr beinahe zärtlich über die Löwenfratze der mittleren Tür. »Überraschend war es in der Tat. Wir befanden uns zu dem Zeitpunkt nämlich etwa einen Kilometer unter der Oberfläche. Und hier wiederholt sich das Wunder. Da bin ich sicher.«

»Wie jetzt?«, hakte Spanger nach. »War dahinter ein Lift?«

Friedemann schüttelte den Kopf.

»Ich … habe davon gehört. Türen, die … ins Nichts führen.« Ingo betrachtete seine Geräte und die Anzeigen. »Aber verifizieren konnte ich die Geschichten bislang nicht. Bei allen Besuchen, die ich schon machte, gab es nicht einen Beleg für deren Existenz. Wie für … Geister.« Er drückte auf den Knöpfen und Displays herum.

»Ins Nichts. Oder an die Oberfläche.« Friedemann war überzeugt, den richtigen Durchgang ausgesucht zu haben. »Oder an welche Orte auch immer.«

Coco blieb hartnäckig vor ihrer Tür mit dem X stehen. »Ich habe noch nicht verstanden, warum Sie denken, wir finden das Mädchen dort, Professor. Mein Pendel und die Energien sprechen eine eindeutige Sprache.« Sie zeigte auf das kreuzförmige Lippenstiftzeichen. »Das Übersinnliche und die Physik sind sich einig.«

Friedemann leuchtete mit der Lampe auf den Boden. Ein kaum erkennbarer Pfeil war in den Staub gemalt, daneben lag ein abgerissener Kleidungsfetzen in Dunkelgrün. »Deswegen. Frau van Dam gab uns einen Hinweis. Das schlägt meiner Ansicht nach Ihr Pendel und den Ohrring von Spanger vor der letzten Tür mit dem Kastenschloss.« Er rief Dana zurück zur Gruppe und legte die Hand auf den Griff. »Bereit machen. Wir gehen rein.«

Ruckartig öffnete er die Mitteltür, sie schwang nach außen auf.

Dahinter zeigte sich: eine Felswand.

Spanger lachte laut. »Jaja. Besser als Pendel und Ohrring. Ich seh schon.«

Dana ging auf ein Knie und begutachtete den in den Dreck gemalten Pfeil im Licht ihrer Helmlampe. »Der wirkt für mich älter. Sicher, dass er von Frau van Dam ist?«

Ingo behielt die Anzeigen seiner Messgeräte im Auge. »Keinerlei Veränderung in der Grundabstrahlung um uns herum.«

»Tja«, machte Coco und sah vielsagend auf das Pendel, das wie ein Fährtenhund an der schmalen Kette zerrte und durch die Tür mit dem X wollte.

»Das verstehe ich nicht!« Friedemann schloss und öffnete die mittlere Tür erneut, ohne dass sich das Ergebnis änderte. »Es muss doch klappen.« Es blieb auch bei seinem dritten Versuch bei nacktem Stein. »Damals ist es anders gewesen!« Wütend warf er sie zu.

Durch den Einschlag im Rahmen hob sich der Ring auf der Vorderseite der Tür leicht ab und traf mit einem ganz leisen Ping auf die Platte.

Auf den Anzeigen zuckte es im gleichen Moment. Die Geräte hatten etwas aufgezeichnet, eine breite Resonanz bei Energie, Temperatur und elektromagnetischen Feldern. »Da!«, rief Ingo. »Da war eben was!« Er schaute aufgeregt zum Professor. »Was haben Sie anders gemacht als vorhin?«

»Hm. Mehr Wucht, würde ich sagen.« Friedemann musterte nachdenklich das bronzene Bestienmaul. »Der Ring! Er schlug dabei gegen dieses Plättchen auf der Tür.«

Coco hielt das Pendel fester, das es sich plötzlich anders überlegte und auf die dreifarbige Mitteltür umschwenkte. »Das gibt es nicht!« Hatte die Vermisste jenseits der Türen die Räume gewechselt?

»Die kosmischen Schwingungen sind launisch.« Spanger gluckste.

»Warum sollte der Türklopfer der Grund sein?« Viktor suchte Ingos Blick. »Können Sie das erklären?«

»Wir sind in einer Höhle voller Rätsel. Ich kann so gut wie nichts erklären«, gab der Parapsychologe zurück. »Ich finde es im Moment eher aufregend, auch wenn das nicht unbedingt wissenschaftlich klingt.«

»Na schön. Wenn das Betätigen des Ringes den Unterschied macht« – Friedemann griff entschlossen danach –, »versuchen wir es. Doktor, behalten Sie die Anzeigen im Auge.« Er ließ das Metall kräftig auf die Platte schlagen.

Das Auftreffen dröhnte gleich einem Hammerschlag auf einer Glocke, hoch und hell schallte es durch die Kammer, und die drei Elemente auf der Tür erstrahlten. Das weiß-goldene Leuchten erfasste auch die anderen vier Durchgänge und verbreitete sich von ihnen in der hohen Höhle. Jede Notiz, jedes Zeichen in den Wänden und in der kuppelhaften Decke weit über ihnen leuchtete auf.

Das Echo des Aufpralls überschlug sich und überholte sich selbst, schuf eine akustische Anomalie, deren Lautstärke zunahm, anstatt abzuschwellen.

»Das ist großartig«, rief Ingo und klatschte in die Hände, was im Tönen unterging. Die Anzeigen verkündeten ihre völlige Überlastung. Die Geräte waren nicht in der Lage, die Flut an Informationen zu verarbeiten. »Ich weiß nicht, was das zu bedeuten hat, aber so was wurde noch niemals gemessen.«

Viktor hielt sich die Ohren zu. Die Töne schmerzten im Gehörgang und lösten Schwindel und Übelkeit aus. Sein Gleichgewichtssinn kam mit dem sich steigernden Dröhnen nicht zurecht. »Wir werden taub, wenn wir hierbleiben«, schrie er – und vernahm nicht einmal seine eigene Stimme. Daher zeigte er auf die Tür mit dem Fragezeichen und gab das militärische Handzeichen zum schnellen Vorrücken.

Der Großteil der Truppe schaute ihn an, als hätte er den Verstand verloren.

Nur Dana begriff. Sie nahm das G36 in Anschlag, riss die mittlere Tür auf und sprang in den dunklen Raum dahinter, aus dem wenige Sekunden später Licht fiel.

Friedemann, Coco, Spanger und Ingo versuchten, die Ohren mit den Fingern zu verschließen; ihre Gesichter waren vor Schmerz verzerrt und die Faszination für das Phänomen verschwunden. Der Doktor ließ seinen Messgeräteblock fallen, das Medium knickte halb ein und musste von Viktor gehalten werden. Ihre Münder bewegten sich, aber allenfalls ein Lippenleser hätte erkennen können, was sie sagten.

Viktor schob das Trio durch die Tür und bildete den Schluss ihres kleinen Trosses, der sich in einem mittelalterlichen Kreuzgrat-Kellergewölbe wiederfand. Der Boden bestand aus gestampftem Sand, es roch nach selbst gemachtem Sauerkraut und Bier, feuchtem Stein und Salz. Mehrere alte Glühbirnen mit erkennbaren Wolframfäden sorgten für goldgelb-warmes Licht.

Erst als Viktor die Tür zuschob, endete das dröhnende Echo. Klackend rastete das Schloss ein, und in das Gewölbe kehrte Ruhe ein, in der sein leises Tinnitus-Klingeln umso deutlicher wurde.

Die Tür hatte auf dieser Seite keinerlei Ähnlichkeit mit dem kunstvollen Portal in der Halle, aus der sie geflüchtet waren. Ein leichter Anflug von Panik überkam Viktor, als er nach der Pochvorrichtung Ausschau hielt und keine entdeckte.

»Was für eine Scheiße«, sagte Spanger und ächzte. »Das ist ja schlimmer als jede Alarmanlage.«

»Sie haben die Tür geschlossen, Herr Troneg«, stellte Ingo fest, der seine Messgeräte in der Halle zurückgelassen hatte. Sofort grämte ihn, auf Untersuchungen verzichten zu müssen. »Einen Türklopfer oder etwas Derartiges kann ich nirgends sehen. Kommen wir wieder zurück?«

»Ich sagte doch, dass diese Durchgänge voller Überraschungen stecken.« Friedemann hatte mit einigem gerechnet, aber in einem Keller zu enden, fand er enttäuschend. Trotzdem fiel seine Verwunderung geringer als bei den Übrigen der Truppe aus.

»Sicherlich kommen wir zurück. Ich finde einen Weg.« Coco hielt ihr goldenes Pendel in die Höhe, doch das Kettchen hatte die Spannung verloren. Das überraschte sie, immerhin hatte ihr Kompass auf diese Tür gezeigt. Sie sah sich um und entdeckte etwas Glitzerndes auf der Treppe. »Da entlang.«

»Aber Ihr Pendel?« Spanger lehnte sich an die salpeterüberzogene Wand. Er dachte gar nicht daran, sich einfach so aus dem Gewölbe herauszubewegen. Seine Wahl war ignoriert worden, jetzt mussten sie ihn überzeugen. »Wieso sagt es uns das nicht?«

»Das muss es nicht. Weil dort« – Coco wies in den Sand auf der Treppe – »der andere Brillantohrring liegt.«

»Sehr gutes Auge, Mme. Fendi.« Dana hielt das G36 noch schussbereit im Anschlag. »Diese Türen sind echte Wundertüten. Also, bevor wir auf Erkundung gehen: Irgendwelche Vorschläge, wo wir gelandet sind?« Sie blickte gleich zu Spanger. »Unterstehen Sie sich, jetzt ›Keller‹ zu sagen.«

Lautes vielstimmiges Lachen von Männern und Frauen erklang von oben, gedämpft durch eine Tür. Humpen wurden auf Tische geschlagen, und jemand stimmte ein Lied an, in das nach und nach weitere Sänger einfielen. Die muntere Versammlung gab *Ich wollt', ich wär ein Huhn* zum Besten.

Viktor betrachtete gestapelte Bierfässer an der einen und riesige Weinfässer an der anderen Wand. »Ich wage zu behaupten, dass wir in einem Gasthaus gelandet sind.« Er deutete zur Decke und der alten Glühbirne. »Mindestens ein Kriegsmodell.« Dann wies er auf den Drehschalter. »Noch älteres Modell.«

»Hat meine Oma auch«, steuerte Dana bei. »Solange die Kabel halten, wird das nicht erneuert.«

Viktor öffnete die schlichte Tür, durch welche sie gekommen waren. Dahinter lag ein Vorratsraum, aus dem der Geruch von Sauerkraut und Salz wallte. Geschnittenes und eingelagertes Weißkraut fermentierte in Steinzeugfässern, in den großen breiten Bottichen wurde unter Bergen aus Salz Fleisch konserviert; in einer Regalreihe standen eingemachte Früchte, geräucherte Würste und Schinken baumelten hinter Hasendraht gegen Ungeziefer. Es sah extrem bäuerlich aus.

Viktor inspizierte das hölzerne Blatt von der anderen Seite. Es war hier sehr viel beeindruckender und schmiegte sich in einen dazu passenden Rahmen. Er atmete auf. »Es gibt einen Türklopfer.« Die Nachricht ließ Erleichterung auf den verwunderten Gesichtern entstehen. »Armselig und verrostet, aber er ist da.«

»Wenigstens sind wir nicht im Mittelalter gelandet.« Spanger schulterte die MP. »Das würde mir noch fehlen.« Er lauschte auf den Song und dirigierte einige Takte des betagten Schlagers mit. »Faschingsverein. Wer sonst würde das noch singen?«

Friedemann sah seine fünf Begleiter an. Sie wirkten in ihrer Aufmachung fehl am Platz. »Herrschaften, wir sind reichlich auffällig.« Er legte das Klettergeschirr ab. »Helme und Panzerung aus.«

Coco und Ingo taten es ihm nach, während Dana, Viktor und Spanger unschlüssig schauten, nachdem sie die Gurte abgelegt hatten.

»Vielleicht sollte einer von uns erst nachschauen, was dort oben Sache ist?«, schlug Viktor vor. Die Kevlarweste bedeutete einen gewissen Schutz, den er ungern aufgeben würde. Auch die Waffen mochten sich als nützlich erweisen.

»Karneval wäre gut. Da fallen wir nicht auf und könnten als Spezialeinheit gehen«, stimmte ihm Spanger zu. »Nur dass wir echte Knarren haben.«

»Ich mache das.« Dana huschte die Stufen hinauf bis zur Tür. Nach kurzem Lauschen am Holz drückte sie die Klinke herunter und stahl sich hinaus.

Die anderen vier warteten stumm.

Das Lied wechselte. Die Gäste im nicht allzu weit entfernten Raum sangen nun *Davon geht die Welt nicht unter*. Die Solistin konnte es durchaus mit Zarah Leander aufnehmen. Dann legte eine Rhythm-and-Blues-Combo los und löste frenetischen Applaus bei den Zuhörern aus.

Ingo versuchte, mit dem Funk zu ihrem Auftraggeber durchzudringen. »Kein Empfang«, verkündete er. Die Sendeanzeige der Helmkamera glomm rot, ihr Signal wurde ebenfalls nicht übermittelt. »Die Reichweite können unsere Geräte offensichtlich nicht stemmen.«

»Sollte jemand Hunger haben, nebenan gibt es Schinken und Würste«, lud Viktor scherzhaft ein. In einer derartigen Lage wäre Essen das Letzte, an was er dachte.

Damit hatte er Spanger unterschätzt, der sofort in das Nachbargewölbe trat. Seine entzückten Rufe brachten die restliche Gruppe zum Grinsen.

»Ich möchte es erwähnt haben, auch wenn wir alle Profis auf unserem Gebiet sind und dies eine Rettungsmission darstellt«, sagte Friedemann. »Keiner rührt das Bier oder den Wein an.« Dann machte er eine scheuchende Geste. »Ansonsten bin ich dafür, dass wir uns umschauen und nach weiteren Hinweisen auf Frau van Dam suchen, bis unsere Kundschafterin zurückgekehrt ist.«

Sie schauten sich im warmgelben Licht der uralten Birnen im Keller um.

Bis auf Coco. Sie fand es unsinnig, durch das Gewölbe zu streunen. Hätte sich die junge Rothaarige hier verborgen, wäre sie schon längst aus ihrem Versteck gekommen. Daher blieb sie am Fuß der Treppe stehen und behielt den Durchgang im Blick. Sie steckte den Ohrring ein, welcher zweifelsfrei der Vermissten gehörte, während die Männer umhergingen und mit den Taschenlampen in die Ecken leuchteten.

»Was ist denn das?« Ingo hatte etwas am größten der Weinfässer entdeckt; einem Holzungetüm mit mehreren Tausend Litern Fassungsvermögen. Er stand daneben und klappte eine kleine Tür auf. »Der hintere Teil ist hohl«, verkündete er.

Viktor lachte. »Da wird der Gastwirt seine Schätze vor dem Finanzamt versteckt halten.«

»Schwarzbrennerei.« Friedemann sah über den Rand seiner Designerbrille. »Ja, es muss eine sehr ländliche Gegend sein. Was hat der gute Mann denn eingelagert?«

Ingo streckte sich und langte hinein, es klapperte hölzern im Inneren. Dann zog er seinen Fund hervor. »Ich werd verrückt.«

In seiner Hand hielt er eine große Fahne mit Hakenkreuz. Beim Ausrollen purzelten mehrere Dolche und Koppelschnallen heraus und landeten klirrend auf dem sandigen Boden. Nach etwas Ausschütteln fielen SS-Totenkopfabzeichen sowie eine schwarze Mütze und Ranginsignien hinterher.

»Familienandenken«, konstatierte Friedemann trocken. »Das Land. Immer gut für alte Werte und Tugenden.«

»Ich räum den Scheiß wieder rein.« Ingo hob die Dolche und Abzeichen auf, warf sie zusammen mit der Fahne zurück in das Fach.

»Ist da zufällig auch das Bernsteinzimmer drin?« Friedemann legte die Hände auf den Rücken. »Obwohl, dafür müssten es wohl ein paar Fässer mehr sein.«

Coco entdeckte indes ein loses Papier neben der Treppe. Als sie es aufhob und las, entpuppte es sich als Lieferschein über zwanzig Fass Pilsbier, ausgestellt am 21. Dezember 1944, ausgeliefert von der Sternburg'schen Brauerei in die Katharinenstraße Nummer 19 in Leipzig. »Der Adresse nach sind wir wohl doch nicht auf dem flachen Land.« Sie hob als Erklärung das beschriebene Blatt.

»Das kann sonst wie in den Keller gekommen sein.« Spanger kehrte kauend aus der Vorratskammer zurück, in der Hand einen Rest Wurst. »Jedenfalls schmeckt das verdammt lecker. Ich glaube, ich plündere auf dem Rückweg die Vorräte. So was Feines gibt es bei uns nicht.«

»Hört ihr mich?«, meldete sich Dana per Funk. Über kurze Distanz funktionierten ihre Kommunikationsgeräte offenbar. Im Hintergrund erklang die Melodie der Rhythm-and-Blues-Combo.

»Ja, wir hören Sie, Frau Rentski«, erwiderte Friedemann. »Was können Sie denn berichten?«

»Kommen wir durch die Faschingsheinis raus?« Spanger lachte meckernd und deutete auf das Weinfass. »Das sind eher Fascho-Heinis! Verstanden? Faschos, Fasching?« Niemand stimmte in seine Heiterkeit ein. »So schlecht war er doch gar nicht«, murrte er und biss von seiner Beutewurst ab.

»Ich weiß nicht genau, was in diesem Haus vor sich geht«, sprach Dana. »In dem großen Saal spielt eine Band vor Zivilisten und Männern in Uniformen. Der Kleidung nach scheint es sich um eine Motto-Party zu handeln. Die Soldaten tragen historische Sachen der britischen und amerikanischen Streitkräfte des Zweiten Weltkriegs. Die Aufmachung der Zivilisten passt perfekt dazu.«

»Die Musik auch«, stellte Ingo fest.

Coco sah auf den Lieferschein. 1944. »Was ist, wenn das Datum stimmt?«

»Frau Rentski, entdecken Sie da oben einen Kalender?«, verlangte Friedemann zu wissen.

»Einen Moment.« Es dauerte nicht lange, bis sie sich wieder meldete. »Bin jetzt im Vorraum der Küche. Ob Sie es glauben oder nicht, aber laut Kalender und Lieferbuch, das aufgeschlagen vor mir liegt, ist heute der 31. Dezember. 1944.«

Spanger hörte auf zu kauen. »Ohne Scheiß? Wir sind Zeitreisende?«

Ingo pochte gegen das Fass. »Da hat sich jemand entnazifiziert, würde ich sagen. Schleunigst.«

»Nein.« Friedemann machte ein nachdenkliches Gesicht. »Da passt etwas in der Abfolge nicht.«

Viktor stimmte ihm lautlos zu. Er meinte sich zu erinnern, dass das offizielle Kriegsende erst im Mai 1945 ausgerufen worden war, doch über ihren Köpfen warteten bereits die Alliierten zusammen mit der Leipziger Bevölkerung auf den Jahreswechsel. »Weiß jemand, wann Leipzig befreit wurde?«

»Nicht vor Frühjahr 1945«, schätzte Ingo.

»Es sind eher keine Nazis, die sich zu Silvester als Alliierte verkleidet haben«, warf Coco ein.

»Haben Sie eine Spur von Frau van Dam, Frau Rentski?« Friedemann gab der Gruppe ein Zeichen, sich an der Treppe zu sammeln und langsam nach oben zu gehen.

»Wie denn? Ich bin die ganze Zeit damit beschäftigt, irgendwelchen Kellnerinnen auszuweichen«, redete Dana leise, während das Quietschen ihrer Schuhe und das Scheppern und Klappern von Besteck und Tellern erklangen.

Spanger sah an sich und der schwarzen Militärkleidung herab. »Also, wenn wir 1944 rausgekommen sind, werden die uns doch für eine Waffen-SS-Spezialeinheit halten, so wie wir aussehen.«

Viktor nickte. »Wir können keinesfalls in den Klamotten raus. Wir brauchen eine Tarnung.«

»Frau Rentski«, funkte der Professor. »Sind Sie in der Lage, uns einen Schwung Bedienstetenkleidung zu organisieren? Wir fürchten, dass wir sonst sofort erschossen werden.«

»Ich schaue mich um.« Dana bewegte sich hörbar flink vorwärts. »Ich bin in einem ziemlich großen Gebäudekomplex, der schwere Schäden aufweist, die notdürftig instand gesetzt wurden. Noch keine Kammer mit Kleidung.« Es klapperte. »Habe eine Garderobe gefunden. Die Mäntel und Hüte werden reichen, um sich im Freien bewegen zu können. Alles andere organisieren wir später.«

»Einverstanden. Bringen Sie die Sachen zu uns.« Friedemann legte seine Panzerung erneut an.

Dana kehrte nach einigen Minuten beladen mit Mänteln und Hüten zu ihnen zurück. Sie hatte große Stücke gewählt, der Stoff kaschierte ihre ungewöhnliche Kleidung und die Holster mit den Waffen. Coco suchte sich den teuersten Mantel raus und griff sich einen mondänen Hut, der ihr das Aussehen eines Filmstars verpasste. Die Klettergeschirre ließen sie im Keller und versteckten sie hinter den großen Weinfässern.

»Es ist eine Gesellschaft mit etwa hundert Uniformierten und vierhundert Zivilisten«, erklärte Dana derweil. »Die Ränge sind unterschiedlich hoch, Amerikaner und Briten. Wobei ich dachte, dass die Russen nach der Befreiung hier das Sagen gehabt hätten?«

Friedemann schlug sich mit der flachen Hand gegen die Stirn. »Richtig! Danke für das Stichwort. Die Amerikaner hatten Leipzig befreit und es *danach* an die Rote Armee übergeben. Im Frühjahr 1945.«

»Dann sind wir noch mitten im Krieg?« Spanger steckte sich Würste in den Mantel. Er würde keineswegs ohne Proviant in die Gegenwart zurückkehren. »Weiß jemand zufällig, wann Leipzig bombardiert wurde? Ich will nicht unbedingt im Freien stehen, wenn es losgeht.«

Viktor erinnerte sich schwach an seinen Geschichtsunterricht. »Sie sprachen von amerikanischen Truppen. Aber was wollen die Briten hier?«

»Wir können stundenlang im Keller sitzen und nachdenken oder raufgehen und uns ein Bild machen.« Danas halblange blonde Haare verschwanden unter einer Damenmütze. Das G36 verbarg sie unter der dicken Winterjacke, die Pistole steckte sie in die Tasche. »Ich bin für Letzteres.«

»Haben wir einen Plan, wie wir Frau van Dam finden?« Friedemann setzte sich eine Schlägermütze auf, die sein Gesicht noch dürrer erscheinen ließ. »Wenn ich Sie wohl bitten dürfte, Mme. Fendi?«

»Natürlich.« Sie legte zwei Finger an ihre Schläfe. Sie musste die anderen im Glauben lassen, dass sie mediale Kräfte besaß. Das Pendel hatte große Erwartungen geweckt, und die wollte sie nicht enttäuschen. »Ich sondiere nach ihr. Der Ohrring hilft mir dabei, ihre Spur zu finden.« Inständig hoffte sie, etwas zu fühlen.

Ingo biss sich auf die Zunge, um keinen Kommentar über ihre Fähigkeiten abzugeben, was Viktor nicht entging. »Du schaffst das«, flüchtete er sich in eine Floskel.

Spanger kämpfte mit seiner Garderobe. Seine Korpulenz ließ nicht zu, dass er den Mantel schloss. »So eine Scheiße«, fluchte er und drückte den Hut auf die braunen Haare. »Ich werde mir den Arsch abfrieren.«

»Glaube ich nicht. Sie sind gut gedämmt.« Friedemann bedeutete Dana, dass sie vorausgehen sollte. »Beweisen wir, dass wir auch außerhalb von Höhlen in der Lage sind, eine Verschwundene zu finden.«

Abrupt klappte die Tür zum Keller auf.

Ein lachender Soldat in britischer brauner Uniform erschien mit dem Rücken zu ihnen auf der Schwelle. Zwei Frauenarme schlangen sich um seinen Nacken.

Die Gruppe verharrte. Zum Umkehren und Verstecken war es zu spät, jedes Geräusch hätte die Aufmerksamkeit des Mannes geweckt, der sich offenbar im beginnenden Liebesspiel befand. Das Lachen endete und ging in Kussgeräusche über.

»Nein, nicht da unten«, sagte die Frau, die sie von der Treppe aus nicht sahen. »Da stinkt es nach Sauerkraut.«

»Well, well«, erwiderte der schwarzhaarige Mann. »Macht es dir was aus? Ihr Deutschen mögt doch Sauerkraut«, neckte er sie. »Ihr habt euren Spitznamen nicht von ungefähr.«

»Und ihr heißt *alle* Tommy«, gab sie zurück und stieß ihn lachend von sich. »Das ist wahr. Ich kenne alleine vier.«

Ihre spielerische Attacke zwang den überraschten Soldaten zu einem Schritt rückwärts. Sein Stiefel trat ins Leere, und der Mann stürzte rücklings auf die Stufen.

In der gleichen Sekunde machte die Zeitschaltuhr das Licht aus. Im Keller wurde es finster.

»Los«, befahl Friedemann leise. »Verstecken.«

Im erschrockenen Aufschrei der Frau sowie im Fluchen und Klirren des Fallenden gingen die Geräusche der Truppe unter, die sich wie lichtscheue Wesen verbargen, bevor die blonde Frau mit der kunstvoll gewundenen Frisur endlich den Schalter gefunden hatte und das Licht aktivierte.

Nur Spanger steckte zwischen den Leibungen der Fässer fest.

Der Engländer erhob sich, die Abzeichen auf seinen Schultern wiesen ihn als Captain aus. »Bloody hell«, fluchte er und hielt sich die blutende Nase. Mit der anderen Hand kehrte er sich den Dreck von der braunen Uniform ab. »Ein ungestümes Frollein, was?«

Die Frau in der weißen Bluse und dem schwarzen Rock eilte die Treppe hinab, ihr Gesicht war besorgt und hochrot. Sie reichte ihm ihr Taschentuch. »Das tut mir leid, Tommy. Ich … ich dachte …« Sie tupfte ihm das Blut von Lippen und Kinn. »Oje, oje. Ich reinige das. Und die Uniform. Bitte, verzeih mir. Ich wollte nicht, dass du fällst.« Dabei bemerkte sie Spanger, dessen hilflose Bemühungen, sich in die enge Lücke zu schieben, ihn verraten hatten. Ihre Tupfbewegungen gerieten für einen Wimpernschlag ins Stocken, sie überlegte offenbar.

»Es war ein Versehen, Elvi. Ich weiß.« Tommy hielt still, damit sie ihn versorgen konnte. »Schön zärtlich sein.«

Friedemann versuchte, Elvi aus dem Halbdunkel heraus mit bittenden Gesten zu bedeuten, sie nicht zu verraten.

Die Frau nickte kaum merklich, aber ihr Tupfen verlangsamte sich.

Das brachte Tommy dazu, misstrauisch den Kopf zu wenden.

»What the …« Er machte einen Schritt weg von seinem *Fräulein* und zog seine Pistole aus dem Seitenholster. »Halt! Keine Bewegung. Wer sind Sie, und was tun Sie hier?« Er deutete auf die Treppe. »Elvi, geh hoch und ruf meinen Sergeanten. Er soll mit ein paar Mann runterkommen. Ohne Aufsehen.«

Sie nickte und eilte die Stufen hinauf.

Tommy blieb stehen und warf einen raschen Blick durch den Keller. »Sind Sie alleine, Mann?«

Spanger hörte mit seinem albernen Versuch auf, sich verstecken zu wollen. Die verdammten Würste hatten sich verkeilt. »Ja, bin ich.«

»Was wollten Sie tun? Spionage? Den Wein vergiften?«, fragte Tommy wachsam. »Ich lasse Sie auf der Stelle hängen, wenn das so ist.«

»Die Russen«, log Spanger aufs Geratewohl. »Die Russen haben mich bezahlt.« Jetzt kam es darauf an, genug Show zu bieten, um den Briten abzulenken, damit die anderen eingreifen konnten.

»Die *Russen?*« Tommy hörte man seine Verwunderung an.

»Ja, ja. Die Russen.« Spanger schob sich unbeholfen zwischen den Fässern heraus und hob die Arme. Dabei klaffte sein Mantel auseinander und gab den Blick auf seine schwarze Militärkleidung sowie die Maschinenpistole frei.

»Von wegen Russen*!* Sie sind von der SS!«, rief Tommy. »Drecksnazi! Auf den Boden legen! Sofort.« Er entsicherte die Halbautomatik. »Was war Ihr Auftrag? Gehören Sie zu der Abteilung Wehrwolf? Sind noch mehr im Gebäude, um uns anzugreifen?«

»Nein, nein, warten Sie! Ich komme aus der Zukunft!« Spanger reckte die Arme weiter in die Höhe, womit die Kevlarweste besser zur Geltung kam. »Ich komme aus der Zukunft. Sie sollen wissen, dass die Alliierten den Krieg gewinnen werden«, faselte er vor sich hin. In seinem Kopf ging alles durcheinander. Wo blieben die anderen? »Los, stellen Sie mir eine Frage zum Kriegsverlauf! Irgendwas mit Hitler! Doch, ich weiß: Er wird sich in Berlin erschießen. In einem Führerbunker, als die …«

»Was reden Sie da für einen Bullshit?« Tommy warf einen raschen Blick zur Treppe. Weder Elvi noch sein Sergeant noch die Militärpolizei rückte zur Verstärkung an. Das machte ihn nervös. »Ihr beschissener Führer ist längst tot. Geben Sie den Widerstand auf, und verschließen Sie sich nicht der Realität. Es bringt doch nichts. Wir haben den Krieg gewonnen.«

Die Gruppe tauschte im Verborgenen verwunderte Blicke aus.

»Was tun wir?«, funkte Dana leise. »Sollen wir den Engländer überwältigen, bevor seine Leute da sind? Sonst kommen wir nicht mehr weg.«

»In dem anderen Raum gab es keine Fenster. Wir sitzen wie in einem Verlies, wenn die Tür uns nicht zurückbringt«, steuerte Ingo bei.

»Gut, überwältigen wir den Gentleman, und dann verschwinden wir.« Friedemann sah zu Viktor und zu Dana. »Ich lenke ihn ab, Sie beide schnappen sich ihn.«

»Aber … das ist gefährlich«, warf Coco ein.

»Wir tragen Kevlarwesten. Die werden auch gegen diese alten Pistolen was taugen.« Friedemann hob die Arme und trat aus seinem Versteck. »Sir, bitte nicht schießen.«

Tommy richtete die Mündung mit einem Fluch auf den Professor. »Ich wusste doch, dass es mehr als einen von euch gibt. Ihr verblendeten scheiß Nazis!«

»Nein, wir wurden gezwungen, Vorbereitungen zu treffen«, redete Friedemann und ging langsam auf den Captain zu. »Wir ergeben uns.«

Dana und Viktor stürmten aus dem Schatten der Fässer, die G36 im Anschlag.

»Runter mit der Waffe«, befahl sie. »Wir wollen nur aus dem Keller raus.«

»Sieh an.« Tommy hielt die Pistole auf Friedemann gerichtet. »Ein Loch voller Ratten. Ich hatte recht. Sie haben wirklich Wein und Bier vergiftet, um uns zu töten.«

»Nein, ich sagte doch, wir sind aus der Zukunft«, begann Spanger.

»Halten Sie den Mund«, herrschte Friedemann ihn an. »Sir, bitte. Weg mit der Pistole. Wir wollen lediglich –«

»Was glaubt ihr, was ich tue? Ich lasse euch Wehrwolf-Spinner niemals gehen«, unterbrach ihn Tommy. »Ich bin Offizier Ihrer Majestät der Königin und habe die Pflicht, euch aufzuhalten. Sobald ich schieße oder ihr losballert, wimmelt es hier von meinen Leuten. Euer Plan wird nicht gelingen. Ihr seid aufgeflogen. Machen wir es nicht schlimmer. Kooperiert mit der British Army, und ihr werdet nicht aufgeknüpft.«

»Wie oft muss ich es denn noch sagen? Wir sind aus der Zukunft.« Spanger nahm die Arme ruckartig runter. »Und –«

Die Bewegung deutete Tommy als Versuch, nach dem umgehängten Gewehr zu greifen, und schoss auf den Professor, schwenkte den Lauf auf Spanger.

»Nicht!« Dana drückte eine halbe Sekunde danach ab und setzte dem Captain eine Kugel in den Arm.

Der Brite schrie auf und ließ die Waffe fallen. Der Hall der beiden Schüsse wurde vom Gewölbe aufgefressen, das Dröhnen der Musik aus dem Saal übertünchte den Doppelknall.

Friedemann wankte unter dem Einschlag und brach zusammen.

Dana steckte die Pistole des Captains ein und sicherte die Treppe hinauf. »Keiner zu sehen«, meldete sie, während Viktor auf den verletzten Gegner anlegte.

»Professor?« Viktor trat zu ihm. »Wie geht es Ihnen?« Zuerst nahm er an, die Weste habe das Projektil aufgehalten und der Einschlag den schlaksigen Mann umgehauen, doch das änderte sich beim Anblick des zersplitterten Brillenglases und des gebrochenen linken Auges. Die Kugel war durch die rechte Augenhöhle in den Schädel eingedrungen, ohne den Knochen zu durchschlagen. »Kopfschuss«, gab er an die Gruppe weiter.

Coco unterdrückte einen Schrei mit der Hand und wandte sich ab. Sie wollte den Toten nicht sehen.

Ingo kam an ihre Seite und hielt sie fest. »Scheiße. Was machen wir?«

Nach kurzem Nachdenken zog Viktor den erschossenen Professor zwischen zwei Fässer und nahm ihm das geheimnisvolle Notizbuch ab. Er ging davon aus, dass es Wissen über die Türen barg. Warum sonst hatte Friedemann so oft darin geblättert? Die Aufzeichnungen halfen ihnen vielleicht weiter. »Wir lassen den Professor hier.«

Er blieb vor dem Captain stehen, der ihn wütend anstarrte. Sämtliche Optionen missfielen Viktor: fesseln, mitnehmen, niederschlagen, umbringen. Alles würde zu noch mehr Ärger und Alarm führen. Daher versuchte er es anders. Wie im Film. »Wir sind keine Nazis, Sir. Und wir haben den Wein nicht vergiftet. Sie können Silvester feiern, wenn Sie mögen.«

Tommy lachte schmerzerfüllt auf. »Glauben Sie, Ihre Bande von –«

»Gehen Sie hoch, und denken Sie sich eine Geschichte aus, um Ihre Verletzung zu erklären. Erzählen Sie von einem Missverständnis.« Viktor zeigte auf Friedemanns Leichnam. »Lassen Sie ihn liegen. Wir kümmern uns später darum.«

Der Captain schaute mehr als verwirrt. »Um ihn kümmern? Wer zum Teufel sind Sie?«

»Wir gehören einer Spezialeinheit an, über die wir nichts berichten dürfen. Einer jüdischen Spezialeinheit.« Viktor imitierte den Ton von Brad Pitt in *Inglourious Basterds.* »Und wir jagen Nazis. Wir haben eine geheime Liste der schlimmsten Verbrecher. Rache für unser Volk, Sie verstehen?«

Dana erkannte den Film sofort, aus dem Viktor so frei zitierte. Sie tippte Tommy mit dem Gewehrlauf seitlich gegen das Kinn. »Sir, Sie werden tun, was Ihnen gesagt wurde. Andernfalls garantieren wir nicht für die Sicherheit Ihrer Leute. Kommen Sie uns nicht in die Quere.«

»Schnell! Sonst ist unsere Mission fehlgeschlagen.« Ingo schob die erbleichte Coco vorwärts.

»Oh, Mann.« Spanger ging betroffen an dem Toten vorbei. Er gab sich eine Mitschuld an dem Unglück. »So eine Scheiße.«

Hintereinander stiegen sie die Treppe hinauf.

»Das … das tut mir leid.« Tommy sah ihnen nach. Die Worte hatten ihn nachdenklich gemacht. »Wie hätte ich das wissen können?«

Spanger legte einen Finger gegen die Lippen. »Niemandem davon berichten«, schärfte er dem Captain ein.

Sie schlichen sich in den Gang und marschierten zwischen den hin und her eilenden Kellnern hindurch zur Ausgangstür.

In dem großen Saal, an dem sie vorbeigingen, machte die Rhythm-and-Blues-Combo eine Pause. Dafür ertönte eine neuerliche Gesangsrunde des Klassikers *Davon geht die Welt nicht unter*. Zumindest die deutschen Gäste bevorzugten zwischendurch etwas textlich Aufmunterndes.

Viktor wusste, dass das Lied von den Nazis eigentlich als Durchhalteparole gedacht gewesen war, als die Soldaten jeden Funken Hoffnung hatten gebrauchen können. Jetzt gab es den Überlebenden Zuversicht. Gerade, als sie den Ausgang öffneten, setzte ein neues Lied ein, das aus dem gleichen Film stammte und ebenfalls von Zarah Leander gesungen wurde, und der ganze Saal sang mit: *Ich weiß, es wird einmal ein Wunder geschehen*.

»Das brauchen wir auch«, raunte Ingo Coco zu. »Du bist nicht in der Lage, die Tochter zu finden.«

»Weil du denkst, ich wäre kein Medium.« Sie lächelte und überspielte ihre Unsicherheit. »Was wäre, wenn ich dir das Gegenteil beweise? Bekomme ich dann weitere Zertifikate von dir?«

Dana blieb neben Viktor. »Sie haben den Captain glauben lassen, wir wären die Inglorious Basterds. Denken Sie, dass er uns decken wird?«

»Ich bin mir nicht sicher. Aber was hätten wir tun sollen? Ihn erschießen und seine Freundin auch?«

»Nein. Das war in Ordnung so. Wie Sie schon sagten: Wir sind keine Nazis.« Dana öffnete die Tür, warf einen Blick hinaus. »Schneetreiben. Perfekt für uns.« Sie gab den Ausgang frei und winkte die restliche Truppe heran. »Wohin?«

»Suchen wir uns einen Durchgang und geben Mme. Fendi die

Gelegenheit, in Ruhe zu sondieren.« Viktor sah sich um und war beim Anblick der Zerstörung für einen Moment bestürzt.

Die Bombenangriffe hatten rings um die Katharinenstraße ganze Arbeit geleistet. Etliche Häuser hatten Treffer abbekommen, an manchen Stellen gab es nur noch Ruinen und Schutthalden.

Dennoch brannte in vielen Fenstern Licht. Ausgestorben war Leipzig trotz der Verwüstung und der Entbehrungen nicht. Eines der Wunder, von dem in dem Lied die Rede war, das sie bis auf die zerstörten Straßen verfolgte.

Unvermittelt endete der Gesang, und Trillerpfeifen erklangen.

Die fünf rannten los, egal ob der Alarm ihretwegen ging oder nicht. Noch mehr Verluste konnten sie sich unter gar keinen Umständen leisten.

* * *

FRANKFURT, LERCHESBERG

»Herr Professor?« Walter van Dam starrte auf die schwarzen Bildschirme. Der Kontakt war vollständig abgebrochen. Weder Ton- noch Bildsignal erschienen, und die Anzeige behauptete: Kein Signal.

Er griff nach der Flasche mit dem starken Rum und wollte sich einschenken, stellte sie nach kurzem Zögern jedoch ab. Es gab zwei mögliche Ursachen für den Totalausfall: Entweder hatte die Technik versagt – oder jemand hatte dafür gesorgt.

Van Dam kontaktierte zum wiederholten Male seinen Chauffeur. Aber Matthias ging nicht an sein Telefon. Das war noch weniger ein Zufall.

Van Dam fasste einen Entschluss: Er hatte fünfzehn Leute ausgesandt, um Anna-Lena zu retten, und zu keinem von ihnen hatte er mehr Kontakt. Er musste selbst hinaus, so gefährlich es auch sein mochte. Es ging um die Sicherheit seiner Tochter.

Er stand auf und aktivierte sein Smartphone. Die eingehenden Signale aus der Höhle lenkte er auf das mobile Gerät um, bevor er sein Arbeitszimmer verließ und sich in den Raum begab, in dem er die übrige Ausrüstung für das Einsatzteam lagerte.

Ein Sturmgewehr G36 steckte er in eine kompakte Reisetasche und stopfte fünf gefüllte Magazine dazu. Auch wenn er sich etwas unbeholfen anstellte, gelang es ihm, sich eine Kevlarweste umzuschnallen und ein Pistolenholster anzulegen. Darüber warf er seinen langen Mantel und eilte durch sein Anwesen.

»Frau Roth, sollten Anrufe reinkommen, sagen Sie denen, ich bin in einem Meeting«, rief er im Vorbeigehen seiner Privatsekretärin zu.

»Sehr wohl, Herr van Dam.« Sie sah ihm verwundert nach. »Bis wann kann ich mit Ihrer Rückkehr rechnen?«

»Ich hoffe doch, sehr bald.« Van Dam stieg in die Garage hinab und wählte den dunkelgrünen Lamborghini Urus, den er von einem dankbaren Geschäftspartner geschenkt bekommen hatte. Freiwillig hätte er sich niemals einen solchen Wagen gekauft oder ihn gefahren.

Jetzt war die Stunde gekommen, den SUV mit seinen 650 PS zu testen.

Sobald sich das Tor weit genug geöffnet hatte, donnerte van Dam ins Freie und jagte die Auffahrt hinab. Er beherrschte den übermotorisierten Geländewagen nicht, kurbelte und bremste, sodass das Auto ruckelte und diverse Warnlampen im Display aufleuchteten.

Aber seine Wahl blieb dennoch richtig. Denn Walter van Dam wollte schnell sein.

* * *

KAPITEL V

LEIPZIG, 31. DEZEMBER 1944

Ingo, Coco, Spanger, Viktor und Dana retteten sich vor dem dichten Schneetreiben in die Reste eines Wandelgangs, in dem sich Schutt stapelte.

Das Haus dazu war überwiegend eingestürzt, die Aufräum- und Instandsetzungsarbeiten hatten jedoch bereits begonnen. Leipzig fackelte nicht lange. Der Krieg war vorüber, es musste weitergehen.

Nicht weit entfernt befand sich Auerbachs Keller, wie die notdürftigen Hinweisschilder besagten. Gelegentlich eilten Passanten an ihrem Versteck vorbei, die Hüte und Schirme als Schutz gegen die Flocken und den schneidenden Wind vor sich.

Die Böen trieben Gesprächsfetzen der Vorbeiziehenden herüber, in denen es um die zurückgedrängte Rote Armee ging und dass die Alliierten unter der Führung der USA von Sieg zu Sieg eilten, wenn auch mit großen Verlusten. Japan habe trotz Ultimatum nicht aufgegeben, der Kaiser weigere sich, eine Kapitulation zu unterschreiben, und solange die USA und ihre Verbündeten damit beschäftigt seien, die Kommunisten in Schach zu halten, bliebe keine Zeit für den Krieg in Asien und im Pazifik.

Viktor und Dana standen strategisch positioniert an den Wänden und sicherten.

»Haben Sie Anna-Lena schon entdeckt, Madame?«, fragte er Coco. Es war sicher, dass die Briten ihre Militärpolizei auf die Straßen schickten, um nach der angeblichen SS-Wehrwolftruppe Ausschau zu halten. Die Ausrede von einer jüdischen Spezialeinheit, die Nazis suchte, um sie zu töten, funktionierte nur im Film. Professionelle Saboteure und Attentäter konnte sich an Silvester keiner in der Stadt erlauben.

Ingo und Spanger leisteten dem Medium Gesellschaft, das sich auf einen kaputten Stuhl gesetzt hatte.

Cocos Augen waren auf das Pendel gerichtet, Zeige- und Mittelfinger der Linken lagen an ihrer Schläfe, die gleiche Hand hielt den Brillantohrring. »Ich sondiere noch«, gab sie zurück. Sie versuchte es wirklich, dachte intensiv an Anna-Lena van Dam.

Ingo verkniff sich jeglichen Kommentar, doch sein Staunen wurde umso größer, als es einen ersten Ausschlag gab und das zylindrisch geformte Gewicht sich langsam nach schräg links bewegte.

Parallel dazu verlor sich Cocos Gesichtsausdruck, ihre Pupillen wurden glasig wie bei einer Toten. Vor ihrem geistigen Auge entstand eine Szenerie. »Ich sehe Anna-Lena«, schilderte sie abwesend. »Sie sitzt in einem Büro. Schlichte Einrichtung. Vier, nein, fünf Männer, die sie befragen. Engländer. Ein Amerikaner.«

Ingo und Spanger wechselten einen erstaunten Blick.

Das Pendel korrigierte seinen Ausschlag ein wenig und zeigte deutlicher an, wohin zu gehen war, um die Gesuchte zu finden.

»Der Unterhaltung nach wird sie für eine Spionin gehalten«, erzählte Coco weiter, was sie wie durch einen Schleier sah. »Vor Anna-Lena auf dem Tisch liegen ihre Habseligkeiten. Sie wird jetzt erneut verhört. Von einem britischen Soldaten. Attington ist sein Name.« Sie atmete schneller. »Gefahr! Ich spüre eine große Gefahr, die von dem Mann im Schatten ausgeht.«

»Welcher Mann im Schatten?« Spanger knabberte vor Aufregung an den Fingernägeln, da ihm die Würste beim Rennen aus der Tasche gefallen waren.

Aus dem Schneetreiben schälten sich Umrisse, die über den Platz kamen. Sie trugen deutsche Uniformmäntel, Armbinden und einen Tschako mit Abzeichen auf dem Kopf.

»Polizei«, warnte Dana leise und machte sich hinter der Säule kleiner. »Zwei Mann.«

»Der Mann im Schatten«, redete Coco weiter. »Er ist … der

Amerikaner. Er schweigt und denkt überlegt. Er glaubt ihr nicht. Glaubt nicht, was die Briten über sie denken.«

»Pst.« Ingo berührte Cocos Schultern. »Sei ruhig. Sonst werden sie uns hören.«

»Er denkt anders. Seine Blicke, sie ...« Coco stieß einen Schrei aus. »Sie bedeuten ihren Tod! Tod!«

Die Polizisten kamen durch das Schneetreiben auf den Wandelgang zu, in der einen Hand ihre Schlagstöcke, in der anderen die gezogenen Pistolen; auf den Armbinden stand Deutsche Polizei.

»Wer da?«, rief der Rechte von ihnen, während sein Begleiter sich die Trillerpfeife zwischen die Lippen steckte, um jederzeit um Hilfe rufen zu können. »Kommen Sie raus, und weisen Sie sich aus.«

Spanger blickte nachdenklich zu den Polizisten.

Es war an ihm, seine Schuld im Keller wettzumachen. Ihm verdankten sie den Verlust des Professors, also würde er sich dieses Mal ins Feuer begeben. Es war immer sein größter Wunsch gewesen, ein Held zu sein. Anerkannt. Sein ganzes Leben lang hatte er dafür gekämpft.

Eine Gelegenheit, sich unter Beweis zu stellen, bekam er jetzt.

»Ich mache das«, verkündete Spanger und trat mit erhobenen Händen aus ihrem Versteck. »Ihr gebt mir Deckung.«

Zu den Polizisten sprach er laut: »Entschuldigen Sie, die Herren Wachtmeister. Ich hatte mich erleichtert. War auf dem Weg zu einer Tanzveranstaltung.«

»Urinieren in der Öffentlichkeit«, stellte der Größere der beiden fest.

»Es ist bloß eine Ruine. *Ruine* und *urinieren* klingt doch ähnlich, Herr Wachtmeister«, versuchte es Spanger auf seine jovial-plumpe Weise. Er fing einige Schneeflocken und tat, als wasche er sich die Hände. »Das ist aber auch ungemütlich, was? Da wird das Feuerwerk nicht zur Geltung kommen.«

»Ich dachte, ich hätte eine Frau schreien hören«, sagte der Linke und tauschte seinen Schlagstock gegen eine Taschenlampe. »Nanu? Ist jemand gestorben, oder warum tragen Sie komplett Schwarz unter dem Mantel?«

»Geschrien? Nein, das war ich. Mein Pullermann und kalte Hände.« Spanger schüttelte seine Finger und deutete auf seine Kleidung. »Ja, meine Mutter ist umgekommen. Gestern. Der Krieg war zu viel für sie. Darf ich Ihnen einen Kaffee ausgeben? Weil Sie Dienst an Silvester schieben müssen?« Er zeigte auf das Hinweisschild für Auerbachs Keller. »Oder einen Glühwein vielleicht?«

Der Polizist mit der Taschenlampe stapfte durch den Schnee. »Gleich. Erst mal noch einen Blick, junger Mann. Nicht, dass Sie am Ende ein Fräulein umgebracht haben.« Sein Tonfall klang scherzhaft. Bei ihm funktionierte das Kumpelhafte.

»Und Ihre Papiere, der Herr«, beharrte sein Kollege pflichtbewusst. »Sie könnten ja ein Lockvogel der britischen Schutzverwaltung sein, um unsere Wachsamkeit zu prüfen, nicht wahr?«

»Was wäre denn, wenn ich ein russischer Spion wäre?« Spanger grinste. »Also, nur zum Test. Was würden Sie denn *dann* machen?« Er hoffte, sie genug mit seinen Fragen abzulenken.

»Sie sind mir ja ein lustiger Hering.« Der Wachtmeister reckte die Hand mit dem Schlagstock und tippte ihm gegen die Brust. »Den Ausweis.«

»вы знаете, где находится библиотека«, erwiderte Spanger mit einem Grinsen. Er musste sie weglocken. »Sehen Sie? Ich bin Russe.« Lachend deutete er auf das Hinweisschild und ging auf Auerbachs Keller zu. »Los, fangen Sie mich. Der Verlierer gibt einen Glühwein aus.« Er bewegte sich behäbig wie ein Bär ins Schneetreiben.

»Freundchen, das wird dich was kosten.« Fluchend folgte ihm der Polizist.

»Ich komme gleich.« Der zweite Ordnungshüter leuchtete in den Wandelgang. »Nur zur Sicherheit.«

Die verborgene Gruppe wich dem suchenden Lichtkegel aus, der über die Wände glitt, die Schatten durchschnitt und nach dem Fräulein suchte, das geschrien hatte. Viktor hielt den Atem an, als der Strahl keine Handbreit mehr von Coco entfernt war. Seine Hand mit dem G36 hob sich, er legte behutsam auf den Mann an.

Plötzlich flog ein Schneeball durch die Luft und traf den Polizisten ins Gesicht.

»Das ist ja wohl die Höhe!« Schnaufend wischte er sich die kaltweißen Krümel von den Zügen.

»Wenn das ein Molotowcocktail gewesen wäre, würden Sie brennen!«, schallte Spangers Stimme. »Fangen Sie mich! Ich bin ein russischer Saboteur und Attentäter.«

Die beiden Uniformierten machten sich daran, den Aufsässigen einzuholen.

»Weg hier.« Viktor deutete die Straße entlang. Sosehr er es Spanger anrechnete, etwas für ihr Entkommen zu tun, fand er die Aktion übertrieben. Die Polizisten im Jahr 1944 verstanden garantiert weniger Spaß als in der Gegenwart. Ein Schneeball konnte als Angriff gewertet werden. »Mme. Fendi. Wohin?«

Sie erhob sich mit Ingos Hilfe, ihr Blick war klar. Wie ihr das Kunststück gelungen war, wusste sie nicht. Als wäre die Gabe schlagartig erwacht. Wegen des Stresses? Der Panik? Sie hatte Anna-Lena, die Offiziere, das Zimmer ganz genau vor sich gesehen, wie eine Projektion auf den Wänden der Ruine.

Das Pendel zeigte unverdrossen an, wohin sie gehen mussten, um die Vermisste zu finden.

»Hier entlang.« Coco setzte sich an die Spitze der Gruppe, die sich vorsichtig durch den Wandelgang und weg von den Polizisten bewegte. Ingo, Dana und Viktor umgaben sie wie eine Horde Leibwächter, die fallenden dichten Flocken schirmten sie ab.

Viktor machte sich Sorgen, wie sie Spanger wiederfinden sollten. »Wir hätten uns nicht trennen dürfen«, sagte er zu Dana.

»Wegen Spanger? Der kommt klar. Er wird die Bullen abhängen und sich dann in der Nähe des Kellers mit einer Handvoll Würste auf die Lauer legen«, gab sie zurück. »Ich traue ihm zu, dass er auch ohne uns geht, wenn wir nicht schnell genug zurückkehren.«

Ingo nickte zustimmend.

Der Anzeige des Pendels folgend, gingen sie durch den Schnee, kletterten über Schutt und Trümmer, stiegen durch Ruinen. Nicht einmal gab es ein Zögern. Coco vertraute dem ziehenden kleinen Gewicht an der Kette vollständig.

Dann tauchte ein schlossähnliches Gebäude vor ihnen auf, das aufgrund seiner Unversehrtheit unwirklich erschien. Trotz seiner eindrucksvollen Größe und dem Turm hatten die Bomben es verschont, abgesehen von Kratzern, Einschusslöchern und Schrammen an der Fassade.

»Da drin ist sie«, sagte Coco. »Da finden wir Anna-Lena.«

»Das ist das Neue Rathaus«, erkannte Viktor. Er erinnerte sich, dass es einem Schloss nachempfunden war, das einst an der Stelle gestanden hatte.

»Gute Standortwahl.« Dana betrachtete die Verwüstungen um sie herum. Allzu viel Deckung gab es nicht, allenfalls ein paar Schutthaufen boten sich als Versteck auf dem Weg zum Gebäude.

Ingo machte sie auf patrouillierende Wachen aufmerksam. »Wie kommen wir rein?«

»Das wird nicht leicht. Nach unserer kleinen Einlage im Keller haben sie Alarm ausgelöst. Da bin ich sicher.« Dana zählte die Aufpasser. »Es sind alleine zehn auf dieser Seite des Rathauses.« Sie blickte in den Himmel. »Mit etwas Glück nimmt der Schneefall zu. Dann können wir uns ranschleichen.«

»Ich muss das jetzt fragen.« Ingo betrachtete sie und Viktor eingehend. »Sie bewegen sich mit den Gewehren so selbstverständlich, als würden Sie das jeden Tag machen. Haben Sie eine militärische Ausbildung genossen?«

»Habe ich aus Actionfilmen«, sagte Viktor karg.

»Schützenverein«, erwiderte Dana locker.

Alle vier wussten, dass es Lügen waren, doch es hakte niemand nach. Einen Konflikt innerhalb ihrer Truppe konnten sie sich nicht leisten. Ingo beließ es bei einem »Ach so« und bedauerte es, die Frage gestellt zu haben.

»Nun zum Wichtigen: Können Sie mit dem Pendel *genau* orten, wo sich Frau van Dam befindet?« Viktor betrachtete den großen Bau, in dem etliche Fenster erleuchtet waren. »Sonst laufen wir tagelang von Zimmer zu Zimmer.«

»Gewiss.« Sie warf Ingo einen triumphierenden Blick zu. Das Sondieren war ihr persönlicher Sieg gegen jegliche Zweifel. Eigene und fremde. Warum sie es plötzlich vermochte, war ihr ein Rätsel. Sie schob es auf die Wirkung der Tür mit dem Kraftfeld, die sie durchschritten hatte. »Das wird ein Kinderspiel.«

Viktor lauschte, ob sie was von Spanger hörten. Doch die Straße war leer, die letzten Partygänger hatten ihre Veranstaltungsorte erreicht und wanderten nicht länger umher. »Gehen wir näher ran«, befahl er. »Frau Rentski und ich übernehmen die Vorhut.« Er hakte sich bei ihr ein und positionierte das G36 so, dass man es nicht auf den ersten Blick sah; sie tat es ihm nach. »Tun wir, als wollten wir nach Hause.«

»Ist gut.« Ingo rieb sich die Flocken von der Nickelbrille. »Wie erfahren wir, dass die Luft rein ist?«

Viktor überlegte. »Wir singen *Davon geht die Welt nicht unter.* Das ist am unauffälligsten.«

»Und wenn was schiefgeht?«

»Ich wollt', ich wär ein Huhn«, schlug Dana vor.

Die beiden eilten vorwärts und näherten sich im umherflirrenden Weiß dem Neuen Rathaus. Zwischen ihnen und dem Haupteingang lagen etwa zweihundert Meter, die dank Trümmern und Ruinen recht gut zu überbrücken waren, ohne von den Wachen entdeckt zu werden.

Zwei große Scheinwerfer standen einsatzbereit am Eingang des Burggebäudes, um bei Bedarf in die Dunkelheit zu leuchten, sollten die wenigen Straßenlaternen nicht ausreichen.

»Wir bereden später, warum wir beide so gut in dem sind, was wir tun«, raunte Dana ihm zu. »Bis dahin nehmen wir es einfach als Vorteil hin, dass wir militärische Kenntnisse haben.«

Viktor wusste längst, dass er Dana gesehen hatte. In Darfur. Bei einem Einsatz in seinem vorherigen Leben, in dem er nicht als Kletterer seinen Unterhalt verdient hatte. Ironischerweise war ausgerechnet dieser Einsatz der Grund gewesen, weswegen er seinen alten Beruf hingeschmissen hatte. »Einverstanden.«

»Wie würden Sie vorgehen? Infiltration über die Seitenschächte, den Keller oder mit Getöse zur Ablenkung?«

Er betrachtete die raue Fassade. »Wir könnten versuchen, außen an –«

Drei starke Lichter erfassten sie, schnelle Schritte kamen auf sie zu. »Halt«, erklang der Befehl auf Deutsch, mit hartem Akzent. »Ihre Papiere, bitte.«

Viktor und Dana wurden von einer Fünfertruppe in britischen Uniformen umstellt, die die weißen Abzeichen der Militärpolizei an Helmen und Mänteln trugen. In den Händen hielten die Männer mit den ernsten Gesichtern Maschinenpistolen, die Mündungen zeigten auf das Duo.

»Was ist denn los, Sir?« Viktor tat, als tastete er suchend auf seiner Kleidung herum. »Es ist doch Silvester.«

»Das ist richtig. Aber wir haben ein paar gefährliche russische Saboteure in Leipzig. Die Meldung kam eben herein«, antwortete der Brite, dessen Akzent ihn als Schotten auswies. Ein dichter blonder Schnauzbart prangte in seinem Gesicht, an dessen Enden sich der Schnee sammelte. »Ihre Papiere, guter Mann und gute Frau.«

Dana war angespannt. Jederzeit könnte sie das G36 aus der Falte des Mantels reißen, doch ihre Gegner waren im Gegensatz zu den beiden Polizisten vor dem Wandelgang hoch wachsam und hatten die Maschinenpistolen entsichert. Die Chancen, als Sieger vom Platz zu gehen, standen bei einer Konfrontation schlecht. *»Ich wollt', ich wär ein Huhn«*, sang sie lauthals und kicherte. »Das braucht auch keinen Ausweis.«

Viktor zuckte langsam mit den Achseln. »Oje. Ich fürchte, ich habe die Sachen zu Hause gelassen.«

Der Schotte machte einen Schritt zurück, sein Gesicht hinter dem langen Schnauzbart blieb verschlossen. »Well, well. Ich fürchte, ich werde Sie jetzt vorübergehend verhaften und zur Feststellung Ihrer –«

Laut knallte es, als einige Böller und Knallfrösche in ihrer Nähe explodierten. Glitzernde Funken flogen, zwei Fontänen sprühten, und eine Bande von Kindern rannte lachend davon.

Die Wachen am Rathaus reagierten mit Lachen und Rufen, dass es noch zu früh sei.

In das Geknalle mischten sich mehrere peitschende Schüsse, die nicht auffielen. Einem Militärpolizisten wurde durch den Helm in den Kopf geschossen, zwei weitere hielten sich die Brust und brachen zusammen.

Dana und Viktor ließen sich fallen.

Der Vierte schwenkte den Lauf suchend durch die Gegend und wurde von einer Kugel in die Stirn erwischt; der lange Helmrand verteilte das Blut in alle Richtungen.

Die Garbe des letzten Soldaten röhrte über Dana und Viktor hinweg, bevor auch er von dem unsichtbaren Schützen mit einem sauberen Treffer durch das Ohr erlegt wurde. Blut schoss aus Mund und Nase, ein roter Strahl flog zum anderen Ohr hinaus.

»Das war niemals Doktor Theobald.« Dana kroch hinter ein Mäuerchen in Deckung.

Viktor rollte sich durch den Schnee hinter eine umgestürzte Fassade. »Aber auch keine Feinde von uns.«

»Lang lebe die Freiheit! Es lebe Josef Stalin!«, wurde von einer Frau gerufen. »Los, kommt, Genossen! Weg von hier.« Eine Silhouette mit einem langen Gewehr zeigte sich am oberen Fenster eines halb zerstörten Hauses. »Tommy und Uncle sind schon auf dem Weg, um euch zu verhaften. Ihr habt Glück, dass wir das mitbekommen haben.«

Dana und Viktor tauschten rasche Blicke. Spangers Scherz mit den Polizisten hatte ihnen soeben die Freiheit bewahrt.

»Ja. Wir kommen«, rief Viktor. Hastig krochen sie aus ihrer Deckung und gaben Ingo und Coco das Zeichen, ihnen zu folgen. Sie hefteten sich an die Fersen der Scharfschützin, die behände aus dem Fenster zu Boden sprang und ihnen die Richtung wies.

Schnee fiel auf die fünf Leichen in dem Trümmerfeld und bedeckte sie derart schnell mit dem Weiß, dass sie sich nahtlos in den Schutt einfügten.

* * *

LEIPZIG, 31. DEZEMBER 1944

Anna-Lena saß in dem beigefarbenen Rock und der weißen Bluse, die man ihr gegeben hatte, an einem Schreibtisch. Ihr grünes Kleid sei zu zerschlissen und zu unschicklich, hatte ihr die Gefängniswärterin bei der Übergabe der Ersatzkleidung gesagt. Selbst für eine russische Spionin wie sie.

Die roten Haare hatte sie zu einem Pferdeschwanz zusammengefasst, das Nasenpiercing war bewundert und ihr gelassen worden. Eine Lampe leuchtete Anna-Lena ins Gesicht, sodass sie nicht sehen konnte, was die Menschen dahinter taten. Leise unterhielten sie sich auf Englisch.

Sie wusste, dass es fünf waren, davon vier Männer in britischer Uniform, denen man den Insel-Akzent deutlich anhörte, sowie ein Mann in Zivilkleidung, der mit amerikanischem Zungenschlag sprach und ständig Kaugummi kaute, als wollte er ein Klischee bestätigen.

Auf dem Schreibtisch vor ihr stand ihre Handtasche, daneben lagen fein säuberlich aufgereiht ihre Habseligkeiten, inklusive des ausgeschalteten Smartphones. Eine Tasse Kaffee war ebenfalls vor ihr abgestellt worden.

Anna-Lena umfasste den Henkel und trank einen Schluck. Heiß, stark und sehr süß schwappte das belebende Getränk in ihren Mund. Sie schloss die Augen und atmete tief ein, tief aus.

Auch wenn ihre Lage nicht besonders gut war, war sie froh, dieser Kammer voller Wald und Geheule und Vollmond entkommen zu sein. Anna-Lena hatte bald nach ihrem erfolglosen Versuch, die Bunkertür zu öffnen, eine zweite, in Stein eingelassene Tür gefunden und mit einem Ast auf sie eingeprügelt, bis das Flirren darüberhuschte.

Ohne zu zögern, war sie hindurchgegangen und in einem Keller gelandet. Im Jahr 1944. An Silvester.

Doch der Geschichtsverlauf stimmte nicht mit dem überein, was sie vor Kurzem noch gelernt hatte. Hitler war tot durch Stauffenbergs gelungenes Attentat, Deutschland hatte kapituliert, die US-Amerikaner hatten Europa unter ihre Schutzmacht gestellt und ließen es von den Briten verwalten. Der neue Feind hieß Josef Stalin, und die Rote Armee wurde an vielen Fronten bekämpft.

Das Klicken, Schnippen und Knistern von brennendem Tabak waberte ihr zusammen mit Zigarettenqualm entgegen. Die Offiziere hatten ihre leise Unterredung beendet und waren zu einem Ergebnis gekommen.

»Miss, meine Freunde und ich haben beschlossen, Sie nochmals im Guten zu befragen«, eröffnete einer der Engländer. »Ihren Namen, bitte.«

»Anna-Lena van Dam.«

»Wie alt?«

»Zwanzig, geboren am fünften Dezember in Frankfurt.« Sie deutete auf den Ausweis vor sich. »Wie es da steht. Und Ihr Name, Sir?«

»Dieser Ausweis ist ein Produkt der Fantasie. Was auch immer Sie geritten hat, sich so etwas auszudenken«, gab der Offizier zurück. »Ich bin Leftenant Attington von der Military Intelligence Ihrer Majestät.« Er nutzte das Wort *Leftenant* statt *Leutnant,* wie es bei den Briten gängig war. »Es gibt keine Bundesrepublik Deutschland.«

»Nicht 1944. Da gebe ich Ihnen recht.« Anna-Lena lächelte ins Licht.

»Lassen wir das mal außen vor«, sagte Attington. »Sie wurden beim Verlassen des Kellers in der Katharinenstraße Nummer neunzehn von der Militärpolizei aufgegriffen. Man fand diese Handtasche bei Ihnen, mit den Gegenständen darin. Ist das richtig?«

»Ja, Sir.«

»In der Handtasche steht ›Made in Russia‹.«

»Korrekt. Die Marke heißt Fjodor und ist nicht die billigste. Aus Sankt Petersburg.«

Eine Hand kam in den Lichtschein und deutete der Reihe nach auf Anna-Lenas Habseligkeiten. »Lippenstift, Portemonnaie, Fantasiegeld, so falsch wie Ihr Ausweis und Führerschein, dazu Stift, Süßigkeiten, Schminkutensilien und« – der Finger tippte auf das Smartphone – »ein Gegenstand, von dem wir nicht wissen, was es sein soll.«

»Nichts Besonderes. Ein Briefbeschwerer.«

»Gewiss nicht, Miss«, erwiderte Attington schnaubend. »Es hat Anschlüsse und scheint elektrisch betrieben zu sein. Würden Sie demonstrieren, was das ist?«

»Nein, kann ich nicht.«

»Weswegen?«

»Der Akku … die Batterie. Ist leer.«

»Es gibt keine Batterien, die so klein sind, dass sie in dieses Ding passen.« Attington schlug mit der flachen Hand auf den Tisch. »Miss. Was immer Sie versuchen, es wird Ihnen nicht gelingen. Wir sind nicht so einfach zu täuschen. Meine Kollegen und ich sind der Meinung, dass Sie eine russische Spionin sind, die Stalin uns sandte, um Verwirrung zu stiften.«

»Mehr eine Saboteurin«, steuerte ein unbekannter Mann bei.

Anna-Lena trank nochmals von dem Kaffee. »Nein, das bin ich nicht.«

Sie überlegte, was sie erzählen konnte, um zumindest vorübergehend auf freien Fuß gesetzt zu werden, damit sie in den Keller zurückkam. In dieser Zeit war Deutschland zwar bereits besiegt, aber anscheinend standen sich Kommunisten und

US-Amerikaner samt verbündeten Briten gegenüber. In diesem Jahrzehnt wollte sie nicht bleiben. Auch wenn das bedeutete, dass sie zurück in die Welt aus Wolfsgeheul und Vollmond musste, um in ihre eigene Gegenwart zu gelangen. Sie wünschte sich, auf dem Weg dorthin dem Mann im Nadelstreifenanzug zu begegnen, um ihm einen Knüppel durchs lachende Gesicht zu ziehen. Er hatte ihr das alles eingebrockt.

Doch zunächst musste sie aus dieser Lage entkommen. So oder so.

»Was genau werfen Sie mir vor, Leftenant Attington?«, setzte Anna-Lena zum Angriff an.

»Dass Sie keine gültigen Papiere haben, Ms van Dam, und wir Sie daher mindestens so lange behalten müssen, bis wir Ihre Identität geklärt haben«, erklärte er ihr und blies Rauch durch das Licht in ihre Richtung. »Da Frankfurt recht zerstört ist, glaube ich nicht, dass wir auf die Schnelle an amtliche Unterlagen kommen.«

»Außerdem wird sie erklären, was es mit dieser Gerätschaft auf sich hat, die sie uns als Briefbeschwerer verkaufen will«, warf ein weiterer Mann hinter der Lampe ein.

»Ms van Dam, Sie geben uns sehr viele Rätsel auf«, sagte Attington. »Fangen wir also noch mal an. Was wollten Sie in dem Keller?«

Ansatzlos begann Anna-Lena zu weinen und legte vor den Augen der verwunderten Männer einen respektablen Heulkrampf hin. Es wurde Zeit für eine andere Taktik. »Ich gestehe, dass alles erlogen war. Meine Freundinnen und ich haben Rauschmittel auf einer privaten Silvesterfeier genommen«, erzählte sie schniefend. »Aber das Zeug war zu stark. Wir haben die Orientierung verloren, und ich lief im Wahn davon und suchte Schutz. Im Keller bin ich wieder wach geworden.« Sie zeigte auf ihr Eigentum. »Das Geld, der Ausweis, der Führerschein sind nur erfunden. Das tue ich öfter, wenn mir langweilig ist. Ich schreibe fantastische Romane, wissen Sie? Das macht mir Spaß.«

»Ms van Dam –«

»Ich heiße nicht van Dam. Das ist ausgedacht, wie auf dem Ausweis«, sagte Anna-Lena mit aller Überzeugung, die sie in der Theater-AG erlernt hatte. »Mein Name ist Hermine Müller, und ich wohne bei Verwandten in Gohlis. Am Schlösschen«, log sie und zog die Nase laut hoch. Zuvor war sie nur einmal in Leipzig gewesen und hatte eher schwache Erinnerungen daran. »Unsere Wohnung im Brühl ist ausgebombt worden, Sir.« Sie wischte sich die Tränen linkisch von den Wangen und sah flehentlich in die Lampe. »Bitte, Sir, lassen Sie mich nach Hause bringen. Meine Eltern werden alles bezeugen!«

Der Finger des Offiziers deutete erneut auf das Smartphone. »Mag sein, dass wir uns langsam an die Wahrheit herantasten, aber es erklärt nicht, was das ist.«

»Ich habe es gefunden.«

»Gefunden?«

»Unterwegs, Sir. Als ich im Rausch durch den Schutt und den Abfall der Ruinen wankte.« Anna-Lena zuckte mit den Schultern. »Das ist ein Teil einer Bombe vielleicht? Was weiß ich? Jedenfalls gehört es mir nicht. Aber mir gefiel das Glänzende.«

Es klopfte an der Tür, sie wurde einen Spalt weit geöffnet. Erneut erklang eine leise Unterhaltung, die Anna-Lena jedoch nicht verstand.

»Wir verabschieden uns fürs Erste, Ms Müller. Diese Nacht werden Sie uns leider erhalten bleiben«, wandte sich Attington an sie. »Wir haben immer noch ein, zwei Fragen zu Ihrer Geschichte, aber es ist beinahe null Uhr, und somit naht der Jahreswechsel. Einer meiner Leute wird Sie in eine nette Zelle bringen, wo Sie über Ihren Rauschmittelkonsum nachdenken können. Gleich morgen begleite ich Sie zu Ihrer Adresse. Ich bin neugierig, was mich dort erwartet. Gute Nacht.«

Die Umrisse von vier Männern gingen durch die Tür, und wieder wurden Zigaretten angesteckt.

»Captain Wallace, wollen Sie uns nicht Gesellschaft leisten?«, fragte Attington.

»Nein danke. Ich gehe in meine Unterkunft und schlafe mich ins neue Jahr. Diese Zeitumstellung bekommt mir nicht«, erklang eine sonore Stimme. »Gentlemen, wünsche frohes Feiern. Und lang lebe Ihr König.«

Die Schritte entfernten sich hinaus und weg vom Verhörraum. »Wie Sie wollen, Captain. Dann können Sie das junge Fräulein Müller in die Zelle bringen.«

Anna-Lena sah zwar dank des blendenden Lichts so gut wie nichts, wusste aber, dass sich der Amerikaner noch bei ihr im Raum befand. Und dass er abgewartet hatte.

Der Lampenschirm wurde nach unten gedreht. Sichtbar wurde ein Mann Mitte dreißig, der einen dunkelbraunen Anzug mit Weste und Krawatte trug. Die schwarzen Haare waren sorgsam frisiert, das Gesicht glatt rasiert. »Mein Name ist Captain James Wallace«, stellte er sich vor, ohne dabei das Kaugummikauen zu unterbrechen. Sein Kiefer wirkte dadurch noch breiter. »Ich gehöre dem Stab um General und Militärgouverneur Eisenhower an. Als Berater, was Spionage angeht.«

»Ich bin keine russische Spionin«, wiederholte Anna-Lena und seufzte. »Ach, wie soll ich Ihnen das klarmachen? Ich spreche nicht mal Russisch.« Sie deutete auf die Tasche. »Das Schild und die Ausweise, das ist alles von mir gemacht.«

»Ms van Dam –«

»Müller. Hermine Müller, Sir.«

Captain Wallace lächelte wissend und kaute langsamer. »Im Gegensatz zu meinen britischen Freunden vom MI, glaube ich, dass Ihre erste Version der Geschehnisse die Wahrheit ist.« Er nahm ein Päckchen Kaugummi aus der Tasche und hielt es anbietend hin. Anna-Lena lehnte ab. »Ob Sie aus der Zukunft kommen, das weiß ich nicht. Aber ich denke, Sie haben ein paar Geheimnisse.« Er beugte sich leicht nach vorne. »Nazi-Geheimnisse.« Er zwinkerte, als versuchte er, auf plumpste Weise zu flirten.

»Äh«, machte Anna-Lena überrumpelt. »Hieß es nicht, dass ich eine russische Spionin sein soll?«

»Sind Sie nicht.« Wallace hob das Smartphone an. »Wir wissen, dass Ihr Führer brillante Köpfe für sich arbeiten ließ. Erfindungen in sämtlichen Bereichen: Waffen, Fluggeräte, Dinge für das alltägliche Leben. Etliche von denen sind nun für uns tätig. Andere haben wir noch nicht aufgespürt.« Er drehte das Gerät und begutachtete es von allen Seiten. »Ich glaube, Ms van Dam, dass Sie oder einer Ihrer Eltern zu jenen Wissenschaftlern gehört. Sie scheinen mir etwas zu jung für bahnbrechende Erfindungen. Oder täusche ich mich?«

Anna-Lena lachte ungläubig auf. »Ist das so eine Sache wie … die geheime Nazi-Basis auf dem Mond? Oder diese fliegenden Untertassen mit den Düsenantrieben der V2?« Sie dachte an die herrlich überzogenen Filme *Ironsky* und *Sky Sharks* und sonstige Streifen mit Nazi-Verschwörungstheorien. »Nicht zu vergessen die Basis am Südpol, in der Hitler-Doppelgänger leben.« Sie lachte lauthals.

Wallace hob die Augenbrauen. »Sehen Sie? Niemand sonst kennt diese Pläne und das Wissen, an dem unsere Geheimdienste dran sind.« Er setzte sich ihr gegenüber auf den Stuhl. »Kommen Sie, Fräulein van Dam. Wo sind Ihre Eltern? Ich möchte mit ihnen sprechen.« Er legte das Smartphone auf den Tisch. »Was immer Sie uns da gebracht haben, ich wette, es ist sehr, sehr wertvoll für die Menschen der Zukunft.«

Das Gespräch drehte sich auf eine Weise, die Anna-Lena nicht gefiel. Wallace dachte anders als Attington und schien ihm zudem vorgesetzt zu sein. Sollte der US-Captain der Meinung sein, dass sie Zugang zu höherem technischen Wissen hatte, könnte es unangenehm werden. Eine Spionin war eine Sache, aber die Hand auf unbekannten Fortschritt legen zu können, bedeutete einen wesentlich größeren Ansporn, Informationen aus jemandem herauszubekommen.

Anna-Lena sah in die leere Kaffeetasse. »Ich sagte doch, ich weiß nicht, woher –«

Wallace beugte sich blitzschnell nach vorne, und sofort hatte sie seine Hand an der Kehle. Brutal zog er sie zu sich, würgte sie dabei. »Das war keine Bitte, Fräulein van Dam. Das war eine Aufforderung. Damit wir uns verstehen.« Ohne seine Finger von ihrer Kehle zu nehmen, hob er das Smartphone und hielt es vor ihre Augen, die leicht aus den Höhlen traten. Anna-Lena keuchte erstickt. »Dieses Ding ist hochmodern. Und ich will wissen, wer es gebaut hat und was es kann«, sagte er kalt. »Denken Sie, ich habe die ganze Zeit abgewartet, um Sie in die Zelle zu bringen?«

Anna-Lena schüttelte den Kopf.

»Diese versnobten Tommys! Die mögen sich gut als Verwalter machen, um die europäischen Staaten für die USA unter Kontrolle zu halten, und sich an ihr glorreiches Empire erinnert fühlen, während wir Stalin und den Japanern den Arsch aufreißen«, sprach er giftig. »Aber wir werden die neuen Herren der Welt sein, Fräulein van Dam. Hitler hat Uncle Sam das Feld bereitet, und wir ernten jetzt. Die Menschen bejubeln uns, weil wir die bösen Nazis ausgerottet haben und die schrecklichen Kommunistenrussen vertreiben. Zurückschlagen. Freiheit bringen. Dafür lassen sie sich gerne bevormunden.« Er lachte und stieß sie von sich. »Doch wir brauchen Innovationen. Wie das hier.«

Anna-Lena hielt sich den Hals und rang nach Atem, hustete trocken.

»Ich habe gerade etwas entschieden.« Wallace lächelte gnadenlos und kaute. »Sie werden mich in die USA begleiten, in unser Hauptquartier. Zwecks näherer Befragung. General Eisenhower wird das genauso sehen. Nicht, dass noch Ihre Freunde auftauchen und Sie mit Gewalt rausholen. Wer von Mondbasen, Fluggeräten und einer Festung am Nordpol weiß, den kann ich nicht einfach in Leipzig bei den Tommys lassen, Fräulein van Dam.«

Anna-Lena vermochte nichts zu erwidern, aber sie wusste: Jetzt war sie in großen Schwierigkeiten.

* * *

Walter van Dam steuerte den noblen Geländewagen auf den holprigen Weg, der zur Villa führte. Dass er dabei die halsbrecherische Geschwindigkeit beibehalten konnte, verdankte er den Ingenieuren, die den Urus perfekt abgestimmt hatten. Der Motor röhrte mit seinen 650 PS, der Dreck flog unter den Rädern empor und hagelte gegen die Radkästen.

Van Dam dachte nicht daran, langsamer zu fahren.

Schon von Weitem sah er vor der Villa einen verlassenen BMW, der dort nichts zu suchen hatte, dem Nummernschild nach ein Mietwagen. Auch der Rolls stand herum, der Transporter ebenso. Matthias hätte längst auf dem Weg zu ihm sein sollen, um die Frau zu ihm zu bringen, die Anna-Lena täuschend ähnlich sah – wäre da nicht die andere Augenfarbe gewesen.

Der volle Parkplatz machte van Dam misstrauisch.

Auf seinem Smartphone war keinerlei Signal aus der Höhle eingegangen; es hatte keine Anrufe gegeben. Was auch immer tief unter der Erde vorging, es passierte ohne sein Wissen.

Van Dam brachte den SUV zum Stehen. Zurückhaltung brauchte er nicht an den Tag zu legen, es war sein Grund und Boden, und es gab keine Nachbarn in Sicht- oder Hörweite. Daher öffnete er die Reisetasche und nahm das G36 heraus, um dem ungebetenen Besucher zu verdeutlichen, dass er nicht willkommen war. Er hatte weder die Geduld noch die Nerven für Freundlichkeit.

Er stieg aus und lauschte. Abgesehen vom Gesang der Vögel und dem Rauschen der Blätter an den Bäumen, war es still.

Langsam ging van Dam auf die Fabrikantenvilla seiner Familie zu, die vor langer Zeit aufgegeben worden war. Er hatte die ersten Jahre seines Lebens in dem Haus verbracht, aber er konnte sich kaum daran erinnern.

Er warf einen Blick in den fremden BMW. Der Schlüssel war abgezogen, die Türen nicht verriegelt. Auf dem Beifahrersitz lag ein Minilaptop, mit einem Ladekabel in den Wagen eingestöpselt. Das Display leuchtete und zeigte mehrere Porträtaufnahmen. Die Menschen darauf kannte van Dam.

Troneg, Rentski, Theobald, Fendi, Spanger und Friedemann waren fotografiert worden. Der Besucher war keinesfalls zufällig zur Villa gekommen.

Er sah sich nochmals um, dann öffnete er die Tür und nahm den Laptop an sich, um die Dateien zu sichten. Was wusste der Fahrer des BMW über seine Truppe?

Doch das Gerät verlangte für einen weiteren Zugriff ein Passwort oder einen Fingerabdruck. Van Dam steckte den kleinen Klapprechner unter die Kevlarweste. Der Besucher würde sich einige Fragen von ihm gefallen lassen müssen. Dann fiel ihm ein, dass es sich um mehr als eine Person handeln könnte. Der Wagen bot Platz für fünf Personen. Eine deutliche Überzahl.

Er kannte sich nicht besonders gut mit Waffen aus, aber er traute sich zu, das G36 in die richtige Richtung zu halten. Die abschreckende Wirkung mochte schon ausreichen. Schritt um Schritt näherte sich van Dam dem Haus, das Schnellfeuergewehr in einer Hand haltend. Die Ruhe gefiel ihm nicht. Weder die Unbekannten zeigten sich noch sein Chauffeur.

Rolls-Royce und Transporter standen wie vergessen herum.

In Action- und Horrorfilmen riefen Menschen bei unklarer Lage der Situation »Hallo?« oder »Ist da wer?«, was van Dam stets sinnlos fand. Dennoch ertappte er sich dabei, dass er um ein Haar nach Matthias gerufen hätte, um die Stille zu zerstören.

Behutsam ging er die Stufen zur Veranda hoch, auf denen sich Blutspuren zeigten. Große und kleine Tropfen hatten sich ungleichmäßig verteilt, als hätte jemand versucht, eine stark blutende Wunde abzudrücken.

Van Dam sah sich um. Ein Handabdruck am Türrahmen, die Stellung der Finger ließ darauf schließen, dass der Verletzte ins Innere der Villa gegangen war. Van Dam atmete einmal tief ein, hob das G36 und schob die Tür vorsichtig auf.

KAPITEL VI

LEIPZIG, 31. DEZEMBER 1944

Spanger linste aus der Deckung zum Eingang des Restaurants in der Katharinenstraße, in dessen Keller sich die Tür zur Gegenwart befand. Nicht eine Minute würde er ihn aus den Augen lassen, um nicht zu verpassen, wann die anderen mit der kleinen van Dam aufkreuzten.

Dummerweise hatte Spanger keinen blassen Schimmer, wo das Quartett abgeblieben war. Insgeheim hatte er damit gerechnet, dass sie auf ihn in der Wandelgangruine warteten. Stattdessen waren sie aus ihrem Versteck verschwunden. Zuerst hatte Spanger gedacht, Ingo, Coco, Viktor und Dana hätten ihn absichtlich zurückgelassen. Ihn, den Unfähigsten. Den Schuldigen an der Keller-Katastrophe. Doch dann sagte er sich, dass es keine Alternative zu ihrem Handeln gegeben hatte. Er hatte ihnen die Gelegenheit verschafft zu entkommen, und die hatten sie genutzt, um Anna-Lena aufzuspüren, während er mit den Polizisten Katz und Maus spielte.

Spanger pustete sich auf die kalten Finger, ansonsten war ihm nach der ganzen Rennerei und dank der Kevlarweste ordentlich warm. Er hatte es recht leicht geschafft, die beiden Polizisten im Schneetreiben abzuhängen und damit von der restlichen Gruppe wegzulocken. Der Rettungsauftrag musste gelingen, sonst wäre Friedemanns Tod doppelt sinnlos.

Dass der Brite dem Professor in den Kopf geschossen hatte – ausgerechnet in den Kopf! Da kam man mit schusssicherer Ausrüstung in die Vierzigerjahre, und dann das.

Allmählich spürte er die Kälte in den Zehen, also bewegte er sich von einem Fuß auf den anderen, pustete wieder auf die Finger. Im Freien zu warten, war vielleicht doch eine dumme Idee.

Spanger sah durch den rieselnden Schnee zum Toreingang in

das Anwesen, das aus zwei hintereinanderliegenden Höfen bestand.

Früher oder später würde sein Team mit der jungen Frau an dem Gasthaus auftauchen, in dem die Party zur Feier des neuen Jahres weiterging, und er würde sich ihnen anschließen. Seinen Teil zur Rettung hatte er beigetragen, wie er fand, indem er für Ablenkung gesorgt hatte. Sein Warten hier hatte außerdem den netten Nebeneffekt, dass er notfalls zu jeder Zeit selbst in das Gewölbe vordringen und sich absetzen konnte, falls es eng für ihn wurde. Einen Kopfschuss wie der Professor wollte er sich nicht einfangen. Die Zeiten waren gefährlich. Aber wenigstens bestand nicht die Gefahr, in einen Bombenhagel zu geraten.

Die Zeit verging. Die Kälte wurde beißend, als wollte sie den Mann aus seinem Versteck zwingen.

Spanger blies ohne Unterlass in die blau angelaufenen Hände, er fror inzwischen trotz des Wintermantels und der Kevlarweste darüber. Es waren etliche Grade unter null, und das Stillstehen in Verbindung mit den verschwitzten Klamotten bekam ihm nicht. Ein unkontrollierbares Zittern setzte ein. Der Körper versuchte, sich warm zu halten.

Hinter den Scheiben dröhnten wieder die Songs der Rhythm-and-Blues-Combo, die Schatten von Männern und Frauen tanzten miteinander. Es wurde gelacht und geklatscht, aus den spaltbreit geöffneten Fenstern drang warm-feuchte Luft und verwandelte sich in weißen Dunst. Es roch nach Zigaretten und Essen.

»Scheiße«, murmelte Spanger und steckte die Hände in die Taschen, was wenig nützte. Inzwischen klapperten sogar seine Zähne. Seine Gedanken kreisten, und es missfiel ihm, was ihm vorhin in den Sinn gekommen war: dass er ernsthaft daran gedacht hatte, ohne das Team in die Gegenwart zurückzukehren.

Spanger hatte schon immer ein Held sein wollen. Leibwächter. Personenschützer. Das war sein Ziel gewesen. Doch ein Zwischenfall mit einem Azubi hatte ihm alles genommen. So gut wie alles. Und je länger Spanger in der Kälte stand und Zeit hatte, nachzudenken, desto mehr kotzte es ihn an, als Versager gesehen zu werden. Es staute und baute sich in ihm auf. Ruhige Momente waren Gift für die Psyche. Besonders für die Psyche eines Menschen, der zeitlebens mit Erniedrigung, Versagen und maximalen Minimalerfolgen konfrontiert wurde.

In der Gruppe ging es ihm streng genommen nicht anders, das hatte Spanger deutlich gespürt. Die despektierlichen Anmerkungen des Professors und die Korrekturen von Rentski, die ihm zeigen musste, wie man mit dem G36 umging, die mitleidigen Blicke des sportlichen Viktor und, und, und. Und dann hatte er Trottel auch noch sein Gewehr verloren wie ein blutig blöder Anfänger.

Spanger seufzte.

Sie trauten ihm nichts zu.

Niemand traute ihm irgendetwas zu.

Genau deswegen hatte er seine Zeugnisse als Personenschützer gefälscht. Sich seine Ausbildung ausgedacht. Und seinen ersten Job bei Walter van Dam angenommen: die Rettung einer jungen Frau in Not. Welch ein Auftakt für ein neues Leben!

Doch das Heldentum ließ auf sich warten. Anstatt an der Befreiung beteiligt zu sein, hatte er das Ableben ihres Anführers verschuldet, stand allein in der Eisesnacht, starrte auf ein Gasthaus und wartete ab.

Spangers Ehrgeiz meldete sich.

Er mochte die Gruppe verloren haben, aber eine Aufgabe gab es dennoch für ihn: spionieren und aufklären, den Weg für einen raschen Rückzug vorbereiten, damit sie reibungslos zur Tür und raus aus diesem seltsamen Nachkriegsdeutschland kamen, in dem nichts war, wie er es mal gelernt hatte. Abgesehen davon, war es darin wärmer und angenehmer.

Spanger blies sich noch einmal in die Hände und verließ seinen Aussichtsposten.

Er umrundete das Gasthaus, das wie durch ein Wunder der Zerstörung rings um die Katharinenstraße und den Brühl entkommen war. Ihm fielen zwei Wachen der Militärpolizei hinter den Türen auf, von daher brauchte er es erst gar nicht durch den Vordereingang zu probieren.

Sein Suchen führte ihn durch verschneite, fein säuberlich aufgestapelte Steinhaufen und Trümmer auf die Rückseite des Ensembles. Die Mauer versperrte ihm den Weg, Klettern wäre schwierig.

»Scheiße«, murmelte er und blickte sich um.

Die Spuren von Rattenfüßchen brachten ihn darauf, einige lose Steine beiseitezuschieben. Darunter kam eine Bodenklappe zum Vorschein. Die Ratten bevorzugten ein Loch in der Wand, wie die Abdrücke verrieten.

Spanger räumte den Schutt so weit zur Seite, dass er einen Flügel der Luke öffnen konnte. Seine eisigen Finger spürte er nicht mehr. Er tröstete sich mit dem Gedanken, gleich im wärmeren Keller zu sein. Bei den leckeren Würsten, Bier und Wein. Ein bisschen was würde er sich gönnen. Von allem. Nicht zu viel.

Mit einem Brett stützte er die Klappe ab, damit sie ihm nicht ins Kreuz oder auf die Finger schlug, und ließ sich keuchend durch den schmalen Schacht abwärtsgleiten. Ursprünglich war der Zugang wohl für Kohlelieferungen gedacht gewesen, die man nun durch den Vordereingang hereinschleppte.

Spanger landete wie erhofft im dunklen Gewölbe. Es roch nach Fleisch, fermentierendem Sauerkraut und deftiger Wurst. Innerlich jubelte er. Damit hatten die Aufpasser nicht gerechnet. Er hatte sie ausgetrickst.

Der Keller kam ihm nach der langen Zeit im Freien sehr warm vor, auch wenn hier nicht mehr als fünf, sechs Grad herrschen konnten. Im Schein der Taschenlampe ging Spanger an den Fässern vorbei in den Nebenraum und suchte nach dem Regal, an dem die Würste hingen. Hungrig bediente er sich und wandte sich zur Tür um, durch welche sie in dieses Jahr gekommen waren.

Der Strahl beleuchtete das Türblatt im Rahmen mit dem aufgeschraubten, verrosteten Klopfer. Sie war einst blau gestrichen gewesen, darunter kam dunkles Holz mit Kratzern und Schnitzereien zum Vorschein. Ein Löwenmaul hielt den korrodierten Ring, mit dem offenbar kräftig geschlagen werden musste, damit sich ein Kraftfeld aufbaute.

»Das ist so irre«, raunte Spanger und ging kauend auf die Tür zu. »Wie kannst du uns durch Zeit und Raum bringen, hm?«

Er steckte sich die angebissene Wurst in den Mund und legte die freie Hand auf das Holz. Die einzelnen Bretter waren kühl, und der Ring war so stark korrodiert, dass er bei einem einzigen festen Schlag zerfallen mochte. Womöglich konnte man den Durchgang nur noch einmal benutzen.

Spanger betrachtete neugierig die Zargen, die Scharniere, die Einfassung der rätselhaften Tür. Auf ihn machte es den Eindruck, als wäre der Keller nicht immer schon der Platz dieser Tür gewesen. Vielleicht hatte sie jemand anderswo gefunden und eingebaut, um die Räume voneinander zu trennen.

Eigentlich musste Spanger zurück an die Oberfläche und gegenüber dem Haupteingang Ausschau halten, um die Truppe und die kleine van Dam abzufangen und ihnen den Schleichweg über die Kohlenrutsche zu zeigen. Sonst wurden sie womöglich in Gefechte mit der wartenden Militärpolizei verwickelt.

»Kurz noch aufwärmen«, murmelte er mit der Wurst zwischen den Lippen.

Ihm kam in den Sinn, die Tür zu benutzen, um zurückzukehren und Kontakt zu van Dam herzustellen, damit er ihnen mehr Männer sandte. Für den Notfall. Doch was wäre, wenn sich dabei der verrostete Klopfer vor Altersschwäche auflöste und den anderen die Rückkehr unmöglich gemacht wurde?

Nein, das riskierte Spanger nicht. Er war ein Held. Endlich. Mit einer Hand tätschelte er die Tür. »Bis gleich. Dann wirst du uns durch die Zeiten führen.«

Klack!

Das Licht im Keller flammte auf.

Beinahe hätte Spanger sich verschluckt. Er ließ die Wurst fallen, riss die Maschinenpistole hoch und versuchte, sich bei den

Bottichen mit dem Salzfleisch zu verbergen. Seine Blicke gingen zur Treppe, von wo er den Besucher erwartete. Eine Patrouille?

Umso erstaunter war Spanger, als ein Mann in Zivil und dickem Trenchcoat mit einem schwarzen Hut auf den Haaren hinter einem Weinfass hervortrat.

»Geben Sie sich keine Mühe. Wir beobachten Sie schon die ganze Zeit«, sprach Captain Wallace ruhig; die Hände steckten in den Manteltaschen. Angst musste er nicht haben, denn auf seinen Pfiff hin erhoben sich ein Dutzend Bewaffnete aus ihrem Versteck. »Sie gehören zweifelsohne zu dem bemerkenswerten Fräulein, das man in diesem Keller gefasst hat. Sie sind ein SS-Mann.« Er nahm eine Hand aus der Tasche und warf die Abzeichen auf den Boden, die Ingo zurück in das Fach im Weinfass gestopft hatte. »Dieser Unsinn über eine jüdische Spezialeinheit ist eine dreiste Lüge. Frech, aber nicht plausibel. Wir haben die Insignien gefunden. Was ist Ihr Auftrag?«

Spanger fand sich umzingelt. Er dachte an Friedemann, wie ihm die Kugel ins Auge gerauscht war, und senkte langsam seine MP. »Ich bin kein Nazi.«

Der Mann lächelte genervt. »Wissen Sie, wie oft ich das zuerst höre? Und wie oft es zurückgenommen wird, wenn ich mit Typen wie Ihnen fertig bin?« Er tippte sich gegen die Hutkrempe. »Captain Wallace, Military Special Branche US Forces Europe.«

»Carsten Spanger. Personenschützer.« Er räusperte sich und wünschte, er hätte keine Fleischstückchen zwischen den Zähnen. »Welches Fräulein meinen Sie?«

»Anna-Lena van Dam natürlich. Ich weiß, dass ihre Familie wissenschaftliche Entwicklung und Forschung betrieb. Wir haben viele eurer schlauen Köpfe bereits rekrutiert und deren Erfindungen sichergestellt.« Er nahm die zweite Hand aus der Tasche. Ein Smartphone kam zum Vorschein. »Aber *das* ist anders.«

Spanger lachte bei dem Anblick. »Oh, Mann.«

»Sie *wissen*, was das ist?«

»Klar. Ein Telefon.« Er deutete darauf. »Ist wie Funk. Nur … moderner.«

Wallace kniff den Mund zusammen. »Witzig, Herr Spanger. Oder bevorzugen Sie Ihren militärischen Rang?«

»Habe ich keinen. Ich bin ja nicht von der SS. Sagte ich schon.«

»Und ich sagte, dass ich Ihnen nicht glaube. Sie tragen Schwarz und eine« – Wallace deutete auf die Weste – »Panzerung oder etwas Vergleichbares. Und eine Maschinenpistole unbekannter Bauart. Wenn Sie mich fragen, kommen Sie aus der gleichen Abteilung wie Fräulein van Dam. Sie sollten sie zurückholen.«

»Das reicht schon, um bei Ihnen als SS-Arsch zu gelten?«

Wallace gab seinen Männern einen Wink, woraufhin die sich auf Spanger zubewegten. Der zweite große Fang des Abends und ein Mosaiksteinchen mehr auf dem Weg zu seiner Beförderung. »Bitte leisten Sie keinen Widerstand.«

»Tue ich nicht.« Spanger dachte an den Kopfschuss. Er ließ sich Mantel, Waffe und Weste abnehmen, danach waren die Pistole und das Messer sowie die Taschenlampe an der Reihe. Ihm wollte nicht einfallen, wie er aus der Lage etwas Besseres machen konnte. Dreizehn Gegner, alles Kämpfer. *Keine Chance für einen Versager wie mich.*

Wallace betrachtete die Waffen und die Ausrüstung. »Dabei ist nichts, was ich kenne. Weder Modelle noch Fabrikat«, stellte er fest. »Ihre Klettergeschirre fanden wir auch. Sehr seltsames Material. Ach ja, und Ihren toten Kameraden.«

Spanger erwog, mit wenigen Schritten zur Tür zu hechten, um die Klopfvorrichtung zu betätigen und zu entkommen. Damit gewänne er Zeit, um sich eine neue Strategie zurechtzulegen. Aber wenn das Eisen zerfiel? Konnte er die anderen in dieser Welt zurücklassen? Nein. Das durfte er nicht. Helden taten so etwas nicht, Helden fragten stattdessen Dinge wie: »Was haben Sie mit Fräulein van Dam vor?«

»Mit in die USA nehmen. Zur Befragung und genaueren Untersuchung dieses Gerätes, das Sie mir als Telefon verkaufen wollen. Was es ganz sicher nicht ist.« Wallace musterte Spanger. Er wurde aus dem unruhigen Gefangenen nicht schlau. »Ich schlage Ihnen einen Deal vor. Was wissen Sie über die Nazi-Festungen am Nordpol und auf dem Mond? Was ist mit den fliegenden Untertassen? Wo befinden sich die Fertigungshallen dafür? Verraten Sie es mir, und Sie führen so ein angenehmes Leben wie die anderen Nazi-Kollaborateure in den Staaten.«

Erneut musste Spanger lachen. Sämtliche krude Verschwörungstheorien auf einem Haufen. »Haben Sie das von Frau van Dam?«

Wallace nickte. »Wir hatten schon länger Hinweise darauf. Bislang blieb es sehr vage, aber dank des Fräuleins. Und Ihnen …?« Er kam mit diesem Mann nicht weiter. Er war sichtlich unentschlossen und unsicher. »Wo ist der Rest Ihrer Einheit?«

Spanger kaute langsam auf dem Stück Wurst in seinem Mund herum, um möglichst harmlos zu wirken. Er sah verstohlen zur Tür, zum Klopfer, wägte ab und überlegte. Dreizehn Schwerbewaffnete. Er hatte keine Chance.

»Sie schauen die ganze Zeit darauf.« Der Captain ging zur Tür und berührte sie, spielte mit dem quietschenden Ring, hob ihn an. Ihm erschloss sich die Faszination seines Gefangenen nicht. »Was hat es damit auf sich?«

»Ich sammle Türen.«

»Tun Sie das?« Wallace steckte die Hände zurück in die Taschen. »Dann sollte ich auch damit anfangen, was?«

Spanger zuckte mit den Achseln. »Machen Sie nur. Gibt ja genug auf der Welt.«

»Wie wäre es, wenn ich mit der hier beginne? Mit Ihrer Tür?« Er griff nach dem Klopfer und ließ ihn einmal gegen die Platte fallen. Leise knisternd lösten sich verrostete Stückchen und landeten im gestampften Sand. »Würde Sie das stören, SS-Mann?«

Spanger achtete genau darauf, ob ein Kraftfeld entstand. Aber weder gab es ein Flirren noch ein verändertes Klirren. »Mir gefällt die Musterung. Und der Löwenkopf. Mehr ist es nicht.«

Wallace glaubte ihm nicht, und machte keinen Hehl daraus. »Sie befinden sich in einer für Sie aussichtslosen Lage, und Sie bewundern eine Tür?«, fasste er zusammen. »Das ist ziemlicher Unsinn, den Sie da absondern. Was ist mit der Tür?«

»Tja.«

»Ich nerve Sie mal ein bisschen.« Der Captain legte wieder die Hand an den Ring und bedeutete seinen Leuten, Spanger näher zu sich heranzuschieben.

Zwei Mann packten ihn, drehten ihm die Arme auf den Rücken und schoben ihn vorwärts. Kleine Bewegungen würden ausreichen, um die Finger zu brechen. Blitzschnell fasste Wallace in Spangers halblange braune Haare und rammte dessen Kopf gegen die Tür, dass es dumpf rumste, dann presste er Spangers Ohr an das Holz. »Wenn ich nicht gleich mehr von Ihnen höre, SS-Mann« – er betätigte das Eisen, der Knall übertrug sich durch die Bretter in Spangers Gehör –, »mache ich das so lange, bis Sie auf der rechten Seite taub sind. Und danach nehme ich die andere, verstanden?«

Spanger sorgte sich weniger um sein Gehör als um den Ring. Zerbrach er, steckten sie fest. Alle. Er musste dem Captain eine Lüge auftischen, die zu dem passte, was Anna-Lena gesagt hatte. Hastig ging er *Iron Sky* durch. Nazis, Mond, Flugscheiben. »Warten Sie, ich –«

»Sir«, rief ein Soldat, der die Treppe hinabgehastet kam. »Sir, Meldung von einer Patrouille der britischen MP.« Er salutierte vor Wallace, Schneeflocken fielen von seinem Mantel. »Vier von fünf tot, ein Überlebender. Sie haben eine Truppe von Zivilisten angehalten, weil ihnen die schwarzen Hosen und Stiefel unter den Mänteln verdächtig vorkamen. Danach eröffnete ein Kommunist das Feuer auf die Patrouille. Scharfschütze, Sir. Ein Tokarew SWT-40. Wir haben die Hülsen gefunden. Die Kommunisten sind geflüchtet.«

Wallace riss Spanger an den Haaren zurück und sah ihm kalt in die Augen. »Kommunisten, die sich als Nazis tarnen. Oder Nazis, die mit Stalin zusammenarbeiten?« Er ließ Spangers

Stirn erneut gegen die Tür knallen, eine Platzwunde öffnete sich. »Wie ist es richtig?«

Spanger warf seinen eben gefassten Plan angesichts der neuen Informationen über Bord. Die Truppe war in die Hand von Kommunisten gefallen, die nicht lange fackelten. Damit waren sie außerhalb seiner Reichweite und würden vorerst nicht hier auftauchen. Er brauchte Unterstützung. Walter van Dam musste ihm mehr Leute geben, am besten eine Söldnertruppe. Eine, die nur aus Chuck Norris bestand. Mit Wallace kam er nicht weiter, die Sache war durch.

Damit blieb ihm nur die Flucht ins 21. Jahrhundert.

Spanger riss den rechten Arm los, seine Hand bekam den rostigen Ring zu fassen und schlug ihn mit aller Kraft abwärts.

Laut krachte es, und das einsetzende Surren erinnerte an frei gewordene Elektrizität. Blaue Blitze zuckten von der Aufschlagplatte davon und jagten teils in die Gewölbedecke, aus der sich Bröckchen und Steine lösten, teils wurden Wallace' Männer getroffen und meterweit davongeschleudert.

Spanger kam frei. Seine Gelegenheit! Hastig trat er dem Captain ins Gemächt und legte eine Hand auf die Türklinke. »Arschloch«, rief er.

Der Ausgang öffnete sich spaltbreit. Um ihn herum wurde geschrien, Schüsse knallten.

Hoffnung breitete sich in Spanger aus. Er würde alsbald zurückkehren, heldenhaft, mit Feuerkraft und …

Die erste Kugel erwischte ihn am Bein und brachte ihn zum Einknicken.

Bevor Spanger sich nach vorne abdrücken konnte, um in seine Zeit zu entkommen, drang eine Schrotladung von der Seite in seinen ungeschützten Körper und warf ihn herum.

Er prallte gegen den Rahmen und rutschte daran herab, während sich der Eingang schloss. Durch einen Blutschleier sah er, wie die Tür zufiel, und das Knistern erlosch. Das Kraftfeld war zusammengebrochen – wie seine Aussicht, dieser Welt zu entkommen.

Spanger musste husten, weil Feuchtigkeit in seiner Kehle aufstieg, und rote Tröpfchen benetzten das abblätternde Blau. Metallgeschmack breitete sich in seinem Mund aus. »Lassen Sie mich nicht draufgehen«, sagte er stöhnend.

Wallace' Stiefel schob ihn weg und beförderte ihn auf den Rücken. Der Captain sah triumphierend auf ihn hinab, eine Pistole in der Rechten. »Weswegen? Sie nutzen mir nichts.« Mit der freien Hand klopfte er gegen den Rahmen. Damit würde er noch weiter in der Hierarchie aufsteigen. »Aber das Ding ist einzigartig. Danke, dass Sie es mir zeigten, SS-Mann. Ich lasse es ausbauen und mit dem Fräulein nach Amerika bringen. Unsere Experten werden sich das anschauen und bald verstehen, was wir da haben. Möglicherweise einen Zugang zu euren geheimen Basen? Am Pol und auf dem Mond?«

Spanger bekam keine Luft, seine Lunge füllte sich mit Blut. »Sie Nazi«, presste er frustriert heraus. Komischerweise hatte er immer noch einen Hauch des Geschmacks dieser exzellenten Wurst auf der Zunge, und das machte ihn trotz allem ein bisschen glücklich. Niemals mehr würde er das Aroma vergessen.

»Hast du gerade *Sieg Heil* gesagt? *Sieg Heil* am Arsch, SS-Mann.« Wallace drückte ab. »Oder was immer du warst.«

* * *

LEIPZIG, 31. DEZEMBER 1944

»Das sind keine von uns!« Theo Schwimmer, ein bulliger Mittfünfziger, sah auf das Quartett herab, das gefesselt vor ihm auf einer Bank saß. »Du hast ihnen nicht mal die Augen verbunden! Wie bist du auf die Idee gekommen, sie hierherzubringen, Greta?« Er zerrte an Viktors Feldjacke, dann an Cocos Hemd und schließlich an Danas Hose. »Siehst du das? Schwarze Klamotten. Allesamt. Und alle haben die gleichen merkwürdigen Waffen, die ich bei keinem Kameraden aus dem Osten je gesehen habe.« Aufgebracht schnaubte er. »Es hätte ein ruhiges Silvester werden sollen. Um die Uncles und Tommys in Sicherheit zu wiegen.«

Die dunkelhaarige Scharfschützin blickte schlecht gelaunt gegen die Wand. Ihr Missfallen wegen des Anschisses ihres Partisanenvorgesetzten war deutlich. »Wie hätte ich das wissen können? Die Polizisten sprachen von einem Russen, den sie jagen, und dass es noch mehr geben würde.« Sie trug wie Theo einfache Straßenkleidung unter ihrem Mantel, hatte sogar einen Rock angezogen, um unverdächtiger zu erscheinen. Zumindest ohne ihr Tokarew SWT-40. »Hätte doch sein können, dass es aufgeflogene Saboteure von Genosse Stalin sind!«

Viktor hatte verstanden, dass Greta sie in einen Unterschlupf von Kämpfern gebracht hatte, die mit den Kommunisten sympathisierten. Es waren Deutsche, die sich auf die Seite der Rotarmisten geschlagen hatten.

»Da hast du gedacht, es ist eine gute Idee, wenn du eine britische Patrouille erschießt, um völlig Unbekannte zu retten?« Theo schüttelte vorwurfsvoll den Kopf. »Wir waren uns einig, dass wir uns zurückhalten, um etwas Größeres vorzubereiten. Jetzt rennen die Tommys und Uncles draußen herum und drehen jeden Stein um. Das ist dir doch klar?« Er zeigte auf die Gefangenen. »Wegen einer Spezial-SS-Wehrwolf-Nazi-Truppe!« Er zog wütend seinen Revolver. »Die kann ich nun erledigen, weil du sie in unser Versteck gebracht hast.«

»Halt«, rief Dana. »Bitte, wir sind nichts davon. Wenn Sie uns –«

Theo verpasste ihr einen Schlag mit dem Lauf, der eine Platzwunde am Unterkiefer aufspringen ließ. »Sprecht mich bloß nicht an, ihr Nazi-Schweine. Ihr habt den Amis einen Vorwand geliefert, über den Teich zu kommen. Ihr und eure … ach, verflucht!« Er sah Greta erbost an und drückte ihr die Waffe in die Hand. »Mach du das. Du hast es verbockt, jetzt kannst du sie auch erschießen. Es sind deine Gefangenen.« Er öffnete die Tür.

Von draußen erklang eine leise Unterhaltung. »Ich brauche einen Kaffee. Danach schaffst du die Leichen in eine Straße, wo man sie gleich findet. Das Geschenk wird die Bullen beruhigen.«

Schon war Theo aus dem Verschlag und knallte die Tür zu.

Greta rollte mit den Augen und setzte sich auf das Schemelchen dem Quartett gegenüber. Ohne ihr Tokarew wirkte sie wie eine harmlose Frau. »Ganz große Scheiße, was?« Sie hielt den Revolver lässig in einer Hand und nahm sich eine der Zigaretten, die im Etui auf der Ablage standen. Mit einem Benzinfeuerzeug steckte sie den Glimmstängel an. »Erst die Falschen gerettet, und jetzt darf ich noch Kopfschüsse verteilen.« Sie hob die Waffe. »Damit. Das ist unwürdig.«

»Ich möchte Sie bitten, uns einen Augenblick zuzuhören«, setzte Viktor an. »Wir gehören keiner Partei an, die sich im Krieg mit Deutschland befindet.«

»Verarschst du mich? Der Krieg gegen Deutschland ist aus. Die Uncles und ihre Insel-Schoßhündchen kämpfen gegen Mütterchen Russland«, erwiderte Greta und nahm einen langen Zug. »Denkst du, ich erschieße dich nicht, weil du ein Idiot bist?«

»Wir gerieten zufällig in die Gegend«, versuchte es Viktor.

»Mit Gewehren, die keiner kennt. 5,56 Millimeter. Wer nutzt denn so was?« Greta zeigte auf die Tür. »Theo weiß nicht mal, woher die Knarren kommen. Er hat gesagt, dass er so was noch nie gesehen hat, weder die Machart noch das Design. Und das will was heißen. Er war an ziemlich allen Fronten.« Wieder sog sie am Kippenende, der Tabak verbrannte knisternd. »Ihr zählt nicht mal für meine Abschussstatistik. Erbärmlich. Wirklich.«

Coco starrte die Scharfschützin an. Gedankenkontrolle, so etwas benötigte sie. Sie brauchte mehr Zeit. Vielleicht klappte es dann wie bei der Suche nach Anna-Lena? »Was, wenn wir beweisen könnten, dass wir einem höheren Ziel folgen und höheren Mächten dienen?«

»Tun das nicht alle Nazis? Herrenmenschen und für den Führer.«

»Die Sache liegt ganz anders. Wir suchen eine junge Frau. Sie ist verloren gegangen, und wir müssen sie finden und retten«, sprang ihr Ingo bei.

Dana spuckte Blut aus. »Ich glaube, dieses Arschloch hat mir fast den Kiefer gebrochen.« Sie spürte deutlich die lockeren Zähne im Mund.

»Was soll denn daran ein höheres Ziel sein?« Greta lachte auf. »Ist ja niedlich. Für eine Sache und eine Überzeugung sterben, *das* ist ein höheres Ziel. Höhere Mächte gibt es nicht.« Sie wog den Revolver in der Hand. »Gar nicht so leicht. Wenn man gewohnt ist, durch ein Fernrohr zu sehen, ist eine Exekution auf kurze Distanz … anders.« Klickend spannte sie den Hahn. »Jemand noch eine Zigarette? Was zu essen kann ich nicht anbieten. Und den Sekt brauchen wir selbst. Silvester.« Sie blickte auf ihre Armbanduhr. »Oh, in einer guten Stunde. Ihr sterbt noch 1944. Im neuen Jahr wird alles besser.«

Coco spürte, dass ihre Kräfte zuschlugen, und ihr Blick verlor sich. Plötzlich konnte sie in den Gedanken der Scharfschützin wühlen. Ruhig sagte sie: »Ihr Name ist Greta Weiß. Sie haben bei den Rotarmisten eine Ausbildung zur Scharfschützin gemacht. Ihr Vater heißt Wilhelm und war Obersturmbannführer, er kam in Stalingrad um.«

Greta blieb der Mund offen stehen. »Woher –«

»Sie hatten zwei Fehlgeburten, eine vor zwei Jahren, eine letztes Jahr. Der Vater wäre Ihr Liebhaber Jürgen gewesen«, redete Coco in ihrer Trance weiter und blätterte sich durch intime Erinnerungen. »Sie wollen ihn nicht heiraten, nicht bevor die …« Sie stockte. »Es waren keine Fehlgeburten. Sie haben es behauptet, aber in Wirklichkeit haben Sie abtreiben lassen. Weil Sie kämpfen möchten. Erst gegen die Nazis, jetzt gegen die Amerikaner.«

Greta sprang auf. »Woher haben Sie das, verdammte Hexe?«, rief sie erschrocken. »Das können Sie nicht wissen!«

»Höhere Mächte«, erinnerte Viktor lächelnd und schwor sich, Cocos Fähigkeiten nie mehr anzuzweifeln. Das Medium erwies sich als Ass im Ärmel. »Diese junge Frau, die wir suchen, hat eine besondere Bestimmung.«

»Das gibt es doch nicht.« Greta paffte hastig und sah zwischen den vieren hin und her. »Ist das ein Scherz?«

»Ihr Hund hieß Bruno, er kam in der ersten Bombennacht um, und Ihre Mutter hat Sie als tot gemeldet, damit man ihr nichts tut, sollten Sie geschnappt werden«, sprach Coco weiter. »Und Ihre Kinder waren zwei Mädchen.« Ihre Pupillen verloren die Eintrübung, sie zog sich aus den fremden Gedanken zurück. »Was muss ich noch verraten, damit Sie uns glauben, Greta?«

»Sie sind ein Teil unserer Mission geworden, als Sie uns vor den Briten gerettet haben. Sie und Ihre Freunde«, führte Ingo rasch fort. »Sie müssen uns beistehen.« Nicht eine Sekunde wusste er, wie Coco es angestellt hatte, Gretas Geheimnisse zu lesen. Er erinnerte sich an die fehlgeschlagenen Experimente mit ihr. Etwas hatte sie verändert.

Die Scharfschützin wirkte verunsichert, aber nicht überzeugt. »Ich verstehe das nicht.«

»Sagen wir, wir kommen aus einer anderen Welt. Einer, die Ihrer ähnelt«, erwiderte Coco freundlich. »Das Schicksal der jungen Frau ist sehr bedeutsam in unserer Gegenwart.«

»Deswegen müssen wir möglichst viel über Ihre Zeit erfahren«, setzte Ingo nach. »Damit wir wissen, wo wir ansetzen können.« Endlich bekamen sie die Gelegenheit, Licht in das historische Dunkel zu bringen.

»Sie werden es nicht bereuen.« Viktor nickte aufmunternd. »Vertrauen Sie uns. Wenigstens ein wenig.«

Greta entspannte behutsam den Hahn des Revolvers. »Das ist unerklärlich. Ein bisschen wie dieser … Mystikkram. Den Quatsch, den die Nazis von sich geben. Wie Himmler und seine magischen Zirkel in dieser Burg.«

»Damit haben wir nichts zu tun.« Coco lächelte. Sie wusste, dass sie gewonnen hatte. »Die Nazis hatten niemals Erfolg mit ihrem falschen Streben nach den kosmischen Geheimnissen.

Wir hingegen schon.« Sie reckte die gebundenen Hände. »Wären Sie so nett?«

Greta legte den Revolver neben sich und zog ein Messer aus dem Stiefel, um die Stricke der Gefangenen zu durchtrennen. »Ich bin nicht die Richtige, wenn es um eure Zukunft geht. Theo und das Gremium müssen das entscheiden.«

»Wir werden ihn ebenso überzeugen wie Sie, liebe Frau Weiß.« Coco behielt das Lächeln bei. »Ihre Geheimnisse sind bei mir sicher.«

Dana rieb sich die Handgelenke, um die Blutzirkulation in Gang zu bringen, danach betastete sie die blutende Wunde an ihrem Unterkiefer. »Das muss genäht werden. Ihr Genosse hat kräftig zugeschlagen.«

Ingo zog ein Taschentuch aus dem Mantel und drückte es gegen den klaffenden Schnitt. »Bitte sehr.«

»Ich hole jemanden.« Greta wollte aufstehen.

Aber Viktor hielt sie zurück. »Bevor wir Ihrem Obergenossen zeigen, dass wir mehr sind als ein Störfaktor, würden Sie uns bitte rasch erklären, was geschehen ist? Warum ist der Krieg zu Ende?«

»Die Schnellversion«, knurrte Dana.

»Also gut.« Greta nickte zögernd. »Die Alliierten sind im Sommer in Frankreich gelandet, und Nazi-Deutschland kapitulierte nach dem erfolgreichen Hitler-Attentat durch Stauffenberg. Danach rollten die Amis Europa auf. Für die Freiheit, sagen sie.« Ihre Stimme troff vor Verachtung.

Viktor, Dana, Ingo und Coco schauten sich perplex an und dachten mehr oder minder dasselbe. Ein Paralleluniversum, in dem das Stauffenberg-Attentat geglückt war?

Greta steckte sich die nächste Zigarette an, die Finger zitterten. »Sie kamen rüber, organisierten den Krieg neu und befreiten die Länder von den Nazis, um sich und ihre Schoßhündchen von der Insel ins gemachte Nest zu setzen.« Sie inhalierte tief. »Diese verblendeten Trottel. Europa versteht nicht, dass sie unter die Kontrolle von Eisenhowers Kriegshunden und den USA gefallen sind. Die alliierten Truppen mussten in den Osten marschieren und werden von den Uncles gegen Russland verbraten. Damit haben die beteiligten Staaten nicht genug Soldaten im eigenen Land, um sich zu schützen. Das übernehmen großzügig Roosevelts Schergen. Und weit hinter den Linien sitzen die Tommys. Die Statthalter. Das Empire und seine neue Kolonie Europa. Wir sind beschissener dran als Indien.«

Das Quartett wechselte erneut vielsagende Blicke.

Greta rauchte schneller. »Stalin wurde zum Bösen gemacht. Zuerst haben sie ihn gegen Hitler unterstützt, jetzt wollen sie ihn vernichten, um sich Russlands Territorium einzuverleiben. Sobald die Sowjets und die Japaner gefallen sind, ist es vorbei. Roosevelt braucht den Erfolg, braucht die Schätze Europas, um die verschuldeten Staaten vor dem Fall zu bewahren. Dieses ganze Gerede über *New Deal*. Augenwischerei. Die USA standen vor dem Zusammenbruch. Pleite. Elend. Der Krieg rettete dem Präsidenten das Amt.« Greta sah sie nacheinander eindringlich an. »Kommunismus ist das einzig Sinnvolle für das Zusammenleben der Menschen. Alle sind gleich. Alle sind das Gleiche wert. Kapitalismus ist die Hölle. Und das führen uns die Uncles und die Tommys vor. Aber wir sind anscheinend die Einzigen, die es sehen.«

»Sie sind Guerillakämpfer?«, vergewisserte sich Dana. »Was genau ist Ihre Absicht?«

»Freiheit für Deutschland«, kam es sogleich im Brustton der Überzeugung von Greta.

»Kommunismus, meinen Sie«, entgegnete Viktor. Ob es was brachte, wenn er vom Scheitern der Idee in ihrer Gegenwart berichtete? Er ließ es bleiben. Greta würde sich vielleicht davon abbringen lassen, aber Theo und der Rest ...? Nicht innerhalb kürzester Zeit.

»Zuerst brauchen wir Freiheit von der Fremdbestimmung durch die Tommys, die Kettenhunde der Amerikaner. Und dann soll das deutsche Volk wählen, was es möchte.« Die Scharfschützin deutete auf ihr Gewehr, das an der Wand lehnte. »Wir sind die Nazis losgeworden, wir werden auch die Heuchler los, die nichts anderes im Sinn haben, als uns auszuplündern wie Hitler und seine Flachpfeifen. Seine heiß geliebten Arier.« Greta lachte bitter. »Arier mit Fettsucht und Klumpfuß. Und Himmler ist der größte Unarier der Welt gewesen.«

»Was war mit denen eigentlich?«, hakte Dana ein. »Wie erging es den NSDAP-Größen nach dem Ende von Hitler?«

»Tot. Verurteilt und hingerichtet. Wie alle Anführer der NS-Organisation.« Greta steckte den Revolver ein und nahm ihr Gewehr. Ihr war ein Gedanke gekommen, ein brillanter Gedanke, was den Kampf gegen die Eroberer anging. »Ich gehe und hole Theo. Er muss sehen, dass ihr etwas Besonderes seid. Und uns helfen könnt.«

»Helfen«, echote Coco.

»Sie, Madame, werden uns enthüllen, was die Uncles und Tommys beabsichtigen. Mit Ihrer Gabe.« Greta zwinkerte ihnen zu. »Das wird Theo gut finden. Und das Geheime Rote Regiment Leipzig wird Ihnen zur Seite stehen.« Sie verließ den Verschlag. »Ich bringe auch unseren Arzt mit«, rief sie durch das Holz. Ihre Schritte entfernten sich.

»Na bestens.« Dana beugte sich vor, presste das Tuch gegen ihre Wunde. Sie zog sich eine Zigarette aus dem Behälter und steckte sie zwischen die Lippen, um sie mit dem Feuerzeug, das auf dem Tisch lag, anzuzünden. »Nicht falsch verstehen. Die Nazis sind tot. Finde ich gut.« Sie inhalierte tief. »Aber alles danach scheint nicht besser gelaufen zu sein.«

Ingo nahm Cocos Hände in seine. »Du musst diesen Theo überzeugen. Überzeugen, dass sie uns helfen, bevor das Geheime Rote Regiment auf den Gedanken kommt, dass du eine ausgezeichnete permanente Ergänzung für ihren Stadtguerillakampf bist.« Er hielt Blickkontakt mit ihr. »Ein Spiel. Wie auf der Bühne. Mit deiner Gabe.«

Coco nickte. Sie fühlte schlagartig schlimmstes Lampenfieber, verbunden mit dem Drang, sich vor Aufregung zu übergeben, und dem Wunsch, hackedicht zu sein. Ingo konnte sagen, was er wollte: Es war keine Bühnenshow, keine Täuschung, die von ihr erwartet wurde. Es war viel, viel mehr. Nichts weniger als ein kleines Wunder, über dem das Wissen schwebte, dass der Tod auf sie lauerte. Und Coco hatte nach wie vor keine Ahnung, warum ihre medialen Fähigkeiten diese Ausmaße angenommen hatten.

Möglicherweise lag es an dieser Welt, dass Coco plötzlich Kräfte besaß, die sie auf der Bühne vortäuschen musste. Hier genügte Konzentration, Augenkontakt, ein Gedanke – und sie wusste und spürte vieles. Aber was, wenn die Fähigkeit so rasch verschwand, wie sie gekommen war, von einer Sekunde auf die nächste? Wenn sie wieder die Hochstaplerin und Blenderin sein würde, die sich ihre Zertifikate von Ingo erschlichen und mit Sex erkauft hatte?

Die Tür schwang auf.

Theo Schwimmer polterte in das Kämmerchen. Ihm folgte Greta Weiß, ihr Scharfschützengewehr locker geschultert. »So, ich habe Geschichten gehört, die ich nicht glauben kann«, begann er. »Wenn das *nicht* stimmt« – er hielt die Hand offen hin, und Greta gab ihm seinen Revolver zurück –, »endet euer Leben in wenigen Sekunden.« Auffordernd sah er zu Coco und ließ den gespannten Hahn einrasten. »Beeindrucken Sie mich. Oder sterben Sie. Im Jahr 1944.«

Coco fühlte kein Lampenfieber mehr. Sondern nur noch grässliche Angst.

* * *

Behutsam trat Walter van Dam in das riesige, aufgegebene Haus seiner Familie, das er vor allem aus Erzählungen kannte. Erzählungen seiner Mutter, seiner Großeltern und seiner Tochter.

All die Jahre hatte er nichts von den Geschichten dieses Anwesens hören, wissen oder lesen wollen. Weil er sich fürchtete, etwas davon könnte stimmen. Er hatte es als Unsinn abgetan und sich verbeten, dass man in seinem Beisein darüber sprach. Natürlich hatte er bemerkt, dass Anna-Lena heimlich in den alten Aufzeichnungen las. Er hätte die Unterlagen vernichten sollen. Genauso wie dieses Haus.

Die Mündung des G36 hielt van Dam nach vorne gerichtet. Er befürchtete, dass er aus Versehen das ganze Magazin des vollautomatischen Gewehrs verschießen würde, sollte ihn jemand attackieren. Sein Wissen über Feuerwaffen war rudimentär und lediglich bei Veranstaltungen erworben, zu denen er von Geschäftsfreunden eingeladen worden war. Schrotflinten, Vorderlader, Tontaubenschießen, was manche exzentrische Herrschaften halt als Hobby betrieben. In den Staaten hatten sie ihn zum Schießstand geschleppt und eine Stunde lang mit allen möglichen Waffen feuern lassen. Ein Profi war er gewiss nicht, und er wollte auch keiner werden.

Die Blutspuren auf dem Boden wurden weniger, glatte Sohlen hatten Abdrücke im Staub hinterlassen. Dazu gesellte sich ein zweites Paar mit deutlichem Profil. Es kam von rechts, die Person musste durch ein Fenster eingestiegen sein.

Wo steckten Matthias und die falsche Anna-Lena?

Da es im Innern recht dunkel war, schaltete van Dam die Unterlauflampe am Gewehr ein, bevor er sich tiefer in das immense Anwesen wagte. Er schwenkte den Lichtkegel umher und war sich bewusst, dass er damit zu einem guten Ziel wurde, doch wenn er etwas sehen wollte, brauchte er die Lampe. Ein paar vergessene Möbel waren mit Laken abgedeckt, Staub flirrte.

Nach einem weiteren Schwenk umhüllte die Helligkeit ansatzlos seinen Chauffeur – den Oberkörper halb auf einer Kommode, deren weißes Tuch mit Blut getränkt war. Der plötzliche Lichtschein löste keinerlei Reaktion bei Matthias aus, seine Mütze lag achtlos neben ihm auf dem schmutzigen Boden.

Van Dam sah den Schnitt, der in der rechten Halsseite klaffte und aus dem das Leben gewichen war. Das zugehörige Messer fehlte und befand sich demnach in der Hand des Mörders, der irgendwo in der Dunkelheit auf ihn lauerte.

Neben der Kommode ruhte Anna-Lenas Leiche, gekleidet in das dunkelgrüne Abendkleid, das arg in Mitleidenschaft gezogen worden war. Auch ihr Hals war aufgeschlitzt, das Blut wirkte wie Farbe, die sich aus ihren roten Locken gelöst hatte.

Van Dam rang mit der Übelkeit, als er sich den Toten näherte. Er brauchte die Gewissheit, dass es nicht seine Tochter war, sondern eine Kopie, ein Abbild.

Er kniete sich neben den Leichnam, streckte behutsam die Hand aus und öffnete das rechte Lid. Die Pupillen der Ermordeten waren blind und seelenlos, weiß. Auch im anderen Auge fand er die Anomalie und richtete sich erleichtert auf. Wer immer dieses Wesen gewesen war, es handelte sich nicht um Anna-Lena. Nicht um seine Anna-Lena.

Von der Treppe, die nach oben führte, erklang ein Rumpeln, gefolgt von raschen Schritten, die über den Flur im ersten Stock hasteten.

Sicher war es eine List, um ihn die Stufen hinaufzulocken. Seine Ankunft mit dem röhrenden Urus-Geländewagen war natürlich bemerkt worden.

Aber es half nichts: Wollte er den Mörder aufhalten, musste er hinaufgehen.

Die Lampe schaltete van Dam ab. Er überlegte, ob und was er von der Fabrikantenvilla noch wusste. Hatte es nicht einen zweiten Aufgang gegeben, eine schmiedeeiserne Stiege in Wendelform, welche die drei Etagen der Bibliothek verband?

Van Dam schlich nach rechts und betrat einen verlassenen

Korridor, in dem es muffig und nach alten Textiltapeten roch. Feuchtigkeit hatte das bedruckte Papier faulen lassen, es hing in breiten Bahnen herab. Daneben war die rote Stoffbespannung gerissen und von Motten zerfressen, dahinter zeigten sich verputzte Wände. Van Dam eilte durch das Zwielicht und fand schließlich den Eingang in die Bücherei seines Großvaters.

Zu seiner Überraschung waren die Regale in den drei Stockwerken vollgestopft mit den verschiedensten Werken, große und kleine Buchrücken, lose Blätter, die umherlagen, zerfledderte Überreste, weil Tiere Material für ihren Nestbau gesucht hatten. Landkarten hingen wie Banner herab, teils zerschlissen, teils vermodert. Das aufwendige Glaskuppeldach hatte der Witterung standgehalten, Moos und Algen wuchsen darauf und trübten das Licht.

Zu seiner Linken erhob sich die spiralförmige Treppe, die zu den Ebenen hinaufführte, auf denen es galerieartige Umläufe gab, wo wiederum verschiebbare Leitern Zugriff aufs oberste Regal der Stockwerke erlaubten.

Van Dam staunte. Er hatte gedacht, dass die Bücher weggeschafft worden waren, verkauft, verschenkt. Stattdessen lagerten sie auf den Brettern, als würden sie nachreifen und ihre Inhalte mehr Substanz bekommen. Beeindruckt ging er die eisernen, schwarz gestrichenen Stufen hinauf. Jeder Schritt erzeugte ein metallisches Hallen, das in der Stille ungleich lauter erschien.

In der ersten Etage begab er sich auf die Galerie und wollte sie bis zum Ausgang umrunden, um dem unbekannten Mörder in den Rücken fallen zu können.

Aber dann fielen ihm Bücher am Boden auf, um die sich frische Fußspuren befanden. Glatte Sohlen. Das Schuhwerk des Mörders. Das Regal war von ihm zerschlagen, die Bretterwand aufgebrochen worden.

Während er noch überlegte, was sich dahinter verborgen haben könnte, bekam er aus der Dunkelheit einen frontalen Schlag gegen die Schulter, gefolgt von einem stechenden Schmerz.

Laut schrie van Dam auf und starrte auf die Klinge, den Messergriff sowie die Hand darum.

KAPITEL VII

LEIPZIG, 1. JANUAR 1945

Coco wartete mit Viktor, Ingo und Dana vor der Tür, hinter der das Gremium des Geheimen Roten Regiments Leipzig entschied, was mit dem Quartett geschehen sollte. Sie befanden sich im Südteil der Stadt, in Connewitz, wo die Bomben etliche Löcher in die Straßen und ganze Areale weggerissen hatten. Das Haus, in dem der Rat tagte, diente als Massenunterkunft für die obdachlos Gewordenen und war ein Schlupfwinkel der Kommunisten.

Sie alle trugen inzwischen den Vierzigern angepasste Kleidung, um weniger aufzufallen als in den schwarzen Klamotten. Bewacht wurden sie von vier Kämpfern der Stadtpartisanen, die ebenfalls in normaler Straßenkleidung herumstanden und rauchten wie die Schlote; erbeutete Luger-Wehrmachtspistolen steckten in den Achselholstern. Keiner gab wirklich auf die Gefangenen acht, denn es wäre Selbstmord, auf die Straße zu gehen. Die Tommys und Uncles suchten nach ihnen.

»Frohes Neues«, sagte Ingo in die Runde und stieß mit einem imaginären Sektglas an. Derart ungewöhnlich hatte er bislang kein Silvester verbracht, aber er fand, dass sie aufmunternde Wünsche durchaus gebrauchen konnten. »Gute Leistung vorhin, Coco.« Er berührte sie an der Schulter. »Du hast Schwimmer beeindruckt.«

»Möge dieses Jahr besser werden als das eben vergangene«, erwiderte Dana trocken, an deren Kinn sich eine dünne Naht entlangzog. Der Arzt hatte sie gut versorgt.

»Das wird es.« Coco zupfte an ihrer Bluse herum.

»Wenn du das sagst«, rief Ingo erleichtert. »Dann kommt es so.«

Coco war sich selbst unheimlich geworden. Sie hatte Theo

Schwimmer Dinge aus seiner Vergangenheit sagen können, die niemand außer ihm wusste.

Bis jetzt.

Schon bei der Erzählung, wie er sich damals beim Sprung vom Baum in den kleinen See das Bein gebrochen hatte und er beinahe ertrunken wäre und er sein Leben einem Sinto verdankte, den Nazis später ins Lager gesteckt hatten, war der Kommunist überzeugt gewesen, es mit einem echten Medium zu tun zu haben. Nach einer weiteren Viertelstunde Berichterstattung war Theo sprachlos. Sprachlos und fasziniert und erschüttert, weil so viele Erinnerungen in ihm aufstiegen. Gute und schlechte.

Unter diesem Eindruck hatte er den Rat des Geheimen Roten Regiments Leipzig einberufen, während die restliche Stadt den Jahreswechsel feierte und sogar Feuerwerksraketen in den Himmel stiegen. Sechs Männer und vier Frauen berieten nun darüber, wie mit Coco, Ingo, Viktor und Dana umzugehen sei.

»Ich verstehe es immer noch nicht«, raunte Ingo Coco zu.

»Ich auch nicht. Aber es geschieht«, erwiderte sie flüchtig.

»Was tun wir, wenn sie uns hinrichten wollen?« Dana verschränkte die Arme unter der Brust. Sie sah in Bluse und Rock ungewohnt weiblich und zerbrechlich aus. Das passte ihr nicht. Die Kleidung machte etwas mit ihr, was ihr nicht gefiel. »Sie und ich wissen, was wir eigentlich gelernt haben. Das werden wir vielleicht gleich brauchen.«

Viktor wusste, worauf sie anspielte. Darfur. Beide waren dort gewesen, wenn auch auf verschiedenen Seiten. »Entscheiden wir spontan. Aber ich werde gewiss nicht noch einmal abwarten.« Er nickte ihr zu, um zu zeigen, dass er einverstanden war, Gewalt als Option in Betracht zu ziehen, sollte sich die Gelegenheit für eine Flucht ergeben. »Hören wir uns erst mal an, was das Rotregiment für uns vorsieht.«

»Es bleibt bei unserer Absprache?«, vergewisserte sich Ingo. »Wir sagen denen nichts, bevor sie unsere Forderungen nicht erfüllt haben?«

»Ja«, sagte Coco mit fester Stimme und sicherem Blick. »Erst, wenn wir wissen, wo Spanger und Anna-Lena van Dam abgeblieben sind, kommen wir mit denen ins Geschäft.«

Viktor machte sie auf die Tür aufmerksam, die sich öffnete. »Der Rat hat entschieden.«

Ihre Aufpasser geleiteten sie in das Räumchen, in dem sich der Zigaretten- und Pfeifenqualm staute.

Der Rat hatte rote Armbinden mit Hammer- und Sichel-Abzeichen angelegt. Sie standen umher, Erleichterung und Neugier in den Gesichtern; auf dem wackligen Tischchen warteten leere Bier- und Weinflaschen sowie mehrere benutzte Gläser darauf, dass der Nachschub rollte.

Theo Schwimmer kam mit ausgebreiteten Armen auf sie zu und verteilte gefüllte Gläser, aus denen es schwach nach Alkohol roch. Wodka. »Sa sdorowje! Gute Neuigkeiten«, raunte er ihnen zu. »Ihr werdet *nicht* hingerichtet. Und wir haben neue Informationen zu euren Freunden.«

Das Quartett nippte und wartete, was geschah.

»Das sind Sie, Towarischtsch«, sagte Theo getragen und schob die verdutzte Coco nach vorne. »Und *sie* wird der Schlüssel für unseren Sieg gegen die Unterdrücker sein. Nieder mit dem Kolonialismus der Briten und Amerikaner! Freiheit für Deutschland, Freiheit für Europa! Es lebe Stalin!«

»Es lebe Stalin!«, stimmten die Männer und Frauen ein.

»Wir haben beraten«, richtete Theo die Worte an die vier. »Wir helfen euch, ihr helft uns.« Er legte eine Hand auf Cocos Schulter. »Mit Ihnen, Mme. Fendi, werden wir ein paar kleine Blicke in die Zukunft werfen und die Aktionen der Tommys und Uncles vorhersehen, um ihnen schwere Schläge zuzufügen.«

»Sabotage, Attentate, Hinterhalte«, führte eine Frau aus den Reihen des Rates aus, die einen Hosenanzug aus Tweed und ein weißes Hemd trug. Die hellbraunen Haare waren in einem Kurzhaarschnitt gestylt. »Nachschubrouten, hochrangige Militärs, geheime Basen und Eingänge hinein.« Sie reichte ihnen nacheinander die Hand. »Ich bin Politkommissarin Sonja Smetana. Wir haben erkannt, welche Möglichkeiten wir mit Ihrer Hilfe haben, um die Rote Armee durch den Druck hinter den Linien der neuen Kolonialherren zu entlasten. Damit ist es für Stalin machbar, große Siege zu erringen.« Bevor sich Coco wehren konnte, gab sie ihr einen Kuss rechts und links. »Sie sind ein wahrer Segen, meine Liebe.«

Gerne hätte Coco ihren Wodka in Gänze hinabgestürzt, Ingo verhinderte es mit einer sanften Bewegung.

»Wir suchen nach unseren Freunden«, erinnerte Viktor die Anwesenden. »Unsere Hilfe ist Ihnen sicher, sobald wir sie zurückhaben, Frau Genossin.«

»Nein, nicht *sobald*. Es wird eine gewisse Gleichzeitigkeit in unserem Tun sein«, widersprach die Politkommissarin freundlich. »Sie werden gleich verstehen, was ich meine.«

Theo winkte Greta zu sich, die just den Raum betrat, ihr Scharfschützengewehr über der Schulter, als wäre es ein Wanderrucksack. »Sie hat ein paar Beobachtungen gemacht.«

Auch Greta bekam ein Glas Wodka gereicht, das sie in einem Zug leerte. »Sie ist fort«, berichtete sie. »Anna-Lena van Dam. Man hat sie weggebracht, zusammen mit den Leichen Ihrer Freunde. Zuerst ist sie von Leftenant Attington vom Militärgeheimdienst verhört worden. Meine Spitzel verrieten mir, dass ein amerikanischer Captain namens Wallace sich für Fräulein van Dam interessierte. Und dass der Keller des Gasthauses etwas damit zu tun hat.« Sie sah bedauernd in die betroffenen Gesichter. »Ich legte mich in der Nähe auf die Lauer, als ein Lastwagen vorfuhr. Dort sah ich, wie Wallace das Gebäude verließ. Kurz darauf wurden zwei Leichensäcke nach oben gebracht, in einem dritten haben sie einen Tommy weggeschafft.«

»Dann hat es Spanger erwischt.« Ingo atmete aus. Der nächste Ausfall, der ihre Truppe dezimierte. »Verflucht.«

»Wieso war er im Keller?« Dana schaute zu Viktor. »Denken Sie das Gleiche?«

»Ich nehme an, ja.« Er traute Spanger zu, dass er den Rückzug hatte antreten wollen. Ohne sie. »Er könnte auch auf uns gewartet haben. Um uns den Rücken frei zu halten«, versuchte er, dem Ganzen einen ehrenhafteren Anstrich zu geben.

»Wer ist dieser Wallace?«, fragte Ingo.

»Offiziell gehört er dem Stab um General und Militärgouverneur Eisenhower an. Spionageabwehr und alles, was dazugehört«, erklärte Smetana. »Er ist auch dafür zuständig, Menschen aufzuspüren, die über besonderes Wissen der Nazis verfügen. Die Amerikaner haben beinahe sämtliche klugen Erfinder und Forscher aus den verschiedensten Bereichen aus Deutschland geschafft und ihnen im Gegenzug Straffreiheit wegen ihrer Nazi-Vergangenheit versprochen.«

Greta nahm sich noch einen Wodka. »Wallace hat außerdem überwacht, wie seine Hilfstommys eine alte Tür in den Lastwagen luden. Riesending, mit Rahmen und allem. Danach sind sie abgerauscht.«

Die Politkommissarin runzelte die Stirn. »Eine *Tür?*«

Es war für das Quartett nun nicht schwer, sich Wallace' Interesse an Anna-Lena zu erklären: Der Amerikaner war dahintergekommen, dass es sich um ein Portal handelte, oder zumindest um etwas, hinter dem sich ein Mysterium verbarg. Da er gewiss ahnte, dass Waffen und Ausrüstung nicht aus dieser Zeit stammten, behielt er die junge van Dam. Um bei weiteren Verhören Klarheit zu erlangen.

»Dann wissen Sie, wohin man unsere Freundin brachte?« Ingo nahm sich einen zweiten Wodka. Die Bestürzung konnte er kaum verbergen. Wie sollten sie ohne die Tür in die Gegenwart zurückkehren? »Sie werden uns helfen, sie rauszuholen, hoffe ich.«

»Was sagen Ihre Spitzel, Politruk Smetana? Sie haben doch Ihre Freunde überall«, wandte sich Theo an die Kommissarin. »Auch an höheren Stellen, kann ich mir vorstellen.«

Sie legte die Hände zusammen. »Bevor ich darauf antworte, möchte ich wissen, warum Wallace eine Tür aus einem Gewölbe ausbauen lässt.« Sie sah zur Scharfschützin. »Ich nehme an, Sie haben sich erkundigt?«

»Natürlich, Genossin Kommissarin«, gab Greta zurück. »Aber in dem Gasthaus konnte sich das keiner erklären.«

Smetana lächelte das Quartett an. »Und Sie vier Herrschaften? Irgendwelche Ideen?«

»Nein«, log Coco. Das Letzte, was sie brauchten, war ein Wettrennen um die Tür. Sie benötigten den Durchgang, um zurückzukehren. Das konnten sie vergessen, sobald das Rotregiment Wind von dessen Funktion bekam. »Ich vermute, dass unsere Freundin sich etwas ausdachte, um Wallace auf eine falsche Spur zu locken.«

Für die Politkommissarin war das Thema noch nicht beendet, sie ließ es aber vorerst ruhen. »Gefangene, für die sich Attington und sein Militärgeheimdienst interessieren, werden normalerweise an einen besonderen Ort gebracht«, erläuterte sie. »Wir haben bisher nicht herausfinden können, wo das sein könnte, vermuten jedoch eine alte Nazi-Anlage, die von den Tommys genutzt wird.« Sie sah Greta und Theo mit einer plötzlichen Mischung aus Wut und Bedauern an. »Viele unserer Freunde befinden sich dort in Haft. Befreien wir Fräulein van Dam, retten wir zugleich gute Kommunisten vor der Hinrichtung oder einem Leben in Gefangenschaft oder Arbeitslager.«

Viktor gefiel es überhaupt nicht, wie die Situation sich entwickelte. Wallace, Smetana, die Tür, Anna-Lena – alles hing zusammen. Den Verlust von Spanger fand er schlimm, aber in einem Gefecht gab es Verluste. Viktor hatte jedoch nicht mehr damit gerechnet, sich in solch einem Szenario wiederzufinden und in diese Routine zu schalten. »Also befindet sich unsere Freundin dort?«

»Ich schätze«, sagte Greta, »dass Wallace die junge Dame mitnehmen wird. Es gibt Gerüchte, dass er Leute für eine Spezialeinheit in den Staaten rekrutiert, die besondere Phänomene untersucht, wie es die Nazis schon gemacht haben. Und die Rote Armee.« Sie zwinkerte Smetana zu. »Nicht wahr?«

»Wenn van Dam über den Teich gebracht wurde, ist es für uns unmöglich, dort etwas auszurichten«, gab Dana zu bedenken. Leiser fügte sie hinzu: »Und wir kämen nicht mehr zurück. Wir brauchen diese Tür.«

»Ich sehe das ebenso«, stimmte Viktor zu. »Wallace wird keine Zeit verschwenden und seinen kostbaren Fund zu seinen Freunden schaffen.«

»Um sich mit dem erhofften Wissen einen Vorteil für die Staaten zu verschaffen. Im Krieg gegen Russland und Japan«, schloss Dana.

»Genau! Ganz genau! Bleibt nur die Frage, wo wir Ihre Kleine finden«, setzte Theo eifrig nach. »Wo die Basis ist.«

Smetana wandte sich an Coco. »Können Sie sie ausfindig machen? Sie sind doch ein Medium und haben Genosse Schwimmer exorbitant mit Ihrer Gabe beeindruckt.« Smetana blickte in die Runde und erntete Zustimmung vom Rat. »Ich kann Ihnen Soldaten beschaffen, die Sie bei der Befreiung unterstützen. Es geht ebenso um unsere Leute.«

Cocos Haltung straffte sich. Schon wieder musste sie hoffen, dass ihre neuen Fähigkeiten nicht versagten. Doch sie hatte bereits eine Eingebung, wie sie das geheime Lager aufspüren könnte. »Ich brauche eine Landkarte. Von Europa.« Sie zog ihr Pendel. »Ich finde diesen Ort.«

Der Regimentsrat organisierte in Windeseile die verlangte Karte, die Flaschen und Gläser wurden auf die Umstehenden verteilt und das Papier auf dem Tisch ausgerollt.

Dana stellte sich neben Viktor. »Wir könnten versuchen, uns die Kommissarin zu greifen und ein bisschen Druck auszuüben«, raunte sie ihm zu. »Die Kommunisten sind gänzlich im Bann unseres Mediums.«

Coco ließ das Pendel über der Karte schwingen, zwei Finger gegen die Schläfe gepresst.

Ingo legte ihr eine Hand auf den Rücken, um ihr zu zeigen, dass er bei ihr war. Es bedrückte ihn, so wenig zu ihrer Mission beizusteuern. Die Messgeräte lagen in der Höhle, und wahrscheinlich hätte er auch mit ihnen nichts ausrichten können.

»Nein«, erwiderte Viktor nach einigen Sekunden. Er beobachtete Coco, die mit abwesendem Gesichtsausdruck am Tisch hin und her ging. Das zylindrisch geformte, gravierte Goldpendel zog deutlich an der Kette und führte ihre Hand. »Noch ist der Vorteil auf unserer Seite.«

»Was machen wir, wenn die Genossen im Anschluss von Mme. Fendi verlangen, eine Liste anzulegen? Eine Liste mit wichtigen Orten?« Dana sah nach den Wachen am Eingang. Auch sie waren von der Darbietung abgelenkt. »Sie haben es doch gehört. Sie brauchen Infos für Sabotage, Anschläge und Attentate.« Der Bedarf an dem Medium war groß, und die Kommunisten machten auf sie einen entschlossenen Eindruck, Stalin zum Sieg verhelfen zu wollen.

Viktor griff sich nun auch einen weiteren Wodka. »Ich weiß nicht, was wir dann tun sollen«, gestand er. »Wir improvisieren.«

Danas schlechtes Gefühl blieb, aber im Alleingang konnte sie hier wenig bewirken.

Coco stellte sich Anna-Lena vor, intensiv und mit ganzer Kraft, wie sie es beim ersten Kontakt getan hatte. Das Pendel zog und gab ihr ständig neue Richtungen vor, sie folgte den Eingebungen und Bewegungen – und dann gab es einen daucrhaften Impuls.

»Da!«, rief Coco und verlangte nach einem Stift. Schnell markierte sie den Punkt unter der Spitze auf der Karte. »Da ist die Basis.« Sie atmete tief durch. Ein erschöpftes Strahlen entstand auf ihrem Gesicht. Sie war glücklich, ihre Prüfung erfüllt zu haben, und umarmte Ingo vor Erleichterung.

Er schloss sie in die Arme und raunte: »Sehr gut gemacht.«

Der versammelte Regimentsrat, Theo, Greta, die Kommissarin und das Quartett beugten sich über das schwache Bleistiftkreuz auf dem Papier, das sich mitten im idyllischen Grün von Ostpreußen befand.

»Aber …« Ingo sah verunsichert zu Coco und wieder auf die Karte. »Da ist nichts. Absolut gar nichts. Bist du dir –«

»Nein, Ihre Freundin hat recht. Ihre hellseherischen Kräfte

haben sie nicht belogen. Da ist sehr wohl etwas«, unterbrach ihn Smetana und schloss die Augen, ihr Gesicht versteinerte. »Und es ist unmöglich, dort einzudringen.« Sie hob die Lider, ihre Kiefer mahlten. Der Blick richtete sich auf das Quartett. »Es tut mir leid. Wir können Ihnen nicht helfen.«

* * *

BEI RASTENBURG, OSTPREUSSEN, 4. JANUAR 1945

Anna-Lena saß in einer komfortablen Unterkunft, in die man sie nach einem kurzen Flug und einer überschaubar langen Autofahrt gebracht hatte. Es gab fließendes Wasser, teure Möbel und sogar eine kleine Bar im großen Schrank. Ein Bild von Adolf Hitler an der Wand zeigte viele kleine Löcher, darunter lagen drei Dartpfeile. Spaß mit dem Führer.

Durch das vergitterte und geschlossene Fenster drangen das Tönen von Fahrzeugmotoren und gelegentliche Gesprächsfetzen von patrouillierenden Wachen. Mehrmals hatte sie das Dröhnen von großen Propellern aus großer Höhe vernommen. Alliierte Bomber überquerten das Gebiet nach Osten an die Front, um die russischen Stellungen mit tödlichem Hagel zu überziehen.

Anna-Lena erhob sich vom Stuhl, schaute durch die Scheibe und betrachtete das nächtliche Treiben auf der Basis. Sie wollte nicht in dieser Realität bleiben. Aber wie entkam sie ihr? Gab es überhaupt noch einen Weg für sie ins 21. Jahrhundert?

Es erschien ihr unmöglich, aus eigener Kraft der Haft zu entkommen. Zu viele Soldaten, zu viele Lampen und wache Augen, die sie unverzüglich entdeckten, sobald sie einen Fuß vor die Unterkunft setzte. Und selbst wenn sie entkam, befände sie sich mitten im ostpreußischen Nirgendwo. Die Reise an diesen Ort hatte zunächst durch eine sehr ländliche Gegend geführt, danach durch ein Waldgebiet bis auf die militärische Anlage, die einst die Nazis errichtet hatten. Briten und US-Amerikaner nutzten sie als Basis, hatte Captain Wallace ihr eröffnet, um die Offensiven gegen Stalins Rote Armee zu koordinieren.

Ein durchaus berüchtigter Ort, erst unter den Nazis, jetzt unter den neuen Kolonialherren.

Aus der einstigen Wolfsschanze war Fort India geworden. Die Gebäude waren nach den britisch-indischen Provinzen und ihren Hauptstädten benannt. England machte keinen Hehl daraus, wie es Europa im Sinne der USA zu verwalten gedachte. Das Empire war mit Verve und kolonialer Herablassung zurück auf dem Kontinent, dieses Mal als Anhängsel der größeren Macht.

Anna-Lenas Aufmerksamkeit richtete sich auf einen schwer bewachten Lastwagen.

Mehrere britische Soldaten und Zivilisten verluden im Licht der Scheinwerfer sorgsam eine Tür, und zwar jene aus dem Kellergewölbe in der Katharinenstraße. Man baute nicht einfach aus Spaß eine schäbige Tür aus und kutschierte sie Kilometer durch die Landschaft, um sie auf eine streng bewachte Militärbasis zu bringen. Wallace musste zumindest ahnen, eine Besonderheit gefunden zu haben.

Woher wissen sie von ihrer Funktion? Aufregung und Hoffnung machten sich in Anna-Lena breit. Sie legte die Hände auf das Fensterbrett und verfolgte das Geschehen. Sollte sie es bis zur Tür schaffen, den Klopfer betätigen und das Kraftfeld aktivieren, wäre eine Flucht möglich.

Die Arbeiter betteten die brüchige Tür auf eine Matratze, damit sie keinen Schaden nahm, und polsterten sie von oben mit einer zweiten. Danach verzurrten sie die Abdeckungen mit Stricken.

»Sie bringen sie weg«, murmelte Anna-Lena. Wallace flog das Artefakt ebenso in die Staaten aus wie sie.

Es klopfte, und zwei Wachen in englischer Uniform traten

ein. Sie forderten Anna-Lena auf, sie zu begleiten. »Und zwar zügig, Miss.«

»Gewiss. Sicher.« Anna-Lena spielte die Eingeschüchterte, um ihre Aufpasser einzulullen und eine günstige Situation zur Flucht zu erhalten. Zur Tür zu gelangen, bevor der Lastwagen losfuhr. Ein Hieb mit dem Türklopfer, und sie konnte zurückkehren. Ihre Untersuchungen fortsetzen. Den Mann im Nadelstreifenanzug suchen, der sie in dieser Hölle aus Sirenen und Wolfsgeheul hatte zurücklassen wollen, und ihm wehtun.

Mit großen Schritten ging es durch das Gebäude.

»Wohin bringen Sie mich?«, fragte sie mit weinerlicher Stimme.

»Zu Captain Wallace«, antwortete einer der Soldaten und nahm sie am Arm, um sie zu leiten. »Und Ihresgleichen.«

Anna-Lena horchte auf, sagte aber nichts. Was hatte das wieder zu bedeuten?

Unterwegs warf sie Blicke hinaus auf den Transporter. Das Beladen ging weiter. Die Tür war nicht der einzige Gegenstand, der gut verpackt eine Reise antrat. Sie musste an *Indiana Jones* denken und wie die Bundeslade von den Amerikanern in einer großen Halle untergebracht wurde und für immer darin verschwand.

Anna-Lena ärgerte sich mittlerweile, den Quatsch von Arktisbunker, Mondzentrale und Flugscheiben erzählt zu haben. Das Interesse daran hatte sie unterschätzt. Jetzt wurde sie für eine Art Super-Nazi gehalten.

Sie erreichten einen Besprechungsraum, in dem Captain Wallace, mehrere britische und US-amerikanische Offiziere sowie ein Mann und eine Frau in einem grauen Overall um einen großen Tisch saßen, auf dem sich Riss- und Sprengzeichnungen von Gerätschaften, Landkarten und Skizzen befanden. Viele Papiere trugen das Hakenkreuzsymbol und stammten den Aufschriften sowie englischen Vermerken nach aus Einrichtungen der Nazis.

»Ah, Fräulein van Dam.« Wallace, gekleidet in einen schlichten grauen Anzug mit Weste und Krawatte, deutete auf einen freien Stuhl. »Kommen Sie.« Er zeigte auf die beiden Zivilisten. »Das sind Doktor Wilhelm Theissen und Professor Eugenia Zulke, die in den Forschungseinrichtungen im Komplex Robinson und in Breitenheide arbeiteten. Sie überließen uns diese wunderschönen Pläne.«

Anna-Lena verstand nicht, was sich genau auf den Zeichnungen befand. Die Beschriftungen und Skizzen sprachen für Triebwerke.

»Guten Abend«, sagte sie höflich und gespielt unsicher.

»Das ist die junge Dame«, verkündete Wallace den Versammelten, »die mir von geheimen Projekten der Nazis berichtete. Ein Bunker in der Arktis, Scheibenflugzeuge und das Vorhaben, auf dem Mond eine Basis einzurichten.« Er zeigte auf die Pläne. »Das sind verbesserte Antriebe für Strahlflugzeuge und V3-Raketen, die nicht in die Tat umgesetzt wurden.« Er betrachtete die NS-Wissenschaftler. »Herr Doktor, Frau Professor, wir brauchen Ihre Einschätzung: Wäre das Regime mit diesen Antrieben in der Lage gewesen, den Mond zu erreichen?«

Die beiden Deutschen schüttelten synchron den Kopf.

»Und ich muss hinzufügen«, sagte Zulke, »dass das der größte Schwachsinn ist, den ich jemals hörte.« Sie betrachtete Anna-Lena durch ihre runde Nickelbrille und lachte einmal ungehalten auf. »Ts. Dieses Fräulein sah ich niemals in den Einrichtungen, in denen wir forschten.«

»Es könnte ein geheimes SS-Projekt gewesen sein«, warf ein Offizier ein. »Himmler hatte ein Faible für solche Unternehmungen. Der Führer auch.« Er pochte gegen die solide Betonwand. »Man denke nur an *dieses* Monstrum von Basis. Die Wolfsschanze. Sobald wir die Unterlagen der Organisation Todt haben aufspüren können, wissen wir vielleicht mehr.«

»Unfug«, schnarrte Theissen, dessen rechte Wange ein Schmiss zierte. »Wie sollte die Menschheit denn auf dem Mond leben? Etwa auf der dunklen Seite, damit sie nicht entdeckt werden? Blödsinn. Die Technik hatten wir nicht. Fragen Sie Wernher von Braun und seine Spezis. Der wird Ihnen das bestätigen.« Auch er betrachtete Anna-Lena herablassend. »Dieses Fräulein habe ich noch niemals gesehen. Und ich bitte Sie: Die ist doch höchstens achtzehn Jahre alt. Was soll die können? Wie ein Genie sieht sie nicht aus. Mit dem Ring in der Nase. Wie schaut das aus? Sind wir bei den Hottentotten?«

Die Männer lachten leise. Wallace machte ein verdrossenes Gesicht.

»Tja.« Einer der amerikanischen Offiziere ergriff das Wort. »Wie ich es mir schon dachte: Sie sind da an eine kleine Hochstaplerin geraten, Captain. Sie bleibt in Deutschland und bekommt ihre Strafe, würde ich sagen.«

Verdammt. Anna-Lena wollte dahin, wo sich die Tür befand. Ihr Ausweg. Fieberhaft überlegte sie, was sie noch über die Verschwörungstheorien wusste. Sie durfte sich keineswegs auf ein Technikduell mit den Wissenschaftlern einlassen, das sie gnadenlos verlieren würde. Aber: Sie musste unter allen Umständen interessant bleiben.

»Ich muss hinzufügen, dass wir zwei ihrer Leute aufgegriffen haben«, sagte Wallace und wandte sich um. Seine Hand langte nach einem Koffer, den er auf den Tisch stellte. Er öffnete ihn und zeigte die erbeuteten Waffen: eine P99 und eine Heckler & Koch MP5.

Meine Leute? Anna-Lena hatte keinen Schimmer, von wem Wallace da sprach, doch die Waffen sahen zu modern aus für 1945.

»Sehen Sie das? Sie wurden in Deutschland hergestellt. Aber es ist kein Modell, das mir bekannt ist. Keiner der verhörten Gefangenen kannte sie.« Wallace zeigte auf Anna-Lena. »Ihre Leute. In einem Keller in Leipzig. Und das hier.« Er zog die Kevlarweste heraus und warf sie Theissen zu, der sie im Reflex fing. Noch in der Bewegung zog Wallace seine Halbautomatik und feuerte zweimal auf den perplexen Wissenschaftler.

Die Weste hielt die Kugeln auf, die Einschlagenergie drückte den aufschreienden Theissen gegen die Lehne. Die Offiziere stießen laute Rufe aus, Anna-Lena presste sich die Hände auf die Ohren.

Wallace nahm dem jammernden Mann die Kevlarweste ab. »Nicht eine Schramme.« Er zeigte die Schutzkleidung, in der die gestauchten Projektile steckten. »Was ist das für ein Material? Das ist weder ein Flak Jacket noch ein Plattenpanzer der Russen.« Er gab es herum, es wurde geschaut und sich gewundert. »Los, ihr zwei Wissenschaftler! *Was* ist *das?*«

Theissen betastete seinen Oberkörper und suchte die Wunden, Zulke erholte sich vom Schreck.

Jetzt konnte Anna-Lena auftrumpfen. »Das ist Kevlar, ein aus Karbonfasern hergestelltes Maschengewebe. Mein Vater war an der Entwicklung beteiligt.« Sie sah zu den Gefangenen in den Overalls. »An einem geheimen Ort. Wo auch die Maschinenpistole gefertigt wurde. Und die Portale. Er gehörte zu einer Spezialtruppe und wurde erschossen. Von der SS. Damit er sein Wissen nicht weitergeben konnte.«

»Welche Portale?« Der britische Offizier sah zu den amerikanischen Verbündeten. »Von welchem Portal spricht das Fräulein, das wir wohl unterschätzten?«

»Das ist nicht wichtig«, wiegelte Wallace ab. »Die Waffen und diese Weste sind der Beweis, dass es eine Einheit gab, die in der Lage war, solche Dinge herzustellen. Dinge, von denen Sie« – er blickte Theissen und Zulke an – »anscheinend nichts wussten. Da liegen die Beweise, Gentlemen.«

Anna-Lena entschied, mit dem Verschwörungsquatsch aus ihrer Zeit zu pokern. Sie musste grinsen bei dem Gedanken, dass sie den Mythos auf diese Weise möglicherweise erst aus der Taufe hob. »Neuberchtesgaden eins und zwei.«

Alle schauten sie abwartend an.

»So wurden die Projekte genannt«, sprach Anna-Lena weiter und versuchte, sich an Details zu erinnern, die sie in einer Sendung über NS-Verschwörungsmythen gesehen hatte. »Bunkeranlagen. In der Arktis und Antarktis. Rückzugsorte, mit U-Booten oder Langstreckenbombern zu erreichen.« Sie sah in die

Runde der Offiziere. »Mehr verrate ich nicht. Noch nicht. Denn ich habe ein paar Forderungen, wenn Sie Weiteres wissen wollen.« Ihr Blick suchte den des Captains. »Auch über die Portale, mit denen es mir gelang, in das Kellergewölbe einzudringen. Sie haben keinerlei Ahnung, wie man sie bedient oder welche Gefahr davon ausgeht.«

»By Jove!«, rief einer der Briten, ein General mit dem Namen Blacksmith, deutlich über sechzig und mit einem schmalen Schnurrbart. »Jetzt bin ich neugierig.« Er sah in die Runde seiner Leute, anschließend zu den US-Amerikanern. »Und? Was sagen unsere Spitzel? Wo haben wir Adolfs Jungs in den letzten Jahren außerhalb ihres Tausendjährigen Reichs einen Arschtritt verpasst, oder wo wurden sie gesehen?«

Sein Adjutant räusperte sich. »Sir, im Vorfeld der Besprechung habe ich mir erlaubt, einige Dinge zu recherchieren. Und mitzunehmen. Sie passen zu den Äußerungen unseres Wunderfräuleins.« Er langte in die Tasche und zog eine Mappe heraus, öffnete sie. »Tatsächlich gab es eine deutsche Expedition zum Südkontinent. Die *Schwabenland*, Winter 1938/39.« Er reichte die Unterlagen herum. »Ausgestattet mit zwei Dornier-Flugbooten. Unsere Aufklärer glaubten, dass die Deutschen sich den Zugriff auf den Walfang sichern wollten, Sir. Denn wir hatten das Geschäft im Atlantik beinahe vollständig unter unserer Kontrolle.«

»Walfang?« Wallace lachte. »Shit, Sie dachten, Adolf sucht nach Arier-Walen?«

»Moby Dick. Der weiße Wal!«, rief ein anderer lachend. »Wie konnten wir das übersehen!«

Die Runde dröhnte vor Heiterkeit.

»Walfett und Tran, Sir«, erwiderte der Adjutant ruhig. »Die Deutschen brauchen beides wie wir, um Nitroglycerin zu gewinnen.«

Blacksmith wischte sich die Lachtränen weg, nahm eine Lupe und betrachtete ein Foto aus der Mappe. Schlagartig wurde er ernst. »Gentlemen! Gentlemen, schauen Sie sich das an«, donnerte er in die Runde, und es wurde ruhig. »Auf dem Aufnäher.«

Anna-Lena beugte sich vor. Das Bild zeigte die Mitglieder der Expedition. Auf den Abzeichen der Teilnehmer war eine Hakenkreuzflagge auf einem Stück Land zu sehen.

»Der Schriftzug *Neuschwabenland* prangt über dem Teil der Küste, wo sich Königin-Maud-Land befindet«, führte der Adjutant aus und nahm ein weiteres Blatt hervor. »Und dann noch das. Es kam am 31. Dezember rein. Wegen der Feierei ging die Meldung unter. Ich habe die Meldestelle deswegen bereits getadelt, Sir.«

Anna-Lena las die Nachricht mit und musste sich ein breites Grinsen verbieten. Cool bleiben. Geheimnisträgerin sein.

Im Dezember 1944 waren zwei deutsche U-Boote, U-530 und U-977, im argentinischen Hafen Mar de la Plata aufgetaucht. Die Festnahme der Mannschaften war durchgegeben worden. Doch keiner hatte sich Gedanken um die Route der Unterwasserboote gemacht. Man hatte die Kapitäne für Flüchtende gehalten, die möglichst weit weg von Europa der Kriegsgefangenschaft entgehen wollten. Dank Anna-Lenas Andeutungen änderte sich das.

»Mar de la Plata. Die U-Boote hätten vor ihrer Entdeckung Ladung oder Passagiere im Königin-Maud-Land absetzen können«, entfuhr es Blacksmith. »Bigsby, was zur Hölle …? Wie kann es sein, dass wir das jetzt erst erfahren?« Er schleuderte die Mappe auf den Tisch. »Ich sende sofort ein SAS-Team los. Die sollen sich in diesem Eisloch umschauen. Wenn es dort Frost-Nazis gibt, will ich sie vernichtet wissen.«

»Recht so, Sir«, stimmte Wallace zu. »Das Letzte, was wir gebrauchen können, ist, dass Nazis an den Polen erscheinen, nachdem wir unser Atombombenarsenal gegen Russland und Japan verpulvert haben.«

Die Uniformierten klopften auf den Tisch, es dröhnte dumpf.

Anna-Lena konnte die Bilder vor ihrem geistigen Auge nicht aufhalten: Hiroshima. Nagasaki. Verwüstete Städte, dem Erdboden gleichgemacht, Tausende Tote, Strahlenverbrannte, verkrüppelte Menschen und die Leiden der Nachfahren.

Wallace hatte von einem Arsenal gesprochen.

Wie viele Bomben würden die Alliierten einsetzen? Das Ausmaß der Zerstörung wäre riesig. Wenn die Russen und Japaner nicht kapitulierten, würden sie bezwungen werden.

Moskau?

Sankt Petersburg?

Tokio?

Wie viele Städte würden im atomaren Feuer vergehen und für einen schäbig errungenen Frieden brennen? Anna-Lena wurde schlecht.

»Sehr gut, Gentlemen«, sagte Wallace zum Stab. »Dann verlasse ich in den nächsten Tagen das wunderschöne Fort India, zusammen mit meiner Fracht, meinen Gefangenen und unserem Wunderfräulein van Dam. Ihre Informationen sind lebenswichtig. Entscheidend. Für den Verlauf des Krieges.« Er packte die Waffen zurück in den Koffer und warf sich die Weste wie eine Satteltasche über die Schulter. »Ich halte Sie auf dem Laufenden, Sirs.«

»Unseren Segen haben Sie, Captain«, sagte Blacksmith. »Ach ja: Was ist mit diesen … Portalen?« Er betrachtete Anna-Lena lauernd. »Was haben Sie damit gemeint, mein Fräulein?«

»Tut mir leid«, ging Wallace dazwischen und lächelte abweisend. »Das ist die Angelegenheit *meines* Geheimdienstes.« Er wandte sich an die Wachen bei der Tür. »Bringen Sie Fräulein van Dam zurück in ihr Zimmer. Ich muss Vorbereitungen treffen.«

Er wartete, bis Anna-Lena hinaus auf den Flur getreten war, um zu verhindern, dass die Briten nachhakten, und folgte ihr. Flankiert wurden sie von den beiden englischen Soldaten.

Dieser Teil von Anna-Lenas Plan war aufgegangen. »Wann fliegen wir?«, wollte sie wissen.

»Bald.« Wallace nickte ihr zu. »Entweder von Breitenheide oder vom Lager Robinson aus, je nach Verfügbarkeit der Maschinen. Gerade schleppt alles, was Propeller hat, Bomben Richtung Russland. Meine Freunde in Washington freuen sich sehr auf Sie. Schlafen Sie gut. Ich lasse Sie dann abholen.« Er verschwand in einem Quergang.

Anna-Lena sah durch die Fenster, die sie auf dem Weg in ihr Quartier passierte, zum Lastwagen, auf den zwei amerikanische Soldaten neue militärische Zeichen malten und damit die alten überpinselten. Als sie fertig waren, schickten sie die Briten weg, die Wache gestanden hatten, und drei US-Kämpfer gesellten sich zu ihnen. Sie stiegen in die Kabine und auf die Ladefläche. Der Motor wurde gestartet, und der Lkw rumpelte die Straße hinab zu einer Halle, deren Tor sich öffnete und in der viele weitere Kisten zu sehen waren, die offenbar auf den Abtransport warteten.

»Wie bei *Indiana Jones.*« Anna-Lenas Vorhaben, sich heimlich zur Portaltür zu stehlen und abzuhauen, bevor sie in die Staaten verfrachtet wurde, wurde soeben schwieriger. Wesentlich.

* * *

BEI FRANKFURT

Walter van Dam war unsagbar froh, die Kevlarweste angelegt zu haben. Sie verhinderte, dass das Messer gänzlich in seinen Körper eindrang. Lediglich die Spitze stach zentimetertief in die Schulter.

Der Angreifer bemerkte dies zu spät. Er riss die Klinge heraus und holte zum Schnitt durch die Kehle aus; mit der anderen Hand hielt er den Lauf des G36 fest und drückte es nach unten.

Van Dam tat das einzig Richtige: Er ließ das Sturmgewehr los und zog die Pistole. Zwar gelang es ihm nicht, den Abzug der gesicherten Waffe zu betätigen, aber er fing mit dem Lauf die niederstoßende Schneide ab.

Sirrend brach die Klinge ab, die Wucht federte den Schlitten gegen van Dams Gesicht. Blutgeschmack breitete sich sogleich in seinem Mund aus, Sternchen tanzten vor seinen Augen, durch die er den Angreifer kaum mehr sah.

Über dem Messergriff standen ein paar Zentimeter Metall heraus, mit dem der Gegner zum neuerlichen Angriff ansetzte. »Ich schlitze dich auf, alter Mann«, drohte er. »Du wirst uns nicht aufhalten. Dein Großvater würde sich für dich schämen, wenn er wüsste, was du tust. Und wie unwürdig du bist, diesen Familiennamen zu tragen.«

Van Dam richtete die Mündung in die Richtung des Mannes, entsicherte und drückte in rascher Folge ab.

Laut dröhnten die Schüsse, der kräftige Rückstoß ließ den Lauf aufwärtswandern. Erst die vierte Kugel traf das Ziel, das Projektil ging mitten durch die zustoßende Hand, das fünfte ebenso. Abgerissene Finger flogen durch die Luft, Blut spritzte, und der Plastikgriff des Messers zerplatzte, sodass sich die Splitter in die Haut bohrten.

Schreiend wich der Angreifer zurück und langte mit der unverletzten Linken nach dem nahebei liegenden G36. »Ich knall dich ab!«

Van Dam feuerte weiter und setzte dem Mann den Rest des Magazins wild gestreut in den Leib.

Blutend und keuchend fiel sein unbarmherziger Widersacher auf die verwitterten Dielen und kotzte Blut. Aus vier Wunden strömte das flüssige Rot und benetzte das Holz, die umherliegenden Bücher und Blätter. Nach einer gefühlten Ewigkeit endete die Agonie, und er blieb tot liegen, das linke Bein zuckte in letzten Impulsen.

Van Dam rutschte am Geländer herab. Keuchend starrte er auf den Toten und das Blut, in dem er saß. Das Messer ließ keinen Zweifel zu: Er hatte den Mörder seines Chauffeurs gefunden und wäre um ein Haar zu dessen drittem Opfer geworden.

Van Dam erbrach sich ansatzlos und wandte sich von dem Anblick ab. Er spuckte aus und zog sich auf die Beine, riss sich zusammen. Er musste dem Rätsel des Überfalls auf den Grund gehen.

Der Tote trug eine Umhängetasche bei sich, prall gefüllt mit den Fundstücken seines Beutezugs in der Villa. Van Dam nahm ihm das Behältnis ab und öffnete es.

Lose Papiere, herausgerissene Seiten und ein Notizbuch kamen zum Vorschein. Er sah handgeschriebene Aufzeichnungen und erkannte die Schrift seines Großvaters. Der Dieb und Mörder hatte sie nicht ohne Grund an sich genommen.

Van Dam überflog die Inhalte. Je mehr er las und erfasste, worum sich die Notizen drehten, desto weniger wollte er es glauben. Im Kern ging es um Verschwörer, welche die Welt beherrschten; um Portale, die sich überall auf der Erde befanden und durch die die Eingeweihten gehen konnten, um ihre Intrigen zu spinnen; um Vergangenes, das diese Menschen in die Wege geleitet hatten, damit sie ihren Einfluss behielten; um Geschehnisse, die sie steuerten: Kriege, Katastrophen, Attentate, Unglücke und Todesfälle.

Sein Großvater war Teil von ihnen gewesen.

Deswegen hatten seine Großmutter und seine Eltern mit der Villa und der Fabrik nichts zu tun haben wollen: Sie hatten davon gewusst und Abstand gesucht.

Van Dam stopfte die Blätter zurück in die Tasche. Dabei erweckte eine Zeichnung seine Aufmerksamkeit. Abgebildet war eine Tür, die mit zahlreichen Anmerkungen versehen worden war, in kleiner und kaum leserlicher Schrift.

Er schaltete seine Taschenlampe ein, um besser sehen zu können.

Die Tür besaß eine Pochvorrichtung, bei der sowohl der Klopfer als auch die Aufschlagvorrichtung aus einem bestimmten Material gefertigt worden waren. Die Bezeichnung des Materials lautete *Particula.* Die gekritzelten Notizen ließen darauf schließen, dass es Splitter aus einem unbekannten Kometen waren. Schlugen die Fragmente mit Wucht aufeinander, entstand ein Kraftfeld, das es den Nutzern ermöglichte, sich beim Durchschreiten binnen Sekundenbruchteilen über weite Entfernungen zu bewegen.

Van Dam wendete das Blatt mit wachsendem Entsetzen.

Die Hinweise waren größtenteils verwischt und unleserlich, doch es reichte aus, um das Ausmaß der Katastrophe erahnen zu lassen, das sich ereignen könnte.

… die Zentrale aufzugeben, binnen der nächsten drei Monate, auch wenn es unerwartet erscheinen möge.
Meine Berechnungen sind eindeutig: Die Particulae verlieren ihre Stabilität.
Die vermeintlichen Unfälle waren keine. Es sind bereits etliche Portale in der Vergangenheit desintegriert, weil die Fragmente ihre Haltbarkeit verloren und eine enorme exotherme Reaktion stattfand.
Je öfter man die Türen nutzt, desto schneller werden die Particulae instabil. Es werden noch weitere Agenten durch die alten Portale sterben. Daher rate ich dringend von einer Nutzung ab. Alles, was wir einst an Gesetzmäßigkeiten aufstellten, gilt nicht mehr. Es kommt gar zu Temporalverschiebungen und willkürlichen Realitäten.
Ich habe aufgrund meiner Erkenntnisse die Herstellungsmethode verändert. In der Tischlerei befindet sich eine Tür der neuen Generation, die mit einer Particula-Absicherung versehen ist. Ich gehe davon aus, dass …

Van Dam erhob sich. Das Blut des Erschossenen hatte seine Hose an manchen Stellen durchfeuchtet, der Stoff klebte unangenehm an seinen Beinen.

Sein Blick fiel auf die abgeschossenen Finger. Rasch nahm er den Minilaptop unter der Kevlarweste heraus. Das Gerät hatte nichts abbekommen, und so hob er den Zeigefinger des Toten auf und presste ihn gegen den Scanner im Rahmen.

Das Display erwachte und zeigte ihm die Porträtaufnahmen seiner engagierten zweiten Truppe. Van Dam wischte und las. Zu jedem plopptten Informationen hoch, sobald er auf die Bilder klickte. Ein rasches Querlesen ergab, dass sie Geheimnisse hatten. Alle.

Er senkte den Laptop und überlegte.

Van Dam konnte jetzt in den Keller gehen und versuchen, mit geringen Aussichten auf Erfolg gegen seine Angst anzukämpfen und dem letzten Team zu folgen, dessen Mitglieder ihn angelogen hatten. Doch schon der Gedanke an das Gewölbe, die Dunkelheit, enge Gänge und Kammern sorgte für steigenden Puls und eine rasche Atmung.

Oder er marschierte in die abgebrannte Tischlerei und machte sich auf die Suche nach der Tür der neuen Generation, um zu schauen, was es damit auf sich hatte. Vielleicht ließe sich Anna-Lena auch so retten, wie ein Hintereingang, ein geheimer Durchlass, anstatt sich durch lange unterirdische Wege zu kämpfen.

Vielleicht ist diese Hoffnung aber einfach nur feige, dachte Walter van Dam, während Regen aus den dunklen Wolken über dem Anwesen fiel und laut auf das Glasdach der Bibliothek prasselte.

* * *

KAPITEL VIII

BEI RASTENBURG, OSTPREUSSEN, 8. JANUAR 1945

Der Dartpfeil flog und traf Adolf Hitler mitten ins Skrotum. Rechts.

Anna-Lena grinste und notierte sich 1000 Punkte. Dem fehlenden Loch in der Fotografie nach hatte das noch keiner der Gäste geschafft, die in diesem Zimmer untergebracht gewesen waren.

Es klopfte einmal ankündigend, und die Tür öffnete sich. »Fräulein van Dam, würden Sie bitte Ihr Gepäck nehmen und mitkommen?«, verlangte der englische Soldat.

»Wären Sie ein Gentleman, Sir, würden Sie das Gepäck nehmen.« Anna-Lena hatte den Spruch nicht ernst gemeint, lächelte aber, als sie das verunsicherte Gesicht des Mannes sah. »Ist schon gut. Ich habe nicht viel.« Eilig packte sie die Wäsche und die Toilettenartikel zusammen, die man ihr überlassen hatte. »Wohin geht es?«

»In die Staaten, Fräulein.«

»Das dachte ich mir.« Sie klappte den Koffer zu und ließ die Schnallen einrasten. »Ich meinte mehr, von wo aus?«

»Das weiß Captain Wallace.« Er tippte sich entschuldigend an die Mütze. »Aber ich habe gehört«, sprach er mit gesenkter Stimme weiter, »es geht nach Rominten. In den Komplex Robinson.«

Das sagte Anna-Lena überhaupt nichts. »Dauert die Fahrt lange?«

Der Soldat schüttelte den Kopf und wollte ihren Koffer nehmen, was sie unterband. »Wird schnell gehen, denke ich.« Er ließ ihr den Vortritt. Auf dem Flur wartete ein zweiter Aufpasser, und zu dritt ging es durch das Haus ins Freie.

Zum ersten Mal sah Anna-Lena das Fort India von außen und damit die ehemalige Wolfsschanze in seinem ganzen oberirdischen Ausmaß. Sie zählte mehr als vierzig Gebäude, eingeteilt in verschiedene Sperrzonen. Dem Gewusel auf den Straßen und an den Fenstern nach befanden sich einige Tausend Menschen auf dem Areal.

Das Rollfeld auf dem eigenen Flugplatz war zu ihrer Überraschung leer.

Dafür wartete am Bahnhof ein Zug auf sie. Weißer und schwarzer Rauch stieg aus den Schloten, die Maschine schnaufte und ließ zischend überschüssigen Dampf ab. Die Lokomotive hatte acht Waggons angehängt, der vordere und hintere waren gepanzerte Geschützwagen mit Flak und leichten Kanonen. Auf einer Plattform vor der Lok saß ebenfalls ein Turmgeschütz mit Maschinengewehren.

Anna-Lena las die Schilder an den Stacheldrahtzäunen, die vor dem Minengürtel warnten. Von hier aus hatten die Nazis Krieg geführt, nun taten es die Alliierten gegen Russland. Funk- und Telefonverbindung verliefen zu allen Frontabschnitten und in die größeren deutschen Städte.

Sie war nicht die Einzige, die nach Rominten gebracht wurde. Das Einladen der Gefangenen war in vollem Gange, die Männer und Frauen in ziviler Kleidung wurden in den bequemen Kabinenwagen untergebracht. Es hatte nichts mit den grauenhaften KZ-Transporten zu tun, mit denen die Nazis ihre Gegner einst in die Lager verfrachteten. Wenigstens diese Barbarei hatten sich die Sieger nicht abgeschaut.

»Wer sind die?«, erkundigte sich Anna-Lena bei ihrem britischen Begleiter.

»Wichtige Leute. Wie Sie, Fräulein van Dam«, gab der Soldat vage Auskunft.

»Wissenschaftler?«

»Auch. Ich darf Ihnen eigentlich nichts sagen, aber im Zug werden Sie sich eh miteinander unterhalten«, sagte ihr Bewacher. »Es sind hochrangige Kommunisten und Stalins Spione aus verschiedenen europäischen Ländern. Rote Sympathisanten. Dazu noch Restbestände von Nazi-Größen, von denen man sich Wissen erhofft. Überläufer wie Sie.« Er senkte seine Stimme. »Achten Sie auf sich, Fräulein.«

»Wie meinen Sie das?«

»Na ja. Die Roten mögen weder uns noch die Nazis. Es kam schon zu Schlägereien und Morden bei solchen Fahrten. Daher immer aufpassen.« Er klang ein bisschen besorgt.

Anna-Lena nickte.

Der Lastwagen mit den neu aufgemalten Zeichen fuhr aus dem Hangar, seine Kisten wurden in den vorletzten Waggon hinter dem Geschütz verladen. Die Tür vermutete Anna-Lena in einem langen schmalen Kasten, auf den Top Secret geschrieben worden war.

Anna-Lenas Vorhaben war klar: einen Weg finden, während der Fahrt in diesen Waggon zu gelangen, und das Portal nutzen. Sollte das nicht gelingen, blieb ihr nur noch eine letzte Chance im Flugzeug, denn sobald sie in den Staaten angekommen waren, wäre sie verloren. Ihre ominösen Andeutungen über Eisbunker, Flugscheiben und Mondbasis würden einer Untersuchung durch echte Experten nicht standhalten. Und damit würde sie zu einer wertlosen Hochstaplerin avancieren.

Captain Wallace stand in Anzug und Mantel vor dem Zug, eine mehrseitige Liste in der Hand, und verteilte die eintreffenden Gefangenen auf die Wagen. »Ah, Fräulein van Dam«, begrüßte er sie ohne Freundlichkeit. »Meine zweitwertvollste Fracht, wenn Sie mir die Einschränkung erlauben.«

»Tue ich, Captain.« Sie deutete auf den Zug. »Das sieht sehr komfortabel aus.«

»Gehörte einst Ihrem Führer oder einem anderen Nazi-Bonzen. Sie werden es mögen, damit zu reisen«, sagte er. »Der Flug in die Staaten wird wesentlich spartanischer, zusammengepfercht im Bauch eines Langstreckenbombers. Es ergab sich nichts Besseres.« Er zeigte zur Landebahn. »Die ist leider etwas zu klein. Sonst hätten wir nicht alle durch die Gegend fahren müssen.« Er sah auf die Liste. »Wagen drei, Abteil drei. Gute Fahrt.« Auf seinen Wink hin wurde sie weitergeführt. »Und versuchen Sie erst gar nicht, unterwegs flüchten zu wollen.«

»Fangen Sie mich dann?«, rief Anna-Lena neckend im Gehen.

»Nein. Sie werden erschossen. Wir können es uns nicht leisten, dass Ihr Wissen an jemand anderes fällt«, kam seine ernste Erwiderung. »Ich hoffe, Sie haben Verständnis dafür, Fräulein van Dam.«

Nein, Anna-Lena hatte kein Verständnis, aber es blieb abzuwarten, wie man reagierte, wenn sie versuchte, in den Gepäckwagen zu gelangen.

Einige Minuten darauf saß sie in einem Abteil zusammen mit zwei Männern und einer Frau, die in herkömmlicher Kleidung steckten und schwiegen. Man las in Büchern, Zeitungen und Zeitschriften, auf dem Beistelltischchen standen Limonadenflaschen und Gläser sowie Kekse und Sandwiches. Ein Mann und die Frau rauchten und verzierten die Kabine mit Dunstschwaden.

»Dann gute Fahrt«, verabschiedete sich ihr Bewacher und schob den Koffer neben die Tür zum Gepäck der anderen.

»Danke. Für alles.« Anna-Lena schenkte ihm einen freundlichen Blick und legte die Hände in den Schoß. Durch die Scheibe beobachtete sie Wallace, der die letzten Gefangenen verteilte. Danach gab er das Zeichen zur Abfahrt und spurtete nach vorne zur Lok.

Ein gellender Pfiff erklang, ruckend fuhr der Zug an. Gläser und Flaschen wackelten in den Halterungen, der Sandwichturm stürzte ein. Schon glitt Fort India an ihnen vorbei, die Fahrt ging durch einen dichten Wald, der das Licht schluckte und das Lesen unmöglich machte.

Der Raucher stand auf und entzündete mit seinem Feuerzeug die vier Lampen. Sogleich wurde es heller. »Major Karl Tandroff«, stellte er sich vor. »Totenkopf-Runendivision und Zukunftserkundung. Mit wem habe ich das Vergnügen dieser exklusiven Reise?«

»Hertha Grünmann«, sagte die Raucherin in die Runde. »Schreibkraft beim H-Sonderauftrag.«

»Anna-Lena van Dam, Waffen und Entwicklung«, log Anna-Lena.

»*Sie* sind van Dam? Die mit der Basis, den Ufos und den Eisbunkern?« Der zweite Mann lachte schallend. »Ich werd verrückt. Sie haben mich zu den Spinnern gesteckt.« Dann räusperte er sich und mühte sich um Ernsthaftigkeit. »Hauptmann Hermann Obermüller, SS-Vril-Division.«

Daraufhin brachen Tandroff und Grünmann ebenso ansatzlos in Heiterkeit aus, die sich Anna-Lena nicht zu erklären vermochte. Was war dieses Vril? Nachfragen wollte sie nicht. Schlimm genug, dass man bereits von ihr und den abenteuerlichen Geschichten gehört hatte.

»Welch ein Glück!« Der Major setzte sich. »Für einen Moment dachte ich, sie hätten mich zu den strammen Nazis gesteckt.« Er ließ sich in die Polsterung fallen. »Stattdessen bin ich in bester Gesellschaft.«

»Darauf gebe ich einen aus.« Obermüller langte unter den Sitz und zog eine Flasche Wein heraus. »Ich wette, das Zeug hat auch schon Göring gesoffen und seinen Morphiumrausch damit schöner gemacht.« Er goss den Alkohol in die Gläser. »Kompliment, Fräulein van Dam. Sie haben die Uncles hervorragend verarscht.«

Anna-Lena blinzelte und gab sich unwissend. »Ich verstehe Ihre Andeutung nicht.«

»Hören Sie schon auf. Das ist alles Katzenscheiße.« Tandroff prostete in die Runde. »Mögen die Amis uns das Leben lange finanzieren, während wir ihnen hübschen Unfug auftischen, dem sie nachjagen können wie der Hund seinem Schwanz.«

Sie nippte an ihrem Glas. Der Wein schmeckte nicht schlecht. »Warum haben Sie drei gelacht?«

Jetzt tauschte das Trio Blicke untereinander.

»Verstehe«, sagte Obermüller. »Sie haben Angst, dass man uns belauscht.« Er begann zusammen mit Tandroff, das Abteil grob zu inspizieren. »Keine Mikros«, verkündete er. »Guter Gedanke, Fräulein van Dam.«

Das war zwar nicht ihre Intention gewesen, aber Anna-Lena nickte trotzdem. »Und einer von Ihnen könnte ein Spion sein«, setzte sie obendrauf.

»Nein, das gewiss nicht. Die Mühe machen sich die Uncles nicht. Nicht bei einem Transport«, erwiderte Tandroff entspannt. »Ich weiß, dass es Ihre Sachen nicht gibt: Station, Bunker, Flugscheiben. Mein Bruder hat beim Stab gearbeitet, bis ihn Stauffenbergs Bombe weggeblasen hat. Ich wüsste davon.«

»Aber schönes Ding. Auf solche Märchen stehen die Amerikaner. Sie glauben an die technologische Allmacht der Nazis.« Obermüller deutete Applaus an und zeigte auf sich. »Und natürlich an den Okkultismusscheiß.«

»Die Fahrt wird dauern. Erheitern wir uns doch mit unseren Geschichten.« Grünmann lachte. »Also, ich war Schreibkraft beim H-Sonderauftrag.« Sie machte ein geheimnisvolles Gesicht. »Welche Mächte hat Himmler mit seiner Hexenkartothek erforschen lassen? Welche Zauber wollte er in der Wewelsburg initiieren, um den Sieg durch dunkle Magie zu erringen? Wer gehörte in sein Hexenbataillon, das an der Front tätig war und Flüche gegen den Feind warf?« Sie zog an ihrer Kippe und hielt sie elegant in die Höhe gereckt. »Natürlich sagte ich Wallace, dass ich was wüsste.«

»Hexenkartothek.« Anna-Lena wusste nicht, was das sein sollte. »Helfen Sie mir auf die Sprünge, bitte? Ich kam selten vor die Tür.«

»Ah, sicher. Sie können es nicht wissen. Das Projekt war geheim.« Die Frau lächelte. »Himmler hatte allen Ernstes Leute ausgesandt, die Nachforschungen zu den Hexenverfolgungen anstellten. Wir haben uns durch Hunderte Archive und Bibliotheken gewühlt, sage ich Ihnen.«

»Um … deren Ahnen zu finden und ein Bataillon aufzustellen?«, vergewisserte sich Anna-Lena ungläubig und dachte an *Hellboy*.

Grünmann lachte glockenhell. »Aber nein. Das habe ich erfunden. Damit mich die Uncles in die Staaten bringen und ich dort leben kann. In Ruhe und mit Geld. Das ist unser – wie sagte Wallace? – Deal.« Sie zündete sich die nächste Zigarette an. »Dafür binde ich ihnen die schönsten Geschichten auf den Buckel, und die halten es für wahr. Und wollen auch so was haben.«

Jetzt verstand Anna-Lena, dass die Anwesenden das Gleiche getan hatten wie sie. Weder gab es eine Totenkopf-Runendivision und Zukunftserkundung noch eine SS-Vril-Division. »Ah, ja«, sagte sie nur.

»Ich habe denen gesagt«, erhob Tandroff die sonore Stimme, »dass ich bei Hanussen gelernt hätte, bevor die Berliner SA ihn '33 erledigt hat.« Er setzte sich in eine dramatische Pose. »Mir vertraute Hanussen sein Wissen an und wie man die Zukunft deutet. Oder Dinge vorhersagt.« Er sank wieder in den Sitz. »Ich hatte den Führer ja vor Stauffenberg gewarnt, aber er wollte nicht hören und dann – bumm!«

Anna-Lena erinnerte sich dunkel an Hanussen, den berühmt-berüchtigten Wahrsager und Scharlatan, der sich einen zweifelhaften Ruf ergaunert hatte. Gerade seine Vorhersage des Reichstagsbrandes und dass er wüsste, wer es getan habe, hatten ihm große Aufmerksamkeit verliehen, die ihm zum Verhängnis geworden war. Sie hatte den Film gesehen, mit Klaus-Maria Brandauer.

Tandroff lachte Rauch aus dem Mund und trank vom Wein. »Und dann diese Zeichen, die Schwarze Sonne. In der Wewelsburg.«

»Oh, was haben Sie gedeutet?« Obermüller lehnte sich gespannt nach vorne.

»Na, Herr Major?« Grünmann nahm sich ein Sandwich. »Ich hoffe, Sie sagten nichts von Hexen? Das ist ja wohl, bitte schön, mein Metier.«

Tandroff schlug sich vor guter Laune aufs Knie. »Die Uncles glauben allen Ernstes, dass die Wewelsburg so etwas wie ein okkultes Zentrum ist. Nur in schick gebaut.« Er brach in Lachen aus. »Und das durch diesen Wiligut. Diesen bekloppten Österreicher, der aus der Nervenheilanstalt geflohen ist und schwadronierte, er wäre der letzte Überlebende von Atlantis. *Den* hat Himmler zu seinem Privatmagier gemacht!« Die Tränen liefen ihm über die Wangen. »Alles nur Schwachsinn eines Wahnsinnigen, der dem An-Himmler dummes Zeug aufschwatzte.« Er malte mit dem Finger die Schwarze Sonne auf die Scheibe. »Und jetzt kommt's! Wissen Sie, woher das Zeichen stammt?«

»Germanisch?«, tippte Grünmann.

»Sonnenkreis aus Swastiken?«, riet Obermüller.

Anna-Lena kam aus dem Grinsen nicht mehr heraus. Der gesamte Mythos, der sich um das Okkulte um die Nazis erhob, erwies sich als ausgedacht. Als Farce. Als Hirngespinst eines Verrückten. Wie ihre Flugscheiben und die Basen. »Eine Kinderzeichnung«, sagte sie dahin.

»Da!« Tandroff zeigte begeistert auf sie. »Fräulein van Dam, ganz genau. Eine Kinderzeichnung!« Sein Lachen ging in heiteres Brüllen über. »Und auch Sie, Herr Obermüller, haben recht. Der Sohn eines SS-Mannes hatte Langeweile und einfach Hakenkreuze übereinandergekritzelt. Und dieser Säufer und Tablettenschlucker Wiligut hat's gefunden und machte daraus große Mystik. Eine große Show. Nichts davon hatte etwas mit Magie zu tun.«

Jetzt lachten alle, weniger über die Geschichte als wegen des ansteckenden Gelächters des Majors.

»Alles, alles, was Himmler von seinem kleinen Rasputin gehört hat, war so erfunden wie das, was wir den Amis auftischen.« Tandroff wischte sich über das tränenfeuchte Gesicht. »Kinder, Kinder. Ich kann nicht mehr.«

»Und wir haben uns gewundert, warum Deutschland untergeht.« Obermüller hatte schon wieder die Flasche in der Hand und ließ sie kreisen. »So, und nun ich: Vril. Die SS-Vril-Division. Wir töteten durch die unsichtbare Kraft der kosmischen Urkraft Vril, die –«

Tandroff stieß kreischendes Gelächter aus und spuckte den Wein durchs Abteil. »Zum Schießen! Sie haben den Uncles echt diesen Vril-Quatsch verzapft?«

»Sagt der Mann, der Hanussens Schüler war«, erwiderte der Hauptmann, und jetzt prustete Grünmann den Alkohol durch die Nase.

»Vril?«, erkundigte sich Anna-Lena hilflos. Sie hatte vollkommen den Faden verloren. »Verzeihen Sie, ich habe mit Esoterik wenig am Hut.«

»Ah, eine Unwissende. Warten Sie, ich hab da was.« Obermüller erhob sich und nahm eine Sammlung Briefe aus seinem Koffer. »Korrespondenzen mit einem Autor namens Ley. Willy Ley. Hat früher Science-Fiction verfasst. Er ist vor knapp zehn Jahren in die Staaten ausgewandert, weil Goebbels Berichte über Raketentechnik, Raketenautos oder Raketenflugzeuge verboten hat, selbst wenn sie als Romane daherkamen. Damit konnte Ley nicht mehr schreiben. Aber er hat über einen Zirkel mit Namen *Wahrheitsgesellschaft* geschrieben, der in Berlin seinen Sitz haben soll.« Er setzte sich. »Lesen Sie ruhig. Vielleicht können Sie davon noch was für Ihre Flugscheiben nutzen.«

»Danke. Gute Idee.« Anna-Lena überflog die Notizen zu der geheimen Kraft Vril, die sich ein Autor namens Bulwer-Lytton für seinen Roman *The Coming Race* ausgedacht hatte. Diese Wahrheitsgesellschaft aus Berlin wiederum dachte, dass Bulwer-Lytton sein ironisch gemeintes Buch benutzt hatte, um das Wissen und die Wahrheit über diese Kraft zu verbreiten.

Möglicherweise hatte es die Briten, die es als Staatsgeheimnis hüteten, in die Lage versetzt, ihr koloniales Reich aufzubauen, schrieb Ley in dem Brief. *Sicherlich besaßen es die Römer, eingeschlossen in kleine Metallkugeln, die ihre Heime beschützten und als* lares *bezeichnet wurden.*

Anna-Lena gab die Papiere zurück und bekam das Grinsen nicht mehr aus dem Gesicht. »Ich muss zugeben, dass Ihre Geschichten auch sehr gut sind.«

»Dennoch sind Sie unsere Lügenkönigin«, lobte Tandroff seinerseits, »Eisbunker, Mondbasis *und* Flugscheiben. Wahnsinn!« Erneut wurde ihr von dem Trio applaudiert.

Sie deutete eine huldvolle Verbeugung an und erhob sich. Das Lachen tat ihr gut, es schüttelte den Stress ab, unter dem sie seit Tagen stand. Trotzdem wurde es Zeit für die erste Stufe ihres Plans. »Die Königin muss auf die Toilette«, sprach sie getragen. »Bis gleich.«

Anna-Lena schob die Abteiltür auf und huschte auf den schmalen Gang, in dem kleine Lämpchen für schummriges Licht sorgten. Hier war es deutlich kühler und reiner, ohne Qualm und verbrauchte Luft. Wachen gab es keine, der Zug schaukelte über die Schienen durch die Dämmerung und rollte auf sein Ziel zu.

Langsam marschierte sie los. Anna-Lena musste tatsächlich zur Toilette, aber noch dringender wollte sie in den Waggon mit den Kisten. Und selbst wenn sie dort die Bundeslade vorfinden sollte, ihr ging es einzig um die Tür.

* * *

BEI RASTENBURG, OSTPREUSSEN, 8. JANUAR 1945

»Das wird klappen«, beruhigte Greta das Quartett, das um sie herum zusammen mit Theo auf der Ladefläche des dahinfahrenden Lastwagens saß. »Wir haben George bei uns. Keiner kann einen Tommy-Offizier besser imitieren als er.«

»Was daran liegt, dass George einer war«, warf Theo ein. »Einer, der verstanden hat, dass Kommunismus das einzig Wahre für die Welt ist, wenn sie nicht in Ungleichheit versinken will.«

Viktor sagte lieber nichts dazu. Die Geschichte würde zeigen, dass Stalin und seine Entourage nicht besser waren als die Kapitalisten, was Selbstbereicherung anging. Von dem Führerkult um seine Person ganz zu schweigen.

Greta trug wie Viktor, Ingo, Dana und Theo sowie weitere Freischärler die dick gefütterte, graue Uniform der deutschen Hilfstruppen, welche die Briten bei der Verwaltung auf dem Boden des Deutschen Reichs einsetzten. Arbeitslose Wehrmachtsoldaten, die nicht freiwillig an die Ostfront unter US-amerikanischem Befehl zurückkehrten, um gegen Stalin zu sterben, gab es haufenweise. Die Briten ließen sie einfache Aufgaben übernehmen, wie beispielsweise die Überstellung von Gefangenen. In ihrem Fall spielte Coco den Häftling.

Viktors unermüdlichem Drängen verdankten sie es, dass sie nun auf den harten Pritschen saßen und durch die abendliche Kälte zum Einsatz rumpelten. Die letzten Tage waren geprägt gewesen von Unsicherheit und Vorbereitung. Nach der Besprechung mit der Politkommissarin Smetana war eine lange Diskussion über die Machbarkeit der Einnahme von Fort India unter den Ratsmitgliedern und Viktor entbrannt. Ein Frontalangriff würde trotz des Überraschungseffekts zu hohen Verlusten führen. Doch schließlich hatte er den rettenden Einfall gehabt, der nicht weniger kontrovers besprochen wurde. Letztlich setzten sich die wagemutigen Kommunisten gegen die Zauderer durch. Dass sie ein Medium auf ihrer Seite hatten, gab den Ausschlag.

Ihre kleine Einheit bildete die Stoßtruppe, die Politkommissarin blieb mit einer größeren Abteilung auf Abruf, um zu Hilfe zu eilen, sobald sie das Signal bekam.

Ingo reichte Coco mit behandschuhten Fingern einen Schokoladenriegel, den sie dankbar entgegennahm. Er wusste genau, dass sie vor ihren Auftritten auf der Bühne etwas Süßes brauchte. »Der Plan ist mir zu einfach.« Seine Sorge war nicht gesunken, nur weil sich die Übrigen einig waren.

»Es sind die einfachen Pläne, die gelingen«, hielt Dana dagegen. »Weswegen sollte es nicht klappen? Wir tun so, als hätten wir eine Hellseherin für Wallace' Sammlung, liefern sie ab und finden heraus, wo sich die kleine van Dam befindet.« Sie ließ sich auch einen Riegel reichen. Ihr Blutzucker durfte gerne etwas höher sein. »Dann sabotieren wir die Abwehranlagen, und schon kommen die verbündeten Regimenter und Partisanen der Umgebung, um Fort India zu knacken. Die Alliierten sind im Kampf gegen die Rote Armee plötzlich geschwächt und müssen vielleicht sogar verhandeln. Und wir können verschwinden.«

»Sobald«, fügte Theo an, »wir mehr von den Plänen der Alliierten gehört haben, die uns Mme. Fendi eröffnen wird. Nicht eher.«

»Werde ich. Nachdem das Fort gefallen ist«, sagte Coco bestimmt. Sie biss in die Schokolade und genoss die Süße. Sie dachte gar nicht daran, auf den Handel einzugehen. Sowie sie Anna-Lena und die Tür hatten, stand der sofortige Rückzug an, da waren sich die vier im Geheimen einig. Es lag nicht an ihnen, sich in diesen Verlauf der Geschichte einzumischen. Zwei Leute hatten sie bereits verloren.

Der Lastwagen verlangsamte seine Fahrt und blieb schließlich stehen, der Motor tuckerte im Leerlauf.

»Was ist?«, rief Greta nach vorne. »Probleme?«

»Nein, nur ein Haltesignal. Bahnübergang«, gab der Fahrer zurück. »Geht gleich weiter.«

Der Geschmack der Schokolade bekam eine bittere Note, in Cocos Schläfen stach es warnend. Die Gabe meldete sich.

»Einen Moment.« Ihre Brauen zogen sich zusammen, und sie nahm das Pendel aus der Tasche. »Ich fühle etwas.« Sie sondierte mit geschlossenen Augen.

Das Metall vibrierte leicht an der Kette und zeigte dann nach Osten, wo Fort India lag.

Das Stampfen und Rattern des Zugs rollte heran. Ein Pfiff erklang, mit dem die Lok das Kommen ankündigte, und gleich darauf bebte die Straße unter dem Lastwagen. Die Waggons waren extrem schwer, die Geschwindigkeit erstaunlich hoch.

»Panzerzug«, rief der Fahrer ihnen zu. »Zwei Geschützwagen. Sieht man nicht so oft. Muss was Wichtiges sein.«

Coco starrte auf ihr Pendel, das sich mit dem Zug drehte und dann in die entgegengesetzte Richtung, vom Fort weg zeigte. »Anna-Lena ist da drin«, verkündete sie aufgeregt. »Wir müssen dem Zug hinterher!«

Ingo legte ihr die Hand auf den Rücken. Mehr als Halt und Beistand geben vermochte er zurzeit nicht zu tun. Er hoffte, dass es ihr half.

»Und schon ist unser Plan im Arsch«, konstatierte Dana. »So einfach er war.«

»Improvisieren wir.« Viktor sah zu Greta. Aufgeben kam nicht infrage. Die Tür war ihr Ausgang, Anna-Lena ihr Ziel. »Folgen wir dem Zug. Und wir brauchen eine Karte, um zu sehen, wo er nochmals eine Straße kreuzt.«

»Er wird nicht anhalten, um eine Gefangene aufzunehmen.« Theo kramte eine Karte heraus und leuchtete mit der Lampe darauf. »Ein Panzerzug rast durch einen Lastwagen wie unseren einfach mitten hindurch. Oder schießt ihn auf einen Kilometer in Fetzen.«

Der Lastwagen beschleunigte und fuhr in die Kurve, um dem Straßenverlauf zu folgen, der ihn in der Nähe der Trasse hielt. Die Passagiere wurden auf den kargen Bänken durchgeschüttelt, jede Unebenheit brachte sie zum Hüpfen, und jede Kurve schob die Leute zusammen oder drückte sie auseinander.

»Wohin führt die Linie?«, rief Viktor durch das Gerumpel.

»Zum Komplex Robinson«, sagte Theo nach einem langen Blick auf die Karte. »Ist eine Forschungseinrichtung der Nazis gewesen. Für die V2-Raketen und für die Fliegerei. Ähnlich wie die in Breitenheide.«

»Somit haben sie eigene Landebahnen. Größer als in Fort India«, verstand Viktor. Von dort konnte eine Maschine in die USA abheben.

»Wir müssen herausfinden, wo der Zug die Geschwindigkeit verringert, sodass wir aufspringen können«, schlug Dana vor. »Eine Stelle nach einer Kurve, wo er sowieso langsamer fahren muss.«

»Die Geschützwagen sind normalerweise mit aufmerksamen Leuten besetzt«, gab Greta zu bedenken. »Sobald wir uns in die Nähe der Strecke begeben, werden sie uns sehen und Alarm geben. Oder gleich schießen.«

»Nicht unbedingt«, widersprach Theo. »Sie rechnen mit keinem Überfall. Manchmal lassen sie die Geschütze unbemannt. Es könnte klappen.«

»Wir sind schon sehr verzweifelt, wenn wir in Betracht ziehen, auf einen fahrenden Zug aufzuspringen.« Ingo studierte die Karte. Er bezweifelte, dass er der richtige Mann für den Job war. Er wusste nicht mal ansatzweise, wie schnell eine Lok fahren konnte. 100 Stundenkilometer? 150? Auf jeden Fall zu schnell für ihn.

Der Lastwagen rutschte in die Kurve. Ihr Fahrer schaltete sich durch die Gänge und gab alles, um sie ebenso sicher wie zügig voranzubringen.

Viktor deutete auf eine Stelle auf der Karte, wo die Strecke einen engen Bogen machte. »Da. Das ist die beste Möglichkeit, würde ich sagen. Darüber führt eine Brücke, von der wir uns abseilen können.«

»Wie weit sind wir entfernt?« Dana warf Greta einen Blick zu. »Ist das noch machbar?«

»Viele Kurven.« Die Scharfschützin pochte gegen die Vorderwand. »Armin, fahr zu. Wir müssen zu einer Brücke zwanzig Kilometer von hier. Du hast zehn Minuten, um das zu schaffen.«

»Du meine Scheiße«, gab der Fahrer zurück. »Haltet euch gut fest. Das wird euch mehr wehtun als mir oder dem Lastwagen.«

Der Motor brüllte auf und zog das schwere Gefährt mit sich, das bei der kleinsten Biegung ins Schlingern und Kippeln geriet. Die Räder rutschten quietschend über den Straßenbelag, ließen lose Steinchen springen, doch sie kamen rasch voran.

»Wenn wir Glück haben«, raunte Coco zu Viktor, »ist die Tür auch im Zug. Wallace hat sie ja ausbauen lassen. Er wird sie gewiss in die Staaten schaffen. Zur Untersuchung.«

»Wir prüfen das, sobald wir drin sind«, erwiderte er leise, um die Kommunisten nicht auf das Portal aufmerksam zu machen. »Es wäre perfekt für uns.«

»Was ist, wenn wir im Zug sind?« Ingo sah in die Runde. Ihm graute es vor dem Sprung. »Wir können ja schlecht zugeben, dass wir heimlich eingestiegen sind?«

Viktor grinste. »Aber das ist doch genau die Idee!« Er pochte sich gegen die Uniform. »Das werden wir behaupten.«

»Noch so ein einfacher Plan, ja?« Dana verdrehte die Augen. Das würde in eine wüste Schießerei ausarten. Dafür war sie nicht mal im Ansatz angemessen ausgerüstet. Die Kevlarweste vermittelte eine trügerische Sicherheit. Sie hatte Friedemann auch nichts gebracht. Querschläger trafen stets dahin, wo es keinen Schutz gab.

Greta lachte. »Das ist so irre, dass es klappen könnte.« Sie deutete auf Coco. »Wir haben schließlich eine Top-Secret-Gefangene bei uns. Von der hat keiner was vor der Abfahrt wissen dürfen.«

»Wallace hätte es doch wissen müssen«, warf Theo zweifelnd ein.

»Nein. Wallace ist Amerikaner. Aber wir« – Greta zeigte auf die Fahrerkabine – »haben unseren MI-Tommy dabei. Wenn er das Ganze nur gut genug rüberbringt, werden sie es uns abkaufen. Er muss nur sagen, dass sie für den Flug in die Staaten bestimmt ist, als Geschenk vom König für den Präsidenten. Das wird Wallace nur zu gern schlucken, wenn er an seine Karriere denkt.«

»Also rein, Wagen für Wagen aufrollen«, fasste Viktor zusammen. Und hoffen, dass ihre Tarnung lange genug hielt, dass sie nicht schießen mussten.

»Sie werden einige hochrangige Genossen als Gefangene dabeihaben. Wir befreien sie und haben im Handumdrehen eine Übermacht gegen die Handvoll Aufpasser«, sagte Greta zuversichtlich. »Dann erobern wir den Zug und kommen damit sowohl ins Fort India als auch in jedes andere Lager. Unser trojanisches Pferd. Wir reiten von Sieg zu Sieg.«

Coco sah auf das Pendel, das immer noch in Richtung des Zuges mit Anna-Lena zeigte. Dass sie nicht von dem Vorhaben überzeugt war, behielt sie für sich. Sie brauchten jeden Funken Zuversicht. »Übernehmen wir den Zug und dann …« »Ab durchs Portal«, hätte sie um ein Haar gesagt. Sie hoffte so sehr, dass sich die ausgebaute Tür in einem der Waggons befand. »Dann unterstützen wir Stalins Kampf für die Freiheit Europas.«

Der Lastwagen ging erneut in eine Kurve, sodass sie durcheinandergewürfelt wurden, und hielt an. »Die Brücke«, rief ihr Fahrer. »Wir sind da.«

Hastig stiegen sie über die Klappe und sprangen ins abendliche Freie. Sie fanden sich auf dem Bauwerk wieder, das die Bahnlinie in zehn Metern Höhe überspannte. Es war dunkel, lediglich die Gestirne beleuchteten die Verschwörer.

In weiter Entfernung erklang das Stampfen des Zuges, die Rauchfahnen quollen empor und malten ein weißgraues Band in die Nacht, das weithin zu sehen war. Ihr Ziel raste unabänderlich auf sie zu.

Ihr Fahrer suchte ein Seil aus dem Werkzeugkasten, eine Taurolle lag bereits neben dem Hinterreifen. »Mehr haben wir nicht«, sagte er entschuldigend. »Ich wusste nicht, dass ihr euch abseilen müsst.« Aus der Ausrüstungskiste kramte er Karabinerhaken. »Reicht das?«

»Du meine Güte«, stöhnte Ingo. Vor seinem geistigen Auge türmten sich die Schreckensszenarios. »Ich werde da runterfallen wie eine reife Pflaume.«

Dana verteilte die Karabinerhaken. »Ich zeige euch schnell, was wir damit machen können. Knoten schlingen, anlegen und dann los.«

Viktor kannte die Schlaufen, die man legen und binden konnte, um aus einem einfachen Seil eine halbwegs taugliche Sicherung zu basteln. Zusammen mit Dana erklärte er ihrer Truppe, was sie zu machen hatten, und band die Knoten.

Ingo wurde seine Angst nicht los, und auch Coco wirkte alles andere als glücklich. Hand in Hand standen sie nebeneinander.

Beistand. Nähe. Echt und wahrhaftig, wenn auch nur für diese Sekunden.

Greta und Theo begaben sich zusammen mit George und zwei weiteren vermeintlichen deutschen Hilfstrupplern ans Brückengeländer und inspizierten es, um die beste Position für ihr Vorhaben zu finden. Die Seilenden waren schnell am Stein befestigt.

»Der Zug ist fast da!«, rief ihr Fahrer, der vom Dach des Lastwagens mit dem Fernglas Ausschau hielt. »Fertig machen.«

Die Gruppe reichte sich nacheinander die Hände, dann begaben sie sich auf die Brüstung.

»Ich gehe vor. Parallel zu mir hängt Viktor am zweiten Seil«, verkündete Dana. Sie fühlte die Sicherheit, wie vor jedem Einsatzbeginn. Ihr Metier. Tod, Verderben und Adrenalin. »Anschließend Greta und Theo, danach Ingo und Coco, und am Ende die restlichen Mann.« Sie schob die zusammengerollten Taue nach vorne, sodass sie fast über die Kante fielen. »Unser Ziel ist nicht der letzte Panzerwagen, sondern der Personenwaggon davor.«

»Die Kanonen sind unbemannt«, rief der Fahrer ihnen zu. »Kein Licht hinter den Geschützluken, und auch keiner im Ausguck.« Wallace und seine Leute rechneten wie erhofft nicht mit einem Angriff.

Viktor fühlte den Schweiß auf den Handflächen. Das Klettern und Abseilen hatte er gelernt, aber die Bedingungen heute waren durchaus einmalig. Er bewunderte Dana für ihre Abgebrühtheit. Schlagartig überfiel ihn die Erkenntnis: Darfur. Sie und er. Ohne den Sandsturm hätte sie ihn vermutlich eliminiert.

Der Zug fuhr unter der Brücke hindurch. Das metallische Rattern und Klappern von Rädern, Kupplungen und Federungen schwoll zu einem lauten mechanischen Konzert an. Weißer und schwarzer Qualm schossen vor ihnen in die Höhe und hüllten sie ein.

»Jetzt!« Dana schob die Seilrolle in die Tiefe und sprang unmittelbar hinterher durch die Wolken aus den Schloten und Ventilen der Bahn, um sich am Tau abwärtsgleiten zu lassen.

Wie eine übermütige Spinne fiel sie den Wagen entgegen, die unter ihr durchrasten. Absichtlich hatte Dana viel Spiel gelassen, um rasch nach unten zu gelangen. Am Tauende angekommen, ließ sie den Knoten zuschnappen, der sie ruckartig zum Anhalten brachte, und löste sich aus der Karabinersicherung.

Der Aufprall auf dem Dach des dritten Waggons war hart, die Beschleunigung des Zuges riss sie nach hinten und hätte sie beinahe seitlich herabfallen lassen. Mit Mühe hielt sie sich oben und sah über die Schulter, wie sich der Rest der Truppe geschlagen hatte.

Ihre Seilschaft war gelandet. Greta und Theo hatten es ebenso geschafft wie Viktor und Coco sowie zwei weitere Kommunisten in deutscher Uniform und George.

Nur Ingo baumelte am Tau und blockierte den Weg für die beiden verbliebenen Männer über ihm. Er fummelte wie ein Verrückter an seinem Haken und dem Knoten herum. »Verklemmt«, schrie er verzweifelt, während die Dächer einen halben Meter unter seinen Füßen dahinflogen.

Dana sah den hinteren Panzerwagen nahen. Die Aufbauten aus Stahl, Geschützrohren und Vierlingsflaks ragten deutlich über die Kabinenwaggons hinaus. »Kappt das Seil!«, rief sie. »Das Seil …«

Der letzte Wagen rauschte heran und erwischte den Herabbaumelnden. Ein Lauf der nach vorne gerichteten Vierlingsflak bohrte sich durch Ingos Rücken, die Mündung trat mit einem Blutschwall aus dem Brustkorb aus.

Das Seil spannte sich. Die Kraft des unerbittlich fahrenden Zuges reichte spielend aus, damit die Mündung durch den Parapsychologen gezogen wurde und ihn in zwei Hälften teilte. Blut und Gedärme klatschten gegen den Panzerwagen, bevor das Tau sich am Geschütz verfing und knallend abriss. Die Leichenteile und die zwei schreienden Männer verschwanden in der Nacht.

Coco übergab sich, und auch Dana kämpfte mit der Übelkeit. Sie hatte schon viel gesehen, aber so etwas noch nicht.

»Scheiße.« Viktor schluckte gegen die Enge im Hals an. Die Böen rissen und zerrten an ihm, die Kälte vertrieb den Schock. Er war im Einsatz, er musste funktionieren. Zuerst half er dem bleichen Medium, dann scheuchte er Dana hoch. »Los, bis zum letzten Wagen!«, rief er in den Krach.

Der Fahrtwind zwang sie, nach vorne gebeugt zu gehen und mit dem Gleichgewicht zu ringen. Die Gruppe gelangte auf das Dach des hinteren Kabinenwaggons, ohne dass die Scheinwerfer an den Flaks aufflammten. Noch waren sie nicht entdeckt worden.

Das Oberlicht eines leeren Abteils war schnell entfernt, nacheinander glitten sie ins Innere. Das Pfeifen des Windes ließ augenblicklich nach, die relative Stille wirkte unwirklich in den Ohren.

»Wir sind im Gepäckwagen«, verkündete Dana nach raschem Umsehen. »Keiner da.«

Schluchzend brach Coco auf einer Kiste zusammen und schlug die Hände vors Gesicht. Sie würde das grausame Ende ihres einstigen Liebhabers niemals mehr aus dem Gedächtnis bekommen. Aufgespießt, zerteilt. »Er ist tot«, stammelte sie unentwegt. »Ingo ist tot.«

Greta, Theo und die verbliebenen Kommunisten sahen betroffen aus. Auch sie hatten Verluste erlitten.

Dana nahm sich Viktor als Vorbild. Funktionieren und durchziehen. Sie legte Coco eine Hand auf die Schulter. »Kommen Sie. Ich weiß, es ist hart, von Ihnen zu verlangen, dass wir weitermachen, aber es muss sein. Sonst ist alles vergebens gewesen.«

»Sichern Sie den Eingang, Greta.« Viktor sah sich in der Zwischenzeit in den Regalen und Gängen um und entdeckte eine längliche, aufragende Kiste. Sie war ungewöhnlich groß, und es stand Top Secret darauf. Sollte dies tatsächlich die Tür sein?

Er beugte sich in einer vermeintlich tröstenden Geste zu Coco. »Sie hatten recht. Ich habe das Portal gefunden. Das ist unser Ausgang«, flüsterte er. »Wir müssen nur noch Frau van Dam finden und verschwinden.«

»Warum verschwinden wir nicht gleich?«, erwiderte Coco tränenerstickt. Sie wollte nicht mehr hier sein. In dieser beschissenen Welt. Sie hob den Blick und sah zwischen Viktor und Dana hin und her. »Das war so nicht abgemacht. Mein Vertrag mit Walter van Dam ist nicht mehr gültig.« Sie stemmte sich an der Bretterwand in die Höhe. Die Tür befand sich wenige Schritte entfernt. Ihre eigene Zeit. Sicher und ungefährlicher als dieser Albtraum, der Menschen verschlang, einen nach dem anderen.

»Geht es weiter?«, erkundigte sich Greta ungeduldig. »Das Blut und die Sauerei auf dem Panzerwagen werden vielleicht bemerkt. Dann wäre unser Vorhaben so nicht mehr möglich.«

»Schwimmer wird nicht zulassen, dass wir jetzt verschwinden«, raunte Dana den anderen zwei zu. »Sie wollen erst ihre Leute zurück. Dazu brauchen sie uns. Genauso wie Anna-Lena uns braucht.«

Coco schniefte und wischte sich die Tränen weg. Sie wusste, dass der Plan von ihr abhing. Dass Ingo gewollt hätte, dass sie die Vermisste fänden. Dass sie einem Vater seine Tochter zurückbrachten. Für Ingo würde sie es tun, nicht für das beschissene Geld, das hinten und vorne nicht ausreichte, um den Schmerz auszugleichen. »Wehe, wenn es diese Anna-Lena nicht wert ist, gerettet zu werden!«

»Das ist sie bestimmt.« Viktor schenkte ihr ein knappes Lächeln. Wenn Coco gestreikt hätte, wären die Kommunisten durchgedreht. »Sie wird die Welt nach unserer Rückkehr bereichern. Unsere Welt. Wie es sich gehört.« Er kam sich ein bisschen schäbig vor, diese Begründung für Coco aufzuwärmen.

»Gut. Dann los.« Dana begab sich nach vorne und sah zu George. Zurück zum Plan. Zurück zu Tod, Verderben und Adrenalin. »Bringen wir unsere kleine Hellseherin mal zu Captain Wallace und rollen diesen Zug auf.«

Ansatzlos leuchtete eine Taschenlampe aus einer Regalreihe

auf, begleitet von einem Klacken, das vom Durchladen einer Waffe stammte.

»Halt!«, erschallte eine harsche Stimme. »Wer sind Sie? Was machen Sie hier?«

* * *

Anna-Lena eilte den Gang entlang auf dem Weg zu der Tür, die ihr Ausgang aus dieser Welt sein würde.

Aber am Übergang von ihrem Waggon zum nächsten endete ihr Versuch, den Gepäckwagen zu erreichen. Sie wurde von zwei amerikanischen Wachen gestoppt und darüber belehrt, dass sie sich innerhalb des Wagens bewegen durfte, wie sie wollte. Weiter nicht.

Anna-Lena bedankte sich artig, um weiterhin als harmlos zu gelten. Gegen Bewaffnete hätte sie keine Chance. Im Gegensatz zu dem netten Engländer, der sie zum Zug gebracht hatte, wirkten sie zudem schlecht gelaunt und aufmerksam.

Anna-Lena besuchte die Toilette und grübelte darüber danach, was sie noch versuchen konnte.

Aus dem Abteilfenster und übers Dach? Außen entlanghangeln?

Das erschien ihr ziemlich gewagt und gefährlich.

Sie schlenderte den Gang entlang und warf Blicke in die voll besetzten Abteile. Es interessierte sie nicht wirklich, wer zusammen mit ihr durch die Nacht fuhr, sie wollte nur Zeit schinden und eine Lösung finden, um in den Gepäckwagen zu gelangen.

Die Stimmung im übrigen Waggon war verhalten, im Gegensatz zu ihrem Abteil. Die meisten Passagiere schliefen, manche lasen oder spielten Karten. Gelegentlich waren die Vorhänge zugezogen und verhinderten ein Ausspähen.

Hinter einer Glastür saßen Männer und Frauen in ziviler Kleidung, die weder Abzeichen noch sonstige Erkennungsmerkmale zeigten. Einige der Männer trugen Verbände, Militärs mit Andenken an die Schlachtfelder, auf denen sie gedient hatten, für Deutschland oder für Russland. Es war ihnen nicht anzusehen.

»… gesagt, dass es zu früh ist«, vernahm Anna-Lena aus dem nächsten Abteil die Stimme von Wallace. Zwar war auch dort der blickdichte Stoff vorgezogen, aber die Tür stand einen Spalt offen. »Der Präsident und sein Generalstab sehen das auch so. Warten wir noch ab. Erst muss der britische MI seine Anschläge durchführen, um die Stimmung in Deutschland zu unseren Gunsten zu beeinflussen. Dann kommen die Letzten von Adolfs Wehrmachtsoldaten freiwillig an unsere Ostfront, um Iwan den Arsch wegzuschießen.«

»Da stimme ich dem Captain zu«, sagte eine Frau mit britischem Akzent. »Wenn die vielen Toten den Kommunisten und ihren Sympathisanten angelastet werden, steht unserer Offensive und dem Zuspruch der Deutschen nichts mehr im Wege. Wir werden uns vor Freiwilligen nicht retten können.«

Wallace lachte böse. »Die Krauts werden uns schon noch mögen. Auch wenn wir sie besiegt haben.«

»Ich bitte Sie: *befreit*«, warf ein Mann ein. »Es heißt *befreit*. Von Adi. Damit wir uns Deutschland und Europa pflücken können. Hätte es besser für uns laufen können? Ein Hoch auf Roosevelts Weitsicht!«

Die Männer lachten dunkel und böse, Gläser wurden schwungvoll gegeneinandergestoßen. Es entstand ein Moment der Trinkstille.

Mitten hinein sprach die Britin: »Na ja, Gentlemen. Packen Sie Ihr selbstgefälliges Heldentum ruhig wieder ein. Eigentlich verdanken Sie die Niederlage der Nazis einem anderen Nazi.«

»Sie meinen Stauffenberg?« Wallace schnaubte. »Glücksfall für uns. Wirklich. Ohne den Führer, bumm, haben die Krauts das Handtuch geworfen.«

»Weil die Generäle wussten, dass sie nicht gewinnen können. Das war schlau und strategisch sinnvoll. Verluste an Material und Menschenleben sind vermieden worden«, sagte ein weiterer Mann. »Das zeugt von taktischem Denken. Und für uns hat es einen schönen Nebeneffekt: noch mehr Industrieanlagen und Städte, die für uns nutzbar sind.«

Wieder lachte die geheimnisvolle Runde.

Anna-Lena wünschte sich ihr Smartphone, um die Unterhaltung aufzuzeichnen. So viele Details, die mit Grausamkeit gespickt waren. US-Amerikaner und Briten planten üble Dinge, um … ja, was? Die Weltherrschaft zu erlangen? Anna-Lena sagte sich, dass es nicht ihre Welt, nicht ihre Realität war.

»Apropos, wann werden die Atomschläge denn nun ausgeführt? Ich hatte in Rominten schon alles vorbereitet. Die modifizierten Aggregat-Raketen sind umgerüstet«, drang die Frage eines Mannes durch die martialische Heiterkeit. »Wissen Sie was darüber, Captain?«

»Das muss Washington entscheiden. Und ich habe jemanden im Zug«, erklärte Wallace, »die uns mit ihren Kenntnissen über Flugapparate und andere technologische Neuerungen einen Vorteil verschaffen könnte, was den Transport der Atomwaffen angeht. Der Angriff wäre demnach aus zwei Gründen zu verschieben. Aber das habe ich nicht zu bestimmen. Ich bringe sie nur rüber.«

»General Norton, lüften Sie das Geheimnis. Wie haben Sie und Ihre emsigen Technikhelferlein die V2 umgerüstet?«, schaltete sich die Britin ein. »Und wie sind Sie eigentlich darangekommen?«

»Sagen Sie nicht ›V2‹. Das ist diese dumme Nazi-Propagandasprache! Ich bevorzuge Aggregat 4«, sagte Norton. »Das Umrüsten war kein Hexenwerk. Unsere Spione wussten schon länger, dass sich in Rominten das Luftwaffenhauptquartier befand. Seit die Nazis auf Stalin los sind. Unter dem Tarnnamen Komplex Robinson hat sich Göring dort für sich und seinen Stab einen Luftschutzbunker bauen lassen. Dann wurde aufgestockt, mit Baracken und Gebäuden, Landebahn und« – der General machte eine dramatische Pause – »einer Forschungseinrichtung für die Raketenmotoren der Aggregat 4. Dachten wir.«

Norton lachte leise wie ein Gewinner beim Kartenspiel, der den Jackpot mit einem Bluff abgeräumt hatte. »Als wir uns den Komplex geschnappt haben, fanden wir in den Hallen und auf den bereitstehenden Sonderzügen zu unserer Überraschung neue Raketenmodelle, auf Abschussrampen, die aber nicht mehr zum Einsatz gekommen waren. Glück für uns.«

»Neu?« Die Britin klang verwundert.

»Ich weiß gar nicht, ob ich das … ach, was soll's.« Norton stellte das Glas hörbar ab. »Höhere Leistung. Die alte Rakete sollte eine Tonne Sprengstoff über 250 Kilometer befördern, in knapp fünf Minuten. Aber *dieses* gute Stück, bestehend aus Aggregat 9 und 10, reist mal eben 5500 Kilometer weit. 5500!«

Jetzt herrschte beeindrucktes Schweigen, durch welches das Rattern des Zuges klang.

»Dann … wäre sie bis nach Amerika geflogen«, sagte die Britin. »Holy Pint!«

»Die Nazis nannten sie deswegen auch *Amerikarakete*«, ergänzte Norton. »Gut, dass Adi in die Luft gegangen ist. Wir lenken diese Teufelsdinger nun gegen Stalin und den japanischen Kaiser. Mit je einer Atombombe von einer Tonne Gewicht an Bord.«

Anna-Lenas Plan, so schnell wie möglich zu verschwinden und zur Tür zu gelangen, geriet ins Wanken. Die Vorstellung, von einem millionenfachen Massenmord zu wissen und nichts dagegen zu tun, gefiel ihr nicht.

»By Jove!« Die Britin stieß mit den anderen an. »Wir haben uns die richtigen Verbündeten gesucht, will ich meinen. Wie viele haben wir davon?«

»Genug, um ein paar russische und japanische Städte schlagartig umzugestalten. Danach werden Stalin und der Tennō aufgeben«, lautete die Antwort des Generals. »Kein Bomber muss aufsteigen. Ist das nicht großartig? Diese Dinger sind so verflucht schnell, dass man sie mit nichts abfangen kann. Mehrfache Schallgeschwindigkeit.«

»Da piss mir doch einer ins Pint! Ein Hoch auf Stauffenberg«, rief die Britin überschwänglich. »Uns hätten die Nazis damit so was von der Landkarte gebombt.«

Erneut klirrten die Gläser, der Alkohol hielt die Stimmung oben.

Wenn Anna-Lena das Gespräch richtig deutete, fuhr der Zug mit ihr und den Gefangenen nach Rominten, wo sich die Aggregat-Raketen 9 und 10 befanden. Beladen und fertig zum Abschuss. Ließe sich der Einsatz verhindern, ohne die Atombomben zur Explosion zu bringen? Die Amerikaner wussten nicht, was ihre Bomben anrichteten, Tests hin oder her. Aber wer einmal die Bilder gesehen hatte, vergaß sie sein Leben lang nicht mehr.

Die Aufgabe erschien ihr gewaltig. Dann sagte sich Anna-Lena wieder, dass dies nicht ihre Welt war. Sie musste lediglich durch die blaue Tür gehen und in ihre Realität zurückkehren. Vom Schicksal dieser Zeitebene, Dimension oder in was auch immer sie steckte, würde niemals jemand erfahren.

Aber war das besser?

Die Gespräche im Abteil drehten sich hin zu Kriegsangebereien; den Fall von Russland und Japan; wie sich die USA auch diese widerspenstigen Staaten einverleiben wollten, um die Briten zu ihren Verwaltern zu machen, und sich danach das Reich der Mitte zu nehmen. China sollte fallen, eingekesselt zwischen den unterworfenen Ländern Japan und Russland, über denen das Sternenbanner und der radioaktive Staub wehten.

Es war keine Zukunft, die Anna-Lena irgendjemandem wünschte.

Sie sah zum Ende des Ganges, wo die zwei Wachposten standen. Riskierte sie es und probte den Aufstand im Zug, oder wartete sie auf eine letzte Gelegenheit in Rominten, um das Portal zu nutzen?

In ihrem jugendlichen Herzen hatte sie sich längst entschieden.

* * *

KAPITEL IX

BEI FRANKFURT

Walter van Dam stand auf der Schwelle und starrte in die Finsternis, die tot und stumm vor ihm lag wie das Nichts, wie eine Leere, wie die Unendlichkeit des Universums.

Mit einer Hand umklammerte er das Türblatt, mit der anderen hielt er sich am Stahlseil fest. Am Ende wartete seine Tochter darauf, dass man ihr half. Dass man sie fand. Dass man sie rettete.

Zwei Teams hatte er ausgesandt, aber niemand meldete sich.

Er war Anna-Lenas Vater, er hätte selbst losgehen müssen, sich durch die Dunkelheit schneiden und mit allen Waffen dieser Erde nach seinem Fleisch und Blut suchen.

Van Dam schluckte mühsam den eigenen Speichel hinab. Die Angst. Die Angst konnte nicht die Sorge um seine Tochter brechen, aber sie brach ihn. Sie lähmte seinen Willen und zerstörte jegliche feste Absicht, den Gruppen zu folgen.

Die Schwärze, die Gedanken an enge Gänge und Kammern, stehende Luft und meterdickes Gestein über sich sorgten für Panik. Sein Herz raste seit dem Abstieg in den Keller, aus dem er jederzeit entkommen konnte. Die Stufen hinauf, und schon befand er sich im Freien.

Doch wenn er sich an dem Seil hinüberbegab in die Dunkelheit, lägen die Dinge anders.

Van Dam hatte gelernt, dass es kein stärkeres Empfinden gab als die Furcht, mochte sie noch so irrational sein. Zum Schrecken vor der Dunkelheit gesellte sich die Scham. Scham, Anna-Lena im Stich gelassen zu haben.

Tränen rollten die gealterten Wangen hinab, benetzten die Stoppeln und den Bart, bevor sie am Hals entlang unter den Kragen sickerten. Van Dam hatte in seinem Leben als Geschäftsmann die größten Triumphe gefeiert und alles erreicht, was er sich an Zielen gesteckt hatte.

Aber hier scheiterte er.

»Anna-Lena«, schrie er in die Leere. »Anna-Lena, halte aus. Ich finde einen Weg!« Er presste die Lider zusammen und verbat sich das Weinen.

Dann machte er einen Schritt zurück auf den sicheren Boden des Kellers. Seine braunen Augen richteten sich auf die Tür am Eingang dieses Reiches, von dem er nichts gewusst hatte.

Nichts gewusst haben wollte.

Van Dam fuhr mit der Rechten über das geschnitzte Holz und berührte den Türklopfer. Was, wenn seine Panik aus einem verdrängten Erlebnis in der Villa herrührte? Er hatte eine Weile in dem Anwesen gelebt. Vor dem Umzug, dem sehr schnellen Umzug. Was war zuvor passiert?

Das Holz fühlte sich warm an, viel zu warm für die kühlen Temperaturen im Keller.

Im Lampenschein betrachtete er die Tür genauer und bewegte sie, beleuchtete den Klopfer, das Maul, den Ring, die Aufschlagplatte, die Schnitzereien und den Staub darin, den jemand vor ihm stellenweise abgewischt hatte.

Der Lichtkegel zuckte über die umliegende Kellerwand, und van Dam bemerkte, dass sich der Türgriff nahtlos in eine Aussparung im Gestein fügen ließ.

Van Dam trat einige Schritte zurück und vergrößerte den Schein der Leuchte. Erst auf Entfernung wurde der steinerne Rahmen sichtbar, in den das hölzerne Blatt nach links geklappt werden konnte.

»Eine Doppeltür«, raunte van Dam und ging näher, um den Fels genauer zu betrachten. Doch da war nichts, abgesehen von der Aussparung für die Klinke, die derart gearbeitet war, dass sie sich im geschlossenen Zustand herabdrücken ließ.

Das Kraftfeld, von dem in den Aufzeichnungen die Rede war, würde sich vermutlich erst aufbauen, wenn das andere zusammengebrochen war – was das Stahlseil verhinderte.

Oder gab es hier gar keins?

Van Dam kam mit seinen Überlegungen nicht weiter. Er brauchte mehr Wissen über die Portale. Er brauchte Recherche. Viel Recherche.

In seiner eigenen Villa in Lerchesberg lagerten Notizen seines Großvaters, in denen Anna-Lena gestöbert hatte. Bevor er nach Hause aufbrach und sie studierte, wollte er sicher sein, dass es in der alten Bibliothek nichts mehr gab, was ihn weiterbrachte.

Van Dam stapfte die Treppe aus dem Keller hinauf und durchquerte die Villa.

Die Dunkelheit ließ die Korridore, Räume und Hallen unheimlich werden. Seine Schritte und Atemgeräusche hallten wider, als gäbe es Geister, die mit ihm wandelten und neugierig verfolgten, was der Besucher anstellte. Es regnete in Strömen, das Prasseln schwoll zu einem Rauschen wie von tausend Schwingen an. Riesenvögel schienen um das Anwesen zu kreisen und darauf zu lauern, dass er es verließ.

Van Dam sah auf die Scheiben, über die das Wasser rann, was die Außenwelt verschwimmen ließ, als wäre er extrem kurzsichtig. Die Helligkeit verging in der Dämmerung.

Er stellte die Tasche mit den Aufzeichnungen ab.

Solange er noch etwas sah, würde er nach dem suchen, was in den Notizen beschrieben war.

Van Dam zog sich bis auf die Unterhose und Schuhe aus, bevor er ins Freie trat und den Schutz der Verandaüberdachung verließ. Da er keine Wechselkleidung dabeihatte, wollte er nach seiner Rückkehr aus der Werkstattruine wenigstens trockene Sachen anziehen.

Patschend ging er über den aufgeweichten Boden und kletterte zwischen die Überreste des Sägewerks mit der angeschlossenen Tischlerei. Der Regen tropfte hart auf seine nackte Haut, es fühlte sich ungewohnt an, schutzlos im Freien zu stehen. Wer van Dam in dieser Aufmachung sah, mochte glauben, dass er seinen Verstand verloren hatte.

Er begann seine Suche.

Ein paar verbrannte Mauern, trotzig aufgerichtete und rostende Metallstützen, die sinnlos aus dem Schutt aufragten, zusammengebrochene Wände, dazwischen jede Menge verwittertes Holz, teils morsch und verfault, teils gesplittert und brüchig wie Pergament, sobald seine Sohlen darauftraten.

Van Dam trat vorbei an korrodierten Maschinenresten, mannsgroßen Sägeblättern und über zerrissene Bänder hinweg in jenen Teil, in dem sich einst die Fertigung befunden hatte. Das Gebäude grenzte an den wuchernden Wald, der sich ein Stück weit in die Ruine und das Grundstück hineingefressen hatte, als wollte sich die Natur dafür rächen, dass an diesem Ort ihre Bäume zerstückelt worden waren.

Dunkelgrüne Tannen stemmten sich aufwärts, wogten und wiegten sich im Wind und säuselten auf van Dam nieder, der sich das Regenwasser aus den Augen wischte und sich umblickte. Unter den Steinen und Planken ragten alte Werkzeuge hervor, stumpf und rostrot, die bei einer Nutzung zerbrechen würden.

Ihm war kalt, er sehnte sich ins Trockene. Doch ohne wenigstens einen Hinweis auf diese besondere Tür entdeckt zu haben, wollte er nicht zurück in die Villa und die Bibliothek. Zitternd und bibbernd wühlte er im Schutt, schürfte sich die Finger auf und verfluchte die Kälte.

Auch nach einer Stunde Sichten und Suchen hatte er nichts gefunden, nicht einmal die Überreste von etwas, was wie ein Rahmen oder eine Tür aussah. Das Feuer jener Nacht und die Witterung über Dekaden hatten ordentliche Arbeit geleistet.

Hoffentlich finde ich in der Bibliothek mehr, dachte van Dam und sah zu den Tannen, die sich neigten und flüsterten. Er stutzte. Seine Hand als Schutz gegen die fallenden Tropfen über die Augen gelegt, ging er langsam vorwärts und leuchtete mit der Taschenlampe in die oberen Äste.

Der Strahl riss einen mit Moos und Flechten bedeckten Türrahmen aus seinem Versteck in der Tanne, das Türblatt wurde von den Zweigen darunter gehalten. Der Baum hatte das Konstrukt im Laufe seines Wachstums mit nach oben gezogen.

Van Dam rannte zu den Wagen und suchte Abschleppseile heraus, band sie zusammen und kletterte die Tanne hinauf, um die Tür erst mit dem Tau zu sichern und sie danach von der natürlichen Halterung zu befreien. Der Baum gab sich störrisch und verpasste ihm weitere Kratzer, als wollte er die Tür verteidigen.

Van Dam war für sein Alter in guter Verfassung, aber durch die Äste eines Nadelbaums zu kraxeln, bei Wind und Regen, brachte ihn an die Grenzen.

Schließlich seilte er die Tür auf den Boden ab und schleppte sie mit brennenden Muskeln zum Haus zurück, wo er sie auf der Veranda abstellte. Die Kälte spürte er nicht mehr, die Anstrengung wärmte seinen Körper.

Danach schaltete van Dam die Scheinwerfer des Mercedes ein und untersuchte seinen Fund. Behutsam schabte und kratzte er Moose und Flechten ab, um die eigentliche Farbe zu erkennen.

Die Tür aus hellem, nahezu weißem Holz war alt, leicht verzogen, aber von wundersamer Schlichtheit, sehr kantig und eckig. Mehrere dünne schwarze und platinfarbene Metallbänder zogen sich durch das Blatt, den Stil des Art déco nachahmend.

Van Dam war erfüllt von Zuversicht, auch wenn sein auskühlender Körper ins Zittern verfiel. Die von seinem Großvater gefertigte Tür der nächsten Generation befand sich in seinem Besitz, und die Aufzeichnungen würden ihm verraten, was er damit bewirken konnte. Womöglich hatte er einen direkten Zugang zu Anna-Lena in der Hand, ohne in die Finsternis absteigen zu müssen?

Bibbernd zerrte van Dam die Tür ins Innere der Villa und schob sie unter eines der Staubtücher in Sicherheit, bevor er noch einmal ins Freie ging und sich in den Transporter setzte. Die Standheizung flutete den Innenraum und van Dams Körper mit Wärme.

Ungeduldig wartete er, bis das Zittern nachließ, um danach in das Anwesen zu spurten und sich anzukleiden. In Windeseile kehrte er in die Bibliothek zurück, entfachte den großen Kamin mit umherliegendem altem Papier und zerschlug Stühle, um damit zu heizen. Der Rauch zog anfangs nur schwer durch den ungereinigten Schlot ab, doch er war nicht gänzlich verstopft, und so lösten sich einige Blätter und hereingefallene Zweige mit der Zeit.

Während der Regen ununterbrochen auf die Glaskuppel rauschte und das leise Grollen ein Gewitter ankündigte, suchte van Dam sich Regalreihe um Regalreihe vorwärts. Er klopfte die Böden und die Wände ab, brach manche auf und forschte nach Hohlräumen, in denen sich weitere geheime Schriften befinden mochten.

Nachdem er die erste Etage durchwühlt hatte, erklomm er die gewendelte schmiedeeiserne Treppe und setzte sein Suchen in der zweiten fort. Er hatte den Eindringling gestört und unterbrochen. Es gab also vielleicht auf dieser Etage noch etwas zu finden.

Die Zeit verstrich. Auch wenn die Wärme allmählich zunahm und aufwärtsstieg, wo er arbeitete, taten die Kratzer und Schürfwunden weh. Der Hunger ließ seinen Magen laut grummeln. Van Dam hatte nicht daran gedacht, Verpflegung mitzunehmen, was sich nun rächte. Aufgrund des sinkenden Zuckerspiegels verlor er die Konzentration. Aber die Villa verlassen, um durch die Gegend zu fahren und sich etwas zu kaufen? Einen Pizzaboten herbestellen, der womöglich neugierig wurde? Nein.

Da fiel ihm ein, dass sich im Mercedes ein kleiner Kühlschrank mit Getränken und Snacks für lange Fahrten befand. Auf dem Rückweg würde er die gefundene Tür in die warme Bibliothek tragen, um sie genauer zu inspizieren.

Nach einer halben Stunde kehrte er gestärkt und mit der Tür in den großen dreistöckigen Raum zurück, in dessen Kamin die Flammen kleiner wurden.

Mit wuchtigen Tritten zertrümmerte van Dam einen weiteren Stuhl und legte Stücke nach. Müdigkeit breitete sich in ihm aus. Er kniete sich vor das Feuer und reckte ihm die Finger entgegen, beobachtete den Tanz der Lohen und wie sie sich knackend über das frische Holz hermachten, um es in Asche zu verwandeln. Ein wenig innehalten, die Kräfte sammeln und …

»Ich glaube, die Informationen, die Sie suchen, sind hier«, sagte eine Stimme aus dem dritten Stockwerk wie von einer Kanzel herab.

Van Dam schrak zusammen. Er stand auf und drehte sich dabei um, schaute hinauf zur Kuppel.

Im schwachen Schein des Streulichts erhob sich eine Männergestalt an der Brüstung, die eine Chauffeuruniform trug, Schirmmütze inklusive. In der linken Hand hielt der Unbekannte einen Packen Papier, den er andeutend anhob. »Das fand ich in einer versteckten Schublade. Ihnen wäre es entgangen. Sie sind zu überhastet und zu zerstörerisch. Warum, wenn ich fragen darf?«

Van Dam zog die Pistole, das G36 lag zu weit entfernt. »Wer sind Sie?« Er legte auf den ungebetenen Besucher an. Gehörte er zu den Verschwörern?

»Warten Sie. Ich komme runter.« Die Gestalt sprang auf das Geländer. »Dann können wir reden.« Mit den Füßen voran ließ sie sich in die Tiefe fallen.

* * *

BEI ROMINTEN, OSTPREUSSEN, 8. JANUAR 1945

»Ich habe gefragt, wer ihr seid!«, wiederholte die Stimme, und das Licht schwenkte über die überraschten Gesichter. Die britische Leftenant-Uniform und die Abzeichen der deutschen Hilfstruppen sorgten für Verunsicherung bei dem Wachmann, der die Truppe im Gepäckwagen gestellt hatte. Dem Akzent nach war er Amerikaner.

Viktor hob eine Hand vor die Augen, um sich gegen das blendende Licht zu schützen. »Spezialeinheit, Mann. Runter mit der Lampe.« Er zeigte auf George. »Das ist Leftenant Darling vom Military Intelligence Ihrer Majestät.« Die Ablenkung sollte ausreichen, um die Wache auszuschalten.

»Verzeihen Sie, Sir. Wie kommen Sie in meinen Wagen, Leftenant?« Der Mann senkte die Taschenlampe. »Captain Wallace und General Norton sagten mir nichts davon. Und Ihren Ausweis müsste ich noch …«

»Sicher. Sollen Sie haben. Rule Britannia!« George zog seine schallgedämpfte Browning und erschoss die überraschte Wache mit zwei Treffern in die Brust. »Britons never will be slaves.«

Der amerikanische Soldat ächzte und brach zwischen den Regalen zusammen.

Dana hatte sich unauffällig neben den Gegner bewegt und zum Eingreifen bereitgehalten. Nun nahm sie dem Toten die Schlüssel ab. Das Sammelsurium am Bund war beeindruckend. »Damit kommen wir durch alle Wagen bis nach vorne«, sagte sie erleichtert.

»Das war nicht schlecht«, lobte Theo. »Ein Besatzer weniger. Das machen wir so lange, bis wir Ihre Anna-Lena gefunden haben. Es könnte recht einfach werden.«

»Täuschen Sie sich nicht.« Viktor ging zu der länglichen Kiste, in der er die Tür aus dem Keller des Wirtshauses vermutete. Er gab Dana einen Wink und nahm sich ein umherliegendes

Brecheisen, krachend war das Behältnis geöffnet. »Gehen wir lieber davon aus, dass es alles andere als leicht wird.«

Die obere Matratze war mit Danas Hilfe schnell entfernt. Darunter kam tatsächlich die Gewölbetür zum Vorschein. Der verrostete Metallring zeigte massive Auflösungsspuren.

»Denken Sie, dass er überhaupt einen Schlag aushält?« Dana klang zweifelnd. An manchen Stellen waren nicht mehr als wenige Millimeter Substanz vorhanden. Der Ring hatte im Vergleich zum letzten Mal gelitten. Sie schätzte, dass dies Spanger zuzuschreiben war, falls er versucht hatte, in ihre Realität zurückzukehren.

»Es wird uns nichts anderes übrig bleiben, als es darauf ankommen zu lassen.« Viktor lehnte die Tür zwischen die Regale. Dass Wallace einen GI zum Schutz im Gepäckraum abgestellt hatte, mochte bedeuten, dass er die Briten nicht in der Nähe des Portals haben wollte. »Jetzt fehlt uns nur noch Anna-Lena.«

»Was tun Sie da?« Greta sah irritiert auf die ausgebaute Tür. »Was wollen Sie *damit?*«

»Habe mich vertan. Dachte, es wäre ein wertvolles Gemälde, nach dem ich schon lange Ausschau halte«, erwiderte Viktor. Er klopfte gegen den Rahmen und lächelte Dana sowie Coco aufmunternd zu. Sollte sich der brüchige Griff nach der Nutzung auflösen, würde das Kraftfeld trotzdem entstehen und sie zurückbringen. Sie würden nicht stranden. »Es kann losgehen, Genossen. Suchen wir unsere Vermisste.«

Theo gab George das Zeichen, und sie nahmen ihre Formation ein. Das Medium bekam zum Schein die Hände gebunden, die Fesseln ließen sich jederzeit von ihr selbst lösen. Die Scharade konnte beginnen.

Dana schloss den Durchgang auf und schob ihn auf. »Dann los.«

Die Truppe wechselte mit einer militärischen Selbstverständlichkeit aus dem Gepäckwaggon in den ersten Kabinenwagen des Panzerzugs, an den verwunderten US-Wachen vorbei, dass niemand nachfragte oder sie aufhielt.

»Sondermission von Captain Wallace, Männer. Weitermachen«, sagte George im Vorbeigehen. Die Leftenant-Insignien auf seiner Uniform und die Abzeichen auf den Mänteln der Hilfstruppen zusammen mit der in Handschellen gelegten Gefangenen malten ein stimmiges Bild.

Sie marschierten an den Abteilen vorbei, aus denen ihnen die Männer und Frauen in Zivil neugierige Blicke zuwarfen, und erreichten das andere Ende des Wagens. Dort taten zwei der Widerstandskämpfer so, als hätten sie etwas im Gepäckwagen vergessen. Sie kehrten um und schalteten die ahnungslosen Wachen mit schnellen Messerstichen in die Kehle aus, schoben die Leichen zum Gepäck. Nacheinander öffneten sie die Türen zu den Abteilen und gaben den Passagieren zu verstehen, sich ruhig zu verhalten.

George schob derweil den Durchgang zum nächsten Waggon auf. Direkt dahinter waren zwei Soldaten stationiert, die eilig in den Wagen traten und wirkten, als seien sie bei etwas erwischt worden.

»Wo finde ich Captain Wallace?«, herrschte George die beiden an und deutete auf Coco. »Wir haben eine Sondermission.«

»Sir, Captain Wallace befindet sich in Wagen zwei von vorne«, antwortete der rechte Soldat gehorsam und salutierte. »Zusammen mit den Offizieren.«

»Welche Offiziere? Mir hat keiner was von Offizieren gesagt«, schnauzte George in gewohnter Überheblichkeit der British Army. »Das sollte wohl geheim bleiben, was? Schöne Verbündete sind das.«

»Sir, fragen Sie bitte Captain Wallace. Außerdem sind der amerikanische Außenminister und der Kriegsminister an Bord. Inkognito. Aber ich habe sie erkannt«, haspelte der Soldat. »Ich vermute, sie wollen sich in Rominten ein Bild von der Lage machen, Sir.«

»Welche Lage denn, Mann?«, schrie ihn George an und kam ihm so nahe, dass sich ihre Nasenspitzen beinahe berührten.

»Verdammte Hölle! Muss ich Ihnen jedes Wort aus der Nase ziehen?«

»Sir, ich weiß nicht mehr!«

»Dann frage ich Captain Wallace selbst.« George deutete auf Coco. »Und bevor Sie sich jetzt aufspielen wollen: Wir haben ein Medium gefasst, eine geprüfte Hellseherin und Wahrsagerin. Ich hörte, Captain Wallace hat Verwendung dafür.« Er versetzte ihrer Gefangenen einen Schubs, den Coco mit einem empörten Blick quittierte. »Du kannst den Offizieren und ihrem Stab ein paar schöne Tricks zeigen.«

»Kein Stab, Sir. Nur die Minister und jeweils zwei Leibwächter. Inkognito, Sir«, erinnerte die Wache. »Wird eine kleine Vorstellung, Sir.«

»By Jove! Und unsere kleine Vorstellung endet *jetzt*.« George zog sein Messer und erstach den Soldaten, Theo übernahm den anderen. Der erste Wagen war erobert.

Dana zog es vor, sich nicht die Hände schmutzig zu machen. Es war nicht ihr Kampf, sie überließ das Töten lieber jenen, die aus dieser Zeit stammten.

Coco hatte die Augen geschlossen und lehnte an der Wand. Sie wollte das Sterben nicht sehen. »Das ist grausam«, raunte sie und sah wieder Ingos Ende vor sich.

»Hergehört«, rief Theo über die Köpfe der Menschen, die sich im schmalen Gang vor den Abteilen drängten, und stellte sich knapp vor. »Wir erobern den Zug. Heimlich. Es befinden sich der Außen- und der Kriegsminister der USA an Bord. Wir nehmen sie als Gefangene und stellen Forderungen an den Präsidenten der Vereinigten Staaten.«

Leiser Jubel schwappte durch den Wagen, in den nicht alle einstimmten. Manche hatten darauf gehofft, sich absetzen zu können.

Die Waffen der vier toten Aufpasser wurden unter den Tauglichsten verteilt.

»Wer nicht mitmachen möchte, der kann aussteigen, sobald der Zug zum Stehen gekommen ist«, fügte Greta an. »Wir zwingen niemanden, heute Geschichte zu schreiben. Aber ich merke mir die Gesichter der Feiglinge ganz genau.«

»Und sie ist Scharfschützin«, setzte George hinzu.

Ein verunsichertes Lachen erklang.

Viktor, Dana und Coco sahen auf die erstochenen Wachen, die in ein Abteil gezogen wurden, um der wachsenden Armee nicht im Weg zu liegen. Vor allem dem Medium machte der Anblick zu schaffen. Angst breitete sich in ihr aus, und mit der Furcht kam die Unsicherheit. Gift für ihre neu gewonnenen Gaben.

»Es ist Krieg«, sagte Viktor leise. »Da geschehen solche Dinge.«

»Das ist es.« Dana nahm ihr G36 hervor. »Aber nicht unserer. Wir müssen nur die Kleine finden und ab zur Tür.«

»Es bleibt dennoch fürchterlich«, raunte Coco. Die Angst verstärkte sich, als der Geruch von Blut und Pisse gegen sie brandete. »Ich … ich kann nicht mehr. Ich« – sie sah flehend zwischen Dana und Viktor hin und her –, »ich warte hier. Sie müssen doch sowieso zurück. Zur Tür. Durch diesen Wagen.«

»Wir brauchen Sie, um van Dam zu finden. Und Sie ohne Schutz lassen? Bei diesen Leuten? Das könnte gehörig schiefgehen«, wandte Dana ein.

»Anna-Lena ist in diesem Zug. So viele Möglichkeiten gibt es nicht, wo sie stecken kann.« Coco warf die Fesseln auf den Boden und drückte sich gegen die Wand. »Das Morden sehe ich mir nicht länger an. Ich habe genug davon.«

Greta betrachtete das Medium kalt. »Ich bin nicht einverstanden.« Sie hob das Seil auf. »Wir brauchen Sie für diese Rolle.«

»Einen Scheiß brauchen Sie!« Coco versteckte die Hände demonstrativ hinter ihrem Rücken. »Suchen Sie sich eine andere, die Sie als Medium ausgeben.«

Unvermittelt schwang die Durchgangstür zum nächsten Waggon auf. In dem kleinen Zwischenraum standen ein weiterer amerikanischer Soldat und eine rothaarige junge Frau in Zivilkleidung, deren Nasenpiercing nicht recht in die Vierzigerjahre passen wollte.

»Frau van Dam!« Dana machte einen Schritt vor und zwängte sich durch die Widerstandskämpfer. »Sie sind Anna-Lena van Dam! Ihr Vater hat uns geschickt.«

»Mein Vater?« Anna-Lena betrachtete die zwei. »Wie sind Sie …?«

»Stopp! Alle!« Der GI konnte nichts mit dem Bild anfangen, das sich ihm bot. »Was geht denn hier vor?« Er legte eine Hand an den Griff seiner Pistole, mit dem Daumen öffnete er den Sicherungsriemen des Holsters. Es war nicht rechtens, dass die Männer und Frauen aus den Abteilen unbewacht im Gang standen. »Sir?« Er blickte George an, den er als ranghöchsten Offizier ausgemacht hatte. »Wie sind Sie …«

»Geheimauftrag, Mann. Für Captain Wallace«, schnauzte George und packte ihn an der Schulter. »Rasch, her zu mir.« Er zog den überrumpelten Mann in den Wagen – genau in Theos gezückte Klinge, die dem GI durch die Rippen ins Herz stieß. Ohne einen Laut brach er zusammen. Sogleich wurden seine Waffen an die Aufständischen verteilt.

Coco dachte an gierige Haie, die sich über Beute hermachten. Ihre Abscheu stieg, ihr Fluchtinstinkt ließ sie beinahe wahnsinnig werden.

»Bitte, kommen Sie mit, Frau van Dam«, sagte Dana.

Viktor griff nach Anna-Lena und zog sie einfach in das erste leere Abteil. Sie versuchte, sich loszureißen, aber Dana schob sie an.

»Hey! Was haben Sie vor?« Theo wollte ihnen folgen. »Wir müssen den Zug –«

»Wir sind gleich wieder bei Ihnen«, rief Viktor.

Coco stieß sich durch die drängende Menge zu ihnen. Sie rammte hinter sich die Tür zu, zog die Vorhänge gegen die neugierigen Blicke vor.

»Woher wissen Sie, wer ich bin?« Anna-Lena machte sich los und betrachtete die drei misstrauisch. Dass sie hier Verbündete fand, war überraschend. »Und was soll der Scheiß mit meinem Vater? Der hat in diesem Jahr noch nicht gelebt. Und in dieser Welt erst recht nicht.«

»Entschuldigen Sie, dass wir Sie einfach ins Abteil gezogen haben. Aber die Zeit drängt. Wir sind auf die gleiche Weise in dieses Universum gekommen wie Sie.« Viktor stellte sich, Dana und Coco rasch vor. »Die Tür. Im Keller des Leipziger Gasthauses. In der Katharinenstraße.«

Anna-Lena bemerkte die modernen Gewehre, dachte an die Kevlarweste, Wallace' Waffenkoffer und seine Bemerkung, dass er »ihre Leute« im Keller aufgegriffen habe. Es stimmte wohl, was sie sagten. »Er … hat Sie mir hinterhergeschickt?« Sie hob eine Augenbraue. »Dann sind Sie schon das zweite Team. Und wesentlich weiter gekommen.«

»Ja.« Dana behielt die Abteiltür im Auge. Die Kommunisten waren ungeduldig und drängten darauf, den Zug rasch zu erobern. Rominten rückte näher, die Bahn jagte mit spürbar großer Geschwindigkeit durch die Nacht. »Wissen Sie, was aus dem ersten Team wurde?«

»Tot. Ausgelöscht von etwas, das ich nicht sehen konnte. Aber ich bin diesem Wesen entkommen, durch eine zweite Tür, und landete in dieser Dimension«, fasste Anna-Lena zusammen und streifte die roten Locken aus dem Gesicht. Sie wollte nicht von den Erinnerungen an Sirenen und Wolfsgeheul eingeholt werden. »Was hat Ihnen mein Vater über die Türen gesagt?«

»Nichts«, antwortete Viktor. »Wir sind einfach hindurchgestolpert, wenn Sie so möchten.«

»Aber *Sie* wissen was.« Coco legte die Hände zusammen und ließ sich nach hinten sinken. Die Panik ebbte allmählich ab, da sie im Abteil Ruhe zum Verschnaufen hatte und die Rückkehr bevorstand. Greifbar. Ohne Ingo. Sie deutete zum Gepäckwagen. »Und ich will nicht länger hier sein. Zu viel Tod.«

Anna-Lena betrachtete die abgekämpften Gesichter des Trios. »Ich verstehe. Sie waren mal mehr. Bei Beginn der Mission.« Sie kniff die Lippen zusammen. »Das tut mir leid. Ich hatte nicht vor, das alles auszulösen.«

»Wir wussten vorher, dass es gefährlich wird«, sagte Dana beruhigend.

»Ich wusste es nicht«, widersprach Coco dumpf und schloss die Augen. Sie war nicht in der Verfassung, Nachsicht oder Verständnis aufzubringen. Dieses elende, unwürdige Ableben von Ingo. Wie es ihn zerrissen hatte. »Wir haben drei Leute verloren. Keiner von uns wusste, dass wir in das Labyrinth der Hölle absteigen.« Ohne die Lider zu heben, ließ sie das Pendel an der Kette baumeln. Es zeigte auf die junge Rothaarige. »Wir sollten Sie nur suchen. Niemals war von Schießereien, Dimensionsportalen oder … dem Tod die Rede. Oder dieser Scheiße, in der wir stecken.«

Es legte sich unangenehmes Schweigen auf das Abteil.

Auf dem Gang erklangen die Diskussionen der befreiten Gefangenen mit dem Stampfen und Rattern des Zuges als monotones Hintergrundgeräusch.

Coco seufzte und hob die Lider. Was geschehen war, ließ sich nicht mehr ändern. »Gehen wir in den Gepäckwaggon, und dann nichts wie weg.« Sie erhob sich.

Viktor und Dana standen ebenfalls auf, prüften ihre G36 und machten sich auf eine Auseinandersetzung mit den Kommunisten gefasst.

»Ich sage Schwimmer, dass wir was im Gepäck von Frau van Dam nachsehen müssen«, erklärte Viktor. »Sollten er und seine Genossen uns aufhalten wollen, weil er unser Medium behalten will, werden wir ihnen zeigen, was die G36 draufhaben.«

Dana schob die Vorhänge leicht zur Seite und spähte in den Gang. »Er und Greta stehen vor der Tür. Ich denke, sie ahnen was.« Sie zeigte aufs Fenster. »Wäre das besser?«

»Mir egal«, sagte Coco leise. »Notfalls klettere ich auch außen am Zug entlang oder über das Dach. Hauptsache, weg.«

»Nein.« Anna-Lena war sitzen geblieben.

»*Nein?*« Cocos Miene vereiste. Wie konnte sie es wagen? »Haben Sie eben *Nein* gesagt?« Die Rothaarige nickte und wollte eine Erklärung hinterherschieben, aber das Medium packte ihren Lockenschopf und riss sie auf die Füße. »Ist mir egal, ob Sie hier Ihre große Liebe gefunden haben oder was Sie sonst denken, was Sie in dieser Welt tun könnten«, fauchte sie. »Wir gehen jetzt. *Jetzt!*«

»Ganz sachte«, sagte Dana und trennte die beiden Frauen, hielt sie an ausgestreckten Armen auf Abstand.

»Wie kommen Sie darauf, bleiben zu wollen?«, fragte Viktor.

»Weil ich etwas Grauenhaftes verhindern muss. Ich habe gehört, dass die Amerikaner planen, mit umgebauten Nazi-Raketen Atombomben auf Städte in Russland und Japan zu schießen«, sagte Anna-Lena und betastete die Stelle, an der sie einige Strähnen eingebüßt hatte. »Diese Raketen lagern in Rominten und sind zum Einsatz bereit. Sie haben eine Reichweite von über 5000 Kilometern. Und sie tragen Bomben von jeweils einer Tonne Gewicht. Wie viel diese Atomschläge anrichten können, weiß ich nicht, aber in dieser Menge … das wird Hiroshima und Nagasaki in den Schatten stellen! Millionenfacher Tod! Fallout! Strahlung für eine Ewigkeit.«

»*Gehört*. Aha«, rief Coco erbost. Sie dachte nicht daran, sich kopfüber in dieses unsinnige Vorhaben zu werfen, das nur nach neuen Verlusten klang.

»*Gehört* im Sinne von *belauscht*. Wallace und einige Generäle sprachen im Abteil darüber«, präzisierte Anna-Lena. Sie sah Coco nicht in die Augen, um sie nicht erneut herauszufordern.

»Die zwei Minister der Vereinigten Staaten!«, fügte Viktor hinzu. »Jetzt ergibt deren Anwesenheit Sinn. Sie sind dabei, um sich die Raketen und die Vorbereitungen anzuschauen. Für Roosevelt.«

»Das ist mir scheißegal!«, rief Coco. Tränen der Wut schossen ihr die Wangen hinab. »Sollen die sich doch alle wegbomben. Wir gehören nicht hierher. Und in unserer Welt wird niemals jemand von diesem Universum erfahren. Es geht uns nichts an.«

»Es mag eine andere Dimension sein«, erwiderte Anna-Lena mit fester Stimme. »Aber es sind Menschen. Tiere. Lebewesen. Eine ganze Welt wird sterben, wenn die Amerikaner ihr Vorhaben umsetzen.« Sie blickte zu Viktor und Dana, um sie zu Verbündeten zu machen. Sie würde Coco nicht daran hindern können, die Tür zu nutzen. »Der US-Präsident will sich alles und jeden unterwerfen. Wallace und seine Leute haben gesagt, dass Hitler ihnen das Feld bereitete und sie nur ernten müssten.«

»Frau van Dam«, setzte Viktor an, um ihr das Vorhaben auszureden, das unmöglich zu realisieren war. Selbst wenn sie Rominten mit den Kommunisten einnähmen, würde sich Theo die Bomben unter den Nagel reißen und sie zu Stalin senden. Dass dieser Mann sie umgehend in die Staaten feuern würde, stand außer Frage. Es wäre nichts gewonnen, nur die Wirkung verschoben.

»Ich werde nicht tatenlos zusehen, wie diese Vernichtung über die Menschheit hereinbricht«, sagte Anna-Lena bestimmt. »Es gab einen Grund, warum mich die Tür ausgerechnet *hierher* führte.« Sie blickte in die Runde. »Und Sie auch.«

»Uns?« Coco lachte bitter. »Den Grund kann ich Ihnen sagen: damit wir sterben. Bei dem Versuch, Sie zu retten.«

Viktor überlegte. Er kannte die Bilder von Hiroshima und Nagasaki. Sie würden sich dutzendfach wiederholen, wenn Roosevelt seinen Plan umsetzte: Feuerwalzen, Strahlung, Hitze und unendliches Leid. Er musste einfach fragen: »Frau van Dam, wie sollen wir denn verhindern, dass diese Raketen abgefeuert werden?«

»Der Zug.« Anna-Lena pochte gegen das Polster. »Er hat zwei Geschützwagen, wenn ich richtig gesehen habe. Damit können wir diese Basis in unseren Besitz bringen und …« Sie stockte. Weiter hatte sie noch nicht gedacht.

»Und dann was?« Coco kreuzte die Arme unter der Brust. Sie hätte längst im Gepäckwagen sein sollen, statt sich diesen Schwachsinn anzuhören, der reiner Selbstmord war. »Dann haben wir die Sprengköpfe und bitten den amerikanischen Präsidenten, sie nicht einzusetzen, und er wird zur Besinnung kommen?«

»Sie sind die Hellseherin«, merkte Dana an. Tod, Verderben

und Adrenalin. Anna-Lenas Plan klang ganz nach ihrem Metier. »Sie müssten doch wissen, was zu tun ist, oder?«

»Heißt das, Sie unterstützen diesen Unsinn?« Coco verlor die Fassung. »Sie wollen allen Ernstes diese Welt vor einem atomaren Krieg retten? Diese Welt bedeutet uns nichts!«

»Zumindest möchte ich verhindern, dass sich diese Atombomben auf den Weg machen. Danach wird sich zeigen, wie es mit dem Krieg weitergehen wird.« Dana hatte sich entschieden. Einmal würde sie ihre Fähigkeiten für das Richtige einsetzen. Ohne Auftraggeber.

»Es gibt da noch etwas.« Anna-Lena spielte mit den Ärmeln ihrer Bluse. »Wallace sprach davon, dass der britische Geheimdienst mehrere Anschläge in Deutschland plant. In ganz Europa womöglich. Große Anschläge mit vielen Toten, die sie den Kommunisten in die Schuhe schieben wollen.«

»Damit der Hass auf Russland steigt und die Europäer die Atomschläge gegen Stalin befürworten und es zu keinerlei Widerstand kommt.« Viktor kannte derlei Schachzüge. »Das sind übelste Mittel. Man nennt so was Falsche Flagge.«

»Ganz genau.« Anna-Lena blickte Coco bittend an. »Ich kann Sie nicht zwingen, Mme. Fendi. Aber in diesem Zug stecken so viele Möglichkeiten, Leid und Elend zu verhindern. Es mag sein, dass wir das Ende des Krieges einläuten und den Aufstand gegen die vermeintlichen Befreier aus den USA einleiten.«

»Das würde sehr blutig«, merkte Dana an. »Die Kriegsmaschinerie der Staaten gegen das vom Krieg geschwächte Europa. Und die Engländer …«

»Die Einwohner Großbritanniens werden sich erheben, gegen ihre Regierung und gegen die Verbündeten, wenn sie von den verbrecherischen Plänen der USA hören«, fuhr Anna-Lena fort. »Das ist schlimmer als alles, was die Nazis jemals an Kriegsverbrechen getan haben. Atombomben. Auf Dutzende Städte! Und die Anschläge auf Wehrlose, auf Zivilisten.«

Viktor war überfordert. Aus dem Bauch heraus folgte er Anna-Lenas Sicht, doch die Aussicht auf Erfolg war mehr als gering. Es gab nicht einen Einsatz in seinem vergangenen Leben, der annähernd verzweifelt daherkam wie dieser: keine Aufklärung, keine Feuerunterstützung, kein Nachschub, kein zweites Team, dafür aber zahllose ausgebildete Gegner. Aus einer Rettungsmission war eine Dimensionsreise geworden, die sie in die Lage versetzte, die Geschichte dieser Welt dramatisch zu ändern. Es fiel ihm nichts Schlaues dazu ein, sein Denken hing in einer Dauerschleife.

Auch Dana war schweigsam. Sie hatte ihre Entscheidung getroffen, doch was würde sie tun, wenn Viktor nicht mitmachte? Sie alleine mit der jungen Anna-Lena gegen die Amerikaner und gegen die Kommunisten, die sich die Bomben nicht nehmen lassen würden? Niemals.

Coco starrte aus dem Fenster in die Dunkelheit. »Wir haben damit nichts zu tun«, wiederholte sie erstickt vor Wut und Hilflosigkeit. »Ich will nach Hause! Versteht mich denn keiner?«

»Ich will auch nach Hause. Sobald wir diesen Atomschlag verhindert haben«, sagte Anna-Lena freundlich. »Wie gesagt, ich kann keinen von Ihnen zwingen, mich zu unterstützen. Aber es wäre hilfreich. Sehr. Für diese Welt.«

»Ich bin dabei«, sagte Viktor und durchbrach damit die Dauerschleife.

»Ich auch.« Dana war erleichtert und reichte Anna-Lena die Hand. »Doch Sie müssen uns etwas versprechen: Es geht nur um die Einnahme der Basis und die Sicherung der Atombomben. Die Verhandlungen mit den Staaten überlassen wir Schwimmer und seinen Leuten. Alles Weitere geht uns nichts mehr an.«

»Danke!«, rief Anna-Lena erleichtert. Sie sah auf die Spiegelung von Cocos Gesicht in der Scheibe und suchte den Augenkontakt. »Und Sie, Mme. Fendi?«

»Ich kann nicht kämpfen. Und ich will auch nicht.« Coco hätte sich am liebsten wie ein Kleinkind auf den Boden geworfen, geschrien und gezappelt. Oder mit ihren Kräften im Verstand der anderen herumgepfuscht und deren Willen gebrochen, um sie zur Heimkehr zu zwingen. Sie hasste es, unter Druck gesetzt zu werden. Sie hasste diese Welt. Sie hasste in diesem Augenblick alles. Aber vor der Tür warteten die Kommunisten, die sie nicht gehen ließen. Sie steckte nicht nur in einer Zwickmühle. Sie steckte in der Falle.

»Sie wären uns eine große Hilfe. Sie könnten sondieren und prüfen, wie viel die Minister, Wallace, die Generäle wissen. Vielleicht könnten Sie sogar die Atombomben entschärfen und unbrauchbar machen mit Ihren Gaben. So richten sie gar kein Unheil mehr an.« Viktor legte eine Hand auf ihren Rücken. »Niemand verlangt von Ihnen, dass Sie die Pistole einsetzen. Aber Sie sind wichtig.«

Coco drehte sich nicht um. Wie sollte sie Uran unbrauchbar machen? Das klang so lächerlich.

Vor ihrem inneren Auge sah sie Ingo, der von dem Flak-Lauf perforiert und zerrissen wurde; sie dachte an den erschossenen Professor und den Leichensack mit Spanger. Die drei Männer hatten ihre Leben gegeben, ohne zu wissen, wohin die Mission sie führen würde.

»Ich will nach Hause«, wiederholte Coco flüsternd. »Ich will nicht sterben. Es ist nicht meine Welt.«

* * *

KAPITEL X

BEI FRANKFURT

Der Unbekannte landete auf den Füßen und musste den Aufprall nicht einmal in den Knien abfedern. Gleich einer Statue, die aus dem dritten Stockwerk gefallen kam, stand er aufrecht und unbeweglich vor Walter van Dam.

Im Licht des Feuers sah van Dam ein Gesicht, dessen Augenpartie mit den geschwungenen Brauen zu einer Frau gehören mochte; darunter folgte jedoch ein kantiges Kinn mit einem langen weißen Bart, in dem sich schwarze Strähnen zeigten. Die schlohweißen Haare wallten um den Kopf und gaben dem androgynen Wesen in der blutbesudelten Uniform des ermordeten Matthias eine majestätische Erhabenheit. Der spektakuläre Auftritt belegte zweifelsfrei, es nicht mit einem Menschen zu tun zu haben; überdies glommen die Pupillen in mattem Silber.

Van Dam hatte keine Ahnung, womit er es zu tun hatte, und verzichtete darauf, die Pistole abzufeuern. Er bezweifelte, dass die Kugeln etwas gegen dieses Wesen ausrichteten.

»Das suchten Sie doch, oder?« Der Unbekannte hielt ihm die Blattsammlung hin. »Nehmen Sie sie.«

Van Dam griff nach dem Ordner. »Danke.«

Das Wesen hob den Kopf, der weiße Bart raschelte über das blutige Sakko, und blickte sich um. Der Regen rauschte auf das Kuppeldach der Bibliothek, das Licht des Kamins illuminierte den Raum mit weichem, sattgelbem Schimmer. Ein Blitz und ein Grollen, dann verstummte das Gewitter vorübergehend. »Es ist schön in Ihrem Haus. Ich hätte früher kommen sollen.«

Van Dam wandte den Blick nicht von seinem Besucher ab und ging auf den arglosen Tonfall ein. »Verzeihen Sie, dass ich Ihnen nichts anbieten kann. Die Villa steht schon lange leer.«

Das Nicken wirkte nebensächlich. »Kannten Sie den Toten, dessen Kleidung ich trage?«

»Mein Chauffeur. Matthias.«

»Ein Chauffeur ist ein …?« Der Unbekannte suchte nach der Bedeutung des Wortes. »Und ich habe ihn nicht umgebracht. Die Frau auch nicht. Sie waren schon ermordet. Aber das hatten Sie bereits entdeckt.«

»Ein Chauffeur ist ein Fahrer.«

»Ah. Ein Pilot.«

»So ähnlich. Ein Pilot für Autos.« Van Dam steckte die Waffe weg und schlug die Mappe auf. Sollte das Wesen ihn angreifen, wäre er wahrscheinlich eh chancenlos. Offenbar hatte eines der Monstren aus dem Keller den Weg hinaufgefunden. Ein sehr menschliches Monstrum mit Umgangsformen, aber bescheidenem Wissen. Neugierig fragte er: »Ihren Namen?«

»Was ist damit?«

»Sie nannten ihn nicht.«

»Ah, richtig! Diese Eigenart der Menschen, dass Dinge und Personen und überhaupt *alles* einen Namen tragen müssen. Weil sie glauben, es würde Macht verleihen. Wie ein … Zauberspruch.« Er steckte die Hände in die Taschen und musterte van Dam. Die weißen Haare, die Statur, der blutbesudelte Anzug ließen das Wesen wie eine Figur aus einem Tarantino-Film wirken. »Ich bin schlecht im Ausdenken. Wie würden Sie mich nennen?«

Van Dam fühlte sich an das Märchen Rumpelstilzchen erinnert. Wurde er gerade veralbert? »Was soll das?«

»Ein Spiel. Das tun Menschen doch gerne.« Er lächelte und zeigte zwei Reihen weiße Zähne, zwischen denen etwas hing, das verdächtig nach rohem Fleisch aussah.

Van Dam ahnte plötzlich, dass Matthias dem Unbekannten nicht nur seine Kleidung überlassen hatte. »Hopkins«, sagte er.

»Gut. Gefällt mir. Dann bin ich Hopkins für Sie.«

»Warum tragen Sie die Kleidung meines Chauffeurs?«

»Es erschien mir nicht … sittsam, Ihnen nackt unter die Augen zu treten. Die Leinentücher gefielen mir nicht, und die Kleidung der Frau passte mir nicht.«

»Aha. Nun ja. Mein Name ist –«

Walter van Dam, sagte Hopkins in seinem Kopf. Seine Lippen bewegten sich nicht, die silbernen Augen blitzten schelmisch. *Ich weiß. Ich habe mich bereits ein wenig mit Ihnen beschäftigt. In erster Linie mit Ihrer Vergangenheit. Es bereitet mir Vergnügen zu ergründen, warum Menschen wurden, wie sie wurden.*

Aus Verwunderung und Wachsamkeit wurde Unwohlsein. Van Dam überspielte es geschäftsmäßig, obgleich er vermutete, dass Hopkins es dennoch witterte, spürte, las, was auch immer. »Woher kommen Sie? Und was möchten Sie?«

»Woher ich komme? Belassen wir es doch vorerst dabei, dass ich aus dem Keller stamme. Von dem Ort, an dem sich Ihre Tochter aufhält.«

Van Dam vergaß seine Furcht für einen Moment. »Haben Sie Anna-Lena gesehen?«

»Kurz. Sie war sehr damit beschäftigt, durch die Gänge zu irren.« Hopkins setzte sich auf einen intakten Stuhl und sah in die Flammen. Zwei, drei Strähnen seines Bartes hatten Blut aufgesogen und gaben ihm eine neue Nuance, einem Kriegsgott nicht unähnlich.

»Warum haben Sie sie nicht gerettet?«

»Weil es nicht meine Aufgabe ist. War. Bis vor Kurzem zumindest.« Hopkins legte die Arme auf die Lehnen und wirkte noch herrschaftlicher. »Wissen Sie, ich war ein ziemlicher Idiot. Dass ich Ritter vertraute!«

»Ritter ist …?« Meinte der Mann einen mittelalterlichen Soldaten oder eine reale Person? Van Dam versuchte, geistig den Anschluss zu behalten und sich so viel wie möglich zu merken. Jede Information mochte dazu beitragen, Anna-Lena zu retten. Vielleicht konnte er Hopkins einspannen? Es käme auf einen Versuch an.

»Ritter ist ein niederträchtiges Arschloch.«

»Nein, ich meinte mehr, zu wem er gehört«, sagte van Dam.

Hopkins lachte leise. »Sie sind nicht sonderlich empfänglich für meine Witze. Dabei musste ich so lange warten, um sie mit jemandem machen zu können.«

»Meine Tochter steckt in diesem Labyrinth. Deshalb steht mir gerade weniger der Sinn nach Witzen und Spielchen, wie Sie sie anscheinend mögen«, gab er zurück.

Die silbernen Augen wechselten ihre Farbe zu hellem Blau. »Wir sollten von vorne beginnen, van Dam. Damit Sie verstehen, warum ich Ihre Tochter nicht einfach mitbrachte oder Ihre beiden Teams, die Sie sandten.«

Er nickte. Was blieb ihm anderes übrig?

»Auch wenn die Menschen überwiegend keinerlei Zugang zu Hochtechnologien haben, sind sie doch ein findiges Völkchen.« Hopkins deutete mit dem kleinen Finger auf die Tür aus weißem Holz, die van Dam aus dem Tannenbaum geborgen, ins Anwesen gebracht und grob vom Dreck der Jahre befreit hatte. »Ein kleiner Kreis von Leuten hat sich Portale erschaffen, die dafür gedacht waren, schnell von A nach B zu reisen.«

»Wie geht das?«

»Particulae. So nennt man die Splitter und Fragmente, die sie einsetzen, meistens in diesen Türklopfern«, erklärte Hopkins. »Es ist Kometengestein mit ungewöhnlichen physikalischen und chemischen Eigenschaften, eingesammelt und gehortet von Leuten, die damit etwas anzufangen wissen. Durch einen festen Schlag wird eine Reaktion in Gang gesetzt. Ein Kraftfeld baut sich auf, sofern ihm ein Rahmen geboten wird. Tritt man hindurch, gelangt man an den Empfängerort.«

»Das klingt ausgeklügelt.«

»Mit der Zeit wurde es das, ja. Früher waren die Ziele eher zufällig. Und das Reisen ging sehr oft schief.« Hopkins sah fasziniert in das Feuer. »Ich habe vergessen, wie warm es ist. Und wie schön es aussieht.«

Van Dam suchte sich seinerseits einen Stuhl und nahm Platz. Er beglückwünschte sich dazu, nicht sofort jeden in Kaminholz verwandelt zu haben. »Und wie passen Sie da rein?«

»Der Mann, Ritter, gehört zu einer Organisation, welche die Geheimnisse der Türen kennt. Sie geben das Wissen seit Jahrhunderten weiter und setzen es zu ihrem Vorteil ein.« Hopkins lächelte. »Weltverschwörer. Alles, was den Amerikanern, Russen, meinetwegen den Juden, den Freimaurern oder den Illuminaten nachgesagt wird, sind in Wahrheit – sie.«

»Sie gehören zu ihnen?«

»Nein. Oh, nein«, antwortete Hopkins schnell. »Nein, ich … ging ihnen ins Netz. Ritter ins Netz.« Er hob ein zerbrochenes Stuhlbein auf und warf es in den Kamin. Knisternd jagten die Funken empor und tanzten durch den Schlot hinaus. »Diese Zentrale, in der Ihre Tochter verschwand, ist vor langer Zeit aufgegeben worden. Weil die Particulae nicht mehr taten, was sie sollten. Die Reisen arteten zu Fiaskos aus.« Er deutete an sich herab. »Ritter handelte gegen die Anweisung, die Portale nicht länger zu benutzen, und suchte nach Artefakten, Wesen, Wissen, das er in dieser Welt gebrauchen konnte. Er fand dabei mich und entführte mich.«

Das machte van Dam für einige Sekunden sprachlos. Ein Bewohner einer anderen Welt, Sphäre, Dimension oder Realität? Er musste es genauer wissen. »Von … von woher hat er Sie entführt?«

»Weit weg. Das muss genügen. Ich will Sie nicht beunruhigen, Herr van Dam.« Hopkins seufzte. »Ich leistete ihm gute Dienste, denn er versprach mir, dass er mich zurückbringen würde. Anfangs glaubte ich ihm. Aber er täuschte mich und verschwand. Vorher versuchte er allen Ernstes, mich umzubringen.« Er schlug mit beiden Händen auf die Oberschenkel. »Die Abmachung gilt nicht mehr. Also bin ich aus der Höhle gestiegen. Mal sehen, was diese Welt für mich bereithält.« Er erhob sich und blickte zur Glaskuppel, auf der das Wasser davonperlte. Hoch über ihnen zuckten letzte tonlose Blitze zwischen den Wolken und brachten sie zum Leuchten. »Allerdings ist Ihre Sonneneinstrahlung wohl tödlich für mich. Das wird kniffig.«

»Was haben Sie vor?«

»Nach der neuen Zentrale suchen und mir Ritter schnappen«, antwortete Hopkins. »Ein paar Anhaltspunkte habe ich. Ich werde verlangen, dass die Organisation mich in meine Heimat bringt. Andernfalls finden sie in mir einen Feind, der sie vernichten wird.«

Van Dam beugte sich vor. Für ihn klang das sehr gut. Aus dem vermeintlichen Gegner konnte tatsächlich ein Verbündeter werden. Es wurde Zeit für den Vorschlag, der in seinem Kopf umherspukte. »Sie kennen sich im Labyrinth aus?«

»Wie in meiner Westentasche.« Hopkins pochte gegen das Sakko. »Was natürlich gelogen ist. Es ist ja nicht meine.«

»Wie wäre es, wenn Sie sich hinabbegeben und nach meiner Tochter suchen?«, schlug er vor. »Sie sind besser geeignet als jedes Team.«

»Ich wusste, dass Sie mich das fragen werden.« Hopkins lachte schallend. »Nein danke.«

Van Dam erhob sich mit dem Mut der Verzweiflung und stellte sich neben die gefundene weiße Tür. »Aber wie wäre es, wenn ich Sie damit in Ihre Welt, Dimension, wohin auch immer bringen kann? Nicht heute Abend, und nicht morgen. Es bedürfte einiger Forschung und Versuche. Sie brauchten nicht umherzufahren und sich der Sonne auszusetzen, sondern könnten es sich in meinem Anwesen bequem machen, während ich … wir diese Unterlagen sichten und die Rätsel der Tür entschlüsseln.« Er breitete die Arme aus. »Sie werden in meinen Gedanken gelesen haben, dass ich es durch und durch ernst meine. Aufrichtig. Ohne List und Hintergedanken.«

Hopkins überlegte und rieb sich dabei durch den weißen Bart, der frei von Blut war, als hätten die Haare es absorbiert oder getrunken. »Eine Option, die nicht verkehrt zu sein scheint.«

»Und weitaus ungefährlicher als die Suche nach der neuen Zentrale.«

»Zumindest jenseits des Irrgartens.« Hopkins betrachtete van Dam. »Ich bin bereits einmal betrogen worden. Von einem Menschen. Wer sagt mir, dass es nicht erneut geschieht?« Er pochte sich gegen die Stirn. »Sie sind ein Geschäftsmann, Herr van Dam. Sie könnten mich täuschen, wenn Sie sich klug anstellen.«

»Ich gebe Ihnen mein Ehrenwort.«

»Was soll das sein?«

»Eine Zusage, die ich mit meinem guten Ruf untermauere. Es ist … ein Eid auf die eigene Integrität.«

»Das ist mir zu wenig.« Hopkins' Augen glommen abrupt in Glutrot. »Wie wäre es mit *Ihrem Leben?* Das erscheint mir wesentlich sicherer als ein Ruf. Als ein Ehrenwort.«

Für seine Tochter würde er alles geben. Und Hopkins war der Strohhalm, der Ausweg, das Ass in van Dams Ärmel. »Dann würden Sie hinabsteigen und Anna-Lena suchen?«

Hopkins blieb ihm die Antwort schuldig. Er erhob sich und begab sich zur weißen Tür. Er stellte sie aufrecht hin, klappte sie leicht auf, sodass sie von allein stand, und umrundete sie, die Hände auf den Rücken gelegt. »Was hindert mich daran, Sie umzubringen, die Unterlagen zu nehmen und mich selbst im Entschlüsseln zu versuchen?«

»Gar nichts«, erwiderte van Dam besonnen. »Aber ich bin schneller. Ein Großteil der Aufzeichnungen ist in der alten Kaufmannssprache meiner Familie verfasst. Wir wussten, wie man verschlüsselt. Lange vor der Erfindung des Internets.« Er zeigte mit der Hand zur Glaskuppel. »In der Zwischenzeit könnte die Sonne Sie vernichten. Oder Sie müssten verhungern und verdursten.«

»Wer sagt, dass ich essen und trinken muss?«

Van Dam klopfte mit dem Zeigefinger auf seine Zähne. »Sie haben Reste dazwischen. Haben Sie meinen Chauffeur gegessen?«

»Ich gestehe. Er schmeckte köstlich, wenn ich das sagen darf. Sie haben ihn sehr gut gehalten. Und auch die Frau –«

»Ich habe ihn nicht *gehalten*, er war mein Angestellter! Und ein Freund.«

»Verzeihung. Dann haben Sie sich sehr gut um ihn gekümmert.« Hopkins tätschelte den verzogenen Rahmen der Ausnahmetür. »Sie schließt nicht mehr richtig. Das wird problematisch wegen des Kraftfelds.«

»Kann ich richten lassen.«

Hopkins lachte. »Das würde ich an Ihrer Stelle auch sagen. Damit ich die Suche nach Ihrer Tochter beginne.« Er sah erneut in die Flammen. »Aber vielleicht sollte ich wirklich noch einmal hinab. Mein Aufbruch war etwas hastig. Bevor die Particulae desintegrieren, wäre es gut, die alte Zentrale zu durchsuchen. Um Hinweise auf Ritters kleine Reisen zu finden«, überlegte Hopkins laut und sah dann van Dam an. »Wir sollten außerdem die Tür schließen. In Ihrem Keller. Das Stahlseil muss gekappt werden. Ich bin nicht das einzige Wesen, das zu Ihnen gelangen kann.«

Die Vorstellung ließ van Dam schaudern, seine Kopfhaut prickelte. »Erst wenn wir meine Tochter gefunden haben«, musste er sich zwingen zu sagen. Die Monster im Keller. Das Seil. Eine unschöne Kombination.

»Natürlich.« Hopkins richtete den Anzug und betrachtete das trocknende Blut darauf. »Ihr Plan gefällt mir, Herr van Dam. Und es wäre schade, wenn die Villa zerstört würde.«

»Weshalb sollte sie das?« Ihm fiel ein, dass das Wort *desintegrieren* gefallen war.

»Die zerfallenden Particulae. Das ist eine gewaltige Reaktion. Wenn die Tür offen steht, werden das Plasma und die Druckwelle hereinbrechen. Von dem Anwesen wird nichts mehr bleiben. Das ganze Areal wird großflächig absacken.«

»Aber … was soll die Tür dagegen ausrichten?«

Hopkins massierte seine Hände, als wollte er sie lockern. »Es ist nicht einfach eine Tür, sondern ein Durchgang. Ist dieser geschlossen, wird dies die Rettung für das Gebäude sein.« Er schlenderte auf den Ausgang zu. »Gut. Wir haben eine Abmachung. Ich schaue nach Ihrer Tochter.«

»Und ich beginne mit den Aufzeichnungen«, sagte van Dam dankbar. Damit hatte er ein drittes Team ins Rennen nach der

Suche von Anna-Lena geschickt. Eine Ein-Mann-Truppe. Ihm erschien Hopkins als aussichtsreichster Kandidat. »Tun Sie den Leuten nichts, die ich anheuerte. Sie können sich zusammentun.«

»Ich werde es bedenken.« Hopkins verschwand bereits halb in den Schatten, der weiße Bart und die hellen Haare waren noch zu sehen. »Sie bürgten mit Ihrem Leben. Glauben Sie nicht, dass ich das vergesse.« Nach dem nächsten Schritt war er eins mit der Dunkelheit. »Nicht, dass ich am Ende herausfinden muss, wie Sie schmecken.«

Van Dam bückte sich und warf weitere Holzstücke in die Lohen.

* * *

BEI ROMINTEN, OSTPREUSSEN, 8. JANUAR 1945

Coco ging an Viktor, Anna-Lena und Dana vorbei, schob den Stoff vor der Abteiltür zurück. Es war alles gesagt. »Ich wünsche Ihnen viel Glück.« Niemand vermochte sie zu zwingen, bei diesem Kommando dabei zu sein, in dem sie keinen Sinn sah. Für eine fremde Welt das eigene Leben zu riskieren, für diesen Albtraum, der das Leben von drei Menschen bereits brutal beendet hatte. Ingos Leben beendet hatte. Niemals hätte sie gedacht, dass sein Tod ihr so naheging. Zudem nahm sie es Anna-Lena übel, nach den ganzen Entbehrungen unbedingt die jugendliche Heldin spielen zu müssen, anstatt sie nach Hause zu begleiten. »Wir sehen uns hoffentlich drüben. Bei uns. Ich werde Ihren Vater informieren, wie die Dinge liegen.« Sie öffnete die Schiebetür, um in den Gang zu treten.

Davor warteten Theo und Greta. »Wohin wollen Sie?«, erkundigte er sich.

»Zum Gepäckwagen.« Coco wollte sich vorbeidrängeln. Da sie ahnte, dass sie ihre Kräfte benötigte, zog sie ihre Konzentration zusammen. »Ich werde nicht mehr gebraucht.«

Theo packte sie fest am Arm. »Verzeihen Sie, aber haben Sie mit Ihrer Hellsicht irgendwas vorhergesehen, das in den nächsten zehn Sekunden den Krieg beenden wird?«

»Nein, aber –«

»Dann kann ich Sie nicht gehen lassen.« Theo sah ihr entschlossen in die Augen. »Nur zu. Sondieren Sie mich ruhig. Sie werden nichts anderes dort finden als meine Absicht, diese Basis einzunehmen und mit den Staaten zu verhandeln. Sollte ich plötzlich einen widersprechenden Befehl geben, weiß Greta, dass *Sie* mich beeinflusst haben. Und wird Sie erschießen.«

Die Scharfschützin blickte gleichgültig. »Würde mir nicht gefallen, doch wir haben eine Aufgabe. Sie haben eine Aufgabe, Madame. Ob es Ihnen passt oder nicht.«

»Aber ...« Coco sah zu dem Trio im Abteil und suchte nach Beistand. Streng genommen hatte sie sich von Dana, Viktor und Anna-Lena losgesagt. Sie müssten gar nichts unternehmen. Sie war auf sich allein gestellt. Ganz allein gegen die Kommunisten.

»Wir haben eine Abmachung. Sie sagten zu«, erinnerte Theo sie. »Wir helfen Ihnen, Ihre Freundin zu retten, und Sie sagen uns kriegswichtige Dinge voraus. Meines Wissens nach haben Sie das noch nicht getan.«

Coco machte sich los und ging rückwärts, zurück ins Abteil. Die Widerstandskämpfer folgten ihr. Ihre Blicke waren voller hilfloser Wut. Viktor hatte ihr die Flucht versprochen. So war es abgemacht gewesen.

»Ich weiß etwas Wichtiges. Etwas, was nicht auf Hellseherei basiert.« Anna-Lena stand auf und schob sich schützend vor das Medium. Die Lage erforderte eine Deeskalation. »Sie sind die Befehlshaber, richtig?«

»Ja.« Theo nahm auf dem ersten Sitz Platz, Greta positionierte sich versperrend in der Tür. Keiner entkäme aus dem Abteil. »Was haben Sie zu berichten, Fräulein van Dam?«

Viktor und Dana beobachteten sie gespannt. Coco setzte sich und legte die Hände in den Schoß.

»Ich weiß, was sich in Rominten befindet. Was die US-Truppen vorhaben. Wer in diesem Zug reist«, zählte Anna-Lena auf und schilderte ihr Wissen über die Raketen, die Atombomben, die fingierten Anschläge in Deutschland und Europa sowie über die beiden amerikanischen Minister, die inkognito in die Basis reisten, um sich ein Bild für den Präsidenten zu machen. »Ich nehme an, das ist kriegsentscheidend, oder?«

Theo und Greta steckten die Köpfe zusammen und berieten sich flüsternd. Sie klangen hitzig und aufgeregt. Die Informationen legten die gesamte Grausamkeit des Feindes offen.

»Kann ich jetzt gehen?«, erkundigte sich Coco hoffnungsvoll. Dank Anna-Lena war genug preisgegeben. Die Tür rief nach ihr. »Ich muss etwas aus dem Gepäckwagen holen. Dringend.«

»Nein«, sagte Theo. »Sie gehen alleine nirgendwohin. Keinesfalls werde ich Ihnen erlauben, sich aus dem Staub zu machen. Sie haben nichts geweissagt. Immer noch nicht. Oder wollen Sie das jetzt nachholen?«

Coco sackte in die Polster. Sie wusste nicht einmal, was die Kämpfer hören wollten.

Viktor sah ihr an, wie fertig sie war. Er berührte sie an der Schulter. »Wir finden einen Weg für Sie«, raunte er Coco zu. »Es ist in Ordnung.«

»Außerdem brauche ich Sie beim Verhör der Generäle und Minister. Sie erkennen deren Lügen.« Theo richtete sich auf. »Wir werden die Basis einnehmen und danach Raketen und Sprengköpfe auf die Züge verladen und verstecken. Im Anschluss machen wir die Vorhaben der Amerikaner publik.«

Greta lehnte sich gegen die Tür. »Der Zug hat eine starke Funkanlage. Damit können wir Kontakt zu unseren Leuten herstellen und sie zu uns rufen. Smetana und ihr Trupp sind ja noch in der Nähe«, erklärte sie. »Wir verhören die Militärs und Minister, senden Fotos von den Bomben an die Zeitungen weltweit, an alle Agenturen, zusammen mit den Geständnissen von Wallace und den zwei Ministern. Die Bevölkerung in ganz Europa wird zum Aufstand gegen die USA und das Vereinigte Königreich aufstehen.«

»Wir dachten, wir wären mit Hitler ein Monstrum los«, fügte Theo aufgebracht hinzu. »Aber Dutzende Städte dem atomaren Feuer zu übergeben, das ist … das ist … Worte reichen nicht aus.«

»Dazu müssen Sie den Zug erst unter Ihre Kontrolle bringen. Und zwar bevor die Besatzung einen Funkspruch an Rominten absetzen kann.« Viktor hob das G36. »Wir sind dabei.«

»Ich nicht«, sagte Coco trotzig. »Sie können mich ja holen lassen, wenn ich was tun soll.« Sie schlug die Beine übereinander, um zu verdeutlichen, dass sie hier sitzen und warten würde. Nicht eine Leiche schaute sie sich mehr an. Sie hasste diese Welt.

Theo zog Handschellen aus seiner Tasche und kettete Coco kurzerhand an die Sessellehne. »Müssen wir nicht.«

Coco warf Viktor und Dana einen unmissverständlichen Blick zu. Sie betrachtete sie fortan als Verräter, weil sie ihr nicht halfen.

Die Truppe nahm unter der Führung von George ihre alte Formation ein. Anstelle von Coco stellte sich eine befreite Gefangene als angebliches Medium für Captain Wallace zur Verfügung. Mit Theo, Greta, Dana und Viktor an der Spitze begann der Überrumplungsangriff auf den nächsten Waggon.

Die Wachmannschaften ließen sich vom Auftreten ihres britischen Überläufers lange genug täuschen, dass sie ausgeschaltet werden konnten, ohne dass ein Schuss abgegeben werden musste. Die Messer von Greta und Theo durchtrennten weitere Lebensfäden, Viktor und Dana hielten die G36 bereit, um den Gang hinab zu sichern.

Nach wenigen Minuten befand sich der zweite Wagen in ihrer Hand. Ihre kleine Armee aus Befreiten wuchs um etliche Freiwillige mehr. Jene, die das Abwarten im Abteil bevorzugten, wurden eingeschlossen.

Das Spiel wiederholte sich bis zum dritten Wagen.

Als George die Tür öffnete, standen wider Erwarten sechs amerikanische Soldaten im kurzen Verbindungsgang davor. Sie hielten selbst gedrehte Zigaretten zwischen den Fingern, die sie sich gerade anstecken wollten. Ihren Abzeichen und den Uniformen mit den weißen Armbinden nach gehörten sie zur Militärpolizei. Laut dröhnte das Rattern der eisernen Räder in die geöffneten Seitenfenster, durch welche der Qualm abziehen sollte.

Die sechs Amerikaner starrten die Gruppe an.

Dana wusste sofort, dass sie mit den Messern nicht alle erwischen würden, und hob das G36 halb hinter den Rücken der eigenen Leute an. »Sonst wird es nichts«, raunte sie Viktor zu.

»Stimmt.« Er hielt sein Sturmgewehr bereit. Das Adrenalin in seinem Blut nahm zu, ein Feuergefecht stand unmittelbar bevor.

»Achtung«, schrie George, um die gedrillten Reflexe der Soldaten auszunutzen, sobald sie einen Offizier vor sich sahen. »Meldung, Sergeant. Wieso lungern Sie und Ihre Männer herum? Hat Ihnen Captain Wallace das Rauchen im Zug nicht verboten?«

»Du kannst mich mal, Tommy«, bekam er zur Antwort.

»Woher kommt der Inselaffe denn? Schaut mal: Der ist vom MI. Das andere sind deutsche Hilfstruppen«, sagte ein Zweiter. »Wir hatten doch gar keine in Fort India aufgenommen?«

George verlor die Nerven, als er bemerkte, dass er mit seiner Maskerade nicht weiterkam. Mit dem Messer stach er nach der Kehle des vordersten Militärpolizisten. Seine Attacke kam viel zu ausladend und war leicht vorhersehbar.

Der Gegner wich der Klinge aus, die seinem Kameraden dahinter in die Schulter fuhr. Der Schmerzensschrei gellte laut durch den Gang und den Wagen.

»Runter«, befahl Dana und nahm das G36 in Anschlag. Noch hatte sie kein freies Schussfeld.

Neben ihr schnellte Viktor in die Höhe. »Ich mache das.« Weil er größer war als sie, stand ihm niemand im Weg. In rascher Folge löste er aus.

Drei der Militärpolizisten erwischte er an Hals und Kopf, die Kugel durchschlug die blechverkleidete Wand dahinter zum Glück nicht. Wortlos fielen die Gegner, die weißen Helme kullerten über den mit Teppich verkleideten Boden.

Greta legte mit ihrer Pistole ebenfalls an, verfehlte ihr Ziel jedoch. Ihr Metier blieb das Scharfschützengewehr, im Getümmel versagte sie.

Der Pulk der Militärpolizisten löste sich auf, sie versuchten zu entkommen und Großalarm auszulösen. Damit wäre die Eroberung von Rominten mit dem Zug vereitelt.

»Haltet sie auf!« Theo tauchte ab und stach mit seinem Stiefelkampfmesser nach den Gegnern. Ein weiterer Amerikaner ging schreiend zu Boden.

Die beiden verbliebenen Feinde schossen aus ihren Colt-Pistolen und zogen sich in den langen Korridor vor den Abteilen zurück, suchten Deckung hinter einem Teewagen. Lautes Geschrei erklang, das Feuergefecht war nicht zu überhören. Kugeln fetzten Holz davon, Splitter und Staub flogen durch die Luft und erschwerten das Zielen.

»Mir nach«, rief Dana Viktor zu. Sie folgte den Soldaten mit dem G36 im Anschlag, warf einen raschen Blick um den Servierwagen und sah die zwei Militärpolizisten und weitere Wachen. Dana gab kurze Garben ab und schwenkte die Mündung nach jedem Auslösen von einem Gegner zum nächsten. Ihre Bewegungen waren routiniert und sicher, eingeübt durch zahllose Einsätze. Auf diese Distanz gab es nichts zu verfehlen. Einer nach dem anderen fiel und regte sich nicht mehr. »Ziele bekämpft.« Sie atmete ruhig ein und aus, schob die Aufregung zur Seite. Die eigentliche Prüfung stand noch bevor.

Viktor sprang neben sie und kniete sich hin. Dana hatte sehr gut getroffen, wie bei einer Übung auf der Schießbahn. »In den Abteilen sind Gegner. Keine Gefangenen«, raunte er Dana zu. Sein Herz klopfte schnell, Schweiß rann unter der Kevlarweste abwärts. Er bewunderte Dana für ihre äußere Gelassenheit. »Das wird hart.«

»Ich weiß. Die brauchen wir lebend.«

»Lassen Sie uns das machen.« Theo schob sich mit seiner bewaffneten Meute vorwärts und schloss zu ihnen auf. Mit einem herausgerissenen Stromkabel aus der Verkleidung gab er Überspannung auf die dünnen Drähte der internen Telefonanlage des Zuges und setzte sie außer Gefecht. »Sie gehen nach vorne. Ganz nach vorne. Sichern Sie den Funkraum, sonst wird unser Erfolg sehr bescheiden ausfallen. Zwei Minister zu verlieren, wird der Präsident durchaus riskieren. Wichtiger sind die Raketen. Es darf keine Warnung an Rominten rausgehen. Rasch!«

Viktor und Dana preschten in militärischer Weise vor, zum ersten Mal auf der gleichen Seite.

* * *

Coco saß mit der Handschelle an die Armlehne gefesselt im Abteil und lauschte auf die Geräusche von draußen. Im Gang war es ruhig geworden, die kleine Armee hatte sich längst nach vorne an die Spitze des Zuges aufgemacht.

Die kurzen Schusswechsel waren in anhaltende Feuergefechte übergegangen. Die Kommunisten stießen auf ersten, erbitterten Widerstand. Jeder Knall, jedes Sirren, mit dem eine fehlgegangene Kugel durch den Gang jagte oder sich mit einem hässlichen Geräusch in eine Abteilwand bohrte, ließ sie zusammenzucken.

Diese Welt kotzte Coco an, sie hasste diese Dimension, die ihr Ingo genommen hatte. Sie verdankte ihm viel, und sie hatte ein schlechtes Gewissen ihm gegenüber. Für ihre Aktion von damals. Dabei hatte sie ihn wirklich gemocht. Wie einen sehr guten Freund, den man nicht vermissen wollte. Dessen Abwesenheit eine große Lücke hinterließ.

Wie oft hatte sie sich bei ihm entschuldigen wollen. Jetzt lag Ingo in zwei Hälften abseits der Bahntrasse, aufgeschlitzt wie

Schlachtvieh und danach weggeworfen. Weil er angeheuert worden war, ein junges Ding aus einer Höhle zu ziehen. Und um Geister zu suchen. Die kindliche Begeisterung, als seine Geräte die ersten Messergebnisse geliefert hatten, würde sie nie vergessen. Ebenso wie das Bild von seinem Sterben.

Coco fühlte Wut und Verzweiflung in sich aufsteigen. Man hielt sie als Gefangene und würde sie zwingen, den Kommunisten als Wahrsagerin zu dienen. Als Stalins Orakel. Als taktische Aufklärerin, besser als alle Spione. Und dann waren da noch diese grauenvollen Raketen mit den aufmontierten Atombomben. Coco war es vollkommen gleich, was mit dieser Welt geschah. Sie wollte weg. Alleine. Ihr war egal, was aus Dana und Viktor und Anna-Lena wurde.

Eine ältere grauhaarige Frau stahl sich ins Abteil, in Furcht vor Querschlägern geduckt und den Kopf mit einer Hand abschirmend, als würde sich beschleunigtes Metall von Fleisch und Knochen aufhalten lassen. Sie trug Kleidung, die einst teuer gewesen war, jedoch unter der Gefangenschaft gelitten hatte. Sicherlich gehörte sie zu den verhafteten Nazi-Wissenschaftlern.

Sie warf sich neben Coco in den Sitz und sah auf ihre gefesselte Hand. »Sie sind die Hellseherin?«, fragte sie atemlos.

Das hatte ihr noch gefehlt. Man kam, um sich eine private Séance zu erbitten. »Nein.«

»Doch, das sind Sie! Ich habe es gehört!« Die Frau nahm Cocos Finger zwischen ihre. »Sie müssen mir sagen, wie es für mich ausgeht, liebe Frau.«

»Warum muss ich das?« Coco hätte sie am liebsten mit dem Fuß weggestoßen. Was bildete die sich ein?

»Weil ich Angst habe.«

»Das habe ich auch.«

Die Frau ließ ihre Hand los und kramte in ihrer Tasche. Einige Goldmünzen kamen zum Vorschein, und sie legte ihren Ring noch dazu. »Hier! Nehmen Sie. Und jetzt –«

»Ich bin nicht verpflichtet, Ihnen irgendwelche Dienste zu

leisten«, fuhr Coco sie an. »Und wäre ich frei, würde ich nicht in diesem Zug sitzen, sondern wäre längst weg.«

»Frei?« Sie sah auf die Fessel. »Oh. Ja, das ist natürlich verständlich. Ich bin auch nicht freiwillig in diesem Zug.« Sie zog eine Nadel aus ihrer Handtasche. »Damit bekomme ich das Schloss auf. Es ist nicht besonders schwer.« Eindringlich blickte sie Coco in die Augen. »Aber erst Ihre Weissagung. Und die Sachen können Sie behalten.« Sie stopfte dem Medium das Geld und den Schmuck in die Tasche.

Coco ließ sich dieses bessere Angebot durch den Kopf gehen. Was hatte sie zu verlieren? »Einverstanden.« Sie nahm die Hand der Unbekannten und starrte in ihr Gesicht, konzentrierte sich auf die dunklen Pupillen.

Die Kraft meldete sich mit einem schwachen Ziehen in den Schläfen und über der Nasenwurzel. Die Welt verschwamm für Coco. Sie tauchte in den Verstand der Frau ein, die Alexandra hieß. Alexandra von Münster.

Sie war die Frau eines Wissenschaftlers, eines Mediziners, der sich ebenso im Zug befand. Hubert. Hubert Erich von Münster, der sich einen Namen mit besonders grausamen Experimenten gemacht hatte und ein Schüler von Mengele gewesen war. Die Amerikaner interessierten sich für ihn wegen seines Wissens zur Schmerzforschung, um es für ihre eigenen Verhörmethoden anzuwenden.

»Was sehen Sie, Mme. Fendi?«, drang die fremde Stimme hallend zu ihr vor.

»Ich …« Die Bilder in Alexandras Kopf machten sie sprachlos.

Die Frau hatte ihrem Mann assistiert. Instrumente angereicht. Notizen angefertigt. Fotos geschossen und Filme von den schrecklichen Experimenten gemacht. Niemals hatte sie selbst Hand an die Kinder, Männer und Frauen gelegt, aber es gab in ihren Erinnerungen großen Genuss. Freude. Ergötzen am Leid.

Coco fühlte Übelkeit, die sich aus ihren Eingeweiden nach oben drückte. Saurer Geschmack zwängte sich in ihren Mund.

»Einen Moment, ich versuche, mehr zu sehen«, gab sie erstickt zurück und hätte der Frau am liebsten einen Fausthieb versetzt.

Sie setzte die Sondierungsgabe ein und versuchte, in die Zukunft zu blicken. Da sie es zum ersten Mal probierte, hatte sie keine Ahnung, ob dabei etwas Verlässliches herauskam.

Coco sah den Zug, sah die Geschütze aus allen Rohren feuern, sah Soldatenleiber in britischen und amerikanischen Uniformen zerfetzt zu Boden gehen, sah Gebäude in Flammen stehen und eine gewaltige Detonation sowie ein ausbrennendes Flugzeugskelett auf einer lodernden Landebahn.

Coco suchte nach Alexandra in diesem Inferno und fand sie. Alexandra stand am Rand der Landebahn und stieß einen brennenden Menschen zurück in die Lohen, rannte weg von den Scharmützeln, um danach durch eine Lücke im Zaun in den umgebenden Wald zu entkommen. Allem Anschein nach entging die verbrecherische, sadistische Frau dem Untergang, der Rominten bevorstand.

»Ich habe Sie«, sagte Coco tonlos. »Sie ... Sie werden sterben. Heute noch.«

»Nein«, keuchte Alexandra. »Was kann ich tun, um dem zu entgehen? Sehen Sie das auch?«

»Ja. Wenn es später auf dem Stützpunkt zu Gefechten kommt und Sie in dem Durcheinander wegrennen wollen, tun Sie es nicht. Das wird Sie das Leben kosten, denn im Wald wartet der Tod«, warnte sie. »Bleiben Sie in der Lagerhalle, und verstecken Sie sich. Dann werden Sie ein langes Leben haben.«

»Danke! Danke vielmals. Ich werde Sie in meine Gebete einschließen.« Alexandra schüttelte Cocos Hand kräftig. »Ach ja, und verzeihen Sie mir den Wortbruch.« Sie steckte die Nadel ein, ohne das Schloss geöffnet zu haben, und begab sich zum Ausgang. »Wenn rauskäme, dass ich Ihnen zur Flucht verhalf, würden mich die Kommunisten umbringen. Mich und meinen Mann. Das darf ich nicht riskieren. Verzeihen Sie mir.« Schnell verschwand sie hinaus.

Als hätte Coco es geahnt. Sie fühlte keine Reue, Alexandra

von Münster in den Tod zu schicken. Sie hatte es verdient, für alle Grausamkeiten, die sie gutgeheißen hatte.

Noch etwas hatte ihr der Blick in Alexandras Zukunft gezeigt: Die Kommunisten würden keinen Erfolg damit haben, die Raketen zu stehlen. Den Detonationen und Feuerbällen nach war die Basis zum Untergang verdammt.

Und auch das wäre Coco einerlei – würde sie sich nicht in diesem verfluchten Zug nach Rominten befinden.

Sie rüttelte probehalber an der Armlehne, die Halterung quietschte leise. Coco erhöhte die Kraft, bis die Aluminiumschiene aus der Wandhalterung riss und ein Loch in der dünnen Trennwand hinterließ.

Es gelang Coco, das Ende der Schelle von der Armlehne zu ziehen, das Pendant lag noch um ihr Gelenk. Das ließ sich verschmerzen. Viel wichtiger war, dass sie nun in den Gepäckwagen gehen und verschwinden konnte.

Rasch erhob sie sich und huschte in den Gang hinaus. Die Schießereien hatten sich von ihr weg, hin zur Lokomotive verlagert. Die Kommunisten kämpften sich durch die Abteile und schalteten ihre Feinde aus.

Coco indes eilte in die entgegengesetzte Richtung.

* * *

Viktor hörte das Gefecht zwischen Theos Leuten und den Wachmännern hinter sich gar nicht mehr. Dana und er befanden sich weit von den Kommunisten entfernt. Ihr schneller Vorstoß hatte die Bewacher überrascht – als seien sie zwei Reiter, die im vollen Galopp durch ein Lager preschten. »Gleich sind wir da.«

Sie spurteten durch den letzten Waggon vor dem Panzerwagen. Sie hatten mehrere Gegner mit präzisen Schüssen niedergestreckt und fegten zu rasch durch den Gang, als dass sich ein Widerstand gegen sie organisieren konnte. Sie wollten möglichst viel Strecke machen. Aufräumen und ausputzen durften die Kommunisten nach ihnen.

Der Wagen, durch den sie just hetzten, bestand zu zwei Dritteln aus herkömmlichen Abteilen. Der hintere Bereich war mit einer Stahlwand abgeteilt und mit einem Schott gesichert, um Unbefugten den Zutritt zu erschweren; daran gab es zwei Schlösser, ähnlich denen an einem Tresor.

Dahinter saßen die Funker, die offenbar nichts von dem wussten, was sich im Zug abspielte.

Das sollte auch so bleiben. Sonst würde ihr Zug bei der Ankunft in der Basis in Rominten vermutlich in Fetzen geschossen oder schlicht die Schienen gesprengt werden.

Dana bemerkte, wie gut Viktor und sie als Team funktionierten, als wären sie schon immer eine Einheit gewesen und hätten Dutzende Gefechte absolviert. »Da vorne sind noch drei.« Die Amerikaner hasteten aus einem Abteil und versuchten, das schwere Stahlschott zu erreichen. Weil es durch die Zerstörung der Telefonleitung keine andere Möglichkeit gab, mussten sie die Funker persönlich warnen.

Viktor sah auf seine Kugelvorräte, die sich bedenklich geleert hatten. »Noch zehn Schuss und ein Magazin.«

»Bei mir sind es noch einundzwanzig und ein Magazin«, sagte Dana und zog ihre P99. »Dann eben so.«

Sie sparte die Munition des G36 für den Angriff auf die Basis, wo Schießereien auf größere Distanz bevorstanden. Dana bekäme hier keine modernen Patronen; das Kaliber 5,56 nutzten die Gewehre dieser Zeit nicht. Damals arbeitete man überwiegend mit 7,62 Millimetern, Freund und Feind gleichermaßen, sodass man die Munition des Gegners nutzen konnte. Für ihr Gewehr jedoch brachte es nichts.

»Wir brauchen einen von denen lebendig, um das Schloss zu öffnen.« Viktor lief hinter ihr und wollte eben die Waffen wechseln, als ein Schatten durch das Fenster des Abteils hechtete, das sie gerade passierten.

Der vor Wut schreiende GI prallte gegen ihn, der Stich mit

dem langen Dolch ging fehl. Die Klinge bohrte sich in die Wand und blieb stecken.

Viktor wurde von den Füßen gerissen, der Gegner landete auf ihm und setzte sofort zu einem Hebelgriff an, um ihn zu immobilisieren. »Weiter!«, schrie er Dana zu. »Halten Sie die auf.«

»Ist gut.« Dana hetzte auf drei Soldaten zu, die sich am Schott zu schaffen machten und die Verriegelungen nacheinander öffneten.

Einer wandte sich um und hob seine Waffe. Danas Kugel fuhr ihm in den Hals, und auf der Stahltür hinter ihm entstanden schlagartig rote Sprenkel und Schlieren. Lautlos brach er zusammen.

Sofort drehte sich der zweite Soldat um und riss seine Maschinenpistole hoch. Im nächsten Moment drückte er ab.

Dana sah das Mündungsfeuer vor dem Lauf stehen. Es ratterte, und unzählige Fäuste trommelten gleichzeitig gegen ihren Oberkörper. Der Einschlagschmerz in die Kevlarweste trieb ihr die Luft aus den Lungen und brachte ihren Kreislauf an seine Grenze.

Da die Garbe durch den Rückstoß der bockenden Waffe aufwärtswanderte, ließ sich Dana nach hinten fallen, bevor die sirrenden Kugeln Hals oder Kopf erreichen konnten.

Sie landete rücklings im Gang, keine drei Meter mehr von den zwei Amerikanern entfernt, und bekam erst mal keine Luft. Der Schmerz und der Schock verhinderten ein Atemholen, sie kämpfte gegen die bekannten Erscheinungen an.

»Okay, die Schlampe ist tot«, sagte der Soldat über die Schulter. »Du gehst rein und lässt den Funker eine Warnung an Rominten senden. Frag, was wir machen sollen. Keine Ahnung, wer von den Offizieren und Ministern noch lebt. Ich gehe und helfe Jeff gegen den Wichser.«

»Ist gut.«

Durch die tanzenden Feuerkreise richtete Dana die Pistole auf den GI, als er an ihr vorbeidrängte. »Ist nicht gut.« Sie drückte zweimal ab und setzte dem Mann eine Kugel in die Brust und eine in den Kopf.

Der letzte GI hatte die Schlösser geöffnet und stürmte in den dahinterliegenden Funkraum, anstatt sich umzudrehen und seine Schrotflinte gegen Dana einzusetzen. In Panik stellte er die Erfüllung des Notfallbefehls über das Ausschalten der Bedrohung.

Dana rappelte sich hoch und sah nach Viktor. Er prügelte sich noch mit Jeff, gewann aber sichtlich die Oberhand. Zu gerne hätte sie ihm geholfen, doch der Funkspruch konnte jederzeit abgesetzt werden. Daher folgte sie dem Amerikaner.

»Halt! Oder ihr geht drauf!«, schrie Dana und stürmte in die Kabine, in der zwei uniformierte Frauen an den schrankgroßen Geräten saßen, Kopfhörer auf den Ohren und die Hände bereits an den Knöpfen, um sie zu betätigen. Noch leuchteten die Kontrolllampen rot, die Funkanlage hatte keinen Kontakt hergestellt.

»Rominten kontaktieren. Code: Hornisse«, befahl der GI und wandte sich zu Dana um. Jetzt erinnerte er sich an seine Waffe und riss sie mit beiden Händen in Hüfthöhe. »Ihr scheiß Kommunisten!«

Bevor er feuern konnte, erledigte ihn Dana mit einem sauberen Kopfschuss aus ihrer P99.

Der Gegner fiel nach hinten, gegen eine der Funkerinnen, die aufschrie und ihn reflexhaft auffangen wollte. Die Schrotflinte landete in ihren Händen.

Sie hob den Blick und sah zu Dana. Während eines Lidschlags jagten die Gedanken sichtbar über ihr Gesicht: die Frage, ob sie es wagen konnte. Angst, dass sie sterben würde. Entschlossenheit, dem Feind nicht die Funkanlage zu überlassen. Zögern. Abwägen.

»Nicht«, bat Dana und richtete den Lauf auf die Funkerin. »Tun Sie es nicht.«

Die Frau regte sich zwar nicht, aber das Gewehr blieb in ihren Fingern.

Dafür zuckte die Hand der zweiten Funkerin abrupt zum Rufknopf.

Dana schoss ihr in die Schulter.

Aufschreiend fuhr die Frau zurück und stürzte vom Stuhl.

Das dumpfere Krachen der Schrotpatrone, die mit einem Abstand von zwei Metern ihre Ladung gegen Dana schleuderte, verschaffte ihr ein grelles Fiepen in den Ohren, Schwindel erfasste sie. Hörsturz.

Der Einschlag der vielen kleinen Projektile in die stabile Kevlarweste drückte Dana nach hinten. Mit dem Fuß blieb sie an einem Kabel hängen und vermochte sich in ihrer Benommenheit nicht mehr abzufangen. Sie prallte gegen das Stahlschott, ihr Kopf schlug auf den Rahmen. Das Drehen der Umgebung verstärkte sich und überfiel sie mit Doppelbildern.

»Hören Sie auf damit!« Dana schoss nach der Gegnerin, ohne sie richtig erkennen zu können. »Ich will Sie nicht töten!«

Die Kugeln hackten in den toten GI, der wie ein Schild halb über der Funkerin lag.

»Ich dich schon, rote Schlampe!« Die Frau hob die Mündung der Schrotwaffe etwas höher.

Dana korrigierte die Haltung der P99 und drückte ab.

Die Funkerin schrie auf und hielt sich die Brust. Ihr Abzugsfinger zuckte.

Donnernd löste sich ein zweiter Schrotschuss, der Dana das halbe Gesicht und den Hals wegriss. Gewebeteile, Haarbüschel und Blut flogen davon.

Die Sendelampen brannten noch immer rot, als Viktor kreidebleich hereinrannte.

* * *

KAPITEL XI

BEI FRANKFURT

Walter van Dam saß im Schneidersitz auf einem Stuhlpolsterstapel vor dem Kamin und arbeitete sich durch die Dossiers, Aufzeichnungen und verschlüsselten Notizen, die sich um die Tür drehten, die er aus der Tanne geborgen hatte. Es fiel ihm leicht. Er war vertraut mit der Codierung seiner Familie, da er sie für seine eigenen Memos nutzte.

Der Nachschub an Snacks und Getränken um ihn herum stammte aus dem Mercedes. Er hatte außerdem weitere Möbel zertrümmert und in die Flammen geworfen, um Licht und Wärme zu erhalten. Der Regen hatte nicht nachgelassen, ein beständiges Rauschen ging auf dem Kuppeldach nieder, in den Fallrohren gluckerte und sprudelte es.

Mit einem zerrissenen Laken hatte van Dam die Tür vom gröbsten Dreck gereinigt, sodass sich trotz der Verwitterung einen Teil ihrer alten Schönheit erahnen ließ, die sie kurz nach der Fertigstellung gehabt haben musste. Immer mal wieder erhob er sich von seinem kargen Thron und suchte die in den Unterlagen beschriebenen Zeichen und Symbole, die in die Tür eingraviert worden waren. Gelegentlich knackte und knarzte sie. Das trocknende Holz reagierte auf die Wärme und schien in seine alte Form zurückkehren zu wollen.

»Was haben Sie herausgefunden?«, erklang unvermittelt Hopkins' Stimme.

Van Dam schrak zusammen und wandte sich um. Dass das Wesen nach wie vor die Uniform des getöteten Matthias trug, mit Blut und Schmutz darauf, steigerte sein Unwohlsein in der Nähe der Kreatur, die den Unglücklichen und die falsche Tochter verspeist hatte.

»Sie sind wieder zurück!« Doch weder entdeckte er seine Anna-Lena noch jemanden von den Suchtrupps. Seine Sorge wuchs sogleich.

»Ich weiß, wo Ihre Tochter ist.« Hopkins kam näher und stellte sich neben die Tür. »Doch ich kann nichts für sie tun.«

»Was? Wieso können Sie –«

»Sie lebt, Herr van Dam. Aber sie befindet sich in einer sehr schwierigen Lage, zusammen mit dem zweiten Team.«

»Dann ist sie wenigstens nicht mehr alleine«, stieß er erleichtert aus. »Was ist das für eine Lage?«

Hopkins berührte die Einlagen im Holz und fuhr die Details mit den Fingerkuppen nach, als würde er sie sich einprägen wollen oder daraus lesen können. Sein weißer Bart und die weißen Haare schimmerten im Kaminlicht. »Ihre Tochter ist an einem Ort, an den ich nicht ohne Weiteres gelange. Entweder sie und das Team schaffen es aus eigener Kraft heraus, oder sie werden dort sterben.«

Van Dam weigerte sich, das zu akzeptieren. »Sie können bestimmt etwas tun!«

»Wirklich nicht. Die Verriegelung macht es unmöglich. Sie kann nur von innen geöffnet werden.« Hopkins deutete auf die Unterlagen. »Kommen Sie voran?«

Van Dam reichte dem Wesen die übersetzten Seiten. Niemand außer ihm gelangte in das Labyrinth, ging dort ein und aus und vermochte diesen Ort zu überleben. Wie konnte er Hopkins überreden, nach einer Lösung zu suchen? »Wir hatten die Abmachung, dass Sie meine Anna-Lena retten.«

»Die Chancen Ihrer Tochter und des Teams stehen am besten, wenn wir sie machen lassen. Sie haben alles dabei, was sie benötigen, um zu entkommen. Sobald sie die Kammer verlassen, gehe ich nachschauen und lotse sie nach oben.«

»Woher wollen Sie wissen, wann es so weit ist?«

»Gespür.« Hopkins überflog die übersetzten Zeilen. Immer wieder sah er auf die Tür und die Zeichen. Lautlos bewegten sich seine Lippen, erneut tippten die Fingerspitzen gegen bestimmte Punkte. »Doch es gibt etwas, was mir größere Sorgen bereitet.«

Das wollte van Dam eigentlich gar nicht hören. »Was ist es?«

»Die Particulae. Sie sind noch instabiler geworden. Die intensive Nutzung der Türen durch Ihre Tochter und die anderen, die sich auf die Suche nach ihr machten, beschleunigte die Selbstauflösung der Steine. Sie erhitzen sich.«

»Und werden explodieren.« Van Dam wurde blass. Nicht nur, dass Anna-Lena in einer Welt festsaß, in die man nicht eindringen durfte, der Keller barg eine weitaus größere Gefahr. »Wie lange noch?«

»Nicht allzu lange. Ein paar Stunden, bis die Kettenreaktion in Gang gesetzt wird. Und Sie erinnerten sich, was ich über das Stollensystem und die Villa sagte. Die Tür steht offen.«

Van Dam konnte sie nicht schließen. Nicht, solange seine Tochter da unten war. Seine Augen richteten sich auf die Flammen. »Sie sprachen von einer Kammer, in der sie ist?«

»Eher in einer Welt.«

»Wird diese Welt ebenso vergehen, wenn die Vernichtung einsetzt?«

»Auf jeden Fall sitzt sie erst mal fest, denn es wird keinen Ausgang mehr geben.«

»Und wir können nichts tun außer abwarten.«

»Es liegt nicht in unserer Hand.« Hopkins ging in die Hocke und betrachtete die leichten Beschädigungen, die von den Ästen der Tanne stammten. Das Türblatt selbst war nicht perforiert.

Van Dam überlegte fieberhaft, was er tun und inwieweit er den Aussagen des Mannes glauben konnte. Nichts sprach gegen Hopkins' Ehrlichkeit. Er hätte durch den Tod von Anna-Lena keinerlei Vorteile. Keinerlei Lösung, nirgendwo. »Das ist sehr frustrierend«, gestand er ein.

»Ja. Und es tut mir wirklich leid, dass ich nichts tun kann.« Hopkins erhob sich und gab die Übersetzung zurück. »Danke. Das hat mir geholfen. Ich verstehe nun, was dieses Portal vermag.«

Van Dam versuchte, sich von den Gedanken an das drohende Verderben abzulenken. Er brauchte eine Lösung, um Anna-Lena zu retten. Vielleicht wusste Hopkins noch etwas Hilfreiches. »Ich habe Aufzeichnungen über ein Projekt namens Arkus gefunden.«

»Ah?« Hopkins lächelte breit. Die Fleischreste zwischen seinen Zähnen waren verschwunden. »Was genau?«

»Sie kennen es?«

»Ich hörte jemanden davon sprechen. Vor langer Zeit. Es weckte schon damals mein Interesse.«

»Einen Moment. Ich habe es gleich.« Van Dam wühlte in den sortierten Packen rings um seinen Polsterthron nach dem richtigen Blatt. »Eine Gruppe von Leuten sucht nach den Particulae, die überall auf der Erde verstreut sind«, erzählte er, was ihm im Gedächtnis geblieben war. »Ob es dieselben Verschwörer sind oder eine Abspaltung von ihnen, konnte ich noch nicht herausfinden.« Er fand den Zettel und hob ihn auf. »Da! Da ist es. Es geht darum, eine Art Bogen zu bauen, so groß wie möglich. Ein Tor oder Portal.«

Hopkins fuhr sich grübelnd durch den langen weißen Bart. »Was unterscheidet es von den Türen? Nur die Form?«

»Nein. Dieser Arkus wird vollständig aus Particulae bestehen.«

»Steht etwas über die Ausmaße geschrieben?«

»Der Arkus soll groß genug für einen Menschen sein. Es ist ein Bogen, auf einer Plattform errichtet«, las van Dam vor und zeigte Hopkins die Skizze.

»Dafür müsste man massenweise Steine verbinden.« Der Mann tippte auf einen kleinen Splitter, der in der weißen Tür eingelassen war. Graumetallisch und unscheinbar, nicht größer als eine halbe Briefmarke »Sehen Sie das? Können Sie sich ausmalen, wie viele von denen man brauchte?«

»Sehr viele.« Van Dam wendete das Blatt und überflog die Zeilen. »Hier steht, dass man sowohl die Einschlagstellen von Meteoriten prüfen will als auch die Türen plündern soll. Es diene einem höheren und größeren Zweck.«

Hopkins ging um die Tür und entfernte verbliebene Dreckpartikel. »Was genau wäre dieser Zweck?«

»Darüber schweigen sich die Arkus-Freunde aus.« Van Dam

reichte ihm das Papier. »Wir können nur spekulieren: ein Zugang zu einer fremden Welt, zu Gott, ins Weltall …«

»Die Transformation von Menschen in etwas anderes«, fuhr Hopkins grübelnd fort. »Ewige Jugend. Heldenkräfte, die jenen von Göttern gleichen.«

Van Dam warf noch ein Scheit ins Feuer, dann sah er hinauf zur Glaskuppel. Es hatte während ihrer Unterhaltung aufgehört zu regnen, das Unwetter war weitergezogen. Der Himmel färbte sich allmählich rosa, die Sonne meldete ihr Kommen. »Ein paar Stunden, sagten Sie?«

»Ja.« Hopkins bemerkte das Morgenrot ebenso. »Ich denke, ich werde mir etwas einfallen lassen müssen.«

»Wegen der Vernichtung der –«

»Wegen des Sonnenlichts. Und ja, auch wegen der Desintegration der Particulae in den Türen. Ich werde Sie nicht dazu überreden können, das Seil zu durchtrennen, ich weiß.« Hopkins setzte zu einem weiteren Satz an, schwieg dann aber.

»Hören Sie das?«, erkundigte er sich nach einigen Sekunden.

»Was?« Van Dam lauschte. Leises Scharren, das sich durch die Halle der Bibliothek näherte. »Besucher!«

»Bewaffnete Besucher. Ich vernehme das Klappern der Waffen.« Hopkins wandte sich zur Eingangstür des Erdgeschosses um, die just aufschwang.

»Guten Morgen«, grüßte der Mann im Nadelstreifenanzug und trat gemächlich in den hohen Raum, als befände er sich auf einer Sightseeingtour durch das Anwesen. »Schön haben Sie es hier, wenn auch ein bisschen heruntergekommen.« Ihm folgten zehn Bewaffnete mit Kevlarwesten und Sturmgewehren, die sich ringsherum verteilten und die Mündungen auf van Dam und Hopkins richteten. Ziellaser wurden im Zwielicht als schwache grüne Strahlen sichtbar. »Mein Name ist Ritter, und ich hätte da ein paar Fragen an Sie, Gentlemen.«

* * *

BEI ROMINTEN, OSTPREUSSEN, 9. JANUAR 1945

»Sie gestehen, dass die US-amerikanische Regierung beabsichtigte, mit den Nazi-A9- und A10-Raketen Atombomben auf Russland und Japan zu schießen?« Politkommissarin Sonja Smetana stand neben der Kamera, die das Verhör filmte, und stellte die Fragen im Wechsel an den amerikanischen Außenminister Edward Reilly Stettinius junior und den Kriegsminister Henry Lewis Stimson, die auf Stühlen im Funkraum saßen. Smetana hatte eine rote Armbinde mit Hammer und Sichel auf ihrer russischen Uniform angelegt, um ihre Gesinnung klar zu zeigen.

Die Mikrofone der Funkanlage waren offen. Die Geständnisse gingen durch den Äther an verschiedene Widerstandsnester überall in Europa. Sie würden aufgezeichnet und danach an Rundfunkanstalten und an Piratensender übergeben; der Film sollte geschnitten und kopiert werden, um ihn heimlich in Untergrundkinos zu zeigen.

Viktor und Anna-Lena hielten sich im Hintergrund. Auf dem Gang standen Theo und Greta sowie einige Kommunisten, die rauchten und zuhörten.

»Wir haben ein Medium bei uns, das jeden Ihrer Gedanken mitliest. Leugnen ist also reichlich zwecklos.« Smetana lächelte. »Und wir müssen Sie nicht mal foltern, um die Wahrheit zu erfahren. Das Geständnis ist nicht durch Schmerzen erzwungen.«

Coco saß neben den Ministern auf einem Schemel, Mittel- und Zeigefinger gegen die rechte Schläfe gepresst. Sie spielte die Rolle des einsichtigen Mediums und sprang von einem Geist zum nächsten, je nachdem, an wen die Frage gerichtet wurde. »Stimson denkt gerade an die Städte. Sankt Petersburg. Moskau. Stalingrad. Tokio, Kyoto … nein, das hat er gestrichen. Stattdessen Nagasaki, Hiroshima, irgendeine heilige Insel«, zählte sie auf. »Er weiß den Namen gerade nicht.«

Cocos Versuch, sich bis zur Portaltür durchzuschlagen, war erneut vereitelt worden. Etliche Männer und Frauen aus den Abteilen, an denen sie auf dem Weg zum Gepäckwagen vorbeimusste, hatten sie mit Fragen zum Geschehen im vorderen Teil des Zuges aufgehalten. Leider lange genug, damit Viktor sie einholen konnte.

So aufgelöst und aufgeregt hatte Coco den Mann noch nicht erlebt gehabt. Danas Tod hatte ihn mitgenommen und in einen emotionalen Ausnahmezustand versetzt. Daher wagte sie keinen Widerspruch, als er sie zur Befragung der hochrangigen Gefangenen brachte. Er verlangte, dass sie ihnen half. Ein letztes Mal. Danach durfte sie gehen, das schwor er ihr, und er würde alles tun, damit Theo und Smetana sie in Ruhe ließen. Cocos Gelegenheit würde kommen. Bald.

»Ja. Ja, ich gebe es zu«, rief Stimson. »Aber doch nicht, um das Leid der Menschen zu vertiefen, sondern um Stalin und den Tennō in die Knie zu zwingen. Um die Länder von den Machthabern zu befreien, die jedes Menschenrecht mit Füßen treten. Um der Bevölkerung Freiheit zu gewähren.«

Smetana lachte schallend. »Der Tod ist auch eine Art von Freiheit, da haben Sie recht, Sie widerliches Kapitalistenschwein. Zynischer als die Staaten kann man nicht sein. Unter dem Deckmantel von Freiheitsbringern millionenfachen Tod zu streuen – dass Sie sich nicht vor Scham selbst umbringen! Sie sind ein erbärmlicher Mensch. Wie Ihr Präsident.«

Viktor sah dem Verhör zu, doch seine Gedanken waren bei Dana. Er war nicht schnell genug gewesen, um sie zu unterstützen. Zu sichern. Im Team vorzurücken.

Seine Blicke sanken auf seine Hände.

Schon dreimal hatte Viktor sie gründlich gewaschen, aber noch immer entdeckte er getrocknetes Blut in den Nagelbetten und unter den Nägeln. Danas Blut. Er hatte nichts mehr für sie tun können.

Der Zug stand auf freier Strecke, damit die über Funk herbeigerufene Haupttruppe der Kommunisten unter der Leitung von

Smetana hatte zusteigen können. Rominten würden sie mit frischen Kräften und ausreichend Waffen angreifen.

Die Gefangenen waren befreit. Wer von ihnen nicht bei der anstehenden Mission mitmachen wollte, war zum Aussteigen gezwungen worden. Die Nazis hatte man erschossen.

Smetana war gründlich. Und schnell. Sie hatte Wallace bereits dazu gebracht, Geständnisse über die geplanten Anschläge unter falscher Flagge herauszuschreien und die Verantwortung sowohl für Bombenexplosionen als auch Giftgaseinsätze in Deutschland zu übernehmen, die den Kommunisten und Stalins Sympathisanten in die Schuhe hatten geschoben werden sollen.

Viktor fand es clever, die Worte der Briten und Amerikaner über Funk zu verbreiten und mit der Kamera festzuhalten. Es war für alle Zeiten sendefähig. Millionen von Menschen würden die Geständnisse hören und sehen.

»Sie wollen mir etwas über Freiheit erzählen? Dass ich nicht lache! Stalin ist keinen Deut besser als Hitler«, erwiderte Stimson verächtlich. »Jeder weiß, was er mit seinen Gegnern macht. Und Menschen, die ihm im Weg stehen.«

Smetana ließ die Kamera anhalten und den Funk abschalten.

»Ah, und schon finden Sie es nicht mehr gut, dass Sie aufzeichnen, was?«, sagte Stettinius. »Sie wissen ganz genau, dass Stalin Lager hat, in denen er seine Gegner und Andersdenkende verschimmeln lässt. Er säubert die Partei, er macht sich zum alleinigen Machthaber. Wie ein Hitler. Wie ein Mussolini. Wie ein Franco.«

Smetana zog ihre Pistole aus dem Halfter.

»Was wollen Sie jetzt tun?« Stimson lachte sie aus. »Mich umbringen? Ich bin als Kriegsminister viel zu wertvoll für Ihre –«

Die Politkommissarin schoss ihm in die Brust. Der Knall ließ Anna-Lena und Coco zusammenzucken.

Stimson gab ein ersticktes Keuchen von sich und legte eine Hand auf das Loch in seiner Weste, aus dem das Blut quoll und sich durch seine Finger presste. Nach einem röchelnden Atemzug brach sein Blick, der Körper erschlaffte.

»Genossin Smetana! Was tun Sie?« Theo drängte sich zu ihr.

»Keiner von Ihnen ist wertvoll.« Smetana schwenkte die Pistole auf Stettinius, der abwehrend die Hände hob und um sein Leben flehte, der Rauch kräuselte sich aus der Mündung. »Sie haben ihre Zwecke erfüllt.« Sie exekutierte den Außenminister mit einem Herzschuss durch seine Finger hindurch.

Die Leichen fielen gegeneinander, rutschten von den Stühlen und landeten auf dem Metallboden der Funkkabine.

Theo stand neben der Politkommissarin und zeigte anklagend auf die Ermordeten. »Wissen Sie, was wir für diese Männer hätten aushandeln können?«

»Roosevelt verhandelt nicht. Ich würde das auch nicht tun. Eher wird er zwei neue Minister ernennen und diese Schweine als Märtyrer hinstellen.« Smetana sicherte die Pistole und steckte sie ein. »Nein, Genosse Schwimmer. Diese beiden haben ihren Zweck erfüllt, und mir war es ein Vergnügen, sie hinzurichten. Ihre Geständnisse sind aufgezeichnet und in die Welt gesandt. Die amerikanische Regierung ist entlarvt.« Sie rief einige ihrer Leute zu sich und befahl, die Leichen der Minister aus dem Zug zu werfen. »Sollen die Füchse und Krähen sich an ihnen laben. Wir brauchen sie nicht mehr.«

Viktor mochte die eiskalte Art der Politkommissarin nicht. Er kannte diese Sorte von Menschen, er war ihnen auf Einsätzen in seinem alten Leben begegnet. Das nächste Massaker würde sie in der Basis anrichten.

Coco nahm langsam die Finger von der Schläfe. »Jetzt denken sie nichts mehr.«

Die erschossenen Minister wurden nach draußen gezerrt. Im Licht der Lampen flogen die Toten neben die Gleise, Arme und Beine unnatürlich angewinkelt und verdreht.

Smetana sah in die Runde. »Gut. Den Zug in Bewegung setzen. Wir kündigen Rominten unser Kommen an.« Sie winkte Theo und Greta näher zu sich. »Der Plan bleibt unverändert.«

Der Plan besagte, die Geschütze der Panzerwagen gegen die Verteidigungsanlagen vom Komplex Robinson einzusetzen. Nach ein, zwei Salven würden die überrumpelten und verwirrten Amerikaner sich vermutlich ergeben.

»Was tun wir mit unserer Beute?«, fragte Viktor. Rominten war bekannt und aus der Luft leicht anzugreifen. »Sie muss an einen sicheren Ort gebracht werden.«

»Das habe ich mir bereits überlegt.« Smetana wandte sich zu Viktor um. »Wir verladen die atomaren Sprengköpfe auf die zwei Züge, die noch dort sind, sowie auf diesen hier. Die Waggons verstecken wir in Tunneln, damit die Luftaufklärung der Tommys und Uncles sie nicht entdeckt. Danach machen unsere Roten Zellen die Geständnisse von Wallace und den Ministern publik.«

»Was soll das bringen?« Anna-Lena missfiel die Vorgehensweise. Die Verhinderung des Atomwaffeneinsatzes hatte sie sich anders vorgestellt. Aber da hatte sie Smetana auch noch nicht gekannt.

»Das kann ich Ihnen sagen, Fräulein van Dam. Wir werden die Bevölkerung in ganz Europa zum Aufstand gegen die Vereinigten Staaten und das verfluchte Empire bewegen.« Smetana lächelte überlegen. »Ich rechne mit dem Beistand der Schotten und Iren; wir haben Unterhändler zu deren nationalen Untergrundorganisationen geschickt, um den Widerstand zu lenken. Der König wird sich wundern, wie schnell sein Palast brennt.«

Der Zug fuhr an, quietschend wurden die Wagen vorangezogen. Durch die kleinen Seitenscheiben sah Viktor, wie die Lampen hinter den Schlitzen im vorderen Panzerwagen leuchteten. Die Kommunisten machten das Geschütz und die Flaks einsatzbereit, mit denen sie die Basis zu erobern gedachten.

»Ihnen wird als erfahrener Kämpfer eine besondere Rolle zukommen. Sie werden ganz vorne mit dabei sein.« Smetana trat an Viktor heran. »Ich bedauere den Tod Ihrer Freundin und Ihre vorherigen Verluste. Sie kämpften für eine gerechte Sache.«

»Politik ist mir egal. Den atomaren Tod verdient kein Unschuldiger.«

»Wenn es nach schuldig und unschuldig ginge, Herr Troneg, müsste man die Menschheit ausrotten.« Smetana legte die Hände auf den Rücken. Sie gefiel sich in der Rolle als angehende Heldin, die Stalin zum Sieg verhelfen konnte und einen Aufstand in Europa anzettelte. »Jeder ist schuld an etwas.«

Viktor hängte sich Danas G36 um und verteilte die Magazine in seinen Taschen. »Fangen wir damit an, die Städte vor der Vernichtung zu bewahren.«

»So sehe ich das auch.« Smetana zeigte auf die Scharfschützin. »Sie gehen mit Gretas zweitem Trupp. Ihre beiden Freundinnen sollten besser im Zug bleiben. Ich rechne nicht damit, dass es lange dauert, bis wir die Basis eingenommen haben.«

»Ja, ich möchte gerne hierbleiben«, stimmte Coco zu. Im Zug und nahe dem Gepäckwagen. Mit der Tür und ihrer Gelegenheit. Das Gefecht würde für die Ablenkung sorgen, die sie benötigte. Anna-Lena konnte sie begleiten, wenn sie wollte.

»Folgen Sie mir, bitte, Mme. Fendi. Ich habe noch ein, zwei Fragen an Captain Wallace. Sie werden mir verraten, ob er die Wahrheit sagt.« Smetana machte eine einladende Handbewegung. »Danach lasse ich Sie und Frau van Dam in den Gepäckwagen bringen. Da sollten Sie am sichersten sein.«

»Ist mir recht.« Coco ließ sich ihre Freude nicht anmerken. Bestenfalls befanden sie und Anna-Lena sich zum Zeitpunkt der Attacke nicht mehr in diesem Zug und in diesem Universum.

»Sie wissen, was ich tun werde. Ich nehme sie mit«, raunte sie Viktor zu. »Sobald sich die Gelegenheit bietet.«

»In Ordnung.« Er legte eine Hand auf das G36. »Ich bringe das zu Ende.«

Coco nickte und folgte Smetana und zwei Aufpassern. »Haben Sie keine Angst«, sagte sie zu Anna-Lena, die neben ihr ging. »Wir sind bald fort.«

Sie durchschritten mehrere Wagen und gelangten zum Abteil, in dem Wallace saß, bewacht von vier Leuten. Die Politkommissarin trat zuerst hinein, danach Coco. Anna-Lena musste mit den beiden Männern auf dem Gang warten.

Die Tür wurde zugezogen, und die Vorhänge wurden geschlossen. Je eine Wache stand vor dem Ausgang und dem Fenster, eine saß neben dem Captain, und die letzte räumte auf Smetanas Wink den Platz für das Medium und verschwand hinaus.

»Ah, verstehe. Sie haben Verstärkung geholt.« Wallace betrachtete Coco. Sein Gesicht war gezeichnet von der Prügel, die er beim ersten Verhör bekommen hatte. Zwei Fingernägel fehlten ihm, die Wunden waren frisch. »Ist es das alte Spiel: gute Kommunistin, böse Kommunistin?«

»Das ist Mme. Fendi«, stellte Smetana sie vor. »Sie ist außerordentlich begabt und kann Ihre Gedanken erraten. Oder mir zumindest sagen, ob Sie lügen oder nicht, Captain.«

»Aha.« Er machte eine auffordernde Geste, und das breite Grinsen verriet, dass er ihr kein Wort glaubte. »Legen Sie los. Ich werde Sie testen.«

Coco legte wie stets die beiden Finger gegen ihre rechte Schläfe. »Es tut nicht weh«, versprach sie. »Sie werden nicht mal merken, dass ich in Ihrem Kopf bin.«

»Sie haben Rominten öfter besucht?«, begann Smetana.

»Nein.«

»Lüge«, sagte Coco. Es kostete sie keine Mühe, in dem Amerikaner zu lesen. Da er nicht an ihre Kräfte glaubte, unternahm er keine Versuche, ihr Eindringen abzublocken.

»Benötigen wir ein spezielles Passwort, wenn wir in Rominten einfahren?«

»Fick dich!«

»Ja«, sagte Coco. »Es lautet *Die künstlichen Sonnen strahlen vernichtend.*«

Wallace verlor sichtlich die Fassung. Als er sich nach vorne lehnen wollte, hielt ihn der Mann neben ihm zurück. »Scheiße, das klappt ja wirklich!«

Smetana ließ die Wache auf dem Gang zur Lok laufen, um die Losung bekannt zu geben. »Wie viele Leute sind stationiert? Mehr als sonst, wegen der Minister?«

»Such dir doch deine Antworten selbst«, lautete die patzige Erwiderung.

»Es sind vierhundert Mann zusätzlich angefordert, dazu Panzer und Flak-Wagen, um Rominten noch besser dastehen zu lassen«, las Coco im Verstand des Gefangenen. »Sie rechnen mit keinerlei Angriff.«

»Zum Teufel mit dir, du Hexe!«, giftete Wallace und musste von dem Mann neben ihm festgehalten werden.

»Das ist besser als Nägel ziehen oder Drogen verabreichen.« Smetana lachte fröhlich. »Vor Ihnen kann wirklich keiner die Wahrheit verbergen, Mme. Fendi.«

»Was wollen Sie mit den Raketen?« Wallace schaute die Politkommissarin wütend an. »Wenn der Präsident erfährt, dass sie sich in der Hand von euch roten Banditen befinden, sendet er seine Langstreckenbomber. Stellen Sie sich vor, wie dieser Fleck Land aussieht, falls die Atombomben zünden!«

»Ungefähr so wie die russischen und japanischen Städte, die Sie und die USA vernichten wollen. Aber das wird nicht geschehen. Weder das eine noch das andere«, gab Smetana souverän zurück.

Coco wagte einen Test. Sie sondierte die Gedanken der Offizierin, aus Neugier, was sie wirklich über den Krieg und Wallace dachte.

Ihr wurde sogleich schlecht.

Smetana wollte Coco durch die Gefangennahme von Viktor und Anna-Lena zwingen, für sie zu arbeiten. Als Spionin und bei Verhören, um an geheime Informationen zu gelangen und den Krieg zu gewinnen. Stalin sollte binnen eines Jahres die Welt beherrschen. Durch das überlegene Wissen. Cocos überlegenes Wissen.

»Ich fragte, was denkt unser Captain über die Besetzung der Dienstpläne?«, wiederholte Smetana ungeduldig. Sie drehte den Kopf zur schweigenden Hellseherin. »Wie viel Mann sind auf Patrouille und für die Geschütze eingeteilt?«

Offenbar hatte Coco die erste Frage überhört. »Ich bin müde,

Genossin Smetana«, sagte sie und bat um eine Pause. »Geben Sie mir eine Stunde.«

»Sind Sie verrückt? Uns steht das Gefecht bevor! Wir brauchen dieses Wissen. Der Zug wird bald am Ziel sein.«

Coco tauchte erneut in den Geist der Politkommissarin ein, suchte nach der wahren Absicht, was die Zukunft der Raketen anging.

Und wurde fündig: Smetana log. Aufs Übelste. Sie wollte drei, vier Sprengköpfe mit dem Zug zum Fort India schicken und dort zünden, um das Hauptquartier zu vernichten – und die Schuld daran den Amerikanern geben. Eine weitere Falsche Flagge, die ganze Landstriche verseuchen würde. Der Rest der Beute sollte samt den A9- und A10-Raketen mit den zwei verbliebenen Zügen nach Russland gefahren werden. Zu Stalin. Um von Schiffen aus zu starten und US-amerikanische Großstädte auszulöschen.

Coco bemerkte, dass sie angestarrt wurde, von jedem Einzelnen im Abteil. »Ich bin wirklich sehr erschöpft«, durchbrach sie die Sprachlosigkeit. »Ich bin Ihnen in dem Zustand nicht von Nutzen.«

»Sie waren in meinem Kopf.« Smetanas Miene verschloss sich. »Sie haben sich Wissen angeeignet, das Ihnen nicht zusteht.«

Wallace lachte auf. »Sie meinten doch, dass die Dame besser ist als jede Folter und jede Droge.«

Coco erhob sich zitternd. Der Gepäckwagen. Nur den Gang runter und den Türklopfer betätigen. Dann wäre sie weg. Zusammen mit Anna-Lena. »Lassen Sie mich ausruhen. Im Gepäckwagen sind zwei Matratzen, auf denen ich –«

»Nein.«

»Ich … verrate auch keinem, was Sie vorhaben«, stotterte Coco. »Bitte, ich möchte nur ausruhen.«

»Ich weiß, was Sie möchten«, sagte Wallace. »Sie wollen durch die blaue Tür.«

Smetana sah zwischen Coco und dem Captain hin und her.

Sie verstand nicht, wovon er sprach. »Was ist diese blaue Tür?« Ihre Züge hellten sich auf. »Etwa jene, die Ihre Leute aus dem Keller ausgebaut haben?«

»Es ist ein Portal«, erklärte Wallace. »Ein Durchgang zu den geheimen Nazi-Anlagen an den Polen. Oder wohin auch immer. Jedenfalls an einen Ort, wo es besser ist als in diesem beschissenen Zug.« Er zwinkerte ihr zu. »Nehmen Sie mich mit. Holen Sie uns aus diesem Abteil, und ich verspreche Ihnen, dass ich Sie mit einer Waffe heil bis in den Gepäckwagen bringe.«

»Nichts da! Sie bleiben und werden der sozialistischen Revolution dienen.« Smetana griff nach Cocos Arm. »Stalin braucht Sie. Die Rote Armee braucht Sie. Mit Ihnen werden wir –«

»Sie wollen das gleiche Massaker anrichten wie der Präsident!«, rief Coco panisch und wich bis an die Tür zurück, wo sie gegen den Wachmann prallte. Wallace befand sich gefährlich nahe an der Wahrheit. Das Geheimnis der harmlosen alten Tür war enthüllt, und die Politkommissarin würde sie unter Verschluss halten. Das bedeutete: Coco war gefangen. Endgültig.

»Haben Sie die Macht, den Geist unserer Bewacher zu beeinflussen?« Wallace' Körper spannte sich an. »Los! Lassen Sie die sich gegenseitig erschießen.«

Smetana riss die Pistole aus dem Holster und richtete den Lauf auf Cocos Gesicht. »Wagen Sie es nicht.«

»Tun Sie es!«, rief der Captain und bekam den Ellbogen seines Aufpassers gegen Mund und Nase geschlagen, sodass er in die Rückenlehne federte. »Tun Sie es, Madame. Sonst wird Sie Smetana aus dem Weg räumen!«

Die Politkommissarin nickte der Wache an der Tür zu, die sogleich einen Arm von hinten um Cocos Kehle legte. »Ich lasse Ihr Genick brechen, sollte ich merken, dass sich einer meiner Leute anders verhält.«

»Ich weiß, dass Sie es schaffen!«, rief Wallace und hielt sich die blutende Nase. Zur Ablenkung schleuderte er das Blut auf seinen Aufpasser und warf sich auf ihn. »Los! Ich verschaffe Ihnen –«

Smetanas Hand ruckte zur Seite, ihr Finger zog mehrmals durch.

Knallend spie die Halbautomatik Kugeln gegen den Captain, der mehrfach in den Oberkörper getroffen wurde und zusammenbrach; den umschlungenen Wachmann zog er mit sich zu Boden.

Die Abteiltür wurde aufgerissen, ein Windstoß fegte die Vorhänge in die Höhe. Sie umwallten Coco wie weiche Schwingen und raubten ihr die Sicht.

»Was ist denn los?«, erklang Anna-Lenas besorgte Stimme.

Coco wollte sie warnen, doch um ihre Kehle lag der Arm des Mannes und drückte zu.

Erneut schoss die Politkommissarin, mitten in das Wehen und Winden des schweren Stoffes, in dem sich mehrere Menschen verbargen.

Einmal.

Eine Kugel erwischte Coco in die Brust. Das Kevlar hielt das Geschoss auf, aber der grelle Schmerz in ihrem Oberkörper zwang sie in die Knie. Ihr Aufpasser beugte sich mit nach vorne, überrascht von dem plötzlichen Gewicht. »Nein, ich … ich will nicht in dieser scheiß Welt …!«, presste sie hervor.

Zweimal.

Durch das Abwärtsgleiten fiel Coco in die Flugbahn des zweiten Projektils, das den Arm des Soldaten und ihren Hals durchschlug. Sie hätte gerne geschrien, aber es ging nicht mehr. Sie schmeckte Blut in ihrem Mund, fühlte Luft in ihrer Kehle, als wäre dort ein Loch im Fleisch. Der Mann gab sie mit einem Schrei frei und taumelte seitwärts in den Gang.

Coco fiel nass hustend auf alle viere. Die Umgebung wurde dunkler, Smetana ragte gleich einem schlanken schwarzen Fels vor ihr empor. Sie hörte Anna-Lena hinter sich aufschreien.

Dreimal.

Anna-Lena verstummte.

Cocos Arme gaben nach. Beim Aufschlag auf dem Boden verlor sie das Bewusstsein fast vollständig.

Verwirrt las sie Smetanas Gedanken: *Guter Treffer. Diese verdammte Schlampe, sie hätte mich fast … oh, ich habe die Kleine auch erledigt. Egal. So ist es vielleicht besser. Wer weiß, was sie sonst noch angerichtet …*

Mit dem nächsten Atemzug starb Coco auf dem Boden des Abteils.

Und Anna-Lena mit ihr.

* * *

»Frau van Dam und Mme. Fendi sind im Gepäckwagen, Herr Troneg, und ruhen sich aus. Da wird ihnen nichts geschehen. Ich habe mich persönlich darum gekümmert.« Politkommissarin Smetana nickte ihm freundlich lächelnd zu. »Bevor es gleich losgeht: Ich danke Ihnen für Ihren Einsatz. Er ist beispiellos.«

»Roosevelts irrer Plan muss durchkreuzt werden.« Viktor prüfte die G36 ein letztes Mal, während der Zug in die Basis Rominten einrollte.

Nichts wies von außen darauf hin, dass sich in den Waggons kommunistische Kämpfer befanden. Die Geschütztürme blieben nach vorne ausgerichtet und täuschten Harmlosigkeit vor.

»Dank Ihnen sind wir in den Besitz des Wissens gekommen. Das wird die Welt erfahren und sich gegen die Amerikaner und ihre britischen Inselaffen auflehnen. Die Menschen sollen verstehen, dass der US-Präsident nichts anderes als ein Hitler in besserem Anzug ist.« Smetana gab ihren wartenden Leuten ein Zeichen. »Danke, Herr Troneg. Im Namen der Welt.«

Die Bremsen des Zuges griffen, kreischend verringerte sich die Geschwindigkeit.

Vor dem Fenster zog die taghell erleuchtete Militärbasis dahin. Die amerikanischen und britischen Soldaten hatten unter dem Sternenbanner in Reih und Glied Aufstellung genommen, um die erwarteten Minister zu begrüßen. Panzer waren einander gegenübergestellt worden, die Rohre leicht angehoben. Sie bildeten ein martialisches Spalier.

Viktor erkannte eine A9-Rakete, die auf eine A10 montiert und eigens zur Präsentation aus einem der sechs Backsteinhangars gefahren worden war. Sie erinnerte ihn an die Raketen, die die Sowjets und die US-Amerikaner später ins All und zum Mond schicken würden – was nicht verwunderlich war. Die Nazitechnik wurde von den Alliierten für eigene Zwecke eingesetzt.

Es war beeindruckend, wie sie sich in den Himmel reckte, schwarz und weiß lackiert, mit dem Sternenbanner im Licht von vier Flakscheinwerfern. Man hatte sogar den Atomsprengkopf aufmontiert, wie die Warnhinweise für Radioaktivität auf der gelb bemalten Spitze verdeutlichten.

Sorge brannte sich in seine Gedärme. »Kein Geschütz darf auf die Rakete feuern«, sagte er zu Smetana. »Sollte der Sprengkopf zünden, aus welchen Gründen auch immer, sind wir Asche.«

Die Politkommissarin ließ die Hinweise rasch an die Mannschaften in den bewaffneten Panzerwagen überbringen.

»An alle«, funkte sie mit einem portablen Gerät durch die Wagen, welche die Verstärkung beim Zusteigen mitgebracht hatten. »Wir lassen unsere dicken Kaliber die grobe Arbeit verrichten. Sollte es dann noch Gegenwehr geben, erledigen wir den Rest persönlich.«

Das Quietschen der Bremsen wurde lauter, die arretierten Räder rutschten über die Schienen. Der Zug kam allmählich zum Stehen.

Durch das Abebben der Fahrgeräusche wurde die Band hörbar, die zum Empfang der Gäste spielte. Es ertönte *Yankee Doodle*, das als Spottlied der Briten gegen die US-Amerikaner im Unabhängigkeitskrieg im 18. Jahrhundert angestimmt wurde, bevor es die Kolonialisten mit so viel Stolz umgedichtet hatten, dass seine Wirkung ins Gegenteil verkehrt worden war.

Wie passend, dachte Viktor. Ein Lied, das zwei Nationen verband, die sich anschickten, Europa und vielleicht sogar die ganze Welt zu ihrer Kolonie zu machen.

Die Geschütztürme des Zugs drehten sich synchron, richteten die langen Läufe der Flaks und Kanonen aus.

Viktor erkannte Befremden auf den Gesichtern der Wartenden. Die Kapelle spielte weiter. Die Besatzung der Basis hielt die Bewegung an den Panzerzügen womöglich für eine Geste der Ehrerwiderung.

Smetana blickte auf ihre Armbanduhr. »Bereit machen«, gab sie über Funk durch. »Feuersturm beginnt in drei, zwei, eins – *jetzt!*«

Mit einer leichten Verzögerung legten die Flaks und Kanonen auf dem Zug los. Eine Blitzmaschine nahm ihre Arbeit auf und bewarf die Welt jenseits der Scheibe, vor der Viktor stand, mit Funken, Rauch und Vernichtung. Maschinengewehre, Granatwerfer, Feldkanonen schleuderten den Tod in mannigfaltiger Form auf die ahnungslosen Truppen.

Die Erde flog braun, rot und feucht auf. Abgerissenes Fleisch mischte sich mit Dreck, Schmutzfontänen, spritzendes Blut und Gewebe wurden eine Masse.

Mitten hinein röhrten die Feldkanonen und punzten Löcher in die Panzer; zwei von ihnen erhielten Munitionstreffer und vergingen in spektakulären Detonationen, welche die Scheiben des Waggons fast zum Bersten brachten. Die Flaks sägten derweil die Wachtürme in winzige Stücke und ließen Glassplitter, Holzspäne und Menschenteile zu Boden regnen.

So etwas hatte Viktor in seinem Leben als Bundeswehrsoldat nicht erlebt. Die KSK-Truppe operierte anders. Der Tod hatte dazugehört, mal in ihrer Einheit, mal bei den Feinden. Einschusslöcher, gebrochene Gliedmaßen, Schnitte, Sprengwunden durch Granaten oder Minen – dieser Anblick war bekannt. Doch was die Geschütze und Maschinengewehre unterschiedlicher Kaliber durch den Dauerbeschuss veranstalteten, war ein wüstes Abschlachten, ein zerfetzendes Gemetzel jenseits von Sinn und Verstand.

Er unterdrückte den Brechreiz und verbat sich das Mitleid mit den Menschen. Sie arbeiteten für ein verbrecherisches Regime und hatten A9- mit A10-Raketen und Atombomben auf Städte regnen lassen wollen. Niemand von ihnen hatte Schonung verdient – und doch hätte er den Beschuss gerne beendet, um ihnen Gelegenheit zur Aufgabe zu geben.

Der Rauch der Granaten und Geschütze, der umherziehende Staub schufen einen rötlich braunen Schleier, der an den Scheiben haftete und ihm die Sicht raubte. Das Blitzen von rechts und links hielt an, das Krachen und Wummern ging weiter. Der Zug schüttelte sich unter den Kräften, die aus den Panzerwagen auf ihn wirkten.

»Aufgepasst«, schrie Smetana durch das infernalische Stakkato. Sie sah immer noch auf ihre Armbanduhr. »Beschuss endet in drei, zwei, eins – *jetzt!*«

Abrupt verstummte das Gewitter des Todes. Nur die Wolken und Schwaden waberten umher und bedeckten gnädig den Anblick.

»Fenster runter«, befahl die Frau. »Lauschen und bereit machen zum Absitzen.«

Klackend wurden die Scheiben herabgedrückt.

Der nach Kupfer riechende Drecknebel schob sich ins Innere des Waggons, ein Konglomerat aus Innereiengestank und verbrannter Haut, aufgebrochener Erde und heißem Metall schwappte hinein.

Viktor vernahm Würgen aus den Reihen der Kommunisten, er selbst konzentrierte sich ganz auf sein Gehör.

Es war totenstill. Außer dem leisen Knacken, das die Flammen in den vernichteten Panzern erschufen, hörte man nichts. Niemand rief nach Hilfe, es wurde nicht geschrien, nicht geweint. Nicht ein Schuss fiel in Richtung des Zuges.

»Raus!«, befahl Smetana und ließ ein halbes Dutzend ihrer Leute vorgehen, ehe sie den Wagen verließ. »Sichern und halten. Überlebende zusammentreiben und gefangen nehmen.«

Viktor hastete ebenfalls ins Freie, den Kopf leicht geduckt, das

G36 im Anschlag und visierend. Er war der Einzige, der sich auf diese Weise durch den beißenden Rauch bewegte. Die Ausbildung von 1944 unterschied sich deutlich von seiner modernen.

Seine Stiefel schritten durch aufgerissene Erde und Blutpfützen, über weiches Fleisch und Knochenstücke, über zerfetzte … Dinge. Es stank, als wäre ein Schlachthof explodiert.

Viktor hatte lange versucht, es zu unterdrücken, aber nun musste er das Gewehr senken und erbrach sich. Er hatte sich manchmal gefragt, wie es in Verdun und an anderen Schauplätzen von Stellungskriegen ausgesehen hatte. Nun wusste er es.

Der Wind verwehte den Rauch. Durch den lichteren Dunst sah Viktor das schwache Feuer in den Panzern und absurderweise die A9- mit der A10-Rakete, die sich über ihnen erhob und noch immer von den Flakscheinwerfern angestrahlt wurde, als habe sie selbst wie ein zorniger Maschinengott die Vernichtung über sie gebracht.

Rechts und links von ihm stapften die Leute vom Geheimen Roten Regiment und suchten nach Überlebenden. Aber es gab keine.

»Wo sind Sie, Troneg? Sie sollten doch bei Greta bleiben«, hörte er Smetanas Stimme. »Ich brauche Sie vorne.«

Viktor hob das G36 an. »Komme«, rief er zurück, den Blick auf die Rakete gerichtet. Sie hatte nicht einen Schuss abbekommen. Die Hülle war intakt, ohne einen Lackabplatzer oder ein Loch. »Haben Sie jemanden gefunden?«

»Alle tot«, kam es aus dem Qualm. »Keine Gegenwehr. Das melden auch die anderen Untergruppen. Die ersten sind bereits bei Bunker eins angekommen.«

Viktor wollte etwas erwidern, als er das Gefühl hatte, dass die Rakete sich neigte. Langsam. Nach vorne und auf ihn zu, wie ein Zeiger, der sich auf ihn richten wollte. Um ihm die Schuld an dem Massaker auf der Basis zu geben.

Er blieb stehen und starrte in die Höhe. »Smetana? Sehen Sie das?« Viktor vernahm erste Rufe von anderen Kämpfern. »Die Rakete. Sie wankt, oder?«

»Oh, nein!«, stieß Smetana entsetzt aus. »Bei den … wie?«

Viktor täuschte sich nicht. Aggregat 9 und 10, ausgestattet mit einem Atomsprengkopf von einer Tonne Gewicht und einem Vernichtungspotenzial von mehreren Kilometern Radius, fiel. Kein Mensch, der sich auf diesem Areal befand, hatte Aussicht darauf, diese nukleare Detonation zu überstehen. Nicht einmal in einem Panzerwagen.

Aber wenn er es bis zum Gepäckwagen und zur Tür schaffte …

Viktor drehte sich um und sprintete durch die sich allmählich legenden Rauchschwaden zum Zug; dabei warf er alles ab, was ihn langsamer machte.

Hinter ihm erklang das laute Krachen, als die Rakete aufschlug, gefolgt von einer ersten Detonation, die den Treibstoff explosionsartig verpuffen ließ. Die Wärme und die Helligkeit verfolgten Viktor.

Keuchend erreichte er sein Ziel. Die Seitentür des Gepäckwagens war offen, er sprang ins Innere und hastete an den Regalen entlang zur blau gestrichenen, ramponierten Tür, die ausgepackt und scheinbar harmlos zwischen den Kästen und Kisten stand, so wie er sie verlassen hatte.

»Anna-Lena? Madame?«, rief er. Da sie nicht antworteten, nahm Viktor an, dass sie bereits durch die Tür verschwunden waren, so wie es Coco angekündigt hatte.

Viktor sah über die Schulter nach der geborstenen, brennenden Rakete. Der Sprengkopf verlor seinen warnenden gelben Anstrich, die Farbe verbrannte in bunten, ungesunden Flammen. Im Inneren stiegen die Temperaturen und ließen früher oder später die Sprengladungen detonieren, welche die atomare Reaktion initiierten.

Er legte eine Hand auf den korrodierten Klopfer.

»Wohin immer Sie damit entkommen«, erklang Smetanas Stimme in seinem Rücken. »Sie nehmen mich mit, Troneg. Oder es ergeht Ihnen wie Ihren Freundinnen.«

Viktor wurde zur Statue. »Was haben Sie mit ihnen gemacht?«

»Raten Sie.« Smetana sprang in den Wagen. In der Rechten hielt sie ihre Pistole. »Was muss man tun, um mit dem Portal zu reisen?«

»Woher wissen Sie davon?«

»Wallace deutete so was an.« Sie pochte mit dem Fuß gegen die Tür. »So?«

»Nein.« Viktor hegte keinen Zweifel daran, dass die Politkommissarin Coco und Anna-Lena umgebracht hatte. Alles war nun sinnlos. Der Auftrag, der Versuch, die Atombomben zu sichern, sogar die Rückkehr. Denn damit würde er einer skrupellosen Mörderin die Flucht ermöglichen. »Ich bin mir nicht sicher.«

»Dann werden Sie sich sicher, und zwar schnell.« Smetana richtete die Mündung auf seinen Kopf. »Ich kann mir denken, dass Sie wenig Lust haben, mir mein Leben zu retten.«

»Das ist richtig.« Viktor nahm die Hand vom Ring. »Und wenn Sie mich erschießen, haben Sie nichts gewonnen. Außer mich umgebracht zu haben, bevor es die Explosion tut.«

Smetana leckte sich über die Lippen und schielte zur Rakete, deren Sprengkopf in der tobenden Gluthitze schmorte. »Dann rate ich einfach mal.« Ansatzlos griff sie nach dem Ring und ließ ihn mit viel Wucht herabsausen.

Es krachte und flirrte, das Kraftfeld baute sich auf. Gleichzeitig zerfiel das verrostete Eisen. Ein weiteres Mal würde man das Portal nicht öffnen können.

»Wusste ich es!« Smetana schoss zweimal nach Viktor und riss die Tür auf. Die Kugeln streiften seinen linken Oberschenkel und zertrümmerten ihm das rechte Knie, aufschreiend brach er zusammen. »Kommen Sie doch nach, wenn Sie können.« Lachend machte sie einen Schritt in das Leuchten.

Ein dunkles Grollen erklang von draußen. Etwas war detoniert, möglicherweise eine weitere Treibstufe.

Oder die atomare Reaktion würde gleich erfolgen.

Viktor tat etwas, mit dem Smetana nicht rechnete: Er blieb liegen. Zog seine Pistole. Und schoss der Politkommissarin in den Rücken, in die Beine, in alles, was er treffen konnte. Das gesamte Magazin.

Keuchend fiel sie in den Gepäckwagen zurück. »Sie … Sie sind …« Dann sackte ihr durchlöcherter Brustkorb zusammen und hob sich nicht mehr.

Viktor zog sich am Gepäck in die Höhe und sprang auf seinem angeschossenen Bein vorwärts, das zerschossene rechte Knie war nicht zu gebrauchen. Adrenalin ließ ihn die Schmerzen weniger arg spüren, es putschte ihn auf und trieb ihn voran. Die Tür stand lockend offen, versprach ihm die Flucht in seine Zeit.

Wo man sich um ihn kümmern konnte.

Wo er nicht in atomarem Feuer verbrennen würde.

Wo er einem Vater die traurige Nachricht überbringen musste, dass seine Tochter gestorben war, bei dem Versuch, eine fremde Welt vor dem Untergang zu retten.

Es blitzte grell an der Oberseite der Rakete auf, dann fegte eine unbeschreiblich heiße Druckwelle heran.

Viktor dachte so vieles gleichzeitig.

Wie das Land wohl aussah, wenn durch diese Explosion die übrigen Sprengköpfe zündeten.

Wie tief der Krater sein würde.

Wie stabil die Erdkruste eigentlich war und ob sie aufbräche.

Wie stark das Beben ausfiele und wie weit die Zerstörung reichte.

Und ob sie mit dieser Detonation den Krieg beendet hatten, damit die Verluste nicht sinnlos gewesen waren.

Der Wind hob ihn an, fegte ihn durch das Kraftfeld und schlug die Tür hinter Viktor zu.

* * *

KAPITEL XII

BEI FRANKFURT

Der Mann im Nadelstreifenanzug, der sich als Ritter vorgestellt hatte, sah aus wie ein sehr auffällig gekleideter Anwalt mit Vorliebe für italienische Mode – oder ein in die Jahre gekommener Dressman. Seine bewaffneten Begleiter in Kampfmontur und mit Sturmhauben passten optisch rein gar nicht zu ihm.

»Das ist Privatbesitz.« Walter van Dam kam sich im gleichen Moment dumm vor. Wie sollte so ein Hinweis den Unbekannten daran hindern, durch die Villa zu streifen oder ihn sogar zu erschießen?

Aber Ritter beachtete nur Hopkins. »Du hast unseren Killer, die Kopie und den Chauffeur getötet?«

»Nein.« Hopkins wies auf van Dam. »Er hat euren Mann erlegt, und der hat –«

Ritter hob die Hand. »Schon gut. Es war reine Neugierde.« Sein Nicken galt dem Hausherrn. »Ich bin im Auftrag meiner Freunde zu Ihnen gekommen, um nachzuholen, was in den letzten Jahren versäumt wurde.« Er rieb mit den Fingern über den staubigen Kaminsims. »Das Aufräumen.«

»Damit meinst du auch mich.« Hopkins lehnte sich leicht gegen die weiße Tür. Mit dem blutigen, beschädigten Anzug sah er aus wie ein kompletter Gegenentwurf zu Ritter.

»Du hast deine Vereinbarung nicht eingehalten.«

»Du auch nicht.«

»Ich war damit beschäftigt, mir eine Lösung einfallen zu lassen.« Ritter zog eine E-Zigarette aus der Tasche und rauchte. Weißer Rauch drang aus Mund und Nase, es roch nach süßer Pflaume. »Und du solltest eigentlich alle töten, die einen Weg in die Korridore finden. Der Schutz der alten Zentrale oblag dir.«

»Ein Ort, der im Begriff steht, sich aufzulösen und zu zerfallen. Du hast genau gewusst, dass ich da unten sterben werde.« Hopkins nickte zu van Dam, der die Unterhaltung schweigend verfolgte. »Eigentlich verdanke ich es ihm und seiner Truppe, dass ich so gut wie frei bin.«

»So gut wie frei?« Ritter lachte schallend, sodass es als Echo von der Glaskuppel zurückkehrte. »Du wirst verbrennen, sobald du in die Sonne trittst.«

»Ich habe eine Tür. Eine neue, gänzlich unbenutzte. Nicht wie die unten.« Hopkins berührte einige Symbole auf der weißen Oberfläche. »Wo genau ich herauskomme, weiß ich nicht. Aber alles wird besser sein, als wie ein vergessener Schatten zu hausen.«

»Das kann ich dir leider nicht erlauben. Wie du bereits gemerkt hast.« Ritter nahm einen weiteren Zug. »Entschuldigen Sie, dass ich Sie in diesen Familienstreit mit hineinziehe«, richtete er das Wort an van Dam. »Das ist mir sehr unangenehm. Wissen Sie, ich habe ihn gefunden –«

»Du hast mich mit einem Trick entführt«, unterbrach ihn Hopkins, »und mich im Unklaren gelassen. Ausgenutzt.«

»Gefunden, auf die Erde gebracht und wollte eigentlich großartige Dinge zusammen mit ihm realisieren«, führte Ritter fort. »Aber es wurde komplizierter als gedacht. Meine Freunde sahen nicht die Möglichkeiten in ihm, wie ich es tue. Nein, *tat.*«

Van Dam wagte es nicht, sich zu rühren, aus Angst, dass die Bewaffneten es als Angriff werten würden.

Ritter deutete mit der E-Zigarette in der Bibliothek umher. »Ich packe ein, was ich kriegen kann. Auch Ihre Unterlagen, Herr van Dam. Wir hatten Sie als harmlos eingestuft, aber dabei Ihre kleine Anna-Lena übersehen. Die Neugierde brachte sie viel zu dicht an ihre Ahnen und unsere Vergangenheit. In unsere alte Zentrale.« Beim nächsten Ausatmen verschwand sein Kopf für einige Sekunden im weißen Rauch. »Das hat sich nun von selbst erledigt. Ich sehe schon die Schlagzeilen: *Unternehmer und Tochter kommen in verfluchter Familienvilla ums Leben.*«

Van Dam wusste, dass er gegen die zehn Mann mit Maschinenpistolen nichts auszurichten vermochte. Seine Kevlarweste würde ihn nicht vor einem Kopftreffer bewahren, und wie sich das Material bei Dauerbeschuss verhielt, stand in den Sternen. Er war kein Mann für diese Art von Aufgaben.

Ein heftiger Windstoß fegte unerwartet durch die Bibliothek. Die losen Blätter um den Thron aus Polster stoben in die Höhe bis hinauf zur Glaskuppel.

Durch die Wand aus trudelndem, vollgeschriebenem Papier sah van Dam nicht, was sich um ihn herum abspielte. Er hörte durch das Rascheln und Reiben schwere Körper fallen, einen nach dem anderen; darunter mischte sich das Klappern von Waffen.

»Sie sollten die Villa verlassen«, vernahm er Hopkins' Stimme in der Geräuschkulisse. »Es wird nicht mehr lange dauern, bis die Particulae desintegrieren. Sie könnten wenigstens sich selbst retten. Leben Sie wohl.«

Es dröhnte ein metallischer Schlag, als würde einmal auf eine Glocke eingedroschen, und die Luft lud sich elektrisch auf. Die segelnden Blätter wurden von bläulichen Elmsfeuern umspielt, die auf van Dam übergriffen.

Er hielt sich die Ohren zu, das Krachen war zu laut, um es ertragen zu können. Einen winzigen Moment glaubte er, mit den Sohlen vom Parkett abzuheben. Die Schwerkraft schien auszufallen. Der Effekt ließ gleich darauf nach.

Die Notizen landeten knisternd und bedeckten elf umherliegende Körper, um die sich Pfützen aus Blut bildeten. Das Papier sog sich sogleich mit dem Rot voll.

Van Dam keuchte vor Überraschung und Entsetzen auf. Die Kehlen seiner Gegner waren zerfetzt und aufgerissen. Wie Hopkins das gemacht hatte, würde sein Geheimnis bleiben.

Vor ihm stand die Tür, wie von Zauberhand jeglichen Drecks beraubt, schön wie an ihrem ersten Tag, blütenweiß mit eleganten Ornamenten. Sie strahlte leichte Hitze ab, das Holz knackte lauter als vorhin.

Van Dam wusste, was das bedeutete: Hopkins war hindurchgegangen, um sowohl der aufgehenden Sonne als auch dem Untergang des Anwesens zu entkommen.

Er hingegen würde sich seinem Schicksal ergeben, sobald die Particulae in dem Labyrinth vergingen und die Vernichtung durch die offene Tür im Keller zu ihm brachten. Seine letzten Gedanken würden Anna-Lena gelten. Das war besser, als ohne sie und mit der Schuld an ihrem Tod zu leben.

Ein lautes Fauchen erklang, darunter mischte sich ein grelles Knacken und Knistern wie von freigesetzter Hochspannung. Durch den Korridor raste ein zuckender, rötlich weißer Blitz, der von den Wänden abprallte und Brandlöcher hinterließ, auf die Bibliothek zu. Die Energie kam aus dem Keller und suchte sich ihren Weg nach oben, wie ein Bote, der schlimmes Unheil ankündigte.

Fauchend schlugen die gebündelten Strahlen in den weißen Türrahmen ein – und erloschen nicht. Die Particulae im Holz flammten dunkel surrend auf und brannten sich in das Material, die Verzierungen fingen Feuer und loderten mit fingerlangen Flämmchen.

Schon steigerte sich das helle Sirren der Energie, die aus der Tiefe bis an die Oberfläche jagte, angelockt von der Ausstrahlung der weißen Tür. Knallend erschuf sich ein Kraftfeld, das Türblatt sprang auf.

Van Dam wich einen Schritt zurück und schloss die Augen.

* * *

Viktor kam zu sich, den Geschmack von Staub und Metall im Mund, das Gesicht im Matsch. Schwerer Regen prasselte auf ihn nieder. Es folgte das Gefühl von Kälte, auf und in seinem Körper. Viktor zitterte unkontrolliert vom Schock und weil sein Leib versuchte, die lebenswichtige Kerntemperatur zu halten.

Die Schmerzen in seinem zerschossenen Knie setzten schlagartig ein und erinnerten ihn überdeutlich daran, wie knapp er dem Tod entronnen war.

Er keuchte und stöhnte, während er den Kopf hob und sich verwundert umsah.

Am Horizont entlang zog sich die Skyline einer gigantischen Stadt mit Wolkenkratzern, die dicht an dicht standen. Die höchsten von ihnen ragten mehr als vierhundert Meter in den grautrüben Mittagshimmel.

Von seiner erhöhten Position aus wurden die weiten Ausläufer der Stadt erkennbar, Vororte, Industriegebiete, über denen Kopterfahrzeuge verschiedenster Größe hinwegzogen, mal wie Perlenschnüre aufgereiht, mal in Wolken wie Vogelschwärme und Insektenpulks; leise summten und surrten die schnell drehenden kleinen Rotoren der Apparate, die ihn an Drohnentechnologie erinnerten. Auf dem Vorhang aus Regen projizierten Laserbanken bunte Bildchen über den Dächern und in den Straßenschluchten. Wofür geworben wurde oder was darauf stand, konnte er nicht erkennen.

Viktor wischte sich das Wasser aus den Augen und biss vor Schmerzen die Zähne zusammen. Ihm war klar, dass ihn die Tür im Zug nicht in seine Welt zurückgebracht hatte. Oder jedenfalls nicht in die Zeit, von der er aufgebrochen war.

Aus allen Himmelsrichtungen führten hochgelagerte Straßen und geschlossene Röhren in die unbekannte Metropole. Die eigenwillige Tür, die Viktor an diesem Ort ausgespuckt hatte, befand sich in einer der titanischen Stützstreben, auf denen eine Straße lagerte.

Viktor kannte keine vergleichbare Stadt.

Keine zehn Meter entfernt den Hügel hinab begann eine Müllhalde, auf der sich sortierter Schrott und Plastik türmten. Blinklichternde Drohnen schnurrten darüber hinweg und wuchteten autogroße Kübel mit Kleinteilen umher, Kräne hievten Stahlcontainer durch die Lüfte, denen die fliegenden Maschinen geschickt auswichen.

Viktor hob noch einmal den Blick und erkannte endlich die Skyline. »Das … ist Frankfurt!«

Er war in der Zukunft gelandet. Oder vielleicht in so etwas Ähnlichem wie in einer Zukunft, wie das Szenario aus 1944/45, dem er als Einziger der Gruppe entkommen war.

Aber bleiben konnte er keinesfalls.

Er musste zurück, um van Dam zu berichten, was geschehen war. Der Gedanke an den Tod des Teams überwältigte ihn. Sechs Menschen, gestorben für eine gute Sache und dennoch gescheitert. Sicherlich war mindestens eine Bombe detoniert.

Und danach?

Erst zurück. Hastig band er sich die blutende Wunde am Knie mit seinem Gürtel ab und nahm einen Metallstab vom Boden, um ihn als Krücke zu benutzen.

Mit einem Schrei erhob sich Viktor und hüpfte zum Eingang in den Stützpfeiler, vor dem eine niedergerissene Maschendrahtzauntür lag. Laut den Spuren hatte ihn die Druckwelle der Detonation wie einen Korken aus einer Champagnerflasche nach draußen befördert.

Quälend langsam erreichte er den Innenraum, gemacht aus grauen Betonwänden mit wildbunten Graffiti; in der Ecke türmten sich leere Chipstüten, Unrat und Laub. Rostbraunes Wasser tropfte von der Decke, gedämpftes Tageslicht fiel durch den Ausgang.

Viktor sah die Aufschrift *Nur für Personal* auf der angelehnten Tür, durch die er geflogen war. Das Kraftfeld schimmerte noch.

Nachdenklich betrachtete er es. Wenn er hindurchtrat – landete er dann mitten in der atomaren Explosion? Oder in der Höhle, aus der er aufgebrochen war?

Vom Türrahmen ging ein verbrannter Geruch aus. Viktor erkannte ein Schwelen und Kokeln. Erste dunkle Brandflecken zeigten sich, als würde unter dem Lack etwas erhitzt.

Ihn befiel die Furcht, dass das Portal Schaden nehmen und es keinen Ausweg mehr für ihn aus dieser Welt geben würde.

Noch blieb ihm die Hoffnung, in seine Zeit zurückzukehren und van Dam berichten zu können, was sich zugetragen hatte. Der Vater hatte das Recht zu erfahren, was mit seiner Tochter geschehen war.

Und wenn er doch im nuklearen Feuerball herauskam?

Viel Zeit blieb ihm womöglich nicht mehr. Außerdem mussten seine Wunden versorgt werden. Die nächste Ohnmacht kündigte sich an.

Rasch hopste Viktor durch das Flirren.

Mondlicht fiel gedämpft durch geschlossene Holzläden, wodurch die Einrichtung mäßig sichtbar wurde: ein schlichter Holztisch, mehrere Stühle, ein Bett mit einem Schlafenden darin und einem weiteren davor auf dem Boden, etliche mittelalterliche Reisetruhen, ein großer geschnitzter Wandschrank sowie eine Schüssel mit Wasser auf einer Anrichte. An der Wand lehnten zwei Speere und zwei Schilde, deren Wappen und Bemalung im Zwielicht nicht zu erkennen waren.

Ein Blick über die Schulter zeigte Viktor, dass er nicht aus einer Tür gekommen war – sondern aus einem abgehängten Rahmen, der zu einem großen Bild oder einem Gemälde gehörte. Das leichte Wabern des Kraftfeldes war durch den Stoff sichtbar, gelegentlich knisterte es leise.

Weder war er in seiner Zeit gelandet noch im Jahr 1945. Aber wo dann?

Falls dies keine Kulisse, sondern das echte Mittelalter war, wurde es übler für ihn. Es gab hier keine Ärzte, die seine Wunden versorgen konnten, von den drohenden Entzündungen ganz zu schweigen.

Der Brandgeruch aus dem Rahmen nahm zu. Kein gutes Zeichen.

Viktor brauchte Gewissheit. Vielleicht befand er sich doch im 21. Jahrhundert, bloß an einem anderen Ort?

Er humpelte über den knarrenden Dielenboden zu einem glaslosen Fenster, vor dem ein Rahmen mit geschabter und mit Öl behandelter Tierhaut gegen die Witterung hing.

Er öffnete es und schaute ins Freie.

Die Kammer lag mehrere Meter über dem Boden. Vor ihm breiteten sich die einfach gedeckten Dächer Hunderter Fachwerkhäuser aus. Er befand sich in einer Stadt mit mittelalterlichem Kern, der Blick zur Seite zeigte ihm eine recht schlicht gehaltene Burg oder Festung.

Fahnen und Banner wehten im lauen Wind, auf den umliegenden Feldern jenseits von Wall und Graben stand das Korn hoch. Es musste Frühsommer sein. Blütenduft schwängerte die Luft, die meisten Fenster der Häuser waren dunkel. Die üblichen Geräusche der Moderne fehlten. Ein Nachtwächter ging mit Laterne in der Hand und Speer durch die Gassen.

Das Jahrhundert vermochte Viktor allenfalls zu schätzen. *Wieder nicht richtig gelandet.* Er sah zurück zum Rahmen, in dem sich das Kraftfeld buchstäblich verfangen hatte.

Er würde nicht endlos hindurchschreiten können. Sein halbwegs gesundes Bein zitterte unter der Belastung mehr als der restliche Körper, sein Herz raste vor Anstrengung und Adrenalin. Wie damals im Kampfeinsatz. Wie vorhin. Nur dass er jede Sekunde vor Schwäche zusammenbrechen konnte.

Kräuselnd stieg Rauch vom Rahmen auf, das Knacken rührte von leidendem Holz. Es war eine Frage von Minuten, bis ein erstes Flämmchen entstand. Brannte der Rahmen erst einmal, erlosch das Energiefeld. Und dies bedeutete, dass er in dieser Zeit, in diesem Universum festsitzen würde.

Erneut hinkte er voran, leise keuchend, auf den Stab gestützt. Ein Wunder, dass die Schläfer nicht erwachten und ihn zur Rede stellten.

Nach einer gefühlten Stunde war er endlich hindurch.

Dieses Mal fühlte es sich anders an. Es schmerzte, als würden mit glühenden Zangen winzige Stücke aus ihm herausgerissen. Sein Brustkorb wurde zusammengepresst, das Herz beschleunigte ein weiteres Mal.

Viktor taumelte in einen dunklen Raum und fiel schreiend über mehrere Körper, die am Boden lagen. Einzelne Strahlen von Taschenlampen standen kreuz und quer in der Finsternis, als wollten sie Lichtschranken bilden. Knackend zerbrachen Knochen unter ihm.

Als sich seine Augen an das Zwielicht gewöhnt hatten, erkannte er, dass die Leichen unterschiedlich lange hier lagen. Die frischesten trugen Einsatzkleidung, inklusive Helmen, Klettergeschirr und Waffen. Wie er vor langer Zeit. Die Männer und Frauen waren mit enorm tiefen Schnitten in den Körpern umgebracht worden; sie lagen in großen Blutlachen. Viktor hatte das verschollene erste Einsatzteam gefunden.

Oder gehörten sie zu einem bisher unbekannten Gegner?

»Wer sind Sie?«, rief jemand, und der Schein einer Lampe schwenkte in sein Gesicht.

»Halt! Nicht schießen!« Viktor zeigte seine ausgestreckten bebenden Finger. »Walter van Dam hat uns geschickt.« Inzwischen war es ihm gleich, in wessen Hände er fiel. Solange er endlich medizinische Versorgung erhielt. Die schlechte, blutfeuchte Luft machte das Atmen schwer, seine Sinne schwanden. »Walter van …«

Die Welt wurde schwarz um ihn.

»Hey. Hey, aufstehen!«

Viktor ließ die Augen geschlossen, um dem Unbekannten nicht zu zeigen, dass er wach war. *Ich habe geschlafen! Wie lange?* Er fühlte keine Schmerzen und keinen Durst mehr. Sein Verstand arbeitete auf Hochtouren, um zu erfassen, was sich ereignet hatte.

»Kommen Sie. Ich weiß, dass Sie mich hören. Ihre Lider zucken.«

Viktor gab das Vortäuschen auf. Er saß auf dem Boden der Kammer, mit dem Rücken an den Fels gelehnt; die Lampen strahlten nun gegen die Wände und leuchteten indirekt. In seiner linken Armvene steckte eine Nadel, an der ein Schlauch sowie ein Infusionsbeutel hingen. Sowohl der Streifschuss als auch sein Knie waren versorgt worden.

»Danke«, sagte er zu dem jungen blonden Mann, der vor ihm

saß und ein französisches FAMAS G2 hielt. Abgesehen von der Militärkleidung, trug er Handschuhe, abgewetzte Knie- und Ellbogenschützer; an seinem Gürtel befanden sich zwei lange, antike Dolche.

»Gern geschehen.« Er reichte ihm die Hand. »Alexander. Der Letzte von Team Solution.«

»Viktor. Der Letzte von … unserem Team«, stellte er sich vor. »Waren wir im gleichen Szenario? 1944? Deutschland, die Raketen?«

Alexander schüttelte den Kopf. »Nein. Aber du hast im Schlaf gesprochen. Wallace, Smetana. Die Amerikaner, die Europa unterworfen haben.«

»Atombomben. Auf Russland und Japan.« Viktor griff sich an die Schläfe. »Es … es war echt.« Er sah auf die verstreuten Skelette zwischen den frischen Leichen, die dazugehörigen Kleidungsstücke waren kaum mehr erkennbar.

»Das sind die Überreste jener, die vor uns an diesem Drecksort gestorben sind. Haben sich gegenseitig umgebracht, denke ich.« Alexander sprach besonnen, angesichts der Umstände. »Deine Freunde sind also draufgegangen?«

»Ja.« Viktor fiel es immer noch schwer, das Ganze zu verstehen. Er war durch die Tür gelangt. Als Einziger. »Anna-Lena van Dam ist auch tot.«

»Schöne Scheiße«, erwiderte Alexander pragmatisch. »Dann sollten wir raus hier. Es gibt nichts mehr zu tun, außer zu überleben.« Er erhob sich. »Ich habe dir ein paar Schmerzkiller verpasst, die Infusion war zur allgemeinen Verbesserung. Flüssigkeit, Kochsalz, das Übliche.« Er hielt ihm die Hand hin. Erst jetzt wurde das viele Blut an seinem Handschuh sichtbar. »Wir helfen uns gegenseitig.«

Viktor erkannte mit einem Mal, dass die Dolche an Alexanders Gürtel zu den Wunden seiner Teammitglieder passten. Doch er blieb ruhig. Der Söldner hatte die Möglichkeit gehabt, ihn im Schlaf wie einen Hammel zu zerlegen.

»Nochmals danke.« Er stemmte sich hoch und betrachtete

den Türrahmen des einzigen Ausgangs, aus dem unentwegt Rauch stieg. Er machte Alexander darauf aufmerksam. »Ich weiß nicht, was das zu bedeuten hat, aber wir sollten zusehen, dass wir verschwinden. Bereden können wir alles oben. An der Oberfläche.« Auf die Gründe für das Gemetzel war er gespannt. Vertrauen wollte er seinem Retter nicht, doch alleine gab es kein Entrinnen aus den Höhlen und Gängen.

»Da bin ich ganz bei dir.« Alexander hängte ihm ein FAMAS um und reichte ihm eine Beretta mit frischem Magazin, die er einem Toten abgenommen hatte. Er ging zur Tür und öffnete sie. Dahinter kam im Schein seiner Taschenlampe die Hallenwand zum Vorschein. Sie befanden sich tatsächlich an ihrem Ausgangspunkt. »Aber da draußen ist noch das Vieh.«

»Welches Vieh?« Viktor prüfte das FAMAS und steckte die Pistole ins Holster. Dann zog er sich die Nadel aus der Haut und drückte auf den Einstich. Die Mittel, die ihm der Söldner gegeben hatte, wirkten Wunder. Zwar konnte er das Knie nicht belasten, doch es schmerzte nicht. So rasch es ging, stieg er in ein herrenloses Klettergeschirr.

»Hat vier Beine und sieht aus wie eine Mischung aus großem Raubtier und Panzerechse. Es kann sich tarnen und ist sehr schnell«, erklärte er. »Ich bin ihm mehrmals entkommen, aber es hat Teile unserer Gruppe erledigt.«

»Das sollte uns besser nicht geschehen.« Viktor hob das FAMAS, und sie verließen die Kammer.

Sämtliche Türen qualmten und zeigten schwarze Brandflecken, Stein platzte ab, und Flämmchen schlugen aus den Holzelementen.

»Das machen die kleinen Splitter«, erklärte Alexander im Gehen. »Die Particulae. Sie zerfallen und tun das mit größter Energie, wie sie eben auch die Kraftfelder entstehen lassen.«

»Woher weiß du das?«

»Wir haben eine alte Zentrale und halb zerstörte Aufzeichnungen darin gefunden. Den Arsch hat es uns dennoch nicht gerettet. Dieser Ort macht dich verrückt.«

»Dann nichts wie raus.« Viktor sicherte in die Quergänge, die sie passierten. Noch ließ sich der Gegner nicht blicken, von dem er hoffte, ihn niemals zu Gesicht zu bekommen.

Die beiden Männer orientierten sich anhand ihrer Erinnerungen. Alexanders unentwegte Versuche, van Dam zu erreichen, um ihn auf den neusten Stand zu bringen, scheiterten. Der Funk erreichte den Geschäftsmann in seinem warmen, gemütlichen Büro nicht.

»Gut, wir sind gleich an dem Plateau«, sagte Viktor.

Sie eilten im zuckenden, tanzenden Licht der Unterlaufscheinwerfer auf die kleine natürliche Plattform. Das verrostete Stahlseil befand sich noch an Ort und Stelle. Die Kerben darin waren deutlich zu sehen. Ihr einziger Weg in die Freiheit.

»Ist der nackte Tote mit dem Bolzenschneider auch von Team Solution gewesen?«, fragte Viktor.

»Ja. Hat den Verstand verloren, nachdem wir in einer Kammer mit Dschungel und Sirenen und solchem Scheiß waren.« Alexander klinkte ihre Klettergeschirre ein, während Viktor mit dem FAMAS sicherte. »Und dann drehten die anderen durch. Sagten, sie hätten eine Stimme im Kopf, und haben sich gegenseitig fertiggemacht.«

»Und du hast nichts gehört?« Viktor sah auf die blutigen Handschuhe des Söldners.

»Doch. Aber ich ignorierte sie einfach. Und wehrte mich.« Alexander gab ihm einen Schubs, sodass er in den Gurt fiel und am Seil hing. »Los. Bevor das Vieh noch auftaucht.«

Sie begannen mit dem Übersetzen zurück zur geöffneten Tür, die sie in den Keller der Villa bringen sollte. Ohne die Schmerzmittel und die Aufputschdrogen hätte es Viktor niemals geschafft, sich nach den Erlebnissen in der anderen Welt kraftvoll am Seil voranzuziehen.

Bald hatten sie sich etliche Meter von der Felsenkante entfernt und befanden sich nicht mehr in unmittelbarer Sprungreichweite eines Raubtiers. Zumindest keines normalen Raubtiers.

»Gut. Fast geschafft.« Viktor leuchtete erleichtert zum Plateau.

Im Lichtkegel erschien unvermittelt eine Kreatur, deren Umrisse im grellen Licht unscharf wurden. Wie Alexander sie beschrieben hatte, war der Körper eine Mischung aus Wolf und Krokodil, Schuppen und Fell ergänzten sich.

»Fuck!« Viktor hob das FAMAS. »Was hat es vor?«

Mit dem nächsten Blinzeln stand die Bestie direkt vor dem Seil und verbiss sich an der Stelle ins korrodierte Metall, wo sich die Kerbe befand. Sie rüttelte daran, das Stahltau geriet ins Schwingen und Wippen.

»Nein!« Alexander hing verdreht am verrosteten Kabel und bekam sein Sturmgewehr nicht angelegt. Viktor gab sich Mühe, nicht zu sehr im Weg zu sein, aber es war durch das Schleudern unmöglich.

Die gewaltigen Kiefer des Wesens öffneten sich zum Nachfassen. Scharfe Zähne kamen im Lampenstrahl zum Vorschein. Die Kraft des Wesens würde ausreichen, um das angeschlagene Material durchzureißen.

Da schoss ein greller Blitz fauchend durch den langen Gang und prallte an den Wänden ab, schien dadurch noch mehr Schwung zu bekommen. Die Energie jagte mitten durch die Bestie und ließ sie zerplatzen. Warmes Gedärm und Fleisch flogen bis zu Alexander und Viktor.

Der gleißende, laut knisternde Blitz lud die Luft auf. Es roch nach Exkrementen und Blut, nach Ozon und Elektrizität und heißem Gestein.

»Achtung!«, rief Viktor durch das wütende Zischeln, das von tausend Umspannwerken zu stammen schien.

Das Duo zog den Kopf ein, als die Energie gleich einem unsteten Kometen auf sie zuraste. Sie zog einen bleibenden Schweif hinter sich her, durch den eine stete Einspeisung stattfand, sodass der Blitz weder an Kraft noch an Helligkeit verlor.

Alexander schrie gellend auf.

Es folgte eine Funkeneruption, die weit in sämtliche Richtungen explodierte. Ein Kribbeln strömte durch das vibrierende Kabel und Viktor. Mehrere tanzende Fünkchen stoben durch die Finsternis.

Schon war der Blitz an ihnen vorbei und stand als oszillierende, gezackte Linie über dem Seil, bis hin zur Tür und hinein in die Villa. Er beleuchtete den Keller und machte den Ausweg damit plastischer, greifbarer.

Alexander hing für Sekunden erschlafft im Gurt, dann riss er die Augen auf und schrie, als habe er erst in diesem Moment realisiert, dass ihn buchstäblich der Blitz getroffen hatte. Aus seiner rechten Brustseite stieg Rauch. »Scheiße.«

»Bist du –«

Mit spitzen Fingern zog der Söldner ein Steinchen aus der Weste, das glühte und Fünkchen absonderte. »Beschissenes Andenken«, knurrte er und ließ es fallen.

»Rasch!«, befahl Viktor erleichtert. »Wo auch immer das herkommt, es ist keinesfalls was Gutes.« Er fasste das Seil und zog sich voran, Alexander blieb dicht hinter ihm.

»Ich nehme an, dass sich die Rahmen auflösen. Die Energien scheinen sich nicht mehr bündeln zu lassen, durch die das Kraftfeld aufgebaut wird.«

»Was auch immer.« Viktors Muskeln zitterten von der Beanspruchung. »Ich will nur raus.«

Mit vereinten Kräften wuchteten sich die beiden Überlebenden am Seil bis zur Tür und in den Keller. Knisternd und warnend schwebte der gleißende Strahl über ihnen, jagte die Treppe hinauf und verschwand irgendwo in der Villa.

So schnell sie es vermochten, eilten sie zur Hauptausgangstür und verharrten unter dem Verandadach.

Die Luft roch frisch, nach niedergegangenem Regen, die Tropfen standen auf den Dächern der sechs Wagen vor der Tür. Langsam stieg die Sonne über dem Wald empor und färbte den Himmel hellrosa.

»Gott, das ist so schön«, wisperte Viktor und atmete tief ein, lehnte sich an einen Pfeiler. Derart lebendig hatte er sich selten gefühlt. In den letzten Stunden war so viel geschehen, in dieser und in einer anderen Welt. Beides hatte Spuren hinterlassen.

Der Anblick der friedlichen Natur löste seine Anspannung. Viktor legte eine Hand vor die geschlossenen Lider, zitterte und weinte stumm, heiß rannen Tränen über sein Gesicht. »Das war das Schlimmste, was ich je erlebt habe«, gestand er. Vor seinem inneren Auge stiegen die Bilder der verlorenen Mitstreiter auf. Coco. Dana. Friedemann. Ingo. Spanger. Nicht zuletzt Anna-Lena.

Alexander zog irritiert die Augenbrauen zusammen. Der Fuhrpark war enorm. »Sind das eure beiden Transporter?« Er zeigte auf die verlassenen zwei weißen Mercedesbusse.

Viktor seufzte und wischte die Tränen weg. »Nein. Und der BMW stand bei unserem Eintreffen nicht hier. Und dieser fette Lamborghini auch nicht.« Laut dem Kennzeichen konnte es ein Wagen aus der Garage ihres Auftraggebers sein.

»Hat van Dam sein Büro verlassen, um selbst nach seiner Tochter zu suchen?«

»Vielleicht hat er noch eine Truppe angeheuert, weil wir uns nicht meldeten?« Viktor nahm sein Smartphone aus der Tasche und schaltete es ein. Das Gerät bekam Empfang, und laut Uhrzeit und Datumsanzeige waren nur wenige Stunden seit ihrem Aufbruch vergangen, obwohl er sich tagelang in dieser anderen Welt befunden hatte. Er beschloss, sich darüber nicht zu wundern, und hielt stattdessen durch die Fenster des Anwesens Ausschau nach dem grellen Energiestrahl. Wohin strömte er? Was gab es da drin, von dem er angezogen wurde? In einem Seitenflügel brannte der Kamin, wie am rauchenden Schlot zu erkennen war, und hinter den dortigen Fenstern tanzte das gleißende Licht. »Was ist wohl da drüben?«

Alexander bemerkte den Qualm. »Jemand hat Feuer gemacht. Vielleicht van Dam?«

»Und vielleicht die Leute aus den Bussen und dem BMW.« Viktor ahnte, dass ihr Auftrag noch nicht beendet war, obwohl sie an die Oberfläche zurückgekehrt waren. Es gab zu viele Ungereimtheiten. »Sehen wir uns mal um. Wenn van Dam in Gefahr ist, müssen wir ihm helfen.« Er wählte die Nummer des Auftraggebers, aber der hob nicht ab. Sie hatten dem Mann seine Tochter nicht zurückbringen können. Nach ihm zu schauen war das Mindeste.

Alexander nickte und verpasste ihm sicherheitshalber noch einen Cocktail aus Schmerz- und Aufputschmitteln aus seinem Rucksack. Dann fasste er Viktor unter. »Bringen wir es zu Ende.«

Langsam gingen sie vorwärts, die Mündungen der Sturmgewehre nach vorne gerichtet und sichernd.

Der grelle Blitz führte sie in eine dreistöckige Bibliothek. Dort hatte er sein Ziel gefunden und war in einer neuen Tür eingeschlagen, deren Intarsien glühten und sprühten, als flösse darin flüssiges Gold. Der Eingang stand offen, ein Kraftfeld hatte sich aufgebaut.

Zehn Leichen in Einsatzkleidung, mit Sturmhauben und Schnellfeuerwaffen sowie ein Mann im Nadelstreifenanzug lagen tot und mit aufgeschlitzten Hälsen auf dem Boden.

»Ich kenne den Anzugträger«, sagte Alexander. »Er hatte uns mit seinen Leuten auch gejagt. Jetzt wissen wir, wer in den weißen Bussen saß.«

Vor der Tür harrte Walter van Dam aus, die Lider fest zusammengekniffen zum Schutz vor dem Gleißen. Er stand im Begriff, einen Schritt durch die Wand aus Energie zu machen.

»Van Dam«, schrie Viktor. »Nicht!«

Van Dam riss die Augen auf und drehte sich zu ihnen um. »Sie sind zurück!« Er eilte ihnen fassungslos und freudig zugleich entgegen. »Wo ist meine Tochter? Ist sie schon draußen? Beim Wagen?« Er sah zwischen den Männern hin und her. »Wo ist der Rest? Noch unten? Dann müssen sie schnell hoch und mit uns verschwinden. Hier wird gleich alles untergehen.«

»Außer uns ist keiner wieder nach oben gekommen. Weder vom ersten noch vom zweiten Team. Und sollten Sie ein drittes losgeschickt haben ...« Viktor sah ihrem Auftraggeber an, dass er sie niemals hinausbegleiten würde, würde er in dieser Sekunde vom Tod seiner Tochter erfahren. »Anna-Lena ist draußen«, log er. »Zum Reden ist später Zeit.«

»Mein Gott! Das … wie schrecklich.« Van Dam erbleichte und deutete auf die wild verstreuten Unterlagen, raffte einige davon an sich. »Schnell, sammeln Sie das alles ein. Und dann …«

Grelles Licht flammte durch den Gang, der in die Bibliothek führte. Stinkender, heißer Wind drängte in den dreistöckigen Raum und löschte die Flammen im Kamin.

»Zu spät! Die Particulae zerfallen!« Van Dam stopfte Papiere unter seine Weste, stützte Viktor zusammen mit Alexander und schob ihn zu den Fenstern. »Raus!«

Ohne ein weiteres Wort sprangen sie ins Freie und rannten zu den Wagen, trugen Viktor dabei mehr, als dass er lief.

Die freigesetzten Energien hinter ihnen ließen nichts von den Korridoren, den Sälen und Hallen übrig. Für die Menschen, die in der Umgebung lebten, würde es ein Erdbeben sein, das die Gegend erschütterte und weite Teile des Waldes absacken ließ.

Das gleißende Licht erreichte die hallenhohe Bibliothek, begleitet von einer lautlosen Explosionswolke, die den Fels unter der Villa zum Schmelzen brachte.

Da saßen die drei Überlebenden schon im schwarzen Mercedestransporter, Alexander hatte sich hinter das Lenkrad geklemmt.

»Wo … wo ist meine Tochter?«, fragte van Dam und machte Anstalten, den Wagen wieder zu verlassen. »Anna-Lena«, schrie er. »Wo steckst du? Wir müssen –«

Viktor schlug dem Mann den Griff des FAMAS in den Nacken. Ohnmächtig rutschte er in das Polster. »Los.«

Alexander trat das Gaspedal durch. Sie donnerten mit Höchstgeschwindigkeit die Straße entlang, weg von dem Ort der vollkommenen Vernichtung.

* * *

KAPITEL XIII

BEI FRANKFURT

Noch bevor die Gruppe in dem dahinschießenden Transporter die Ausläufer von Frankfurt erreichte, hatte Walter van Dam sein Bewusstsein wiedererlangt. Im Aufwachen hatte er begriffen, dass seine Tochter verloren war und Viktor gelogen hatte, um ihn zu retten.

Mit kalkweißem Gesicht starrte er aus dem Fenster, eine Faust an die Lippen gepresst. Eine Träne rann über die gealterte Haut und glitt in den Schnauzbart.

»Ob die Explosion bemerkt wurde?« Alexander schaltete den Regionalsender ein. Im fahrenden Transporter waren die Erschütterungen der Straße deutlich zu spüren gewesen, und der Explosionsblitz hatte grell in die Morgenröte geschnitten.

Auf den Displays, die in den Sitzen eingebaut waren, lief die Nachricht, dass sich ein Erdbeben von unbekannter Stärke ereignet hatte, das in ganz Deutschland gemessen worden war.

Alexander regelte die Lautstärke nach oben.

»... sprachen Augenzeugen von einem Erdbeben, gefolgt von einer Detonation. Ein Haus, eine alte Villa, die seit Jahren nicht mehr bewohnt ist, wurde dabei dem Erdboden gleichgemacht«, erklärte der Sprecher eines Nachrichtenmagazins. Hubschrauberbilder zeigten einen großflächigen Einbruch der Oberfläche, der Wald war abgesackt und brannte.

»Mein Gott«, stöhnte Viktor.

»Ziemlich spektakulär«, befand Alexander.

»Bevor ich über irgendetwas anderes mit Ihnen beiden spreche«, verkündete van Dam mit Grabesstimme, »möchte ich erfahren, was da unten geschehen ist. Wie meine Tochter starb.« Vorwurfsvoll richtete der den Blick auf Viktor. »Und warum Sie mir trotzdem das Leben retten mussten, Herr von Troneg.«

Viktor hatte sich vor diesem Moment gefürchtet. Doch da auch er einiges aufzuarbeiten hatte, erzählte er alles. Von den eigenen Abenteuern, vom gemeinsamen Einsatz, wie sich Anna-Lena geweigert hatte zu gehen und die Zündung der Atombomben hatte verhindern wollen.

Um dem Ganzen ein versöhnliches Ende für den trauernden Vater zu geben, verschwieg Viktor, dass mindestens eine Bombe detoniert war. Die Sinnlosigkeit ihres Todes sollte nicht Teil von van Dams Erinnerungen an seine Tochter sein.

»Sie hat ihr Leben gegeben, um Millionen Leben zu retten«, schloss er und atmete tief ein. Der Anblick des Geschäftsmannes, der ihn aus roten Augen anblickte, machte seinen eigenen inneren Zustand nicht besser. »Sie alle.«

Van Dam nickte und sah erneut aus dem Fenster. »Und meine Tochter sagte, dass dieser Anzugträger sie daran gehindert hatte, an die Oberfläche zu gelangen?«

»Ja. Und sie sprach von einer neuen Zentrale.«

Schweigen senkte sich in den Mercedes. Alexander berichtete nichts, weder was Team Solution erlebt hatte, noch, woher er die zwei antiken Dolche hatte.

Van Dam räusperte sich schließlich. »Die Particulae. Die Steinsplitter, die verantwortlich für die Kraftfelder sind«, begann er und zog die eilig gerafften Blätter unter seiner Weste hervor. »Ich hatte eine Begegnung mit einem Wesen, das aus einer fremden Dimension stammt und das von der Organisation dieses Anzugträgers entführt wurde.« Rasch fasste er sein Abenteuer mit Hopkins zusammen. »Ich denke, dass Ritter, also der Anführer, und seine Bande aus Weltverschwörern verhindern wollten, dass wir oder jemand anderes erneut das Labyrinth betritt und nachschaut, was es noch alles da unten gibt. Ritter nannte seinen Auftrag, mit dem er zu mir kam: *aufräumen.*«

Viktor sah auf die alten Unterlagen zur Anlage und den Türen, die aus der geheimen Bibliothek der Familie van Dam stammten. »Was wollen Sie damit tun?« Er zog Friedemanns Notizbüchlein heraus, das er nie aus der Hand gegeben hatte.

»Das gehört irgendwie dazu. Darin gibt es gewiss weitere Hinweise. Auf alles.«

»Die alte Zentrale der Verschwörer ist jedenfalls vernichtet.« Alexander sah über die Schulter kurz auf die Zeichnungen.

»Sie war ohnehin aufgegeben, wenn ich Ritter und Hopkins richtig verstand.« Van Dam starrte erneut aus dem Fenster. Er hatte einen Entschluss gefasst. »Ich werde das Ganze aufarbeiten. Und überlegen, wo ich das Unheil schmälern kann, das mein Großvater anrichtete. Schließlich hat meine Familie eine Verpflichtung. Und ich habe sie gegenüber Anna-Lena. Sie hat sich für die gute Sache eingesetzt, mit ihrem Leben. Wie könnte ich weitermachen wie zuvor?« Hätte er sie unterstützt, ihr Glauben geschenkt, ihre Nachforschungen gefördert und begleitet, wäre es nicht zu diesen Katastrophen gekommen. Und seine Tochter noch bei ihm.

Viktor blickte ihn überrascht an. »Sie haben aber nicht vor –«

»Doch. Genau *das* habe ich vor. Meine Familie hatte mit den Türen und mit jenen Unbekannten zu tun, die mein Kind in den Tod schickten. Diese Organisation soll zu Fall gebracht werden, deren weltweite Intrigen müssen enden.« Er nahm Friedemanns Büchlein. Das Gebrochene war Entschlossenheit gewichen. Van Dam hatte eine neue Lebensaufgabe, mit der er das Andenken an Anna-Lena ehren würde. »Das und die geretteten Aufzeichnungen sind ein Schatz, der mir helfen wird.«

»Ich bin dabei«, sagte Viktor, ohne zu zögern.

»Ich auch. Diese Schweine haben nichts anderes verdient, als zur Strecke gebracht zu werden.« Alexanders Stimme klang belegt.

»Meine Herren: Ich freue mich über unsere Allianz.« Van Dam reichte jedem die Hand. »Und Ihnen, Herr von Troneg, danke ich besonders. Dass Sie mir das Leben retteten. Ich werde es fortan besser nutzen.«

Viktor wollte etwas erwidern, aber die Schmerzen in seinem Knie erwachten erneut. Die Mittel ließen nach. »Haben Sie zufällig einen diskreten Arzt bei sich in der Villa?«

»Ist alles organisiert. Wie versprochen.«

Der Mercedes erreichte das Villenviertel am Lerchesberg, in wenigen Minuten rückte das Stadtanwesen der Familie van Dam heran.

Auf den letzten Metern läutete das Telefon des Geschäftsmannes.

Er nahm den Anruf entgegen. »Walter van Dam. Mit wem spreche ich?« Er runzelte die Stirn und aktivierte die Freisprecheinrichtung des Wagens. »Würden Sie das bitte wiederholen? Ich habe die Freisprechanlage eingeschaltet.«

Ein leises Frauenlachen erklang. »Gewiss, Herr van Dam. Sie kennen mich nicht, aber Ihre Tochter und die Rettungsteams machten Bekanntschaft mit uns. Unserer Organisation. Ich bin die Vorgesetzte von Herrn Ritter, wenn Sie so wollen.«

Die kleine Truppe tauschte rasche Blicke. Sie hatten damit gerechnet, irgendwann auf Widerstand zu stoßen und das Interesse der Verschwörer zu wecken. Aber dass sich die Gegenseite derart schnell melden würde, war eine böse Überraschung.

»Meine Kontaktaufnahme ist eine einmalige Sache und Ihrer aller Tapferkeit geschuldet. Sie sollen wissen, dass es uns ein Leichtes wäre, Sie auszuschalten. Binnen Minuten«, sprach die Frau weiter. »Sie haben eine beachtliche Leistung abgeliefert, und deswegen gewähren wir Ihnen das Leben. Betrachten Sie sich als eine Bombe mit einem immensen Radius. Sollten Sie irgendjemandem gegenüber erwähnen, was Sie erlebt haben, gehen Sie hoch, und es endet mit Ihrem Tod. Dem Tod Ihrer Freunde. Ihrer Freundesfreunde.« Die Frau atmete laut aus. »Sollten Sie weitere Nachforschungen anstellen, gehen Sie hoch. Sehen wir Sie in der Nähe der besonderen Türen, gehen Sie hoch.«

»*Das* ist eine Unverschämtheit!«, flüsterte van Dam mit unterdrückter Wut.

Alexander steuerte den Transporter die Auffahrt hinauf, hielt an und schaltete den Motor ab. Alle lauschten gebannt.

»*Das* ist die Wahrheit. Und Sie wissen, dass wir keine leeren Drohungen ausstoßen, Herr van Dam«, korrigierte die Frau ihn harsch. »Sie werden beobachtet, meine Herren. Tun Sie irgendetwas von dem, was ich skizzierte, und Sie sind das Verderben. Sie müssen verstehen: Von diesem Tag an reißen Sie jeden in den Tod, der Ihnen etwas bedeutet oder den Sie angefasst oder angeschaut haben.« Sie räusperte sich, und merkwürdigerweise klang es zufrieden. »Wir senden im Laufe des Tages einen Boten, der Ihre Unterlagen abholen wird: das Notizbüchlein und alles, was die Familie van Dam zu den Türen besitzt. Ein angenehmes Leben wünsche ich. Nutzen Sie es weise.«

Klack.

Van Dam blieb äußerlich eine Statue, unbeweglich und ungerührt. Seine Augen richteten sich auf die Unterlagen, das Notizbüchlein in seiner Hand. Der Blick auf die Mienen der Männer sagte ihm, dass sie das Gleiche dachten. Die Organisation würde jeden Menschen in ihrer Umgebung auslöschen. Weil sie es konnte. Weil sie die Mittel besaß. »Können wir das verantworten?«

Viktor hüstelte sein Stöhnen weg, die Pein in seinem Knie wurde von Sekunde zu Sekunde stärker. »Sollten wir das nicht drin besprechen? Nach einer Dusche, etwas Ruhe und mit einer Stärkung?« Er deutete entschuldigend auf seine Verletzung.

»Was ich eben hörte, zeigt doch die Notwendigkeit, diese Scheißbande auszurotten.« Alexander öffnete die Fahrertür. Er mochte es nicht, bedroht zu werden. Das weckte seinen Widerstandsgeist. »Aber vorher muss ich noch jemanden anrufen.«

»Wen denn anrufen?«, erkundigte sich Viktor neugierig.

»Meinen Vater. Er und ich gehen nach jedem Auftrag gemeinsam essen. Und ich werde ihm besser sagen, dass er auf sich aufpassen soll.« Er stieg aus dem Wagen und half Viktor hinaus.

Van Dam und Alexander nahmen Viktor in die Mitte, und gemeinsam schleppten sie sich über den Vorplatz zum Haus.

»Seien Sie meine Gäste«, sagte van Dam aufgeräumt. »Die Bäder und meine Gästezimmer stehen Ihnen zur Verfügung. Der Arzt wird sich gleich um Sie kümmern, Herr von Troneg.«

Viktor lächelte dankbar.

»Mir bleibt noch eine traurige Pflicht. Mein Anwalt wird

Briefe an die Angehörigen unserer fünf Heldinnen und Helden aufsetzen.« Van Dam atmete durch. »Offiziell werden sie bei dem Unglück in der Villa ums Leben gekommen sein. Tragische Opfer des Erdbebens.«

Viktors Gedanken schweiften zu Dana. Es würde sich keine Gelegenheit mehr ergeben, über Darfur zu sprechen. Hatte sie in den Ruinen vielleicht auch eine Tür gesehen, die ihr sonderbar erschienen war?

Van Dam sah auf seine Armbanduhr. »Sagen wir, wir treffen uns in meinem Arbeitszimmer, ja? Sobald alle halbwegs fit sind. Reichen vier Stunden?«

Viktor und Alexander stimmten zu.

Einige Zeit später fanden sie sich im Büro von Walter van Dam ein. Seine Assistentin und Privatsekretärin Roth brachte Mineralwasser, Kaffee und Tee sowie Häppchen.

Die Ruhephase hatte keinem von ihnen Erholung gebracht. Viktors Verletzungen waren hervorragend versorgt worden, im Anschluss an die Besprechung würde er ins Krankenhaus gefahren werden. Eine künstliche Kniescheibe und geflickte Bänder, danach Reha wie für einen Bundesligafußballer. Van Dam übernahm sämtliche Kosten.

Auch nach Alexander hatte das Ärzteteam geschaut, aber bis auf ein paar Prellungen und Schürfwunden war alles in Ordnung.

»Bevor wir in Ruhe und vielleicht mit neuen Gedanken über die Situation sprechen, möchte ich Ihnen mitteilen, dass wir einem Betrüger aufsaßen. Vielmehr ich.« Van Dam drehte den Monitor, sodass sie ein hageres Gesicht sahen, das Friedemann ähnelte. »Das ist der *wahre* Professor. Er ist durch eine gefälschte Mail in die Irre geschickt worden.«

Viktor starrte auf das Konterfei. »Scheiße. Ich hatte das geahnt. Als er nicht in das Klettergeschirr kam.«

»Der Professor meldete sich, weil niemand ihn vom Flughafen abholte. Unser Hochstapler hatte sich Ihnen angeschlossen, um in die Höhlen zu gelangen«, führte van Dam aus und deutete auf das Notizbuch. »Ich nehme an, das ist von ihm gestohlen worden. Als Besitzerin ist eine Person namens Nicola eingetragen. Wir haben demnach noch ein Rätsel, das uns die Türen aufgeben.«

Viktor nahm sich etwas zu essen. »Wer war der falsche Friedemann? Woher wusste er so viel?«

»Werden wir herausfinden«, sagte Alexander bedächtig. »Das und weitere Dinge. Drohungen gefallen mir nicht.«

»Sehe ich auch so.« Viktor räusperte sich. Sie gehörten zu einem kleinen Kreis von Wissenden, die etwas gegen die Weltverschwörer unternehmen konnten. Er sah es ebenso wie van Dam als seine Pflicht an, die Geschicke der Menschheit nicht in den Fingern eines gierigen Klubs zu lassen. Die Drohung der unbekannten Frau am Telefon hatte sie alle darin bestärkt.

Van Dam war aufgewühlt. »Sie haben recht! Wir müssen denen zuvorkommen.«

Alexander atmete tief ein. »Dann los!«

Van Dam reichte seinen Mitstreitern dankbar die Hand. »Das freut mich. Unsere Allianz hat die erste Hürde genommen.« Es tat gut, nicht alleine im Kampf zu sein. Es würde hart werden. Aber Ritter war tot, und weitere sollten folgen, bis der Zirkel zerschlagen war. Er zeigte auf die ausgebreiteten Unterlagen, in die er sich eingelesen hatte. »Wir wissen: Die Türen sind Portale, Durchgänge, die leicht zu öffnen sind, wenn man weiß, wie. Lasst uns so schnell wie möglich herausfinden, wie wir in ihre aktuelle Zentrale kommen. Dann vereiteln wir ihre Pläne.«

»Außerdem befindet sich im Büchlein dieser Nicola eine Auflistung von weiteren Türen, die uns weiterhelfen könnten, diese Zentrale zu finden.« Viktor grinste, als er mit großen Augen von den anderen angeschaut wurde. »Ich konnte nicht schlafen und habe darin gelesen.«

»Ich garantiere für die finanzielle Unterstützung.« Van Dam schaute zum Bild seiner Tochter auf dem Schreibtisch, die ihn aus dem Rahmen anlächelte. »Und Recherche von hier aus ist auch drin. Kontakte und derlei. Wir machen hoffentlich wieder gut, was mein Großvater einst über die Welt brachte.«

Viktor schlug das erbeutete Büchlein auf. »Das sind die Türen, die wir uns anschauen sollten. Die Verfasserin des Heftchens hat sie gesondert markiert.« Er legte die Tabelle so, dass van Dam und Alexander sie sehen konnten. »Sogar mit Standorten. Wir müssen lediglich hinfahren und uns umschauen.«

»Und mit welcher fangen wir an?« Der Söldner beugte sich vor. »Die sind extrem verstreut.«

Van Dam berührte seinen Siegelring. »Na, ich mache mich ans Übersetzen der Aufzeichnungen, die mein Großvater hinterlassen hat. Womöglich sind darin wichtige Hinweise verborgen.«

»Oh.« Viktor legte einen Zettel an die aufgeschlagene Stelle des Buchs und blätterte ein paar Seiten weiter. »Hier ist noch etwas vermerkt: das Arkus-Projekt. Es scheint mit den Türen nur bedingt zu tun zu haben. Ist wohl eine ganz andere Baustelle. Eine größere, wie es aussieht. Haben Sie einen Kontakt, der sich in altiberischer Schrift auskennt?« Er tippte auf die gekritzelten Memos. »Es gibt einen Ort, an dem wir mehr darüber finden. Die Aufzeichnungen stammen aus dem 4. Jahrhundert vor Christus. Baskischer Hintergrund.«

»Altes Spanisch ist kein Problem, aber …« Van Dam suchte im Netz rasch danach, wie geläufig die Sprache war. »Sieh einer an. Ich wusste nicht, dass die baskische Kultur keine Verwandtschaft zu den sonstigen europäischen Kulturen aufweist. Sie ist sprachlich gänzlich isoliert.«

»Ein weiteres Rätsel. Doch ich schwöre« – Viktor legte behutsam eine Hand über das Büchlein, als würde er es mit den Fingern lesen und sondieren können wie Coco –, »wir lösen sie. Alle. Und jagen diese Organisation zur Hölle. Wie ihre alte Zentrale.«

Wie sehr wünschte sich Viktor, die Gegenstände auf dem Schreibtisch würden vibrieren und tanzen, bewegt von einer unsichtbaren Macht, die von ihm ausging.

Aber es geschah nichts.

* * *

NACHKLANG

AACHEN, FRÜHJAHR 841

Aysun al Arabi hatte sich in seiner Kammer schlafend gestellt, als der zweite Besucher aus dem alten Rahmen gestiegen war und sich heimlich umgeschaut hatte. Anstatt sich davonzumachen oder in aller Stille die Kisten zu durchwühlen, wie der erste, der ihm zwei Dolche gestohlen hatte, hatte der unbekannte Mann es dabei belassen, aus dem Fenster zu schauen und erneut durch den Rahmen zu humpeln. Und zu verschwinden. Wie jemand, der sich in der Tür geirrt hatte.

Der greise Maure richtete sich auf seinem Lager auf und betrachtete das hölzerne leere Viereck, das er zuvor mit einem dünnen Leinentuch abgedeckt hatte, um es gegen Schmutz zu sichern. Das Tuch war herabgerutscht, das Flirren darin erloschen.

Es geschah nicht zum ersten Mal und würde auch nicht das letzte Mal gewesen sein, dass diese absonderliche Art von Magie wirkte.

Aysun sah zu seinem Diener, der am Boden vor dem Bett schlummerte und nichts mitbekommen hatte. Wie so oft.

Er betrachtete das Artefakt, das er auf sämtlichen Reisen mit sich führte, seit es vor vielen Jahren durch einen Zufall in seinen Besitz gekommen war und er sogleich gewusst hatte, etwas Besonderes vor sich zu haben.

Sein Alter lag weit über allem, was man in Aachen und im Reich gewohnt war. Kaiserin Judith schätzte seine Meinung, die einerseits auf dem Studium etlicher gelehrter Schriften und andererseits auf seinen Lebensjahren basierte. Aysun hatte aufgehört, sie zu zählen, es spielte keinerlei Rolle mehr. Er feierte jeden Tag, an dem er morgens erwachte und seinen Gott preisen durfte.

Manchmal war ein Aufwachen alles andere als gewiss gewesen, denn die Vergangenheit war kriegerisch. So kriegerisch wie die Gegenwart.

Aysun war vor vielen Jahren mit der Kaiserin nach Saragossa gezogen, wo es zu Verwerfungen unter den Verbündeten gekommen war, woraufhin die Kaiserin Aysuns Vater als Geisel nahm. Er und sein Bruder Matruh taten sich daraufhin mit den Basken zusammen und befreiten ihren Vater, indem sie das fränkische Heer in der Schlacht bei Roncesvalles vernichteten.

Später, nach dem Mord an seinem Vater, hatte Aysun die Seiten gewechselt und für den Emir von Córdoba die Stadt Saragossa erobert, zudem hatte er am Feldzug gegen die Basken und in die Cerdanya teilgenommen.

Dort, im baskischen Land, war er in den Besitz des Rahmens gelangt. Darüber hinaus hatte er chiffrierte Aufzeichnungen gefunden, an deren vollständiger Entschlüsselung er bis heute arbeitete.

Sein Diener hegte die feste Überzeugung, dass Aysun nur deswegen so alt geworden war, weil ihm sein Ehrgeiz nicht erlaubte, eher zu sterben, bis er nicht auch den letzten Satz verstanden hatte.

Aysun erhob sich von seinem Bett, ging zum Rahmen.

Dass er sich in Aachen befand, war kein Zufall.

Kaiserin Judith hatte ihn nicht ohne Grund als Gast aufgenommen. Denn vor etwa zwanzig Jahren hatte Aysun es noch einmal wissen wollen, ob er nicht nur als Gelehrter, sondern auch als Krieger taugte. So hatte er in der spanischen Mark einen Aufstand gegen den damals jungen Grafen Bernhard von Septimanien angeführt. Zahlreiche gotische Adlige und maurische Befürworter eines Friedens mit dem Fränkischen Reich hatten sich dieser Revolte angeschlossen. Seitdem hasste ihn Bernhard, weil er die Kaiserin hatte um Hilfe ersuchen müssen.

Aysun fand, dass Bernhard schon immer ein Schwächling gewesen war. Ein Schwächling und Feigling, der sich als Intrigant und Weiberheld versuchte. So einer hatte im Umfeld von Kaiserin Judith nichts zu suchen.

Nach einigen Geplänkeln hatte sich der Aufstand beruhigt, und Aysun war in die Hand von Kaiserin Judiths Truppen gefallen, die sich sehr darüber wunderten, wie ein alter Maure einen jungen Grafen derart an der Nase herumzuführen vermochte.

Die Kaiserin hatte Aysun kennenlernen wollen, und aus der Neugier wurde Interesse und Vertrauen. Was ihr Sohn als Berater nicht zu leisten imstande war, übernahm alsbald der Maure.

Rat und Zuspruch waren dringend nötig. Die konkurrierende Kaiserin Irmingard entwickelte eine anmaßende Habsucht und hegte den Traum von einem großen fränkischen Reich. Unter ihrer Führung. Ihr Mann Lothar bestärkte sie darin, und somit schien der Krieg unausweichlich. Eine Schlacht zog herauf, in der Zehntausende fallen mochten, denn die Heere beider Herrscherinnen umfassten jeweils mehr als zweihunderttausend Schwerter.

Taktik. List. Klugheit. Diese Tugenden waren besonders gefragt, und Aysun besaß alle drei.

Der Greis legte seine verknöcherten Finger auf den Rahmen. Die faltendurchzogene dunkelbraune Haut zeigte die Adern als dunkle Linien, die Gelenke standen deutlich hervor, mit denen die lose sitzenden Ringe gehalten wurden.

»Warum schickst du mir keinen Besucher, der in der Schlacht von Nutzen sein wird?«, fragte Aysun das Artefakt leise. »Nicht immer diese Menschen, die sofort wieder verschwinden. Keine Diebe, die sich an mir bereichern. Oder weitere elende Kreaturen, derer ich mich erwehren muss.« Er strich zärtlich über das Holz. »Hilf mir *einmal*. Mir und Kaiserin Judith.«

Als unerwartete Antwort auf sein Flehen erschien das bläuliche Flirren im Rahmen.

* * *